mtb

FAM SCHAPER

LOVE MADE OF *Diamonds*

ROMAN

mtb

1. Auflage 2023
Originalausgabe

Umschlaggestaltung von zero-media.net, München
Umschlagabbildung von Soma / Alamy Stock Foto
Gesetzt aus der Stempel Garamond
von GGP Media GmbH, Pößneck
Druck und Bindung von GGP Media GmbH, Pößneck
Printed in Germany
ISBN 978-3-7457-0357-3
www.harpercollins.de

Klimaneutral
Druckprodukt
ClimatePartner.com/15109-2009-1001

MIX
Papier
FSC FSC® C014496

Für meine Freunde,
ohne euch
ergibt einfach nichts Sinn.

Playlist

Sing of the Moon – The Collection
Way down We Go – KALEO
Burn – David Kushner
Uncall it – Devon Cole
Vienna – The Fray
Slide Away – Oasis
I Only Miss You When I'm Breathing – Dan Elliott
10 Jahre – EMMA6
Stupid Face – Abe Parker
Come Home – The People's Thieves, Peyton Andrus
Running Away – Genevieve Stokes
The Words You Say – Harrison Storm
No Right To Love You – Acoustic – Rhys Lewis
The Mask – Matt Maeson
Like I Used to – MyKey
Glory – Maverick Sabre
running away – Dylan Flynn and the Dead Poets
I Was Wrong – Ed Prosek

Stammbaum Kronenberger

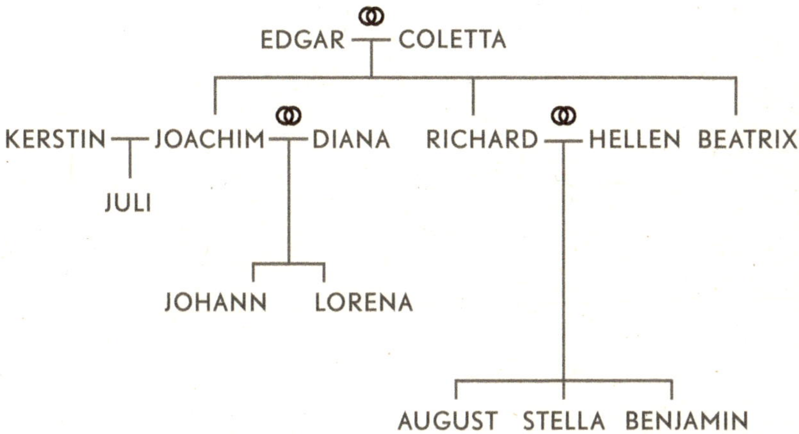

Prolog

STELLA

Lärm. Er umgibt mich zu allen Seiten. Ich kann ihn nicht mehr nur hören, sondern auch sehen, riechen und schmecken. Lärm ist bunt. Tausend Farben, die über alle Oberflächen tanzen und sich hektisch bewegen, als wären sie vor irgendwas auf der Flucht. Lärm schmeckt süßlich und riecht nach Rauch.

Während die Bässe meine Fußsohlen massieren, schwinge ich wild meine Haare, bis mir einzelne Locken vom Schweiß an der Haut kleben bleiben. Die Welt schwankt, aber das ist in Ordnung, weil ich mich genau nach diesem Gefühl gesehnt habe. Mein Magen ist flau, als würde ich Achterbahn fahren. Mein Kopf ist dumpf, als würden die vielen Geräusche meine Gedanken einfach verdrängen.

Direkt vor mir sitzt noch immer ein Kerl auf der Couch und lässt mich keine Sekunde aus den Augen. Vor eineinhalb Jahren bin ich völlig übereilt in ein Flugzeug gestiegen, um meiner Heimat zu entkommen. Und während er mich mit seinen Blicken auszieht, scheint alles, was ich zurückgelassen habe, ewig weit entfernt zu sein. Deswegen lasse ich mich auch von ihm auf seinen Schoß ziehen.

Ich habe keine Ahnung, wie er heißt, und das spielt auch keine Rolle. Solche Dinge verlieren spätestens nach dem fünften Tequila ihre Bedeutung, falls sie jemals eine hatten. Ich lege meine Arme um seinen Hals und küsse ihn.

Er küsst eigentlich ganz gut. Vermutlich, weil ich nicht die erste betrunkene, fremde Frau bin, die er in seinem Leben geküsst hat. Mein Name ist ihm bestimmt genauso egal wie mir seiner. Aber auch das spielt keine Rolle. Ich vergrabe intuitiv meine Finger in seinen Haaren, deren Farbe ich schon wieder vergessen habe.

Als seine Hände langsam unter mein T-Shirt fahren, wird mein Magen noch flauer. Als wäre die Achterbahn nun ganz oben angekommen, kurz bevor sie herunterrast. Ich stehe gerade an der obersten Spitze. Dies ist die eine Sekunde, in der alles still und ruhig ist. Die Sekunde, in der man sich vor Erwartung in seinen Sitz presst und das Herz viel zu schnell schlägt, weil man sich fragt, ob man sich vielleicht doch überschätzt hat und wie man aus der Sache wieder rauskommt.

Doch ich will nicht aussteigen. Ich will mich nicht eines Besseren besinnen oder einen Rückzieher machen. Und was ich als Allerletztes will, ist an zu Hause denken. Und solange ich raue Hände auf meiner nackten Haut fühle, den Tequila nicht mehr nur in meinem eigenen Mund, sondern auch auf der Zunge dieses Typen schmecke und nichts anderes höre als irgendeinen austauschbaren Techno-Beat, ist in meinem Körper kein Platz für Traurigkeit.

»Wollen wir in mein Zimmer gehen?«, flüstert er in mein Ohr, bevor er eine Spur meinen Hals hinunterküsst. Ich nicke nur, und er stellt mich wieder auf meine Füße. Dafür, dass er bestimmt auch betrunken ist, ist er noch ziemlich feinmotorisch. Sehr beeindruckend.

Er nimmt meine Hand und zieht mich durch die Wohnung an fremden Gesichtern vorbei, die zu einer Masse verschwimmen, als würde ich in einem Auto an ihnen vorbeirasen. Da hat er auch schon eine Tür erreicht und führt mich in ein Zimmer. Ich mache mir keine Mühe, mich umzusehen. Dafür bleibt mir auch keine Zeit, denn sofort sind seine Lippen wieder auf meinen. Irgendwie stolpern wir zum Bett herüber und fallen hinein.

Ich will nicht aussteigen, und das tue ich auch nicht. Die Achterbahn rast hinunter, und das aufregende Gefühl, das die Fahrt in meiner Magengrube auslöst, löscht für mehrere Stunden einfach meine Sorgen aus.

***

Ein lautes Seufzen weckt mich auf. Verwirrt sehe ich mich um, bis mir klar wird, dass ich dieses Geräusch ausgestoßen habe. Weil mir einfach alles wehtut. Und mein Magen ist nicht wie gestern angenehm flau. Das Gefühl erinnert mich nicht länger an die Aufregung einer Achterbahnfahrt, sondern an den Moment danach, wenn man einsehen muss, dass man sich doch überschätzt hat und sich wünscht, man wäre niemals eingestiegen.

Langsam sehe ich mich in dem fremden Zimmer um und brauche erstaunlich lange, um die letzte Nacht zusammenzusetzen. Als ich meinen Hals noch ein bisschen weiter verrenke und mein Blick auf einen mir fremden Haarschopf fällt, erinnere ich mich wieder. Der namenlose Typ neben mir, der für immer namenlos bleiben wird, schläft Gott sei Dank noch. Ich werde nicht hier sein, wenn er aufwacht – und für ihn für immer das namenlose Mädchen bleiben. Das passt doch.

Ich stehe auf, und sofort wird mir schlecht. Schnell schlüpfe ich in meine Unterwäsche, meine Hotpants, mein dünnes Top und in meine bunten Sneakers. Leise öffne ich die Zimmertür und schließe sie hinter mir, ohne mich noch einmal umzudrehen. Wozu auch?

Die Wohnung ist beunruhigend still. Vermutlich fühlt es sich so falsch an, weil es vor wenigen Stunden noch so laut war. Und nun scheinen selbst die Wände den Lärm schmerzlich zu vermissen.

Obwohl die meisten Leute, die sich gestern dicht an dicht hier aneinandergedrängt haben, weg sind, stoße ich doch auf ein paar schlafende Gestalten. Auf dem Sofa liegt ein großer Typ, dessen Beine über die Lehne hängen. Diese Schlafposition sieht nun wirklich alles andere als bequem aus. Aber immer noch bequemer als die von der jungen Frau, die mit dem Kopf auf dem Küchentisch schläft. Das gibt Nackenschmerzen, so viel ist sicher.

Nachdem ich die ganze Wohnung zweimal durchkämmt habe, finde ich endlich, wonach ich suche. Mein riesiger Rucksack lehnt unter der Fensterbank, genau dort, wo ich ihn gestern zurückgelassen habe. Eigentlich war es ziemlich leichtsinnig von mir, ihn einfach so unbeaufsichtigt herumstehen zu lassen auf einer Party, wo ich nicht eine Person kannte. Na ja, bis auf das Mädel, das ich gestern in einem Café kennengelernt habe und das mich hierher mitgenommen hat, ah, und den Typen, mit dem ich letzte Nacht Sex hatte. Obwohl kennen wohl in beiden Fällen übertrieben ist.

Als ich den Rucksack auf meinen Rücken hieve, entfährt mir ein kleines Stöhnen, aber der Riese auf der Coach wird nicht wach. Ich schleiche mich aus der Wohnung, die aussieht, als wäre die Party gestern sogar für Mick Jagger zu krass gewesen. Ich bin nicht neidisch auf die Menschen, die sich heute mit diesem Chaos auseinandersetzen müssen.

Ich schließe so leise wie möglich die Tür hinter mir und laufe mehrere Stockwerke hinunter. Sobald ich draußen ankomme, schlägt mir die frische Luft entgegen wie eine Ohrfeige. Ich hatte gehofft, dass sie meinen rumorenden Magen beschwichtigen würde, doch sie scheint ihn nur noch wütender zu machen. Ich schaffe es gerade noch, über die Straße zum angrenzenden Parkstück zu rennen, bis ich mich übergebe. Mit einem zwanzig Kilo schweren Rucksack auf den Schultern ist das wirklich keine angenehme Sache.

Nachdem ich mich meines Abendessens entledigt habe, lasse ich mich schlapp auf die nächste Parkbank fallen und setze meinen Rucksack neben mich, als wäre er ein richtiger Mensch. So schwer wie er ist, ist er das eigentlich fast schon. Zu Beginn meiner Reise habe ich ihn deswegen Winnie getauft, damit ich mich nicht so einsam fühlen musste.

Einsam ... dieses Wort holt viele Gefühle aus den Tiefen meines Unterbewusstseins hoch, die ich doch gar nicht mehr fühlen wollte. Als ich München vor fast zwei Jahren verlassen habe, wollte ich sie eigentlich alle zurücklassen, doch sie sind einfach unbemerkt mit mir ins Flugzeug gestiegen. Manchmal hoffe ich, dass ihnen eine Stadt so gut gefallen wird, dass sie einfach dort bleiben. Doch dann tauchen sie ungefragt wieder auf.

Ich atme tief aus, um mich aus meinem Kopf zurück in die Realität zu holen. Ich bin nicht einsam. Schon lange nicht mehr. Um es mir zu beweisen, hole ich mein Handy aus meiner Hosentasche und schicke Luc eine Nachricht und meinen Standort. Schon wenige Minuten später teilt er mir mit, dass er sich auf den Weg macht, um mich abzuholen.

Während ich auf ihn warte, sehe ich mich bedächtig um. Mein Gehirn ist noch immer so stark von billigem Alkohol verklebt, dass ich mir gar nicht mehr sicher bin, in welcher Stadt ich mich gerade befinde. Als ich meinen Blick schweifen lasse und die blauen Kacheln am Haus gegenüber erkenne, fällt mir wieder ein, dass ich seit ein paar Tagen in Lissabon bin.

Die quietschenden Bremsen verraten schon, dass Luc sich mir nähert, bevor ich ihn sehe. Ein besonders lautes Quietschen erklingt, und dann steht sein alter VW-Bus, den er über alles liebt, auch schon vor mir. Er hat ihn sich vor ein paar Monaten gekauft, und wir haben ihn zusammen eingerichtet. Er ist nicht nur unser fahrbarer Untersatz, sondern auch so was wie ein Zuhause.

Er kurbelt das Fenster auf der Beifahrerseite runter und mustert mich. Nicht zum ersten Mal holt er mich ab, weil es mir so mies geht. Ich weiß, dass er viel dazu sagen will, doch er wird es nicht kommentieren. Das tut er nie.

»Worauf wartest du? Spring rein«, ruft er noch und stößt die Tür auf.

Ich stehe auf und horche kurz in mich hinein. Luc würde mir quasi alles verzeihen, außer, wenn ich mich in seinem Auto übergebe. Die Übelkeit ist zwar noch da, aber ich bin mir ziemlich sicher, dass ich sie unter Kontrolle habe. Also schnappe ich mir Winnie, hieve ihn in den Fußbereich und steige in den Wagen, den ich liebevoll Rocky getauft habe. Wie immer, wenn ich einsteige, tätschle ich kurz das Handschuhfach, als wäre es kein Auto, sondern ein Tier.

Luc verdreht wie immer die Augen, wenn er das sieht, und fährt los, sobald ich die Tür hinter mir zugezogen habe.

»Anschnallen«, meint er nur. Normalerweise mache ich mich darüber lustig, dass er sich so aufführt, als wäre er mein Erziehungsberechtigter. Aber mein Rachen ist zu ausgetrocknet für schnippische Kommentare.

Als hätte er meine Gedanken gelesen, reicht er mir eine große Flasche Wasser, die ich auch sofort an meine Lippen führe. Er lässt mich in Ruhe trinken, und erst als ich die Flasche in den Fußraum lege, richtet er das Wort wieder an mich.

»Heute Nachmittag habe ich ein Shooting«, sagt er und steuert gekonnt durch den unübersichtlichen Verkehr und die schmalen Gassen Lissabons. Immer wieder habe ich Angst, dass sie zu eng sind und Rocky einfach stecken bleiben wird. Doch wenn Luc am Steuer sitzt, scheint alles irgendwie zu passen. Ich glaube, das liegt an seiner Einstellung. Einem so optimistischen Menschen möchte die Welt nicht beweisen, dass Pessimismus vielleicht angebrachter wäre. Sein Optimismus sollte zum UNESCO-Kulturerbe gehören. Man muss ihn schützen.

Ich nicke nur, werfe einen Blick auf seine Fototasche, die schon bereit hinter seinem Sitz ruht, und starre dann durch die Frontscheibe. Zum Glück muss ich heute nicht arbeiten. Ich bin mir ziemlich sicher, dass ich heute keinen zusammenhängenden Satz schreiben könnte, geschweige denn einen ganzen Artikel.

Meine Reise hat als Flucht begonnen. Aber ich wollte nicht von der Kreditkarte, für die meine Eltern bezahlen, Gebrauch machen, und irgendwann hat meine reine Willenskraft nicht mehr ausgereicht, um mich durchzuschlagen. Da bin ich Luc begegnet. Ich glaube nicht an Schicksal und den ganzen Quatsch.

Nach unserem Zusammentreffen jedoch hat mein Unglaube kurz geschwankt.

Ich saß allein in der Ecke eines überfüllten Aufenthaltsraums in einem Hostel in Amsterdam und hatte mein Notizbuch im Schoß ruhen, in das ich schon seit Ewigkeiten nicht mehr wage, etwas hineinzuschreiben. Als hätte ich Angst vor dem, was meine Worte heraufbeschwören könnten. Trotzdem habe ich es immer bei mir. Ich hole es ständig hervor, starre die Seiten an, den Stift in der zitternden Hand. Und doch setze ich ihn nie aufs Papier. Ich habe immer über die Dinge geschrieben, die mich beschäftigt haben. Aber die Dinge, die mich beschäftigen, sind zu groß geworden, um sie in meine gedrungene Handschrift zu quetschen.

Luc ist Reisefotograf. Seit Jahren geht er dorthin, wohin ihn der nächste Auftrag und der Wind wehen. Und er brauchte jemanden, der Texte für seine Bilder schreibt, um sie bei einem Magazin einzureichen. Also hat er mich in dem Hostel einfach angesprochen und sich damit an ein verlorenes Mädchen gewendet, das danach wenigstens ein bisschen weniger verloren war. In das Notizbuch schreibe ich immer noch nicht. Seine Seiten sind für die persönlichen Dinge reserviert, denen ich mich vermutlich niemals stellen werde. Ich habe es dazu verflucht, unbeschrieben zu bleiben. Aber Luc hat mir einen Block gegeben, und in den kann ich meine Schrift setzen, denn über Sehenswürdigkeiten und Modelshootings lässt sich so viel leichter schreiben als über ein gebrochenes Herz.

Ich schüttle mich leicht, um in die Realität zurückzukehren. Obwohl ich Luc nicht ansehe, kann ich seinen besorgten Blick auf mir spüren. Seine dunklen Augen erkennen mehr als andere, aber er spricht weniger als die meisten. Denn für ihn sind Worte keine Gebrauchsgegenstände, sondern etwas, das man bewusst einsetzen sollte.

Mein Handy vibriert und lässt mich zusammenzucken. Ich hole es hervor und sehe auf das Display. Ich kenne die Handynummer nicht. Aber sie hat eine deutsche Vorwahl, was mir sofort den Schweiß in den Nacken treibt.

Nach ein paar Sekunden verstummt mein Handy, und die Nummer verschwindet. Ich atme erleichtert auf, obwohl ich keine Ahnung habe, wen oder was ich gerade verpasst habe.

Ich schaue zu Luc. Seine Augenbrauen hat er hochgezogen, während er erst mein Handy und dann mich ansieht.

»Wenn es wichtig ist, wird die Person noch mal anrufen«, sage ich schulterzuckend, als wäre nicht Angst der wahre Grund gewesen, warum ich nicht abgenommen habe.

Luc sieht einfach wieder auf die Straße. Obwohl er seine Gedanken nicht ausspricht, habe ich das Gefühl, sie laut und deutlich zu hören.

Er will, dass ich mich mit meinen Problemen auseinandersetze. Das hat er mir genau einmal gesagt und dann nie wieder. Luc glaubt nicht daran, dass man wichtige Dinge wiederholen muss. Man sagt sie einmal, und wenn die andere Person sie nicht hören will, dann ist es nicht seine Aufgabe, sie eines Besseren zu belehren. Aber aus irgendeinem Grund hat er es sich zur Aufgabe gemacht, für mich da zu sein, und ich werde wohl nie verstehen, wie ich diese Freundschaft verdient habe.

Mein Handy klingelt ein zweites Mal, und wieder zucke ich viel zu heftig zusammen. Es ist dieselbe Nummer. Wieder starre ich sie an, ohne mich zu rühren.

»Du brauchst keine Angst vor einem Telefonat zu haben«, meint Luc mit seiner beruhigenden, tiefen Stimme. »Wenn die andere Person etwas sagt, was du nicht hören willst, legst du einfach auf und vergisst, was sie erzählt hat.«

Luc sagt meistens sehr wahre Dinge, und mir bleibt eigentlich nie etwas anderes übrig, als ihm in Gedanken recht zu geben. Dieser Moment ist eine Ausnahme. Ich weiß, welche zerstörerische Kraft ein einzelnes Telefonat haben kann. Und ich weiß, dass man gewisse Worte niemals vergessen wird, egal, wie viele selbstzerstörerische Dinge man auch tut, um sie wieder auszulöschen.

Aber das will ich ihm nicht sagen, also nicke ich nur und nehme den Anruf tatsächlich an.

»Hallo?«, frage ich kritisch.

»Bist du Stella?«, fragt eine weibliche Stimme zurück, die ich noch nie gehört habe.

»Ja, wer will das wissen?« Ich versuche gar nicht erst, mein Misstrauen zu verstecken.

»Juli«, sagt die junge Frau. »Ich weiß nicht, ob du schon mal was von mir gehört hast. Ich bin deine Cousine.«

Mein Bruder Benny hat mir von ihr erzählt, als wir vor ein paar Monaten telefoniert haben. Mein Magen wird flauer. Sie wird einen Grund haben, dass sie sich bei mir meldet.

»Habe ich«, kriege ich nur mit Mühe hervor. Ich traue mich nicht zu fragen, warum sie mich anruft, weil ich die Antwort eigentlich gar nicht erfahren will. Aber das scheint ihr egal zu sein.

»Es tut mir leid, dass ich dich störe. Ich weiß ja nicht mal, in welcher Zeitzone du bist. Vielleicht habe ich dich gerade geweckt. Wenn dem so ist, dann tut es mir leid. Du kennst mich schließlich nicht, und von einer fremden Person angerufen zu werden, auch wenn man eigentlich verwandt ist, ist bestimmt seltsam.« Sie hält abrupt inne, als sie realisiert, dass sie plappert, und atmet einmal tief durch. »Ich würde mich nicht melden, wenn es nicht wichtig wäre. Ich kann Benny seit ein paar Tagen nicht erreichen, und als ich eure Eltern gefragt habe, wurde ich einfach abgewimmelt. Dein Vater kann mich nicht gerade gut leiden, deswegen hätte ich es ja darauf geschoben, aber auch Lorena und Johann haben nichts mehr von deinem Bruder gehört, und deine Eltern tun so, als wäre nichts.«

Mein Herz rast mit so viel Wucht in meiner Brust, dass es mich nicht wundern würde, wenn ich mir davon die Rippen prellen würde.

Die Gedanken in meinem Kopf überschlagen sich. Das ist nicht das erste Mal, dass meine Eltern Benny vom Rest der Welt abschirmen. Diese Situation kommt mir so fürchterlich vertraut vor.

Meine freie Hand, die das Handy nicht zu fest gegen mein Ohr presst, verkrampft sich zur Faust.

Vermutlich erwartet Juli von mir, dass ich irgendwas sage, aber ich kann nicht.

Nach einer kurzen Stille fährt sie fort. »Ich kenne Benny nicht so gut, aber ich habe schon ein paar Gespräche mit ihm geführt, die mich ein bisschen beunruhigt haben.« Sie hält so abrupt inne, als wollte sie die letzten Worte am liebsten wieder zurücknehmen.

»Wie meinst du das?«, frage ich alarmiert nach.

»Ich habe mal mit ihm gesprochen, und er hat Sachen über … den Tod eures Bruders gesagt.«

Auf einmal fühle ich mich hohl. Als hätte sie mich mit jedem Wort von innen ausgeschabt, bis nichts mehr übrig bleibt, das von Substanz ist. So fühle ich mich. Wie eine Hülle, ohne die Füllung, die einen Menschen ausmacht.

Seit ich aufgebrochen bin, habe ich mich vor der Wahrheit versteckt. Genau einmal habe ich Luc von August erzählt. Ich war so betrunken an dem Abend, dass ich mich bis heute nicht genau erinnern kann, was ich eigentlich gesagt habe. Danach haben wir es nicht mehr thematisiert. Das Wort *Tod* ist nicht gefallen, als würde es, wenn man es nicht mehr verwendet, einfach seine Bedeutung verlieren.

In diesem Moment realisiere ich, dass das nicht stimmt.

Ich renne vor so vielen Dingen davon, dass es nichts gibt, das mir mehr Angst einjagt als Stillstand. Doch genau das ist es, was ich nun tun muss. Stehen bleiben. Zurückkehren. Denn egal, wie groß die Panik ist, die auf einmal von mir Besitz ergreift, ich kann Benny nicht im Stich lassen. Nicht noch mehr, als ich es ohnehin schon getan habe.

»Ich komme.« Ich weiß nicht, wie ich es schaffe, diese Worte auszusprechen.

»Sag mir Bescheid, wann und wo du ankommst. Ich hole dich ab«, verspricht Juli ohne zu zögern, obwohl ich sie nicht einmal kenne.

Wir sagen, glaube ich, noch ein paar Dinge zueinander. Wir verabschieden uns bestimmt. Doch an diese Sätze kann ich mich nicht erinnern. Im nächsten Moment halte ich das Handy, aus dem kein Ton mehr dringt, an mein Ohr und höre nur noch meinem wild pochenden Herzen dabei zu, wie es mir seine Angst buchstabiert.

»Was ist los?«, fragt Luc. Seine Stimme ist so sanft, als wollte sie mich mit weichen Händen zurück in die Realität locken. Ich würde ihm überallhin folgen. Nur nicht dorthin. Doch mir bleibt keine andere Wahl.

Ganz langsam lasse ich das Handy sinken, und noch langsamer wende ich mich ihm zu. Ich kann meine Gefühle nicht benennen, aber ich weiß, dass sie die gleiche Farbe haben wie der fast schon bläuliche Kern einer Flamme.

»Fahr mich zum Flughafen«, flüstere ich, in der Hoffnung, dass meine Stimme so leise ist, dass er mich gar nicht verstehen kann.

Er hat mich verstanden. Er sagt nichts, aber die Falten, die sich in seinem Gesicht einnisten, formen ellenlange Absätze, die jeden Dichter zum Weinen bringen würden. An der nächsten Kreuzung setzt er ohne Kommentar den Blinker, und das sonst so leise Klicken erinnert mich nun an Paukenschläge, die etwas Bedrohliches ankündigen.

Ich bin nicht bereit.

Ich will nicht zurückkehren.

Doch das spielt keine Rolle mehr.

1. Kapitel

STELLA

Als die Stewardess den Sinkflug auf München ansagt, überlege ich, wie ich dem Piloten verständlich machen kann, dass wir unter keinen Umständen landen dürfen.

Vielleicht sollte ich einen auf *Final Destination* machen und rumschreien, dass ich eine Vision hatte, dass das ganze Flugzeug in Flammen aufgehen wird, sobald wir den Boden berühren. Aber nein. In den Filmen hat das doch auch nie richtig funktioniert. Niemand hat den Leuten geglaubt. Oder? Normalerweise merke ich mir Filmdialoge Wort für Wort, genauso wie jeden Schauspieler in der Besetzungsliste. Doch gerade ist mein Kopf wie leer gefegt.

Das Flugzeug setzt auf dem Boden auf, und wir gehen nicht in Flammen auf – ein kleiner Teil von mir ist enttäuscht.

Meine Hände schwitzen, obwohl die Klimaanlage so hoch eingestellt ist, dass ich den ganzen Flug über gefroren habe. Meine Panik will meinen Körper wohl als kalter Schweiß verlassen.

Eineinhalb Jahre sind eine lange Zeit. Doch für manche Dinge wohl nicht lang genug. Verjähren manche Fehler? In meinem Fall vermutlich nicht.

Wie soll ich ihnen allen gegenübertreten? Wie soll ich erklären, dass ich sie verlassen habe, als sie mich gebraucht haben? Wie soll ich es wiedergutmachen?

Ich versuche mich auf Benny und meine Familie zu konzentrieren, um nicht an *ihn* zu denken.

Als alle Menschen hektisch aufspringen, um ja nicht im Flugzeug vergessen zu werden, bleibe ich wie gelähmt sitzen. Bis mich meine Sitznachbarin fast aus dem Sitz schmeißt. Es hat keinen Sinn. Ich muss aufstehen. Das Flugpersonal wird mich wohl kaum wieder mitnehmen.

Ich schnappe mir meinen Turnbeutel, der schon fast auseinanderfällt. Und folge der Menschenmasse. Am Gepäckband ist mein Rucksack das erste Gepäckstück, das aufs Laufband fällt. Es passiert wirklich immer genau das, was man vermeiden will. Das habe ich inzwischen gelernt.

Ich lasse Winnie zwei Runden drehen, bevor ich es endlich schaffe, ihn zu ergreifen. Mit einem lauten Schnaufen hieve ich ihn mir auf den Rücken und laufe mit mechanischen Schritten los. Jeden Moment rechne ich damit, dass meine Beine unter mir nachgeben werden. Doch das tun sie nicht.

Ich warte darauf, dass mir die äußeren Umstände eine Ausrede liefern, warum ich nicht mehr vorankomme. Doch sie tun mir nicht den Gefallen. Ich kann weiterlaufen und durch die Glastüren treten, die sich für mich zur Seite schieben.

In der Ankunftshalle fallen sich Familien um den Hals. Eine junge Frau springt ihrem Freund mit Anlauf in die Arme, und irgendwas in mir verknotet sich so stark, dass ich es wohl nie wieder auseinanderziehen kann.

Ich sehe mich um, obwohl mein erster Impuls ist, den Kopf zu senken, um Juli gar nicht erst entdecken zu können. Aber was denke ich, was dann passiert? Nur weil ich nicht vom Flughafen abgeholt werde, wäre das noch kein Grund, ihn nicht zu verlassen. In diesem Gebäude kann ich mir vielleicht noch vormachen, dass ich nicht in München bin, aber das ändert auch nichts an den Tatsachen. Mich an Illusionen festzuhalten, hat mich in den vergangenen Monaten allerdings vorm Ertrinken bewahrt. Und es ist schwer, Angewohnheiten loszulassen, denen man vielleicht nicht unbedingt sein Überleben, aber zumindest seinen Verstand zu verdanken hat.

Benny hat mir erzählt, dass Juli aus allen Erwartungen, die an einen Kronenberger gestellt werden, fällt. Doch was er genau damit meint, wird mir erst klar, als ich die junge Frau entdecke, die ein Schild hochhält, auf dem in schönen geschwungenen Buchstaben verziert mit kleinen Blumen *Stella* steht.

Ihre Haare sehen aus, als hätte sie die Spitzen kurz in einen pinken Farbeimer gehalten. Ein Septum lenkt den Fokus auf ihre schmale Nase. Während sich überall um uns herum Frauen in bunten Sommerkleidern bewegen, trägt sie nur schwarze Kleidung.

Eigentlich will ich mich gerade nicht besser fühlen. Aber sobald ich sie anschaue, kommt es mir so vor, als wäre es gar nicht mehr so schlimm, dass ich nicht den Vorstellungen unserer Familie entspreche. Wenn man nicht die Einzige ist, ist es vielleicht in Ordnung, aus der Reihe zu tanzen.

Mit unsicheren Schritten steuere ich auf sie zu und bleibe dann direkt vor ihr stehen.

Ich deute ein bisschen unbeholfen auf das Schild. »Das bin dann wohl ich.«

Juli blinzelt zweimal und mustert mich kurz von Kopf bis Fuß. Sie hat etwas anderes erwartet. Das kann ich an ihrem verwirrten Gesichtsausdruck ablesen. Bestimmt hat sie sich die Familienfotos auf der Website des Kaufhauses angeschaut. Selbst Menschen, die mich kennen, werden mich wohl nicht wiedererkennen. Beruhigt oder beunruhigt mich das? Keine Ahnung.

»Ich habe mich verändert.« Ich weiß selbst nicht, warum ich das sage. Vermutlich verspüre ich einfach nur das Bedürfnis, die Stille zwischen mir und dieser Fremden zu füllen, die sich gar nicht so fremd anfühlt.

Juli braucht noch eine Sekunde, um zu reagieren. Dann legt sich ein Lächeln auf ihre Lippen. Eine Sekunde später hat sie mich in die Arme geschlossen, die Kante des Schilds drückt sich in meine Seite, doch ich beschwere mich nicht. Ich bin so überrumpelt, dass mir die Worte fehlen.

»Danke, dass du gekommen bist«, sagt sie, und ich zweifle keine Sekunde daran, dass die Dankbarkeit in ihrer Stimme echt ist. »Ich habe mir Sorgen gemacht und wusste nicht weiter. Lorena hat angedeutet, dass Benny schon mal von der Bildfläche verschwunden ist. Aber Kronenbergers muss man irgendwie immer alles aus der Nase ziehen.«

Ich nicke, während ich ihr durch den Flughafen zum Ausgang folge. Die ganze Zeit mustere ich sie aus dem Augenwinkel.

Wenn man einen Ort verlässt, geht man irgendwie auch ein bisschen davon aus, dass dort alles so bleibt, wie es immer war. Doch Juli ist der atmende Beweis dafür, dass das überhaupt nicht stimmt.

Ich habe eine Cousine, von der ich nie etwas wusste. Und ich kenne meine Familie gut genug, um zu wissen, dass nicht jeder mit Begeisterung auf ihr Auftauchen reagiert haben wird.

»Du und Lorena versteht euch gut?«, frage ich vorsichtig. Lorenas Name brennt auf meiner Zunge wie eine Ermahnung. Ich hätte ihr Bescheid geben sollen, dass ich komme. Aber ich war mal wieder zu feige. Deswegen verkrieche ich mich bei Juli, statt in meine eigene Wohnung zurückzukehren. Lorena und ich sind direkt nach unserem Schulabschluss zusammengezogen. Und ich bin einfach gegangen und nicht wiedergekommen. Gibt es mein Zimmer noch oder hat sie inzwischen einen Fitnessraum daraus gemacht? Verübeln würde ich es ihr nicht.

»Erst nicht«, gibt Juli zu und grinst mich über die Schulter an. »Aber inzwischen schon. Lorena ist so ein Mensch, mit dem man erst warm werden muss. Sobald man allerdings diese Hürde genommen hat, ist sie echt toll.«

Dem kann ich nicht widersprechen. Sie kann ganz schön kühl wirken. Doch dieser Eindruck trügt. Lorena fühlt sehr viel, sie fühlt sehr intensiv.

Das schlechte Gewissen, das ich Tausende Kilometer von meinem Zuhause entfernt ignorieren konnte, legt sich wie eine Zwangsjacke um meinen Körper. Ich hätte da sein müssen. Das ist mir bewusst. Aber gleichzeitig weiß ich nicht, ob ich dazu in der Lage gewesen wäre. Ich kam nicht mal mit meinen eigenen Gefühlen zurecht. Die anderer Menschen, vor allem der Menschen, die ich liebe, konnte ich nicht ertragen. Ich bin gerannt, weil ich geglaubt habe, es sonst nicht zu überstehen. Aber macht mich das wirklich weniger egoistisch?

»Ich habe viel verpasst«, flüstere ich in mich hinein.

Juli läuft immer noch vor mir und dreht sich diesmal nicht zu mir um. Einen kurzen Moment zögert sie, bevor sie antwortet.

»Das mag sein. Aber du hast bestimmt auch viel zu erzählen.«

Ich zucke nur mit den Schultern, obwohl sie es nicht sehen kann. Ich war immer unterwegs, habe tausend Dinge unternommen, aber in diesem Moment kommt es mir ein bisschen so vor, als hätte ich doch nichts von meinen Reisen zu erzählen. Nichts Wichtiges, das entschuldigen könnte, was ich in meiner Abwesenheit versäumt habe.

Wir treten hinaus, und auf einmal erwischt es mich wie ein Schlag. Er ist so heftig, dass es mich überrascht, dass ich nicht nach hinten umkippe. Ich spüre den Aufprall deutlich auf meinem Körper, obwohl mich niemand berührt hat. Doch vielleicht sind Emotionen stärker als Muskeln.

Atmen fällt mir schwer, während ich unter der warmen Sonne auf Münchner Boden stehe und ein Gedanke immer und immer wieder seine Kreise durch meinen Kopf zieht.

Mein großer Bruder ist tot. Und er ist es schon seit fast zwei Jahren.

»Ist alles okay?«, fragt mich Juli und legt beruhigend eine Hand auf meine Schulter. Tatsächlich hilft mir das. Ihre Berührung holt mich zurück. Aus meinem Kopf. Zurück in meinen Körper. Doch gerade weiß ich nicht, an welchem Ort es schlimmer ist, gefangen zu sein.

»Ja, sorry. Ich war nur lange nicht mehr hier.«

Sie lächelt verständnisvoll und läuft nun neben mir, während wir auf ein Auto zusteuern. Ich habe keine Ahnung, welche Marke es ist, aber ich weiß trotzdem, dass es sehr teuer ist.

»Ich hab es mir nur geliehen«, erklärt Juli, als hätte sie meine Gedanken gelesen.

Wir steigen ein, und dann lenkt sie den Wagen durch den etwas zähen Feierabendverkehr. Die Straßen sind mir so vertraut und doch so fremd. Vielleicht weil ich mir selbst vertraut und fremd zugleich bin. Wenn ich in den Spiegel sehe, erkenne ich mich kaum wieder, aber manchmal weiß ich nicht, ob die Veränderungen nicht noch viel tiefer reichen und über mehr Sommersprossen, zehn extra Kilo und lockigere Haare hinausgehen.

Die Vergangenheit streckt sich nach mir aus und versucht nach mir zu greifen. Ich wehre mich gegen den Sog, der mich mit sich reißen will. Doch dann fahren wir am Hotel Jordan vorbei, die helle Fassade von der Spätnachmittagssonne beschienen, und auf einmal habe ich den Erinnerungen nichts mehr entgegenzusetzen.

Vier Jahre vor dem Unfall

Ich trat mit viel Schwung auf, weil ich endlich ein Geräusch verursachen wollte. Aber die Teppiche dämpften alles ab. Sie schluckten meine Schritte einfach, als wäre ich niemals hier gewesen.

»Was genau tust du da?«, fragte Matt kritisch und beäugte mich von der Seite, blieb aber nicht stehen, lief weiter den Gang entlang und setzte für jede Tür, die wir passierten, einen Strich auf seine Liste.

Sein Vater hatte ihm gesagt, dass es genau 356 Zimmer in diesem Hotel gab, aber anscheinend glaubte er dieser Zahl nicht, bis er sie selbst überprüft hatte. Die Vorstellung, dass es vielleicht nur 355 waren oder gar 357 hatte ihn einfach nicht mehr losgelassen. Und deswegen begleitete ich ihn nun auf seinem sinnlosen

Spaziergang durch das Hotel seiner Familie. Weil ich, ohne es verstehen zu können, wusste, dass es ihm wichtig war, diese Information ohne Zweifel zu kennen.

»Der Teppich ist schalldämmend, oder?« Ich sprang ein paar Mal an der Stelle auf und ab.

Matt blieb tatsächlich stehen, um mich mit hochgezogenen Augenbrauen zu betrachten. Man könnte meinen, dass er genervt war. Aber ich kannte das subtile und doch verräterische Zucken seines rechten Mundwinkels. Er amüsierte sich. Er wollte es nur nicht zugeben, weil er dachte, dass man ihn dann für erwachsener hielt. Das machte er, seitdem er siebzehn war und in Begleitung seiner Eltern Auto fahren durfte. Aber ich kommentierte es nicht. Wenn er diese seltsame Phase durchmachen musste, sollte er das ruhig tun. Ich wusste trotzdem, dass er mich lieb hatte und gern Zeit mit mir verbrachte. Sonst hätte er nicht mich gefragt, um ihn auf einer seiner Matt-Missionen – MM, wie ich sie nannte – zu begleiten.

»Nein, sie sind nicht schalldämmend«, sagte er fachmännisch, als könnte er das mit Sicherheit wissen. Matt kannte dieses Hotel vielleicht besser als die meisten. Aber auch er wusste nicht alles. Obwohl er gern so tat.

»Warum hört man mich dann nicht?«, fragte ich gespielt empört. Ich holte einen Kinderriegel aus meiner Jackentasche. »Vielleicht muss ich erst schwerer werden.«

Das Zucken seines Mundwinkels wurde stärker. Es erinnerte mich immer ein bisschen an einen Berg, der von einem Erdbeben erschüttert wurde.

Er verstand mich vielleicht auch nicht immer, aber wir hatten schon als Kinder festgestellt, dass unsere Freundschaft eben genau deswegen so gut funktionierte, weil wir so unterschiedlich waren. Wir versuchten einander zu verstehen, und bei dem Versuch erweiterten wir unsere Horizonte. Als ich zwölf Jahre alt war, hatte ich ihm mal gesagt, dass wir durch unsere verschiedenen Perspektiven gemeinsam dafür sorgen würden, dass wir die

Welt besser durchdringen konnten als alle anderen Menschen, die jemals gelebt hatten. Ich glaubte auch heute noch daran.

Ich aß einen Kinderriegel und dann direkt den nächsten. Nun entfuhr Matt doch ein Lachen.

»Pass auf, dass dir nicht schlecht wird«, ermahnte er mich.

Ich verdrehte die Augen. »Du bist nur zwei Jahre älter, kein Grund, dich wie mein Vater aufzuführen.«

»Muss ich dich daran erinnern, wie schlecht es dir vor ein paar Wochen ging, als du eine ganze Packung auf einmal gegessen hast? Tod durch Kinderriegel ist bei dir ein valides Risiko.«

Ich streckte ihm die Zunge raus, und ich glaubte, dass er etwas vor sich hin murmelte, das ein bisschen wie »Kleinkind« klang. Schon wollte ich ihn deswegen zur Rede stellen, doch dann stieß er einen besonders deftigen Fluch aus.

»Jetzt weiß ich nicht mehr, bei welcher Tür ich aufgehört habe. Ich muss noch mal von vorne anfangen.«

Anstatt mich darüber zu beschweren, dass eine halbe Stunde durchs Hotel irren umsonst gewesen war, grinste ich nur in mich hinein, hakte mich bei ihm unter und bugsierte ihn zum Aufzug, während sein Kopf vor Frust rot anlief. Wenn etwas nicht nach Plan ging, konnte Matt nicht damit umgehen. Das war schon immer so gewesen. Aber deswegen war es gut, dass er mich hatte. Denn ich hatte nie einen Plan. Und wenn man sich keinen zurechtlegte, konnte auch gar nichts schieflaufen.

»Iss einen Kinderriegel und beruhig dich«, sagte ich, als wir zurück in den ersten Stock fuhren.

Und diesmal war das Zucken des Mundwinkels so stark, dass sich seine Lippen zu dem schiefen Lächeln verschoben, das ich so liebte.

Die Erinnerung spuckt mich wie ein altes Kaugummi wieder aus. Ich fühle mich so, als würde ich auf dem Bordstein landen und am Schuh des nächsten Passanten kleben bleiben.

»Wir sind da«, reißt mich Juli aus meinen Gedanken.

Der Motor läuft nicht mehr, das Auto parkt am Straßenrand. Und ich sitze immer noch unbeweglich dort und starre durch das Fenster auf der Beifahrerseite, obwohl das Hotel längst verschwunden ist und sich vor mir nur noch ein Wohnhaus auftut, das ich noch nie gesehen habe.

»Danke, dass ich hier unterkommen kann«, sage ich, während ich mich aufraffe und endlich aussteige. Juli ist mir schon einige Schritte voraus und lädt Winnie aus dem Kofferraum. Sie hat wohl nicht mit so viel Gewicht gerechnet, denn der Rucksack fällt ihr fast direkt wieder aus der Hand.

»Fuck«, stößt sie mit einer Inbrunst aus, die ich noch nie gehört habe. Wenn sie ein Schimpfwort sagt, klingt es nicht nur wie ein Fluch über die nervigen Unannehmlichkeiten des Alltags, sondern wie eine Verfluchung der ganzen Welt. Irgendwie macht sie das sympathischer.

»Sorry«, murmle ich und hieve mir Winnie auf den Rücken.

Juli macht eine wegwerfende Handbewegung. »Der ist schwerer, als er aussieht. Und bedank dich nicht dafür, dass du in der WG unterkommst. Das ist gar kein Problem. Du könntest auch länger als nur eine Woche bleiben.«

»Ich bleibe aber nur eine Woche«, sage ich viel härter als beabsichtigt.

Juli lässt sich nichts anmerken und zuckt nur unbeteiligt mit den Schultern. »Mach, wie du es für richtig hältst. Ich wollte nur, dass du weißt, dass du auch länger bleiben kannst. Mein Zimmer steht sowieso die meiste Zeit leer.«

»Wieso?«, frage ich. Ich folge ihr ins Haus, und wir laufen durch das alte Treppenhaus. Unter jedem meiner Schritte knarzen die Dielen. Die Vergangenheit will wieder nach mir greifen und mich an schalldämmende Teppiche erinnern, aber diesmal schaffe ich es, sie von mir zu schieben, bevor sie mich hinabreißen kann.

»Ich bin die meiste Zeit bei meinem Freund«, erklärt Juli. Wir schnaufen beide, als wir im fünften Stockwerk ankommen, und sie wirft mir ein Grinsen zu, bevor sie die Tür aufschließt.

Drei Menschen sitzen in einer Wohn-Ess-Küche und sehen uns an, sobald wir eintreten. Sie haben ihr Gespräch wohl genau in dem Moment unterbrochen, in dem sie den Schlüssel im Schloss vernommen haben. Die Neugier ist vor allem der jungen Frau mit den rotblonden Haaren anzusehen. Der tätowierte Typ wirkt zwar nicht unfreundlich, aber unbeteiligt. Die Dunkelhaarige mit dem Pony lächelt mich freundlich an.

»Stella, das sind Liv, Jakob und Hanna, meine Mitbewohner.«

»Ehemalige Mitbewohner«, meint Liv. »Sie ist ja kaum noch hier.« Es ist unverkennbar ein Vorwurf, aber Juli macht sich nicht die Mühe, es zu kommentieren. Sie bedeutet mir, ihr einen langen schmalen Gang entlang zu folgen. Er geht abrupt um die Ecke, und natürlich stoße ich mir sofort den Oberarm an der Wand.

»Das passiert jedem«, meint Juli entschuldigend. »Das ist mein Zimmer und für die nächste Zeit, so lange du willst, deins.«

An den hohen Decken entdecke ich Stuck, der zwar ein bisschen abblättert, aber dadurch noch authentischer wirkt. Das Parkett ist hell, und der Rahmen der Doppelkastenfenster ist weiß. An den Wänden hängen Skizzen, aber man kann dem Zimmer ansehen, dass dessen Bewohnerin nicht mehr regelmäßig hier schläft. Überall scheinen sich Lücken aufzutun, die sonst von alltäglichen Tätigkeiten gefüllt werden. In keiner Steckdose steckt ein Ladekabel. Der Nachttisch ist komplett leer. Die Topfpflanze sieht aus, als hätte sie in letzter Zeit zu wenig Wasser und Zuwendung abbekommen. Auf dem Schreibtisch liegen nur noch einsame Radiergummis, leere Blätter und ein paar Stifte.

Ich lasse Winnie auf den Boden sinken und atme tief durch.

Ich bin in München, aber nicht in dem Teil von München, vor dem ich geflüchtet bin, und irgendwie macht es das ein bisschen einfacher, diese Luft zu atmen.

»Soll ich dich direkt zu deinen Eltern fahren?«, fragt Juli mich, als ich mich ihr zuwende.

»Vielleicht erst morgen«, sage ich so beiläufig, als wollte ich mich nur von meiner langen Reise erholen. Doch ich durchschaue mich selbst. Ich gebe mir eine Schonfrist. Weil ich noch nicht bereit bin, all die schwierigen Gespräche zu führen, die mich hier erwarten. Vermutlich werde ich das niemals sein. Aber ich brauche wenigstens noch einen Tag.

»Wie du willst«, antwortet Juli und ahnt vermutlich gar nicht, wie sehr ihre lockere Art mir dabei hilft, nicht direkt wieder die Flucht zu ergreifen. »Du hast im letzten Jahr als Reisebloggerin und Reisejournalistin gearbeitet, richtig?«, fragt sie, um die Stille zwischen uns zu füllen.

»Genau«, gebe ich zurück und weiß danach schon nicht mehr, was ich noch sagen soll.

Einen kurzen Moment lang sehen wir uns einfach nur an. Auf eine seltsame, befangene Weise, die wohl von Menschen zu erwarten ist, die sich erst vor einer Stunde kennengelernt haben, aber verwandt sind.

Als mir ein nervöses Lachen entfährt, stimmt sie mit ein.

»Ich habe keine Ahnung, wo ich anfangen soll«, gestehe ich.

Sie nickt. »Ich auch nicht. Dabei sollte ich mich an diese Situation doch inzwischen gewöhnt haben.«

Ich will sie fragen, wie es für sie war, alle Kronenbergers kennenzulernen. Ich will sie fragen, wie Lorena und sie Freundinnen geworden sind. Ich will sie fragen, wie es allen geht, vor allem Benny. Doch bevor ich auch nur eine Frage stellen kann, klingelt es an der Tür.

»Juli, dein Freund ist hier«, schreit Jakob einmal quer durch den endlos langen Flur.

Ein nervöser Ausdruck huscht über ihr Gesicht, und dann sprintet sie auch schon ins Wohnzimmer zurück.

»Du hättest ihn nicht reinlassen sollen«, höre ich sie zu Jakob sagen.

Wieder stoße ich mich im Flur und reibe mir immer noch den Hüftknochen, als ich den Wohnbereich erreiche.

»Wieso soll ich deinen Freund nicht reinlassen?«, fragt Jakob verwirrt.

»Weil …« Juli bricht ab, sobald sie mich erblickt. Sie seufzt. »Ich wimmle ihn schnell ab.«

Ich sehe mindestens genauso verwirrt wie Jakob aus, während Juli die Tür nur einen Spaltbreit öffnet und auf jemanden auf der anderen Seite einredet.

»Was ist los?«, höre ich eine männliche Stimme gedämpft durch den Spalt.

Mein Herz rast, obwohl ich sie noch nicht ganz einordnen kann. Ich weiß, dass ich sie kenne. Ich bin nur zu überfordert, um zu erkennen, woher.

»Sei nicht albern. Ich will doch auch deine Freunde mal wiedersehen.« Julis Freund stößt die Tür auf und tritt ein.

Auf einmal steht Isaac Jordan vor mir, und der Sog der Vergangenheit wird wieder stärker.

Er sieht Matt so ähnlich, dass mir sein Anblick körperliche Schmerzen bereitet. Sie haben die gleiche Haarfarbe, die Augenbrauen haben eine ähnliche Form. Doch Matts Lippen sind voller, seine Augen heller und seine Wangenknochen kantiger. Vor mir steht eine sehr ähnliche Kopie, aber doch nicht er. Ein Teil von mir will deswegen trauern. Ein anderer will erleichtert aufatmen.

Isaac betrachtet mich und will schon mit einer ausgestreckten Hand auf mich zugehen. Er erkennt mich nicht sofort. Natürlich nicht. Als ich München verlassen habe, war ich schlanker, meine roten Haare habe ich täglich geglättet, statt sie in offenen Locken bis zu meinen Schultern fallen zu lassen. Und mein Gesicht voller Sommersprossen habe ich geschminkt, damit es ebenmäßiger wirkte. Nun tue ich das nicht mehr.

Isaac hält inne und lässt die Hand sinken. Zwei Sekunden ticken unendlich langsam vorbei, während er mich einfach anstarrt. Und dann erkennt er mich endlich. Sein höflicher Gesichtsausdruck verschwindet so endgültig, als wäre er niemals da gewesen, und zurück bleibt Unglaube und vor allem die Traurigkeit, die ich jede Sekunde jeden Tages auch in mir selbst spüren kann.

»Stella«, flüstert er, als hätte er Angst davor, meinen Namen laut auszusprechen.

»Hey«, hauche ich ebenfalls. Mein Herz schlägt in meinem Hals.

»Ich weiß nicht, ob ich dich anschreien oder umarmen soll«, kriegt er hervor.

»Das verstehe ich«, antworte ich und meine es auch so. Ich hätte es wohl mehr verdient, angeschrien statt umarmt zu werden.

Kurz rechne ich damit, dass Isaac zum gleichen Schluss kommen wird. Dann löst er sich aus seiner Starre, überbrückt die wenigen Schritte, die uns noch voneinander getrennt haben, und schließt mich in eine feste Umarmung.

Mir entfährt ein Lachen, das in einem Schluchzer ertrinkt, und ich klammere mich schon fast verzweifelt an ihm fest. So fühlt man sich wohl, wenn man ein Stück Heimat, das sich nicht so sehr verändert hat wie befürchtet, zurückerhält.

»Ich habe dich vermisst.« Seine Worte schweben direkt neben meinen Ohren und entlocken mir einen weiteren Schluchzer. Ich glaube, Isaac weint auch. Aber ich lasse ihn nicht los, um es herauszufinden.

Wir müssen es nicht laut aussprechen, um beide zu wissen, warum wir einander so festhalten. Wir tun es, weil es einmal einen Menschen gab, den wir niemals wieder berühren können. Aber wenn wir uns kurz in die Wärme einer Person flüchten, die diesen ebenfalls geliebt hat, fühlt sich das Wissen, dass er für immer fort ist, wenigstens für einen kurzen Moment nicht mehr so herzzerbrechend an.

2. Kapitel

MATT

Als ich die Tür zum Schwimmbad aufdrücke, kommen mir so viele Gefühle auf einmal entgegen, dass ich am liebsten direkt wieder umdrehen würde.

Ich befinde mich noch in der Eingangshalle, aber ich kann schon die Stimmen und das Rauschen des Wassers vernehmen. Chlor setzt sich in meiner Nase fest, und sofort steigen mir Tränen in die Augen.

Diesen Geruch habe ich immer geliebt. Einmal hat er mich mit Euphorie und Tatendrang erfüllt. Nun ist da nur noch Traurigkeit.

Erneut atme ich tief durch, aber diesmal durch den Mund. Ich zwinge mich weiterzulaufen. Ich habe sie schon so oft vertröstet. Viel zu oft, wenn man bedenkt, was ich ihr zu verdanken habe. Noch einmal kann ich nicht absagen. Dafür respektiere ich sie zu sehr.

Außerdem wird sie niemals lockerlassen, also kann ich es genauso gut jetzt hinter mich bringen.

All das rede ich mir ein, während ich durch das Drehkreuz laufe und an den endlos erscheinenden Reihen mit Umkleiden vorbeigehe. Ich ziehe mir nur die Schuhe aus und trete dann durch die letzte Tür, die mich noch vom Wasser trennt.

Der Chlorgeruch ist hier so stark, dass ich ihn auch wahrnehme, obwohl ich mich ermahne, nur durch den Mund zu atmen. Warme Luft strömt mir entgegen und presst sich auf mich herab, als wollte sie mir sagen, dass ich für diesen Ort falsch gekleidet bin.

Nun stehe ich im Anzug am Rand des Beckens wie die Väter, die sich ansehen wollen, wie gut sich das Training ihrer Sprösslinge auszahlt. Ich hasse dieses Gefühl.

Ich wollte nicht an diesen Ort zurückkehren. Ich wusste, dass es mich schmerzen würde, hier zu sein, nachdem sich all das verändert hat, was mir einmal wichtig gewesen ist.

Doch Sabine wollte mich vielleicht daran erinnern, was mir dieser Ort mal bedeutet hat. Wir hätten uns auf einen Kaffee irgendwo in der Stadt treffen können. Aber das wäre die einfachere Lösung gewesen. Und die hat meine Trainerin nie bevorzugt.

Ehemalige Trainerin, ermahne ich mich in Gedanken.

Ich sehe überallhin, nur nicht ins Wasser, wo junge Sportler ihre Bahnen ziehen. Ich starre an die gefliesten Wände, zu den Handtüchern auf den Ablagen. Trotzdem vernehme ich die Schwimmer, und mein Gehirn füllt die Lücken von allein. Ich höre das Wasser gegen den Beckenrand schwappen wie Wellen in der Brandung. Ich höre Sabines Rufe. Und direkt habe ich alles vor Augen.

Ich würde mich gern von meinen Erinnerungen packen und unter Wasser drücken lassen. Das ist schließlich der Ort, an den ich immer gehört habe. Aber ich weiß, dass ich wieder auftauchen muss, und danach wird es mir noch beschissener gehen als vorher. Also wehre ich mich.

»Matthew.« Sabines präzise Stimme reißt mich aus meinen Gedanken.

Sie sieht noch genauso aus wie früher. Ich weiß nicht genau, warum ich etwas anderes erwartet habe. Ich kenne sie seit fünfzehn Jahren, und gefühlt hat sie sich in der ganzen Zeit gar nicht verändert. Ihr Körper ist immer noch schlank und muskulös. Ihr Ausdruck streng mit diesem Hauch von Mitgefühl, von dem sie immer leugnen würde, dass es da ist.

»Danke, dass du gekommen bist«, sagt sie und bleibt zwei Schritte vor mir stehen.

»Natürlich«, sage ich, als hätte ich mich nicht monatelang vor diesem Treffen gedrückt.

Sie kommentiert es nicht. Das ist nicht ihr Stil. »Wie geht es dir?«

»Gut«, erwidere ich zu schnell.

Sie weiß, dass es eine Lüge ist. Aber sie weist mich nicht darauf hin, weil ihr klar ist, dass ich die Wahrheit auch selbst kenne.

»Hast du es vermisst?« Sie deutet auf das Becken.

Mehrere Körper gleiten elegant durchs Wasser, und für einen kurzen Moment gestatte ich mir, mir vorzustellen, ich wäre einer von ihnen.

Die aufrichtige Antwort auf ihre Frage wäre: Sehr, jeden Tag. Doch dann spüre ich wieder den stechenden Schmerz in meiner Schulter und weiß, dass es ein für alle Mal vorbei ist.

»Klar«, sage ich leichthin, obwohl ich mich gerade sehr schwer fühle. Es kommt mir nicht so vor, als wäre meine Schulter der einzige Grund, warum ich nicht mehr schwimmen kann. All meine düsteren Gedanken scheinen mich zu beschweren. Vermutlich würde ich wie ein Stein untergehen, wenn ich mich ins Becken wagen würde.

Aber diese Gedanken sind überflüssig. Ich werde nicht ins Wasser gehen. Wenn ich nicht mehr so schwimmen kann wie früher, will ich es gar nicht mehr tun. Ich will mir nicht noch auf diese Weise beweisen, dass mein ganzes Leben auf einmal anders ist als vorher. Und anders, als es eigentlich sein sollte.

»Du könntest auch ins Wasser«, sagt Sabine, und ihre klaren Augen, die so blau sind wie das Becken, was ich schon als kleiner Junge sehr passend fand, blicken in meine.

»Nein danke«, entgegne ich, als hätte sie mir nur ein Heißgetränk angeboten und nicht eine neue Dosis emotionale Folter.

Ich atme noch einmal tief durch den Mund ein. Ich hasse meine Gedanken. Ich hasse es, dass ich mich selbst bemitleide.

Könnte Sabine hören, was in meinem Kopf vorgeht, würde sie mir vermutlich sagen, dass ich mich nicht so anstellen soll.

»Du fragst dich bestimmt, warum ich dich hergebeten habe«, setzt sie an.

Ich nicke, aber ich kann es mir auch denken. Sie will, dass ich wieder schwimme, auch wenn ich es nie wieder professionell machen werde. Vermutlich will sie mir einreden, dass es mir guttun würde. Und vielleicht will ein Teil von ihr sich auch selbst beweisen, dass sie mich nicht einfach vergessen hat, nur weil ich nicht mehr ihr Starschüler bin. Vielleicht fühlt sie sich dann auch besser. Ich nehme es ihr nicht übel.

Als ich nicht reagiere, fährt sie fort. »Ich habe einen neuen sehr vielversprechenden Schüler, und es würde mich freuen, wenn du dich ein bisschen um ihn kümmern würdest.«

Ich ziehe die Augenbrauen zusammen. »Wie bitte?«, frage ich irritiert nach.

»Er ist sehr talentiert, aber manchmal fällt es ihm schwer, sich an den Trainingsplan zu halten. Er ist ein Fan von dir, und wenn sein großes Vorbild ihn ermutigen würde, sein Talent ernster zu nehmen, würde er das sicherlich tun.«

Ich habe mit vielem gerechnet, aber ganz sicher nicht damit. »Ich schwimme nicht mehr. Wie soll ich ihm denn helfen?« Meine Worte klingen ruppiger als beabsichtigt.

Es kommt mir so vor, als wäre die Luft noch ein bisschen feuchter geworden, und die Hitze kriecht bereits unter den Stoff meines teuren Anzugs.

»Ich trete auch nicht demnächst bei Olympia an. Macht mich das zu einer schlechten Trainerin?«, fordert sie mich heraus.

Sofort fühle ich mich wieder wie ein kleiner Junge. Diese Taktik hat sie damals auch angewendet. Wenn ich nicht getan habe, was sie wollte, hat sie mich nicht angeschrien, sie hat mich herausgefordert. Und wenn man in ihre harten Züge und klaren Augen schaut, wird jedem aufmüpfigen Halbstarken schnell bewusst, dass er es mit ihr nicht aufnehmen kann.

»Natürlich nicht«, sage ich also.

»Das meine ich auch.«

Ich warte darauf, dass sie mir erzählt, wie sie in ihrer Jugend trainiert hat. Das hat sie oft getan, um uns klarzumachen, dass unsere Trainingspläne nichts sind im Vergleich zu denen, an die sie sich halten musste. Sie kommt gebürtig aus Magdeburg und hat ihre Jugend in der ehemaligen DDR verbracht. Wenn wir uns beschwert haben, hat sie gesagt, dass wir ihr Pensum nicht hinbekommen hätten. Ich habe das nicht eine Sekunde infrage gestellt.

»Er braucht keinen zweiten Trainer. Er braucht einfach ein Vorbild, einen Ansprechpartner«, erklärt Sabine nun mit für ihre Verhältnisse sanfter Stimme weiter.

Mein Hals ist so trocken, dass ich kaum schlucken kann. Ein Rauschen legt sich über meine Ohren. So erkläre ich mir auch, dass ich es erst verspätet wahrnehme, dass die Schwimmer eine Pause machen. Das Klatschen des Wassers an den Beckenrand wird von Stimmen abgelöst. Und auf einmal taucht ein Junge neben Sabine auf. Er ist vielleicht zwölf Jahre alt. Seine Taucherbrille hat Abdrücke in seinem Gesicht hinterlassen.

»Maximilian, das ist Matthew Jordan«, sagt meine ehemalige Trainerin.

Die Augen des Jungen werden groß. »Es freut mich sehr, dich … Sie kennenzulernen.« Er stolpert über seine Worte und streckt mir etwas unbeholfen die Hand entgegen.

Ich will sie ergreifen und ihm erklären, dass er mich nicht siezen muss, aber als ich meinen Arm bewegen will, fährt mir wieder ein so starker Schmerz in die Schulter, dass ich mich kaum noch rühren kann. Ich stehe einfach da, vor einem nervösen Jungen, der mein Zögern wohl als Ablehnung wahrnimmt. Was ich wirklich nicht will. Er soll sich nicht schlecht fühlen. Aber mein Körper gehorcht mir nicht mehr. Ich habe die Kontrolle über etwas verloren, das mir vorher so viel Selbstwert gegeben hat. Nun weiß ich nicht, wo ich diesen sonst herbekommen soll.

Die anderen Jungs haben sich zu uns umgedreht. Ich meine, ein paar flüstern zu hören. Mein Name fällt. Wie viel davon meiner Einbildung entspringt, kann ich nicht sagen. Aber vermutlich spielt es überhaupt keine Rolle, was tatsächlich real ist. Solange mein Körper etwas für real hält, fühlt es sich auch so an.

Ich erinnere mich daran, wie es früher war, diese Halle zu betreten. Damals sind mir ehrfürchtige Blicke begegnet. Nun kommen sie mir mitleidig vor. Sie flüstern, aber ich glaube trotzdem, jedes Wort hören zu können, das sie hinter meinem Rücken über mich verlieren.

Ich war mal jemand. Nun werde ich immer, egal, wohin ich gehe, auf den schlimmsten Tag meines Lebens reduziert. Und es wird niemals aufhören. Der Unfall wird mich für immer definieren.

»Ich bin leider spät dran. Ich muss zur Arbeit. War schön, dich zu sehen, Sabine«, sage ich und kriege es gerade so hin, den Arm sinken zu lassen, ohne dass mir Tränen in die Augen treten. »Freut mich, dich kennengelernt zu haben, Maximilian.« Mehr bekomme ich nicht heraus. Dann drehe ich mich auch schon gehetzt um und verlasse die Schwimmhalle.

Inzwischen ist mein Hemd durchnässt. Ich fühle, dass der Stoff an meiner Haut klebt.

Ich muss tatsächlich gleich im Kaufhaus sein, aber in diesem Zustand kann ich dort nicht auftauchen. Auf der Straße angekommen, atme ich tief durch die Nase, fast schon energisch, um endlich den Geruch von Chlor loszuwerden. Ich spüre das verräterische Kribbeln im Nacken. Es breitet sich auf meine Arme und Beine aus. Was hat Juli damals gesagt? Vier Sekunden lang einatmen, sieben ausatmen, elfmal wiederholen.

Die Panik kann mich nicht in die Tiefe reißen, aber ich stand bereits am Abgrund, meine Fußspitzen hatten schon keinen festen Boden mehr unter sich. Noch habe ich es geschafft, einen Schritt zurück zu machen. Ich weiß, dass mir das nicht immer gelingen wird. Bald werde ich wieder stürzen. Aber nicht jetzt. Nicht heute.

Irgendwie schaffe ich es, nach Hause zu fahren. Ich schließe die Tür auf und trete ein. Meine Wohnung sieht eigentlich aus wie immer, aber irgendwas erinnert mich an *sie*. Ist es die Tatsache, dass ich vom Schwimmbad komme und sie danach so oft auf mich gewartet hat? Oder liegt es daran, dass ich mein Bett heute Morgen nicht gemacht habe und es sonst immer ihre Schuld war, wenn es unordentlich aussah?

So und so spüre ich ihre Abwesenheit in meiner Wohnung – in meinem Leben – auf einmal wieder wie einen Phantomschmerz. Als würde mir ein Körperteil fehlen und ich würde es dennoch fühlen.

Drei Jahre vor dem Unfall

»Da bist du ja endlich.« Wenn Stella mich begrüßte, klang es immer auch ein bisschen wie ein Vorwurf.

Ich verdrehte nur die Augen, stellte meine Schwimmtasche ab, packte die nassen Sachen aus, legte sie über die Heizung und ging dann zu ihr. Sie hatte es sich bereits in meinem Bett bequem gemacht. Sie ließ die Decken immer ein bisschen so aussehen wie Maulwurfshügel. So ein Chaos konnte sie mit wenigen Handgriffen anrichten. Der Fernseher war bereits aufs Bett ausgerichtet, sie lehnte mit der Fernbedienung in der Hand am Kopfteil.

Sie begann sich ungeduldig unter der Decke zu bewegen. Das tat sie immer, wenn ich mich nicht so schnell bewegte, wie sie wollte.

»Habe ich dir wirklich jemals den Schlüssel zu meiner Wohnung gegeben oder hast du dir einfach einen Ersatzschlüssel geklaut?«, fragte ich, um sie zu ärgern, realisierte im gleichen Moment aber, dass ich die Antwort tatsächlich nicht kannte.

Stella streckte mir die Zunge raus. »Du findest es toll, wenn ich hier bin. Stell dich nicht so an.«

Ich entgegnete nichts, aber wir wussten beide, dass sie recht hatte.

»Rutsch rüber«, forderte ich. »Aber vielleicht solltest du dich auch manchmal ankündigen. Wer weiß, ob ich mal Besuch habe.«

»Oh Besuch«, sagte sie vieldeutig und machte den Fernseher an. »Da ist wohl jemand hoffnungsvoll.«

»Realistisch«, korrigierte ich und griff nach einer Packung Chips, die sie irgendwo zwischen den Decken versteckt hatte. Stella kam für einen Filmabend nie ohne Verpflegung vorbei. Das war eine goldene Regel. »Denkst du wirklich, dass ich keine Dates kriege?«

»Nein, tue ich nicht. Du kommst aus einer reichen Familie und bist Profisportler. Es gibt schlimmere Voraussetzungen.«

»Das ist, glaube ich, das Netteste, was du jemals zu mir gesagt hast«, zog ich sie auf. »Was ist noch mal als Letztes passiert?«

Stella öffnete die Serie Twin Peaks, die wir jetzt schon seit Wochen zusammen guckten. Ich verstand höchstens die Hälfte von dem, was passierte. Stella behauptete immer wieder, dass sie voll den Durchblick hätte. Aber ich war mir sicher, dass sie log, um mich aufzuziehen.

Sie schnaubte belustigt. »Wir haben vorgestern die letzte Folge gesehen. Das kannst du unmöglich schon wieder vergessen haben.« Sie warf mir einen seltsamen Blick von der Seite zu.

»Was willst du mir mit dem Gesichtsausdruck sagen?«, fragte ich sofort.

»Stimmt es, dass du was mit Ivona Kaufmann hattest?« Lag da Missbilligung in ihrer Stimme?

»Ja«, sagte ich zögerlich, weil ich nicht wusste, wie sie reagieren würde.

Eine Sekunde später stieß sie ein lautes Lachen aus und warf den Kopf in den Nacken. »Du hast einen fürchterlichen Frauengeschmack.«

»Entschuldigung?«, fragte ich irritiert.

»Sie hat sich schon mal an Isaac rangemacht. Ich glaube, sie hat es auf reiche Erben abgesehen.«

Ich zuckte nur unbeteiligt mit den Schultern.

»Du weißt das?« Entrüstet starrte sie mich an. Die neue Folge lief bereits, doch sie ignorierte das flackernde Bild auf dem Fernseher und die Stimmen, die aus den Lautsprechern drangen. Das passte so gar nicht zu ihr.

»Ich will sie ja nicht heiraten«, meinte ich.

»Du findest es nicht unattraktiv, dass sie dich nur für dein Geld will?«

»Nein, ich will ja eh nichts Ernstes.«

Eine Sekunde später landete ein Kissen in meinem Gesicht.

»Du bist unmöglich«, kommentierte Stella und schüttelte tadelnd den Kopf.

»Wieso?« Ich ließ das Kissen auf meinem Schoß liegen, da ich mit hoher Wahrscheinlichkeit noch etwas sagen würde, das Stella nicht gutheißen würde.

»Wie kann man mit jemandem schlafen, den man nicht mal leiden kann?«

»Eines Tages wirst du es verstehen«, sagte ich mit meiner besten Jedi-Meister-Stimme.

Stella versuchte sich das Kissen zu schnappen, doch ich hielt es fest. Schnaubend gab sie auf.

»Du bist gerade mal zwei Jahre älter als ich. Nur weil du jetzt dein Abitur hast und in deiner eigenen Wohnung lebst, musst du dich nicht so aufführen.« Es lag nicht nur etwas Scherzhaftes in ihrer Stimme. Sie war wirklich genervt. Sofort fühlte ich mich schlecht. Es gab kaum eine schlimmere Vorstellung, als dass Stella sauer auf mich sein könnte.

Ich legte das Kissen zur Seite und zog sie in meine Arme. Sie wehrte sich nicht, aber sie ließ mich einige lange Sekunden warten, bevor sie die Umarmung erwiderte. Sobald ihr Geruch in meine Nase drang, fühlte ich mich um einige Jahre jünger. Ich erinnerte mich daran, wie es gewesen war, mich an ihr festzuklammern, wenn mein ganzer Körper vor Angst gezittert hatte. Als meine große Schwester Izzy krank gewesen war und niemand sagen konnte, ob sie die Leukämie überleben würde, war Stella da gewesen. Ich hatte sie immer in den Armen gehalten, aber wir hatten beide gewusst, dass eigentlich sie mich zusammenhielt und nicht andersherum.

»Sorry«, murmelte ich. »Ich wollte nicht gemein sein. Was ich eigentlich sagen wollte, ist, dass ich gar keine Beziehung will. Ich habe doch dich.«

Stella lachte schon wieder auf, und der Klang vibrierte in meiner Brust, die an ihrer lag.

»Also kriege ich die emotionale Verantwortung für dich und andere Frauen den Sex?«

»Ja«, sagte ich ganz fachmännisch.

Sie lachte erneut. »Ich weiß nicht, ob ich so einen guten Deal eingegangen bin.« Sie löste sich langsam aus der Umarmung und wuschelte mir durchs Haar. Das machte sie oft. Ich mochte es, ihre Finger auf meiner Kopfhaut zu spüren. »Ich date gerade übrigens jemanden.«

Ich zog die Augenbrauen zusammen. »Wieso hast du davon nichts erzählt? Weiß August davon?«

Sie hob warnend den Zeigefinger. »Wehe du erzählst meinem Bruder davon. Und keine Ahnung, warum ich es dir nicht erzählt habe. Bisher war es nicht wichtig genug.«

»Aber jetzt schon?«, hakte ich nach.

»Vielleicht«, sagte sie ausweichend.

»Willst du mehr über ihn erzählen?«

»Gerade nicht. Lass die Serie gucken, okay?«

Ich nickte nur und konnte nicht genau erklären, warum ich so erleichtert war, nicht über Stellas neuen Freund reden zu müssen.

Ich spüre ein Pochen in meinem Herzen. Dort sitzt der Phantomschmerz. Dort fehlt seit langer Zeit ein Teil von mir.

Einen Moment gestatte ich es mir, mich gegen die Wand zu lehnen, die Augen zu schließen und tief durchzuatmen.

Lange habe ich nicht mehr so an sie gedacht. Ich habe es mir nicht erlaubt, einen Gedanken an sie festzuhalten. Aber ab und an hat sich ein kleiner Fetzen eingeschlichen. Wie sich einzelne Sonnenstrahlen durch eine Wolkendecke kämpfen.

Ich war im Supermarkt und habe eine Packung Kinderriegel im Regal entdeckt. Ich habe eine Serie angefangen und realisiert, dass ich die Zusammenhänge nicht verstehen werde, wenn sie mir diese nicht erklärt. Ich habe ein lustiges Meme gesehen und musste den Impuls unterdrücken, es ihr zu schicken, weil ich so schreckliche Angst davor habe, was in meinem Inneren passieren könnte, wenn sie niemals darauf antworten würde.

Energisch stoße ich mich von der Wand hinter mir ab und beende den Moment. Ich kann nicht an sie denken. Denn wenn ich das tue, dann erinnere ich mich an all das, was ich verloren habe. Und ich kann die Gefühle, die das mit sich bringen würde, jetzt nicht zulassen, sonst bewege ich mich nie wieder von der Stelle.

Ich dusche schnell und ziehe mir einen neuen Anzug an. Ich tue so, als würde es reichen, den Angstschweiß von meinem Körper zu waschen, um auch loszuwerden, was ihn ausgelöst hat. Dieser Illusion muss ich mich hingeben, genauso wie vielen anderen.

Denn wenn ich es nicht tue, werde ich irgendwann realisieren, dass es meine Schuld war, dass ich alles verloren habe, das mir jemals wichtig war.

3. Kapitel

STELLA

Ich bin feige. Inzwischen muss ich es mir eingestehen, weil es so offensichtlich ist. Ich bin schon länger als vierundzwanzig Stunden in München und habe es noch immer nicht geschafft, mich einer Person zu stellen, die meinen Nachnamen teilt.

Was, denke ich, wird passieren, wenn ich warte? Werde ich mich in weiteren vierundzwanzig Stunden weniger fürchten? Höchstwahrscheinlich nicht. Aber egal, wie energisch ich versuche mir einzureden, dass ich es endlich hinter mich bringen muss, schaffe ich es doch nicht, mich zu überzeugen.

Es ist zehn Uhr abends, aber es ist noch hell. Wenn ich den Himmel lange genug betrachte, glaube ich den Pfeilen auf meiner Armbanduhr vielleicht nicht mehr.

Doch im Kaufhaus sind keine Lichter mehr erleuchtet. Die letzten Einkäufer und Angestellten sind schon nach Hause gegangen. Und genau deswegen traue ich mich, das Gebäude durch den Mitarbeitereingang zu betreten. All die Jahre hatte ich Schlüssel an meinem Schlüsselbund, die ich nicht mehr benutzt habe. Dass sie nach all der Zeit, nach all den Dingen, die seitdem passiert sind, noch passen, kommt mir nicht logisch vor. Wenn sich so vieles verändert hat, wieso funktionieren gewisse Gegenstände noch?

Fast schon ehrfürchtig streife ich durch das Kaufhaus, zwischen dessen Auslagen und Vitrinen ich aufgewachsen bin. Ich stelle mich vielleicht noch keinem Familienmitglied, aber hier zu sein, fühlt sich ein bisschen so an, als würde ich mich doch mit ihnen auseinandersetzen. Der Name Kronenberger steht nicht nur außen an der Fassade, er ist in das Mauerwerk eingelassen und mit jeder Faser jedes Kleidungsstücks, das hier hängt, verwoben.

Ganz von allein führt mich mein Weg ins oberste Stockwerk. Ich gehe an jetzt leeren Lebensmittelauslagen vorbei, die mich an knurrende Mägen denken lassen.

Und dann stehe ich auch schon vor dem schwarzen Flügel. Den Namen fand ich immer so passend, denn als Kind habe ich immer damit gerechnet, dass er gleich abhebt und tatsächlich davonfliegt. Vor allem, wenn ich ihn spiele.

Ich habe, seit ich aufgebrochen bin, keine Klaviertastatur mehr berührt. Es jetzt ausgerechnet hier zu tun, fühlt sich falsch und verdammt richtig zugleich an. Dieses Gefühl begleitet mich, seit ich wieder in München gelandet bin.

Auf einmal sitze ich auf dem Schemel, und meine Finger wandern über die weißen Tasten. Ich habe keine Ahnung, wann ich mich gesetzt habe. Ich habe es einfach getan.

Das ist wohl das, was mich ausmacht. Ich tue etwas, ohne zu denken, weil ich mich selbst nicht verstehe.

Vielleicht schlage ich den ersten Ton nur an, um mir nicht selbst zuhören zu müssen.

Und dann spiele ich weiter. Meine Finger erinnern sich an alles. Das Lied bereitet mir eine Gänsehaut, der Sog der Vergangenheit wird wieder zu einem schwarzen Loch, dem ich mich nicht entziehen kann. Doch ich kann meine Finger nicht aufhalten, und dann ist es auch schon zu spät.

Elf Monate vor dem Unfall

Ich klimperte vor mich hin. Die Klavierklänge kreierten eine Dissonanz mit den Popsongs, die aus den Boxen dröhnten und durchs ganze leere, dunkle Kaufhaus zu hallen schienen. Johann hatte sie mal wieder viel zu laut eingestellt. Aber das war mir egal. Gerade wollte ich am Klavier sitzen und nicht mit den anderen feiern.

»Hey.« Matt sprach mich nur sanft an, als wüsste er, dass eine laute Stimme den bereits bestehenden Missklang nur noch verstärken würde. »Wie geht's?«

Ich schnaubte und spielte weiter. Ich reagierte oft mit einem Schnauben auf seine Fragen. Aber ich war mir sicher, dass er wusste, dass es ein liebevolles Geräusch war, wenn es an ihn gerichtet war.

»So gut also?«, fragte er scherzend und quetschte sich neben mich auf den Schemel. Er schubste mich fast auf der anderen Seite wieder runter. Ich musste mir ein Lachen verkneifen, weil ich heute doch eigentlich nicht so gute Laune haben wollte.

»Dich nervt es, dass August so viele Leute eingeladen hat, oder?«, fragte Matt vorsichtig weiter und schlug ein paar Tasten an. Das mochte zuerst willkürlich wirken, aber sie passten zu meinem Lied. Und wer Matt gut kannte, wusste, dass willkürliche Handlungen einfach nicht sein Ding waren.

»Das ist eine Mitternachtsparty«, sagte ich so neutral ich konnte. »Kronenbergers und Jordans feiern das normalerweise zusammen. Niemand sonst.«

»Sag doch einfach, dass es dich nervt. Ich verstehe das. Mir wäre es auch lieber, wir wären eine kleine Runde.« Er hielt kurz inne. »Und es tut mir leid, dass er deinen Ex-Freund eingeladen hat.«

Ich zuckte mit den Schultern, um ihm zu zeigen, dass es keine große Sache war. Und irgendwie stimmte das auch. Meine Beziehung zu Felix war nichts Besonderes gewesen. Ich hatte mich von ihm getrennt. Aber das hieß noch lange nicht, dass ich es mochte, vor meiner Familie und meinen engsten Freunden bloßgestellt zu werden.

»Er hätte all die Dinge nicht sagen dürfen«, fuhr Matt fort, als ich nicht reagierte. Zumindest nicht mit Worten. Nur mit den

Tönen, die ich anschlug, die immer energischer und energischer wurden.

»Hm«, machte ich und spielte weiter.

Doch ich hätte wissen müssen, dass Matt mir das nicht durchgehen lassen würde. Er legte seine Hände auf meine und hinderte sie so am Weiterspielen. Jetzt hatte ich kein Ventil mehr. Und ich spürte, wie all die Dinge, die ich gar nicht fühlen wollte, sich in mir anstauten.

»Er ist einfach ein eifersüchtiges Arschloch, das unsere Freundschaft nicht versteht«, beharrte er und sah mir direkt in die Augen. Meine Hände ließ er immer noch nicht los. Vermutlich, weil er genau wusste, dass ich direkt weiterspielen würde.

Ich verstehe unsere Freundschaft manchmal auch nicht, schoss es mir unwillkürlich durch den Kopf, doch ich sagte es nicht laut.

»Er hätte dir nicht unterstellen dürfen, dass du ihn mit mir betrogen hast«, fuhr Matt mit betont ruhiger Stimme fort. Doch ich durchschaute ihn. Er war auch wütend. Jemand hatte mich angefahren. Natürlich war er wütend.

»Er ist nicht mein erster Freund, der ein Problem mit unserer Freundschaft hat«, sagte ich, ohne zu wissen, warum ich es überhaupt ansprach. Was wollte ich damit erreichen? »Und würdest du jemanden ernsthaft daten, hätte deine Freundin damit vermutlich auch ein Problem.«

»Weil andere Leute uns nicht verstehen, heißt das noch lange nicht, dass wir keinen Sinn ergeben.« Seine Stimme hatte eine Heftigkeit angenommen, die mich hätte zurückzucken lassen, wenn er mich nicht noch immer festhalten würde. »Du bist der wichtigste Mensch in meinem Leben und wirst es immer sein. Fertig.«

Ein kleines Lächeln zupfte an meinen Mundwinkeln. Wenn Matt mich so ansah, musste ich an Finger denken, die über nackte Haut fuhren. Ein komisches Kribbeln, das ich niemals mit ihm verbunden hatte, breitete sich in meiner Magengrube aus.

»Denkst du nicht, dass das deiner zukünftigen Frau missfallen

würde?«, fragte ich. Mein Tonfall ließ mich an ein Zimmer denken, das im Dunkeln lag, in dem nur sanftes Atmen und das Rascheln einer Decke zu hören waren.

»Das ist mir egal«, sagte Matt auf diese für ihn typische Weise, die mich keine Sekunde an seiner Aussage zweifeln ließ. Während ich ein Blatt war, das vom Wind mal in die eine und mal in die andere Richtung getrieben wurde, war er ein Baum mit tief reichenden Wurzeln. Wenn Matt etwas sagte, dann meinte er es auch so. Ich wusste nicht einmal, ob ich zu so festen Überzeugungen wie er fähig war.

»Das dürfte dir nicht egal sein«, widersprach ich ihm, wieder ohne zu wissen, worauf ich mit dieser Unterhaltung überhaupt zusteuerte. »Willst du nicht, dass die Person, mit der du zusammen bist, die wichtigste in deinem Leben ist? Funktioniert das nicht so?«

»Es funktioniert so, wie wir das wollen.« Wieder war da diese unerschütterliche Überzeugung, die seine Stimme wärmer klingen ließ. Aber er wurde leiser, der Griff um meine Hände fester. Ich versuchte nicht einmal, mich ihm zu entziehen, obwohl wir uns noch nie auf so eine intensive Weise berührt hatten.

»Denkst du, dass Felix recht hat?«, flüsterte ich und sah auf unsere Hände, weil das einfacher war, als mich seinen braunen Augen zu stellen.

»Felix hat niemals recht. Ich hoffe, dass dir das klar ist«, meinte Matt. Als ich nicht reagierte, räusperte er sich. »Mit was?« Klang er tatsächlich kleinlaut? Das passte so gar nicht zu ihm.

»Er denkt, dass selbst, wenn ich ihn nicht mit dir betrogen habe, ich es eines Tages bei einem neuen Partner tun werde.«

»Bullshit«, entgegnete Matt sofort.

»Aber er meinte auch, dass wir niemals wissen können, ob zwischen uns vielleicht doch mehr ist als Freundschaft, wenn wir uns nicht einmal geküsst haben.«

Seitdem wir vor einer halben Stunde Wahrheit oder Pflicht gespielt hatten – Wer hatte eigentlich diese beschissene Idee? –, kriegte ich diese Worte nicht mehr aus meinem Kopf. Als ich meinem Ex-Freund gesagt hatte, dass ich Matt noch nie geküsst hatte, dachte er, ich hätte gelogen. Und vielleicht verstand ich, warum er das dachte. Wenn zwei Menschen so eine enge Beziehung hatten wie Matt und ich, rechnete man nicht damit, dass sie rein platonisch war. Und wieso hatten wir nie darüber nachgedacht, dass da mehr zwischen uns sein könnte? Eigentlich war es gar nicht so abwegig. Ganz und gar nicht.

Aber vielleicht merkte man gar nicht, dass man seinen besten Freund attraktiv fand, wenn man mit ihm aufgewachsen war und sich noch daran erinnern konnte, wie er mit Zahnlücke und später mit Zahnspange aussah. Und auf einmal saß ein breitschultriger Typ mit durchdringenden Augen und einem schiefen Grinsen vor einem und man konnte nicht mehr einordnen, was in einem vorging.

Matt antwortete sehr lang nicht. Die Zeit streckte sich, bis sie ihre eigenen Grenzen erreicht zu haben schien. Weiter konnte man sie nicht dehnen, bevor sie riss. Und gerade als ich dachte, dass deswegen gleich die Welt untergehen musste, redete er weiter.

»Beschäftigt dich das?«

Ich würde gern lügen, aber Matt konnte ich immer die Wahrheit sagen, und ich wollte nicht, dass sich das jemals änderte. »Ja«, sagte ich also schlicht.

»Okay«, erwiderte er genauso schlicht.

»Okay?«

»Dann küssen wir uns jetzt, um deine Zweifel auszuräumen.«

»Was?«, entfuhr es mir, und ich zog meine Hände aus seinen. Meine Haut war angenehm aufgewärmt.

»Du denkst, dass Felix recht hat. Ich beweise dir, dass er nicht recht hat. Also werde ich dich jetzt küssen.«

Ich lachte auf, weil mir diese Logik so absolut absurd vorkam. Aber Matt sah aus, wie er immer aussah, wenn er eine weitere MM ins Auge gefasst hatte. Unbeugsam. Entschlossen. Und ir-

gendwie löste genau das in mir das Bedürfnis aus, meine Lippen auf seine zu legen.

»Du willst mich tatsächlich küssen?«, fragte ich überfordert.

»Wenn es hilft.«

»Wie romantisch«, scherzte ich.

»Pragmatisch«, hielt er dagegen.

Ein Teil von mir wollte weiter mit ihm diskutieren. Ein anderer Teil wollte, dass ich endlich die Klappe hielt, um meinen Mund für etwas anderes als reden zu benutzen.

Aber diese Grenze hatten Matt und ich nie überschritten. Und es jetzt zu tun, jagte mir auch irgendwie Angst ein.

»Okay«, sagte ich schließlich.

»Okay«, wiederholte Matt, und sein schiefes Grinsen verzog seine Lippen, die deswegen irgendwie noch mehr dazu einluden, geküsst zu werden.

»Dann zeig mal, was du kannst«, forderte ich ihn heraus.

Diesmal lachte Matt auf. Ich rechnete damit, dass er mich noch weiter aufziehen oder vielleicht noch ein paar schlechte Sprüche raushauen würde, um den Kuss hinauszuzögern. Doch er tat es nicht.

Er legte seine Hand sanft an meine Wange und küsste mich. Ohne Trommelwirbel. Ohne Ankündigung. Ohne Schnörkel.

Der Kuss war gradlinig. Direkt. Ehrlich. Genau wie Matt.

Und ich erkannte, dass ich nicht nur lieber Zeit mit Matt verbrachte als mit jedem anderen Menschen auf dieser Welt. Ich küsste ihn auch lieber.

Meine Hand legte ich in seinen Nacken, als wäre das hier ein richtiger Kuss und nicht nur ein Experiment unter Freunden. Ich blendete die Tatsache aus, dass er mein bester Freund war und dieser Moment alles, was vorher zwischen uns so einfach gewesen war, verkomplizieren würde. Ich ignorierte all meine Bedenken und konzentrierte mich auf das Kribbeln in meinem Magen und das Pochen in meiner Brust.

Matt kam mir entgegen und zog mich ebenfalls näher an sich.

Er vergrub seine Finger in meinen Haaren und streichelte sanft mit seinem Daumen über meine Wange.

Ich wollte ihn festhalten, und ich wollte auch diesen Moment festhalten.

Doch ein lauter Knall, Schreie und das Klirren von Scherben ließen uns auseinanderfahren.

Wir sahen uns ein paar Sekunden wortlos an, dann sprang ich auf und rannte auf die Quelle des Krachs zu. Eigentlich lief ich vor Matt weg, aber die chaotischen Stimmen waren die perfekte Ausrede für meine Flucht. Fort von verwirrenden Gedanken und unbeantworteten Fragen.

Als ich am Treppenabsatz ankam, vergaß ich Matt für den Bruchteil einer Sekunde. August lag ein Stockwerk tiefer auf einer Matratze, umgeben von Scherben. Ich brauchte nicht viel Fantasie, um mir zusammenzureimen, was hier geschehen war.

Er war mit einer Matratze von den Ausstellungsbetten einen Treppenabsatz hinabgerutscht. Und in einer Vitrine voller Porzellanteller gelandet.

Ich sprintete auf ihn zu. Er rührte sich nicht.

»August«, rief ich. Irgendwo waren auch unsere Freunde, aber andere Menschen nahm ich nur noch verschwommen wahr, als würde ich sie durch eine dicke Milchglasscheibe sehen.

Auf einmal setzte er sich auf und warf mich in einer engen Umarmung mit sich auf die Matratze. Ich schrie vor Schock auf. Dann schlug ich ihm gegen die breiten Oberarme, bis er mich losließ.

»Sag mal spinnst du!«, stieß ich aus. »Das ist nicht lustig. Ich dachte, dir wäre was passiert.«

Die anderen kamen zu uns. Irgendjemand lobte seine Flugbahn. Viele lachten. Ein anderer wollte es selbst mal ausprobieren. Aber ich konnte mich nicht amüsieren.

»Mir geht's gut, Ella«, meinte August. Er sagte es immer und immer wieder und drehte sich dann zu allen Seiten, um mir zu beweisen, dass er sich nicht verletzt hatte. »Mir geht's gut.«

Als er mich auf diese schelmische Weise ansah, die ihn immer wie meinen jüngeren und nicht älteren Bruder wirken ließ, hatte er mich schließlich erweicht. Ich schlug ihm einmal gegen den Hinterkopf, dann ließ ich mir von ihm wieder auf die Beine helfen und hörte zu, während die anderen beschrieben, wie ungeschickt er sich bei seinem leichtsinnigen Vorhaben angestellt hatte.

Irgendwann konnte ich auch wieder lachen, als ich wirklich verstanden hatte, dass er nicht verletzt war. Und sobald diese Sorge fort war, war in meinem Kopf wieder Platz für andere Gedanken.

Irgendwas brachte mich dazu, aufzusehen. Matt stand mitten auf der nicht laufenden Rolltreppe und starrte mich an.

In seinen Augen sah ich die gleiche Frage, die auch mich nicht mehr losließ: Was zur Hölle ist da gerade passiert?

Und ich hoffte inständig, dass ich auch eine weitere Frage aus seinen Zügen lesen konnte: Wieso will ich, dass es sich wiederholt?

Als die letzten Töne verklingen, fühle ich mich ein bisschen so, als wäre ich in der Zeit gereist. Doch um mich ist es komplett still. Und ich bin allein. Die Mitternachtsparty ist lange vorbei.

Ich gestatte mir noch einen tiefen Seufzer, dann löse ich mich aus meiner Starre. Ich muss aufhören, vor allem davonzulaufen. Morgen werde ich endlich das tun, wofür ich zurückgekommen bin. Und sobald ich das getan habe, werde ich so schnell wie möglich wieder aus München verschwinden.

4. Kapitel

MATT

»Isaac, ich verstehe nicht, was du mir sagen willst«, sage ich ein bisschen genervt ins Handy, das ich mir zwischen Ohr und Schulter geklemmt habe, während ich meinen Schreibtisch aufräume. »Ich bin der Letzte in diesem gottverdammten Kaufhaus und würde gern heimgehen.«

Weil ich zu spät zur Arbeit kam, habe ich mein Pensum nicht pünktlich erledigt, also musste ich länger bleiben. Langsam fühlen sich meine Augen verklebt an. Jedes Mal, wenn ich blinzle, scheint es mir schwerer zu fallen, sie wieder zu öffnen. So erschöpft bin ich von diesem Tag, der einfach nicht enden will.

»Ich wollte nur wissen … wie es dir geht.« Mein Zwillingsbruder klingt zögerlich. Er sagt eine Sache, aber ich habe das Gefühl, er meint etwas ganz anderes. Wenn ich ihn jetzt sehen könnte, wüsste ich vermutlich sofort, was los ist. Sein Gesichtsausdruck ist noch verräterischer als sein Tonfall.

»Was ist los?«, frage ich und klinge alarmiert, bevor die Emotion richtig in meiner Brust angekommen ist. »Ist irgendwas Schlimmes passiert?« Sofort beginnt mein Herz zu rasen, und ich spüre ein Prickeln in meinem Nacken.

»Nein, alles gut«, sagt Isaac schnell. »Niemand liegt im Krankenhaus oder so.«

Natürlich ist das der Ort, wo mein Kopf zuerst hingesprungen ist. Und Isaac weiß das. Vermutlich geht es ihm ähnlich.

Würde es uns leichter fallen, über die Dinge zu reden, die uns nachts wachhalten, würden wir bestimmt erkennen, dass wir mit unseren Problemen nicht allein sind. Aber es fällt uns nun mal schwer.

Er hat gerade seine Zusage von einer Kunsthochschule in Berlin bekommen. Er wird das machen, was er liebt. Und das freut mich für ihn. Aber die Vorstellung, das Hotelimperium unserer Familie eines Tages ohne seine Hilfe führen zu müssen, droht mich immer wieder zu übermannen. Ich liebe die Hotels. Das habe ich schon immer. Ich möchte sie leiten. Aber es war nie geplant, dass ich es allein würde tun müssen ...

Wie immer schiebe ich die dunklen Gedanken weg, weil ich mich ihnen nicht stellen kann. Vielleicht werde ich das niemals können. Aber solange mir noch sechs Monate bleiben, die ich im Kaufhaus Kronenberger als Assistent arbeite, muss ich mich damit auch noch nicht auseinandersetzen.

»Du klingst komisch«, sage ich geradeheraus, während ich den Bürokomplex verlasse und in das menschenleere Kaufhaus trete. »Irgendwas ist los.«

Isaac zögert. Und das sagt schon mehr als tausend Worte.

»Spuck's aus«, fordere ich ihn auf.

Er zögert wieder, doch bevor ich ihn anfahren kann, lenkt ein Geräusch meine Aufmerksamkeit auf sich.

Mein Herz verkrampft sich. Es fühlt sich an, als würde sich eine Faust darum schließen. Ich kann nicht mehr sprechen, also verabschiede ich mich nicht von Isaac, sondern lege einfach auf und laufe darauf zu. Das Geräusch dürfte nicht durch das halbe Kaufhaus dringen, aber es ist so leise in diesem Gebäude, dass jede Störung dieser Stille unglaublich laut klingt.

Ich folge dem Klang. Mit jedem Schritt, den ich tue, wird er deutlicher. Mein Herz passt seinen Rhythmus an die Melodie an.

Es ist der Flügel. Jemand spielt ihn. Sie spielt ihn. Das ist ein Lied von ihr, das ihr beim Rumklimpern eingefallen ist.

Ich laufe an endlos langen Reihen von Vitrinen vorbei. Ich erinnere mich an eine Geschichte, die sie mir vor all den Jahren erzählt hat. Sie hatte eine Schwäche für griechische Sagen, und besonders die Odyssee hatte es ihr angetan. Odysseus wurde auf seiner Reise vom Gesang der Sirenen verzaubert. Seiner Mannschaft befahl er, sich etwas in die Ohren zu stopfen, um ihnen nicht zu verfallen. Doch er selbst ließ sich an den Mast seines Schiffes binden, weil er sie hören wollte.

In diesem Moment verstehe ich Odysseus. Wieso sollte er sich einem Klang, der ihm alles verspricht, was er sich jemals erhofft hat, entziehen wollen? Ist es in Anbetracht solcher Schönheit nicht egal, dass es den eigenen Untergang bedeutet, ihn zu hören?

Die Melodie wird trauriger, und ich erinnere mich an tausend Dinge gleichzeitig. Stella liest mir einen ihrer Texte vor, obwohl es ihr eigentlich unangenehm ist. Stella tanzt mit der Zahnbürste im Mund durch mein Bad. Stella liegt in meinem Bett. Stella sitzt an diesem Flügel, und ich küsse sie zum allerersten Mal. In diesem Moment habe ich deutlich gespürt, dass sich alles verändern wird. Wer ich bin, was ich will, mein ganzes Leben. Meine Gravitation hat sich verändert. Oder ich habe erst dann realisiert, dass ich keine Sonne bin, sondern nur ein Planet, der sich um eine andere Person dreht.

Damals hat mich der Gedanke nicht beunruhigt. Heute weiß ich, dass es gefährlich ist, sich so zu fühlen. Denn verschwindet die Sonne, um die man kreist, bleibt nichts mehr übrig, das einen auf der Bahn hält.

Es war schwer, die letzten Monate in diesem Gebäude zu arbeiten, auf dessen Fassade ihr Nachname prangt und an dessen Wänden überall Erinnerungen kleben. Doch nun scheint die Melodie diese Erinnerungen von der Tapete zu lösen, bis sie auf mich zu schweben. Ich atme nicht mehr Luft und Staubpartikel. Ich atme meine eigene Vergangenheit ein und drohe an ihr zu ersticken.

Zehn Monate und drei Wochen vor dem Unfall

»Die Party war toll«, beharrte August.

»Aber in Zukunft lädst du niemanden außer uns ein«, hielt Lorena entschlossen dagegen.

Wir saßen wie so oft in Augusts Wohnung, die so weiträumig war, dass sie mich immer an den Begriff gähnende Leere *denken ließ. Lorena hatte es sich neben Isaac auf dem breiten Sofa bequem gemacht und lehnte sich leicht gegen ihn. Alle Paare machten diese kleinen, fast schon beiläufigen Gesten, die ihnen vermutlich gar nicht mehr auffielen. Sie nahmen die Hand des anderen, hielten irgendwie immer Körperkontakt, als könnte sonst jemand infrage stellen, dass sie tatsächlich zusammengehörten.*

Ich hatte das Verhalten anderer Menschen schon immer analysiert. Aber auf einmal fielen mir andere Dinge auf als früher.

Mein Blick huschte ganz von allein zu Stella hinüber, die mit angezogenen Beinen neben ihrem Bruder hockte. Sie schien Lorenas und Augusts Diskussion sehr aufmerksam zu verfolgen. Dabei verzog sie ganz leicht das Gesicht. Kleine Falten sammelten sich zwischen ihren Augenbrauen.

Ich hatte Stella in meinem Leben schon unzählige Male betrachtet, vermutlich häufiger als jeden anderen Menschen. Und doch entdeckte ich in den letzten Tagen Details, die mir vorher nie aufgefallen waren.

Sie hatte nicht nur Sommersprossen auf den Wangen und der Nase. Einige reichten fast bis zu den Augen. Sie glättete sich jeden Tag die Haare, aber gegen Abend begannen ihre Strähnen sich wieder zu kräuseln, als würden sie ihrem Gefängnis aus Gleichförmigkeit entfliehen wollen. Ihre Oberlippe erinnerte mich an Herzen, die man auf Papier kritzelte, wenn einem im Unterricht langweilig gewesen war.

Ich würde lügen, würde ich behaupten, ich hätte vor unserem Kuss nie darüber nachgedacht, wie es wäre, sie zu küssen. Immer wieder hatten mich in unverhofften Momenten Fragen überfallen, mit denen ich nicht umgehen konnte.

Stella lachte über etwas, das ich gesagt hatte, und ich fragte mich, ob sie für einen anderen Mann jemals auf die gleiche Art gelacht hatte.

Stella redete begeistert über eine Geschichte, fuchtelte dabei mit den Händen herum, und ich fragte mich, wie sich ihre Finger auf meiner Haut anfühlen würden.

Stella war bei mir, um einen Film zu gucken, und ich fragte mich, ob ihre Lippen vielleicht ein bisschen nach Kirsche schmeckten, weil mich deren Farbe daran denken ließ.

Taten sie nicht. Sie schmeckten irgendwie noch besser.

»Was meinst du, Matt?«, fragte mich August direkt. Zum Glück hatte ich genug vom Gespräch mitbekommen, um überspielen zu können, dass ich an die Lippen der kleinen Schwester meines besten Freundes gedacht hatte.

»Ob wir die anderen noch mal einladen sollen?«, fragte ich zurück.

»Ja, genau. Ich finde, wir können ruhig mehr Menschen einladen«, meinte August. »Vielleicht auch ein paar von meinen Freunden vom Flugplatz.«

»Ich muss Lorena recht geben«, sagte ich und sah den Unglauben in seinen Augen. Meistens ergriff ich für ihn Partei. Aber Felix' Anwesenheit hatte Stella fast den Abend verdorben. Deswegen würde ich nicht sagen, was er hören wollte.

»Danke«, sagte Lorena und ließ sich noch ein bisschen weiter in Isaacs Arm sinken.

Wenn Stella nicht auf einem anderen Möbelstück gesessen hätte, hätte ich in diesem Moment vielleicht dem Impuls nachgegeben, sie ebenfalls in die Arme zu schließen.

Seit dem Kuss waren wir nicht mehr allein gewesen, also hatten wir noch keine Chance gehabt, darüber zu reden. Und mit jedem Tag, der ohne ein Gespräch unter vier Augen verstrich, fühlte ich mich weiter von ihr entfernt, obwohl ich ihr doch näher sein wollte. Aber meine Gedanken, die mir einredeten, dass sie es bereute, schoben mich beharrlich von ihr fort. Ich hielt das nicht mehr aus.

Wir verbrachten noch einige Stunden in Augusts Wohnzimmer. Erst als es stockdunkel vor den Fenstern wurde und Lorena alle zwei Minuten gähnte, entschlossen sie und Isaac sich dazu, zu gehen, und Stella und ich standen ebenfalls auf.

Das erste Mal, seit wir die Wohnung ihres Bruders betreten hatten, sah sie mich direkt an, und mein Herz schien zu versuchen, die Melodie nachzuahmen, die sie an jenem Abend auf dem Flügel gespielt hatte.

Schnell lösten wir den Blickkontakt wieder. Isaac und Lorena waren schon bei der Eingangstür und zogen sich die Schuhe an. Als ich zu ihnen gehen wollte, hielt mich August noch mal kurz zurück.

»Es wäre mir wichtig, wenn meine Freunde vom Flugplatz kommen könnten.« Seine Stimme war für seine Verhältnisse extrem ernst, was mich aufhorchen ließ.

»Sie sind bestimmt sehr nett. Aber ich glaube, mit der letzten Party hast du den anderen diese Idee vermiest«, setzte ich an. »Du hast Stellas Ex-Freund eingeladen.«

August knirschte mit den Zähnen. »Er war mit uns auf der Schule.«

»Ich weiß, aber es hat ihr nicht gefallen.«

August nickte. »Also werden die anderen sich auch dagegen wehren, andere Leute einzuladen?«

»Ja«, sagte ich, obwohl ich ihm deutlich ansehen konnte, dass er etwas anderes hören wollte.

»Okay, danke«, meinte er nach einem kurzen Zögern und klopfte mir auf die Schulter.

Er wirkte niedergeschlagen, und ich wollte ihn fragen, was wirklich los war, doch er schob mich bereits durch den Flur, bis ich die anderen erreicht hatte und ihn nicht mehr darauf ansprechen konnte.

Mit einem seltsamen Gefühl in der Magengrube verließ ich seine Wohnung. Isaac und Lorena sprachen darüber, wo sie morgen Abend zusammen essen gehen wollten, doch ich hörte ihnen nur mit halbem Ohr zu. Meine Gehirnwindungen konnten sich einfach nicht von Augusts Worten und seinem Gesichtsausdruck lösen.

»Bis morgen«, rief Isaac über seine Schulter zu uns herüber, sobald wir unten auf der Straße angekommen waren. Er nahm Lorenas Hand, und dann liefen sie auch schon gemeinsam davon. Stella und mich ließen sie allein auf dem dunklen Bordstein zurück.

»Hey«, murmelte Stella in sich hinein, obwohl wir schon die letzten vier Stunden miteinander verbracht hatten.

»Hey«, erwiderte ich trotzdem, weil es mir erst in diesem Moment so vorkam, als wären wir wirklich zusammen. Man kann nicht nur räumlich voneinander getrennt sein, sondern auch durch die Anwesenheit anderer Menschen.

»Wie geht's?«, fragte sie, und mir entfuhr ein Lachen. »Was?«, hakte sie nach.

»Wollen wir jetzt wirklich Small Talk führen?« Ich sah sie direkt an, obwohl mir ihre hellen Augen gerade den Atem zu rauben drohten.

»Nein«, sagte sie. »Mir ist nur nichts Besseres eingefallen.«

»Wir sollten vielleicht über den Kuss reden«, meinte ich, obwohl ich selbst nicht wusste, was ich dazu sagen sollte. Ich wusste, was ich fühlte. Aber ich wusste nicht, ob Stella diese Dinge hören wollte.

»Hm«, machte sie und wickelte eine nur noch halb geglättete rote Strähne um ihren Finger. »Vielleicht.«

»Hast du auch Angst, dass du den Kuss anders bewertest als ich?«

Sie hielt inne und ließ die Haarsträhne los. »Ja«, gab sie zu.

»Okay, das haben wir schon mal gemeinsam«, sagte ich mit ruhiger Stimme, obwohl es sich inzwischen so anfühlte, als würde

mein Herz nicht mehr in meiner Brust, sondern in meinem Hals schlagen. »Jetzt muss sich nur einer von uns trauen, auszusprechen, was er wirklich denkt, damit wir herausfinden können, ob wir auch das gemeinsam haben.«

Stella lächelte schwach, aber ihre Nervosität stand in jedem Lachfältchen niedergeschrieben. »Ja, einer muss sich trauen. Am besten nicht ich.«

Ich musste lachen, und ihr Lächeln wurde ein bisschen breiter. »War ja klar.«

Auf einmal standen wir ein bisschen näher voreinander als wenige Sekunden zuvor noch. Ich konnte nicht sagen, ob ich mich oder sie sich bewegt hatte. Vielleicht wir beide?

Mein Herz schlug inzwischen so weit oben in meinem Hals, dass ich nicht wusste, ob ich die Worte herausbekommen würde. Aber dann setzte ich an, und auf einmal war es ganz leicht.

»Ich will dich wieder küssen.« Meine Stimme klang fast schon sachlich. Und irgendwie passte das tatsächlich zu meiner Aussage. Ich glaubte nicht an Romantik oder große Gesten. Ich glaubte daran, dass die Wahrheit auf sich allein gestellt schon genug Kraft hatte. Sie musste nicht mit Blumen oder blumigen Worten verziert werden.

Ich hatte vielleicht keine Ahnung von Beziehungen, Liebe und allem, was damit zusammenhing. Aber ich kannte Stella. Und ich wusste, was sie in mir auslöste. War das nicht das, worauf es ankam?

Stella zögerte einen unendlich langen Moment. Ihre Augen waren leicht geweitet. Gerade hatte ich mich noch so entschlossen gefühlt. Aber diese Entschlossenheit bröckelte mit jeder Sekunde, die sie ohne Worte verstreichen ließ.

Ich wollte schon erklären, dass es nur ein Scherz gewesen war, um die Spannung zwischen uns zu lösen. Da bewegte sie sich auf mich zu.

Eine Sekunde später lagen ihre Lippen auf meinen. Ich stieß einen überraschten Laut aus, der schnell zu einem Seufzen wurde, und schlang beide Arme um ihren Körper. Wir stolperten rückwärts, bis wir in die Dunkelheit einer Seitenstraße eintauchten, die nicht einmal mehr von Straßenlaternen erreicht wurde.

Wir küssten uns und küssten uns und konnten einfach nicht mehr damit aufhören.

Ich habe Angst davor, diese Erinnerungen hervorzuholen, als könnten sie dann zerbrechen. Ich verhalte mich wie meine Mutter, die das edle Porzellan immer nur in der Vitrine lässt und nie benutzt, damit es nicht kaputtgeht.

Aber während ich im obersten Stockwerk stehe und auf den Flügel starre, der verlassen und einsam vor mir liegt, realisiere ich, dass ich drohe, an der Erinnerung kaputtzugehen. Nicht andersherum.

Niemand sitzt hier, um die Tasten anzuschlagen. Ich schüttle energisch meinen Kopf. Übelkeit will meinen Hals hochkriechen, und mein Herz schlägt mal wieder viel zu schnell.

Ich konzentriere mich auf meine Atmung, während ich die Klaviatur anstarre. Ich habe mir all das eingebildet. Sie ist nicht hier. Natürlich ist sie nicht hier. Warum sollte sie?

Die Stille, die jetzt auf meine Ohren drückt, sieht dunkel aus. Das wäre ein Gedanke, der Stella gefallen hätte. Sie hat sich oft gefragt, wie Klänge riechen oder Farben schmecken würden. Das nennt sich Synästhesie, hat sie mir mal erklärt. Es ist ein Stilmittel, das die verschiedenen Sinne miteinander vermischt.

Und nun, da sie fort ist, muss ich immer an dieses Wort denken, wenn ihre Abwesenheit wie ein Vakuum auf mich herabdrückt.

Ich könnte sagen, wie sich ihre Abwesenheit anfühlt und anhört, wie sie aussieht, riecht und schmeckt. Und wenn ich darüber nachdenke, kommt es mir so vor, als wäre ich ihr näher. Aber das ist auch nur eine Illusion.

Also schüttle ich energisch meinen Körper aus, als würde die Panik dann einfach von mir abfallen, ignoriere das dumpfe Pochen in meiner Brust und verlasse endlich dieses Gebäude, in dem Wissen, dass ich es morgen wieder werde betreten müssen und dass es mir dann auch nicht leichter fallen wird.

5. Kapitel

STELLA

Ich stehe bestimmt schon seit zehn Minuten vor dieser Tür und bringe es einfach nicht über mich zu klingeln. Noch einmal atme ich tief durch, ermahne mich, nicht so albern zu sein, und endlich drücke ich den Knopf.

Das melodische Klingeln höre ich durch die geschlossene Tür. Am liebsten würde ich mich umdrehen und wieder wegrennen. Das scheint meine bevorzugte Reaktion auf schwierige Situationen zu sein. Aber das kann ich mir nicht immer durchgehen lassen. Ich werde diesen Impuls nur noch für wenige Tage, vielleicht nur noch für wenige Stunden unterdrücken müssen. Dann werde ich mich ins nächste Flugzeug setzen und dorthin fliegen, wo auch immer Luc gerade ist.

Die Tür öffnet sich, und meine Mutter sieht mir entgegen. Genauso wie Isaac braucht sie einige Momente, um mich zu erkennen. Dann tut sie es, und ich kann ihr ansehen, dass sie in ihrem Kopf bereits eine Liste anlegt mit all den Dingen, die ich dringend an mir ändern muss.

Doch sie spricht nichts davon aus. Tränen treten ihr in die Augen, und dann zieht sie mich in ihre Arme. Sofort erwidere ich die Umarmung und versuche nicht zu weinen.

Ist es normal, dass ich mich sofort wieder wie ein kleines Kind und nicht wie eine zweiundzwanzigjährige Frau fühle, sobald ich den Körper meiner Mutter an meinem spüre?

»Richard! Benny!«, schreit sie ins Haus hinein, sobald sie sich ein bisschen von mir gelöst hat. Meine Hand hält sie aber immer noch umklammert, während sie mich ins Haus zieht und die Tür hinter mir schließt, als wollte sie sichergehen, dass ich nicht direkt wieder abhaue. Ich kann ihr das nicht verübeln. »Kommt runter! Hier ist jemand, den ihr begrüßen wollt!«

Das Haus meiner Eltern sieht noch genauso aus, wie ich es in Erinnerung habe. Im Eingangsbereich hängen Familienfotos und antike Porzellanteller. Die Wände sehen frisch gestrichen aus. Ein Perserteppich liegt in dem Flur, von dem mehrere Türen und ein Treppenabsatz abgehen. Ein Kronleuchter hängt an der Decke direkt über meinem Kopf.

Ich erstarre, als ich etwas entdecke, das mir neu ist. Auf einem kleinen Tischchen aus dunklem Holz befinden sich mehrere Bilder von August in goldenen Rahmen. Ein Blumenstrauß steht daneben. Ein Blick genügt, um festzustellen, dass diese Fotos nicht nur an schöne Momente erinnern sollen, sondern an einen Menschen, der nicht mehr hier ist. Es lässt mich an einen Schrein denken. Aber irgendwie ist es auch kein Schrein für meinen Bruder. Dort sehe ich den Goldjungen, der er für diese Familie sein sollte, nicht die Person, die er wirklich war. Ist dieses Image alles, was von ihm übrig geblieben ist? Alles, von dem unsere Eltern dachten, dass es wert ist, konserviert zu werden? Das macht mich mit einem Schlag unendlich traurig. Ich muss wegsehen, um dem Drang, in Tränen auszubrechen, weiterhin widerstehen zu können, obwohl mir der vertraute Geruch meines Elternhauses in die Nase dringt.

Mein Vater erscheint am Treppenabsatz. Auch in seinen Augen sehe ich ein Zögern. Er sucht in meinem Gesicht nach etwas Vertrautem und findet es erst nach einigen Sekunden. Aber dass jeder Zeit braucht, um sich an mich zu erinnern, passt irgendwie. Ich habe mich verändert, und dass sich das auch in meinem Aussehen zeigt, macht diese Veränderung greifbarer. Auch für mich.

»Stella«, entfährt es ihm. Er läuft die Stufen hinunter und drückt mich an sich. Mein Vater ist kein emotionaler Mensch, viele liebe Worte oder aufmunternde Gesten habe ich in meiner Kindheit nicht von ihm erhalten. Aber immer in den Momenten, in denen es darauf ankam. So auch jetzt.

Wir umarmen uns, und wieder muss ich die Tränen zurückdrängen.

»Ich mache mal Tee«, sagt meine Mutter und reibt sich über die Augen.

»Wo ist Benny?«, frage ich.

Mein Vater wendet den Blick ab.

»Was ist los?«, frage ich alarmiert.

»Du kennst ihn doch«, sagt mein Vater. Dieser Satz sollte keine richtige Erklärung sein, aber wenn meine Eltern ihn aussprechen, ist er das. Ich weiß, was das bedeutet. Und das, was ich befürchtet habe, wird bestätigt.

»Ich gucke mal nach Benny«, sage ich zwischen zusammengebissenen Zähnen, sehe meine Eltern nicht mehr an und laufe ins erste Stockwerk. Vielleicht liege ich auch falsch, und ich will mich nicht mit meinen Eltern streiten, solange ich nicht alle Informationen habe.

An Bennys Zimmertür hängt immer noch ein Schild, das er vor Jahren gebastelt hat. Sein Name steht dort in krakeliger Schrift, der man ansieht, dass er damals noch nicht richtig schreiben konnte. Er wollte es irgendwann mal abmachen, hat es aber nicht hingekriegt, also ist es immer noch hier und wird vermutlich auch für immer bleiben. Ich bin davon überzeugt, dass dieses Schild die Apokalypse überleben würde.

Ich klopfe.

»Ich will nicht reden«, schreit er durch die geschlossene Tür.

»Auch nicht mit mir?«, rufe ich zurück.

Die Stille, die auf meine Worte folgt, sagt sehr viel aus.

Ein paar Sekunden verstreichen, dann reißt er die Tür auf. Benny ist kein Kind mehr, geht es mir durch den Kopf, sobald ich meinen kleinen Bruder ansehe. Er überragt mich inzwischen um einen halben Kopf. Als ich gegangen bin, war er noch kleiner.

Er wird bald sechzehn Jahre alt. Vielleicht war er schon das erste Mal verliebt und vielleicht wurde ihm auch schon zum ersten Mal das Herz gebrochen.

Ich habe all das verpasst. Ich war nicht da, um ihn bei all dem zu unterstützen.

Der Gedanke, dass ich ein schlechter Mensch bin, überkommt mich seit meinem Aufbruch immer wieder. Aber so stark wie in diesem Moment habe ich die Gewissheit, dass es stimmt, noch nie gefühlt.

»Stella«, haucht er fast schon ehrfürchtig. Sein Körper zuckt, als wollte er mich auch umarmen. Doch er unterdrückt den Impuls, dreht mir den Rücken zu und geht zurück in sein Zimmer. Vermutlich kann ich froh sein, dass er mir nicht die Tür vor der Nase zugeknallt hat.

»Hey, Benny«, flüstere ich, während ich auf unsicheren Beinen sein Zimmer betrete. Ich schließe die Tür hinter uns, damit wir in Ruhe reden können, ohne dass uns unsere Eltern zuhören.

»Wieso bist du hier?«, fragt er schroff, legt sich auf sein Bett und verschränkt die Arme hinter seinem Kopf. Der Anblick trifft mich. Das hat August früher immer gemacht. Und Benny sieht ihm noch ähnlicher als früher. Er hat auch wellige Haare mit einem Rotstich. Durch seinen Wachstumsschub hat er ebenfalls die leicht schlaksige Statur, die August auch als erwachsener Mann nie ganz losgeworden ist. Wenn ich die Augen zusammenkneife, könnte ich kurz denken, mein großer Bruder wäre hier. Doch dieser Gedanke kommt mir unglaublich unfair vor. Ich würde Benny nicht gegen August tauschen. Aber ein Teil von mir braucht meinen großen Bruder, vermutlich wie Benny seine große Schwester gebraucht hätte. Ich war nicht da.

Seine kalte Schulter habe ich verdient.

»Juli hat mich angerufen, weil sie sich Sorgen um dich gemacht hat«, sage ich und setze mich auf seinen Schreibtischstuhl, der halb von dreckiger Wäsche bedeckt ist.

Benny sieht zu mir herüber. Aber nur ganz kurz. Tut es ihm

auch weh zu erkennen, dass ich mich so stark verändert habe, seitdem wir uns zuletzt gesehen haben?

»Haben unsere Eltern dir das Handy weggenommen?«, frage ich vorsichtig.

Benny schnauft. »Wieso fragst du mich Dinge, wenn du die Antwort längst kennst?«

»Ist es wie damals?«, hake ich trotzdem nach.

»Willst du wissen, ob ich wieder depressiv bin?« Der harte Klang seiner Stimme lässt mich zusammenzucken. »Würdest du mir glauben, wenn ich Nein sage?«

»Ich würde dir immer glauben.«

Er schnaubt wütend. Auch das erinnert mich an August. Aber ich will nicht an meinen großen Bruder denken, wenn ich mich gerade voll und ganz auf meinen kleinen konzentrieren sollte. »Sie wollen mich wieder in eine Klinik abschieben.«

Ich muss mich zwingen, meine Gefühle nicht sofort zu zeigen, obwohl Wut von mir Besitz ergreift. Als es Benny vor einigen Jahren schlecht ging, haben unsere Eltern ihm nicht zugehört, haben ihn nicht gefragt, was er wollte, sie haben ihn nicht in eine Klinik eingewiesen, weil es angeblich das Beste für ihn war. Sie haben es getan, weil dann niemand mitbekommen konnte, wie es ihm ging. Sie haben es getan, um das Image der Familie Kronenberger zu schützen, nicht ihren Sohn. Spätestens als ich mitbekommen habe, dass sie allen Bekannten erzählt haben, dass er einen Schüleraustausch in den USA macht, ist mir das unmissverständlich klar geworden.

»Ich will lieber hier in Therapie gehen. Ich will nicht von meiner Familie getrennt sein«, sagt er mit zittriger Stimme. Er betrachtet die Decke, um mich nicht ansehen zu müssen. Aber ich erkenne, dass seine Unterlippe zittert.

»Ich werde mit ihnen reden«, verspreche ich.

»Es wird keinen Unterschied machen.«

»Ich werde es trotzdem tun«, sage ich, obwohl ich eigentlich weiß, dass er recht hat.

»Tu nicht so, als wäre ich dir auf einmal wichtig. Du bist abgehauen. Ich bin ein Schein-Einzelkind.«

Ich schaffe es nicht, darauf etwas zu erwidern. Ich frage auch nicht, was dieses Wort bedeutet, weil ich es mir auch denken kann. Den stumpfen Schmerz, der sich langsam in meinem Körper ausbreitet, habe ich verdient. Trotzdem ist er schwer zu ertragen.

Wir schweigen lange. Schon denke ich, dass keiner von uns noch mal das Wort ergreifen wird, da räuspert sich Benny.

»Sie haben mir mein Handy weggenommen, damit ich mit niemandem über die Wahrheit reden kann«, murmelt er.

»Welche Wahrheit?« Wir tun so, als hätte er diesen Vorwurf nie ausgesprochen und ich ihn nie gehört, und ich bin dankbar dafür, obwohl ich ihn nie vergessen werde.

Benny reagiert nicht sofort, aber schließlich dreht er sich zur Seite und sieht mich direkt an. »Dass Augusts Tod kein Unfall war.«

Kurz glaube ich, dass sich mein Bewusstsein von meinem Körper löst. So groß ist die Druckwelle aus Schock, die mich bei diesen Worten erfasst.

Ich muss mehrmals sehr tief ein- und ausatmen, bevor ich ein Wort herausbekomme. »Wie kommst du darauf?« Mein Tonfall ist ruhig, obwohl in meinem Inneren irgendwas tobt, das ich nicht benennen kann.

»Der Unfall ergibt keinen Sinn«, sagt Benny und setzt sich auf. »Er war ein extrem guter Flieger. Er konnte solche Manöver im Schlaf fliegen. Wieso sollte er einfach abstürzen?« Auf einmal wird seine Lethargie von Tatendrang abgelöst.

»Aber was denkst du, was passiert ist?« Ich kann nicht mehr schlucken.

Benny hebt seine Matratze an und zieht ein Notizbuch darunter hervor, dem man ansehen kann, dass er es oft in der Hand gehalten hat. »Lies«, sagt er nur. »Dann verstehst du, was ich meine.« Er legt es mir in den Schoß.

Es gibt bestimmt eine Erklärung für seine Gedanken, geht es mir durch den Kopf. Ist das seine Art, seine Trauer zu verarbeiten? Er stürzt sich auf diese Theorie, weil er eine Erklärung für Augusts plötzlichen Tod braucht. Ich überlege, wie ich ihm das erklären kann. Da verdüstern sich seine Züge.

»Du glaubst mir nicht«, stellt er fest.

»Ich ...«, setze ich unsicher an. »Ich glaube nur ...«

»Dass ich nicht klar denke, verstehe«, unterbricht er mich harsch. »Wenn du nur das Gleiche sagen willst wie unsere Eltern, kannst du auch gehen.« Er legt sich zurück auf sein Bett, verschränkt die Arme vor der Brust und starrt wieder so energisch an die Decke, als wollte er meine Anwesenheit so lange leugnen, bis ich mich tatsächlich in Luft auflöse.

»Benny ...«, setze ich verzweifelt an, aber er lässt mich wieder nicht aussprechen.

»Verschwinde einfach«, sagt er kühl. »Lies das Buch und rede erst wieder mit mir, wenn du ernsthaft über meine Theorie nachgedacht hast, anstatt sie direkt abzulehnen.«

Ich überlege, was ich noch sagen könnte, doch muss einsehen, dass es nichts gibt, was die Situation verbessern könnte. Also nehme ich das Notizbuch, stecke es in meine Tasche und stehe auf.

»Ich werde es lesen«, sage ich, sobald ich die Tür öffne.

»Bleibst du?«, flüstert Benny so leise, als wollte er die Frage gar nicht stellen.

»Nicht lange«, flüstere ich zurück.

»Habe ich mir schon gedacht.« Seine Stimme ist wieder hart. »Mach die Tür hinter dir zu.«

Ich komme seiner Bitte nach, lehne mich dagegen und schließe die Augen.

Sobald ich diese Treppen hinabgehe, werde ich mich mit meinen Eltern streiten, und ich weiß nicht, woher ich die Energie nehmen soll, wenn ich sie in Bennys abgedunkeltem Zimmer zurückgelassen habe.

Wieder muss ich mich dazu zwingen, mich aufzuraffen. In letzter Zeit kann ich nichts einfach tun. Ich muss mich jedes Mal sammeln, bevor ich einen ersten Schritt tue, als würde ich Teile von mir immer wieder verlieren, wenn ich mal kurz nicht hinsehe.

Ich gehe ins Erdgeschoss, wo meine Eltern schon im Esszimmer sitzen. Dampfende Teetassen stehen vor ihnen. Ich glaube, sie haben die ganze Zeit schweigend nebeneinandergesessen. Sie erinnern mich an ein Gemälde. Distanziert und nicht ganz greifbar.

»Ihr wollt Benny gegen seinen Willen in eine Klinik stecken?«, frage ich ohne Umschweife.

»Es ist nur zu seinem Besten«, sagt mein Vater routiniert, als hätte er diesen Satz auswendig gelernt.

»Oder zu eurem«, halte ich dagegen. »Was spricht dagegen, wenn er in München bleibt und in Therapie geht? Dann wäre er nicht von seiner Familie getrennt.«

»Du warst über ein Jahr nicht hier, und jetzt meinst du, du kannst noch sagen, was das Beste für Benny ist?«, fragt meine Mutter. »Du kennst ihn gar nicht mehr.«

Wir streiten weiter, doch ich fühle mich nach diesem Satz so hohl, dass kein weiteres Wort wirklich in mir verweilen kann.

Als ich das Haus meiner Eltern wieder verlasse, habe ich nichts erreicht. Sie werden ihn trotzdem in eine Klinik schicken. Sie werden ihre Entscheidung nicht überdenken. Benny will nicht mit mir reden.

Geschlagen laufe ich zu Juli zurück. Ich schwitze. Die Sonne prallt erbarmungslos auf mich runter. Trotzdem ist mir immer noch kalt, und ich reibe mir über die Arme, um das klamme Gefühl, das an meiner Haut klebt, zu vertreiben. Es hilft nicht. Verzweiflung ist nun mal kalt. Daran kann auch die Sommerhitze nichts ändern.

Ich hole mein Handy aus der Tasche und wähle wie ferngesteuert Lucs Nummer.

»Was gibt's, Stellabella?«, fragt mich Luc, sobald er rangeht.

»Wie geht's meinem fliegenden Holländer?«, gebe ich zurück.

»Ich bin Belgier«, sagt er genervt wie immer, wenn ich ihn so nenne. »Wie läuft's?«

»Beschissen«, meine ich ehrlich. »Sie wollen mir nicht zuhören. Ich kann meinem Bruder nicht helfen. Morgen sitze ich wieder im Flieger zurück zu dir.«

»Sicher, dass das die richtige Entscheidung ist?«

»Ich weiß nicht, was ich sonst tun soll.«

»Nicht nach dem ersten Versuch aufgeben«, schlägt er vor.

»Du denkst, ich sollte noch mal mit ihnen reden?«

»Ich denke, du solltest nicht sofort aufgeben.« Ich kann das aufmunternde Lächeln in Lucs Stimme hören, und tatsächlich geht es mir sofort ein bisschen besser. »Und wenn du es noch mal probiert hast und es dann nicht geholfen hat, buche ich dir selbst das Ticket, damit du zu mir kommen kannst.«

Ich seufze und lasse den Kopf in den Nacken fallen. Am liebsten würde ich sofort wieder aus München verschwinden. Aber gegen Lucs Vorschlag kann ich nichts sagen. Er verlangt nicht zu viel von mir. Aber in München fühlt sich alles auf einmal wie zu viel an. »Okay«, nuschle ich schließlich in mich hinein. »Aber in ein paar Tagen bin ich wieder bei dir und Rocky.«

»Das hoffe ich doch. Wir vermissen dich und Winnie schon.« Er lächelt jetzt noch breiter, das weiß ich. »Ruf immer an, wenn was ist.«

»Danke«, sage ich und hoffe, dass er in diesem Wort noch viele andere Worte erkennen kann, die ich fühle, aber nicht aussprechen kann, weil ich dafür gerade zu erschöpft bin.

»Immer gern.«

Dann legen wir auf, und ich laufe entschlossener weiter, weil ich weiß, dass er recht hat. Benny hat es verdient, dass ich mich richtig für ihn einsetze und nicht sofort aufgebe. Damit werde ich nicht wiedergutmachen, dass ich ihn zurückgelassen habe, als er mich gebraucht hätte. Aber es ist zumindest ein Anfang. Und das ist alles, was ich gerade zu bieten habe.

6. Kapitel

STELLA

»Was genau willst du von mir, Stella?«, fragt mein Vater mit dem oberlehrerhaften Ton, der mich, als ich noch ein Teenager war, dazu gebracht hat, meine Zimmertür lautstark hinter mir zuzuknallen.

Ich will, dass du mehr Rücksicht auf deine Kinder nimmst, statt auf dein Image. Ich will, dass du mir zuhörst. Wirklich zuhörst. Nicht nur die Worte wahrnimmst, sondern ihre Bedeutung verstehst. Ich will, dass du erkennst, welche Emotionen dahinter liegen und welche Verzweiflung deine Kinder antreibt, während sie versuchen, dir gerecht zu werden.

Ich will vieles. Aber all diese Dinge sind zu groß, um sie bei einem Gespräch an einem Mittwochmittag zu klären, während der Blick meines Vaters immer wieder ungeduldig abwechselnd zur Uhr über der Tür hinter mir und zu seinem Terminkalender auf seinem Schreibtisch wandert. Ich habe nicht seine volle Aufmerksamkeit. Und solange das so ist, werde ich meine Anliegen konkreter und kleiner fassen müssen.

»Ich will, dass du auf Benny Rücksicht nimmst. Er will hier in München in Therapie gehen. Er will bei seiner Familie sein«, sage ich mit ruhiger Stimme, obwohl mein ganzer Körper bebt, weil ich ihm verbiete zu zittern.

Im Kaufhaus zu sein, während ich die Anwesenheit so vieler Menschen in diesem Gebäude spüren kann, ist seltsam. Und überfordernd. Dieser Ort war immer schon ein wichtiges Familienmitglied. Das wichtigste vermutlich. Und ich kann einfach nicht vergessen, dass das Büro eine Tür weiter, in dem jetzt irgendein Mensch sitzt, den ich noch nie gesehen habe, August gehört hat. Er hat dort hinter einem massiven Schreibtisch gesessen. Früher habe ich ihn immer aufgezogen und ihm gesagt, dass er sich nicht so wichtig nehmen soll. Aber ich würde alles dafür tun, sein selbstgefälliges Grinsen wenigstens noch einmal zu sehen.

»Benjamin ist depressiv, Stella. Das müssen wir ernst nehmen.«

Ich würde am liebsten schreien. Dann erinnere ich mich daran, dass ich morgen um diese Zeit schon wieder neben Luc sitzen werde. Gerade ist er in Verona, und ich sehe uns schon in der Sonne sitzen und Limoncello trinken. Wie versprochen hat er mir das Ticket gebucht und wird mich mit Rocky am Bahnhof abholen. Aber bevor ich gehe, muss ich mich noch für meinen Bruder eingesetzt haben.

»Ich nehme das ernst«, sage ich mit fester Stimme. »Aber sollten wir dann nicht erst recht auf seine Bedürfnisse hören?«

Mein Vater versucht nicht einmal zu überspielen, dass er lieber auf seinen Computer-Bildschirm starren würde als in mein Gesicht. »Diese Klinik ist das Beste für seine Gesundheit.« Er wird nicht laut, seine Tonlage macht mir allerdings deutlich, dass er dieses Gespräch für beendet hält.

Ich möchte ihm vorwerfen, dass er Benny einfach aus der Stadt schaffen will, damit die Presse keinen Grund mehr hat, über unsere Familie zu schreiben. Juli hat mir erzählt, dass über sie und ihre Identität berichtet wurde, sobald Joachim aufgehört hat, ihre Existenz zu leugnen. Seitdem ist die Beziehung zwischen meinem Vater und Onkel angespannt. Und das habe ich auch deutlich gespürt, als Joachim vor fünfzehn Minuten in den Raum kam, um sich einen Aktenordner zu holen. Mein Vater hat ihn nicht einmal richtig angesehen.

Wie jemand das Wohl seiner Kinder über das dieses Gebäudes mit der hellen Fassade stellen kann, wird er wohl niemals verstehen. Und genau deswegen werden wir dieses Gespräch immer und immer wieder führen.

Ich denke wieder an Luc, Rocky und italienische Männer, und mir geht es ein bisschen besser.

»Könntest du dich auf einen Kompromiss einlassen?«, frage ich diplomatisch.

»Kommt auf den Kompromiss an«, gibt er zurück.

Er respektiert meine Meinung mehr, wenn ich mich nicht *kindisch* aufführe, sondern wie eine richtige Erwachsene mit rationalen Argumenten. Was bedeutet, dass ich nicht emotional erscheinen darf. Das liegt mir nicht, aber ich reiße mich zusammen.

»Benny geht ein oder zwei Monate in die Klinik, aber dann setzt du dich mit ihm hin und fragst ihn, was er will. Und wenn er zurück nach Hause möchte, um seine Therapie hier fortzusetzen, hörst du ihm zu und vertraust, dass dein Sohn in der Lage ist zu beurteilen, was das Richtige für ihn ist.«

Er zögert kurz.

»In Ordnung«, sagt er schließlich.

»In Ordnung«, wiederhole ich und rechne fast damit, dass wir darauf einschlagen wie auf einen Business-Deal.

»Du wirst vermutlich wieder abreisen, aber zurückkommen, wenn die zwei Monate vorbei sind?« Seine sachliche Stimme lässt nicht erahnen, ob die Vorstellung, dass ich wieder abreise, irgendwas in ihm auslöst.

»Richtig.« Antworten mit wenigen Silben gestatten es mir, besonders rational und gefasst rüberzukommen. Das werde ich mir für die Zukunft merken.

Mein Vater nickt nur. Wird er mich bitten, noch länger zu bleiben? Natürlich nicht. Und ein Teil von mir ist enttäuscht, während ein anderer erleichtert ist. Ich wollte immer, dass er mehr um uns kämpft, aber wenn er es nicht tut, fällt es mir leichter, Winnie zu schultern und wieder zu gehen.

»Ich will dich nicht länger von der Arbeit abhalten«, sage ich.

Er nickt wieder, wir sagen nichts mehr. Ich verlasse einfach sein Büro. Im Vorraum ist der Tisch seines Assistenten immer noch leer. Er ist vermutlich in der Mittagspause.

Ich laufe durch die Gänge im Bürotrakt, die im Vergleich zu den vollgestopften Vitrinen des Kaufhauses gleich noch viel leerer wirken. Früher bin ich gern durch die vollen Gänge geschlendert. Es gibt vieles in München, das ich mit ganzem Herzen liebe und gerade deswegen nicht sehen will – nicht sehen kann.

Ich trete hinaus in die warme Sonne und atme tief durch. Hitze prickelt auf meiner Haut, und wenn ich nicht zu Hause wäre, würde ich das Gefühl genießen.

Gerade will ich mich zum Gehen wenden, als ich in vertraute Gesichter blicke. Isaac und Juli kommen auf mich zu. Und bei ihnen ist Lorena.

Mein Herz bleibt stehen.

Juli versucht sie abzulenken und sie dazu zu bringen, sich umzudrehen, doch sie hat mich bereits entdeckt. Aber noch nicht erkannt. Vermutlich kam ihr irgendwas an meinem Aussehen bekannt vor. Sie braucht allerdings wie jeder einen Moment, um es einzuordnen.

»Stella«, stößt sie auf einmal ungläubig aus.

Juli wirft mir einen entschuldigenden Blick zu. Ich wusste, dass sie mit Isaac essen gehen würde, und weil sie so einen seltsamen Tonfall angeschlagen hat, bin ich davon ausgegangen, dass ein Mitglied der Kronenberger-Familie dabei sein würde. Aber ich habe nicht damit gerechnet, dass sie danach am Kaufhaus vorbeikommen würden.

»Stella«, wiederholt Lorena ungläubig.

Nachdem mich Isaac einfach in die Arme genommen hat, habe ich gehofft, dass auch andere Menschen so auf mich reagieren würden. Dass Lorena es nicht tun würde, hätte ich mir denken können.

»Du bist zurück und hast dich nicht einmal gemeldet?« Sie verschwendet keine Zeit mit Small Talk. Lorena kommt zum Punkt. Deswegen war sie mein ganzes Leben lang nicht nur meine Cousine, sondern auch meine beste Freundin. Und deswegen hatte ich auch Angst davor, ihr wieder gegenüberzutreten.

»Ich fahre morgen wieder«, sage ich ausweichend und erkenne eine Sekunde später an ihrem verzogenen Gesicht, dass ich genau das Falsche gesagt habe.

»Und du wolltest einfach wieder abhauen, ohne mir überhaupt Bescheid zu geben, dass du zurück bist?« Sie klingt schrill.

»Ich …«, setze ich an, komme aber nicht weiter, weil ich realisiere, dass ich vermutlich wieder das Falsche sagen werde.

»Du wolltest wirklich wieder gehen.« Sie räuspert sich, aber ich habe gehört, dass ihre Stimme belegt war.

»Lorena, es tut mir leid.«

Sie schüttelt vehement den Kopf. »Spar's dir. Du bist damals einfach abgehauen, als wir dich gebraucht hätten. Was soll ich auch anderes von dir erwarten?«

»Das ist unfair«, gebe ich zurück. »Ich konnte nicht bleiben.«

Lorena schüttelt wieder den Kopf. »Rede dir das nur ein, wenn es dir dann besser geht.« Sie schnaubt und reibt sich über die Augen, die in Tränen schwimmen. »Du gehst nicht einmal mehr ans Handy, wenn ich anrufe.« Sie flüstert nur noch, ich höre sie trotzdem deutlich.

»Lorena, ich …«, beginne ich, doch wir wissen beide, dass ich diesen Satz nicht beenden werde, weil ich nie etwas zu Ende bringen kann.

Sie stellt sich gerader hin, ihre Miene wird starr. »Ich wünsche dir einen guten Flug.«

Bevor ich mir überlegen kann, was ich ihr hinterherrufen soll, hat sie sich auch schon umgedreht und läuft eiligen Schrittes davon.

»Fuck«, murmelt Juli in sich hinein.

»Ja«, meine ich. »Gut, dass ich morgen wieder abhaue.«

Isaac verzieht das Gesicht, sagt aber nichts dazu.

»Wir waren auch mit Johann und Matt essen. Sie wollten noch kurz zur Bank, kommen allerdings bestimmt gleich hier vorbei. Wenn du sie nicht sehen willst …«, sagt Juli.

Doch wieder ist sie zu spät.

Als ich Lorena gesehen habe, hat mein Herz schon in meinen Ohren gerauscht. Jetzt donnert es. Der Ton, den es in meinen Ohren hinterlässt, erinnert mich an das Brummen, das eine U-Bahn ankündigt, während man in den dunklen Tunnel starrt und auf sie wartet.

Johann und Matt tragen Anzüge und steuern auf das Kaufhaus zu. Bis sie uns drei entdecken. Aus dem Augenwinkel mache ich aus, dass Johann mich fragend ansieht und versucht, mich einzuordnen, wie ich es inzwischen gewohnt bin. Aber meine Aufmerksamkeit liegt auf Matt. Und seine auf mir.

Er ist wie festgefroren stehen geblieben und starrt mich an. Keine Sekunde hat er gebraucht. Sein Gesichtsausdruck verändert sich sofort, als er den ersten Blick auf mich wirft. Er erkennt mich direkt. Das kann ich in seinen dunklen Augen sehen.

»Stella«, flüstert er. Wie er meinen Namen sagt, fühlt sich gut und furchtbar zugleich an. Weil er es ist, der ihn ausspricht. Und weil all die Liebe verschwunden ist, die einst darin lag.

Ich hätte nichts anderes erwarten sollen. Als ich gegangen bin, habe ich seine Liebe weggeworfen. Ich habe sie nicht länger verdient. Aber ihr Fehlen so deutlich in seiner Stimme zu hören, tut trotzdem weh.

Und obwohl ich schon weiß, dass es die Schmerzen nicht lindern, sondern nur verschlimmern wird, mustere ich ihn weiter. Es ist tatsächlich Matt. Und irgendwie auch nicht. Er trägt jetzt schicke Anzüge, seine Haare sind zurückgekämmt, und an seinem Handgelenk hängt eine teure Uhr.

Ich weiß nicht mehr, wer er ist. Früher kannte ich Matt besser als jeder andere. Nun habe ich keine Ahnung mehr, was ihn ausmacht. Ich starre ihn weiterhin regungslos an, obwohl mir das nicht helfen wird, die verlorene Zeit, die schwer zwischen uns in der warmen Luft hängt, zurückzugewinnen. Ich fühle mich verloren, ahnungslos und klein.

Aber eine Erkenntnis trifft mich sehr deutlich: Ich habe mit meiner Abwesenheit so viel Schaden angerichtet, dass ich ihn mit meiner Anwesenheit nicht mehr reparieren kann.

7. Kapitel

MATT

Ich fühle mich, als würde nicht länger Blut, sondern flüssiger Beton durch meine Adern fließen und dann dort erstarren.

Sie steht vor mir. Ich bilde sie mir nicht ein. Sie ist hier. Und vorgestern habe ich sie tatsächlich Klavier spielen gehört. Ich halluziniere nicht. Aber noch bin ich mir nicht sicher, ob das wirklich eine Erleichterung ist.

»Stella, das gibt's ja nicht«, stößt Johann aus, läuft auf sie zu und nimmt sie sofort in den Arm. Sie erwidert die Umarmung mit einer Sekunde Verzögerung, doch über seine Schulter hinweg sieht sie noch immer mich an. Unsere Blicke haben sich miteinander verhakt.

»Du musst uns von all deinen Abenteuern erzählen«, sagt Johann, der als Einziger noch in der Lage zu sein scheint, einen ganzen Satz zu formulieren.

»Ich bleibe nicht«, presst Stella hervor.

Sobald ich die Bedeutung ihrer Worte verstehe, bekomme ich keine Luft mehr. Sie wird wieder gehen. Das hier ist kein Wiedersehen. Es ist erneut ein Abschied. Ich kann das nicht alles noch einmal durchmachen. Ich kann einfach nicht. Ich kann nicht … ich kann nicht … mehr atmen.

»Ich muss zurück zur Arbeit«, kriege ich irgendwie hervor, drehe mich auf dem Absatz um und laufe ins Kaufhaus. Vielleicht ruft mir einer von ihnen hinterher, aber ich bekomme es nicht mehr richtig mit. Die Geräuschkulisse im Kaufhaus verschluckt mich sofort. Doch es macht mich orientierungslos. Ich stolpere, stoße gegen Menschen und habe keine Kraft, mich bei ihnen zu entschuldigen. Ich kann nur weiterlaufen. Endlich erreiche ich den Bürokomplex. Die Galle liegt mir schon auf der Zunge. Irgendwie schaffe ich es ins nächste Badezimmer, falle auf die Knie und übergebe mich in die Kloschüssel.

Während ich würge, wird mein Körper brutal geschüttelt. Mein Herz rast so schnell, dass es schmerzt. Tränen treten mir in die Augen und tropfen auf die Keramik. Ein Schluchzer entfährt mir, bevor ich mich erneut übergebe.

Es dauert nicht lange. Doch sobald mein Magen wieder Ruhe gibt, fühle ich mich so erschöpft, dass ich mich nur auf den Hintern fallen lassen kann. Meine Beine zittern, als ich sie anwinkle, und meine Hände beben, als ich mir durch die Haare streiche. Mein Rücken lehnt an den kalten Fliesen. Das Zittern wird stärker, aber ich heiße das Gefühl willkommen. Panik ist heiß. Wenn mir wieder kalt wird, bedeutet das, dass sie mich losgelassen hat. Zumindest für einen kurzen Moment.

Tagelang konnte ich sie zurückhalten, tagelang hat sie direkt unter der Oberfläche gebrodelt. Ich wusste, dass sie wieder hochkommen würde – früher oder später. Trotzdem stellt sich der Frust ein, der immer meinen Körper füllt, sobald die Panik Leere hinterlassen hat.

Mir fehlt die Kontrolle. Über alles. Meine Emotionen. Sogar über meinen Körper. Er lässt mich im Stich. Er wehrt sich nicht gegen das, was mich immer wieder unangekündigt überkommt und ausgehöhlt zurücklässt. Ein paar Tränen rinnen mir über die Wangen. Doch die Verzweiflung, von der sie sprechen, ist nicht länger traurig, sondern wütend.

Wann wird das aufhören? Werde ich mich jemals wieder normal fühlen oder wird das für immer mein Leben sein? Werde ich es erniedrigt auf kalten Fliesen und in kleinen Klokabinen führen?

Bei dem Gedanken droht mir eine unsichtbare Hand den Hals abzudrücken. Daran darf ich nicht denken. Es wird weggehen. Es wird weggehen. Es wird weggehen.

Sie wird wieder weggehen. Mein Mantra hilft mir nicht länger.

Obwohl sie in diesem Moment vermutlich immer noch vorm Gebäude steht und uns nur wenige Meter voneinander trennen, vermisse ich sie so heftig, dass ich auf Entzugserscheinungen warte.

Ich versuche, diese Gedanken loszuwerden. Mein Kopf ist ein Minenfeld. Jeder falsche Gedanke ist ein falscher Schritt, der eine Explosion auslösen kann, Emotionen, die drohen, mich zu zerreißen. Deswegen versuche ich mich gar nicht zu erinnern, keinen falschen Schritt zu tun, damit nichts auftaucht, was mich aus der Bahn wirft. Doch ich kann mich nicht dagegen wehren.

Zehn Monate und zwei Wochen vor dem Unfall

»Hey.« Stella sah ein bisschen verlegen aus, als ich ihr die Tür öffnete.

»Wieso hast du nicht einfach aufgeschlossen und bist in die Wohnung gestürmt, wie du es sonst immer tust? Ich kann mich nicht daran erinnern, wann ich dich das letzte Mal reingelassen habe«, sagte ich, während ich zur Seite trat, damit sie endlich einen Schritt über die Schwelle machen konnte.

Doch sie rührte sich nicht. »Ich wusste nicht, ob ich das noch darf.« Sie sah auf ihre Schuhe.

»Wieso denn nicht?«, fragte ich verständnislos.

»Hat sich jetzt nicht irgendwas zwischen uns verändert?«, fragte sie zurück und sah mir endlich wieder ins Gesicht.

»Weil wir vor ein paar Tagen in einer dunklen Gasse rumgemacht haben?« Der Gedanke, dass sich etwas zwischen uns verändern könnte, war mir nicht einmal gekommen. Ich grinste sie schief an, um zu überspielen, wie nervös mich ihre Nervosität

machte. Ich wollte nicht, dass sich etwas veränderte. Aber ich wollte auch nicht aufhören müssen, sie zu küssen.

»Ja«, sagte sie verspätet. »Vielleicht ist jetzt irgendwas anders. Vielleicht soll ich nicht mehr in deine Wohnung platzen.«

»Denkst du wirklich, dass ich das nicht mehr will?«

»Keine Ahnung. Ich bin überfordert.«

Der Impuls, sie einfach in die Arme zu schließen, war übermächtig. Normalerweise hätte ich ihm nachgegeben. Aber nun war auch ich verunsichert. Wollte sie das vielleicht nicht mehr?

»Nur weil wir uns ein paar Mal geküsst haben, müssen wir doch nicht aufhören, zusammen Serien zu gucken«, meinte ich, klang allerdings ein bisschen kleinlaut.

Das brachte Stella zum Lächeln. »Also bin nicht nur ich unsicher«, stellte sie fast schon selbstzufrieden fest.

»Jetzt bin ich's auch«, gab ich zu.

Als sie auflachte, warf sie den Kopf in den Nacken. »Ich will nicht, dass es jetzt seltsam zwischen uns ist«, sagte sie dann wieder ernster.

»Ich auch nicht«, gab ich ihr recht. Dann atmete ich einmal sehr tief durch, bevor ich weitersprach. »Ich will nicht, dass sich etwas ändert, aber ich will nicht, dass alles so ist wie vorher.«

Stella zog die Augenbrauen zusammen. »Was zur Hölle willst du mir damit sagen?«

Ich würde meine Gedanken wohl sehr klar ausdrücken müssen, obwohl mir das gerade zum ersten Mal in meinem Leben schwerfiel. »Ich will, dass wir immer noch Serien zusammen gucken und du unangekündigt in meine Wohnung stürmst.«

»Jaaa?«, sagte Stella kritisch.

»Aber ich will auch, dass wir mehr als platonische Freunde sind.«

Sie stand immer noch in meiner geöffneten Tür, statt einzutreten, und inzwischen befürchtete ich, sie wollte vielleicht gleich wieder gehen. Doch dann lächelte sie und betrat endlich meine Wohnung.

»Okay, gut«, meinte sie schulterzuckend, steuerte an mir vorbei auf mein Bett im Schlafzimmer zu und schmiss sich hinein. »Dann haben wir das ja geklärt.«

Ich schloss die Tür hinter mir, diesmal ein selbstsicheres Grinsen auf den Lippen, und ging zu ihr.

Ich versuche mich aus der Erinnerung zu befreien. Ich fühle mich wie ein wehrloser Fisch, der in ein Netz gegangen ist und nun verzweifelt versucht, sich freizuschwimmen. Früher hätte ich es gekonnt. Aber nichts, was ich einmal für wahr gehalten habe, stimmt noch. Und weil ich mich nicht rechtzeitig entheddern kann, werde ich wieder unter Wasser gerissen, in dem ich mich zum ersten Mal in meinem Leben nicht mehr wohlfühle.

»Vielleicht erzählen wir den anderen erst mal nichts … davon.«

»Du meinst von uns«, korrigierte ich sie. »Und du meinst vor allem August.«

»Richtig und richtig«, sagte Stella. Sie hatte mir den Rücken zugewandt, saß auf der Bettkante und wollte sich gerade wieder ihr Shirt überziehen, aber ich schlang meine Arme um sie und drückte sie gegen meine Brust.

Ihr entfuhr ein wohliges Geräusch.

»Ist es dir etwa peinlich, dass du mit mir schläfst?« Ich klang neckisch, aber ein Hauch Unsicherheit hatte sich zwischen den Buchstaben versteckt, und ich erkannte ihn erst, als ich die Worte bereits ausgesprochen hatte.

»Natürlich nicht«, erwiderte sie so heftig, dass ich mein Gesicht in ihrer Halsbeuge vergrub, während ich breit grinste. »Aber ich bin der Freigeist der Kronenbergers, die Rebellin, schon vergessen? Dass wir etwas miteinander haben, könnte meine Eltern zu glücklich machen.«

Ich lachte an ihrer nackten Haut auf, und ich konnte genau beobachten, wie sich ihre Härchen aufstellten.

»Das wollen wir ja nicht«, murmelte ich und küsste sie aufs Schulterblatt.

»Auf gar keinen Fall«, sagte sie leise und drehte sich zu mir um.

Mit Gewalt löse ich mich von den Erinnerungen. Ich stütze mich am Boden und der Wand ab und komme mühsam auf die Beine. Unsicher laufe ich zum Waschbecken. Ich sehe krank aus, meine Augen sind gerötet. Ein paar Handvoll Wasser spritze ich mir ins Gesicht. Dann streiche ich meinen Anzug glatt.

Stella wird wieder gehen. Also gibt es keinen Grund, ihrer Anwesenheit viel Bedeutung beizumessen, denn offensichtlich hat sie keine.

Doch noch während ich versuche, mir das einzureden, erkenne ich, dass das nicht so einfach ist. Dieser Moment beweist sehr deutlich, dass ich es nicht geschafft habe, mich von ihr zu lösen.

Meine Erfahrung mit Loslassen und Festhalten ist sehr widersprüchlich. Loslassen müsste leichter als Festhalten sein. Um jemanden festzuhalten, muss man die Arme um ihn schlingen und die Muskeln anspannen. Um jemanden loszulassen, muss man nicht mehr tun, als die verkrampften Handflächen zu öffnen. Wieso schaffe ich es also nicht?

Wieso ist es so viel leichter sie festzuhalten, statt sie endlich loszulassen?

Ich schiebe sie mit aller Kraft aus meinem Kopf und verlasse schließlich das Badezimmer. Sie wird wieder gehen, und dann werde ich meine Probleme wieder ignorieren können.

Doch ich weiß nicht, ob mich diese Vorstellung wirklich so erleichtert, wie ich mir erhofft habe.

8. Kapitel

STELLA

In Julis Zimmer ist es dunkel. Das Fenster habe ich aufgelassen, damit sich die Hitze des Tages wieder verziehen kann. Eine leichte Brise weht herein und bringt leisen Gesang mit sich. Auch das Fenster im Bad ist angelehnt. Ich höre das Rauschen des Wassers und Hannas Stimme. Ihr Gesang klingt schön. Vielleicht umso besser, weil sie unter der Dusche nicht glaubt, dass sie jemand hören kann.

Ich war schon als Kind gern unter Menschen, aber hatte immer das Gefühl, dass ich nur wirklich ich selbst sein kann, wenn mich niemand sieht. Aber vielleicht hat Hanna dieses Problem gar nicht. Ich hoffe es für sie.

Matts Gesicht taucht immer wieder in meinen Gedanken auf, als wäre er ein Geist, der mich heimsucht. Er hat nicht nur reserviert auf mich reagiert. Ich habe ihn in die Flucht geschlagen. Er hat meinen Namen gesagt, hat sich umgedreht und ist einfach gegangen. Nein, nicht gegangen, sondern gerannt. Das zeigt wohl sehr deutlich, was ich angerichtet habe.

Matt ist nie sprachlos. Er ist ein Typ für verschachtelte Sätze und detaillierte Beschreibungen. Als er mich gesehen hat, hat er aber kaum ein Wort herausgebracht.

Meine Brust schmerzt, als würde die Erinnerung wie ein schwerer Betonklotz auf mir liegen. Früher habe ich Matt mit strukturierten Plänen, direkten Blicken und zuckenden Mundwinkeln in Verbindung gebracht. Wenn ich jetzt an ihn denke, denke ich an Moll-Akkorde und Tränen in den Augenwinkeln, die sich doch nie lösen können.

Ich drehe mich auf Julis Bett zur Seite, um das Gewicht loszuwerden. Es hilft nicht. Es drückt meine Rippen immer noch tiefer in meinen Brustkorb hinein. Ich suche eine andere Position, die weniger unbequem ist, und berühre Bennys Notizbuch. Meine Hand zuckt zurück, als hätte ich mich am abgenutzten Einband verbrannt. Ich halte schon den ganzen Abend Abstand zu diesem Gegenstand. Obwohl ich weiß, dass es unlogisch ist, habe ich Angst, irgendwas Schlimmes könnte passieren, wenn ich ihn in die Hand nehme.

Winnie steht schon gepackt in der Ecke. Die Klamotten, die ich morgen anziehen will, liegen über Julis Schreibtischstuhl. Alles ist geplant. Ich kann hier nichts mehr tun. Morgen werde ich wieder aus München verschwinden. Bei dem Gedanken fühle ich mich allerdings nicht leichter. Irgendwas presst mich auf die Matratze und scheint mich an diese Stadt binden zu wollen.

Ich muss gehen, wenn ich wieder frei atmen will. Aber ich kann nicht.

Bisher habe ich mich nicht getraut, das zu denken. Doch sobald ich diesen Satz aufgreife, breitet er sich unaufhaltsam in meinem Kopf aus. Ich kann nicht gehen. Nicht solange ich Bennys Notizbuch nicht angesehen habe.

Was kann schon Schlimmes passieren?, frage ich mich in Gedanken, während ich es vorsichtig hochhebe. Ich verhalte mich, als würde ich erwarten, dass es mich gleich anspringt wie ein wildes Tier.

Aber vielleicht fürchte ich mich vor etwas, was noch wesentlich gefährlicher ist. Was ist, wenn Benny recht hat? Was ist, wenn es mehr über Augusts Tod zu wissen gibt?

Sei nicht albern, denke ich mit Nachdruck. Das ist Unsinn.

Und das werde ich mir beweisen, indem ich das Notizbuch lese.

Ich schlage es auf und schalte Julis Nachttischlampe an.

Auf den ersten Seiten beschreibt Benny, wie er sich nach Augusts Tod gefühlt hat. Ich kann seine Worte nur überfliegen, weil ich merke, wie sie sich in einem Kloß in meinem Hals sammeln.

Dann entdecke ich eine Seite, auf der eine große Frage prangt: *War es wirklich ein Unfall?*

Ich will mich damit nicht auseinandersetzen, aber ich schulde Benny so viel mehr als nur sein Notizbuch zu lesen, also fahre ich fort.

Er hat Zeitungsartikel, die über Augusts Tod berichtet haben, ausgedruckt und eingeklebt.

Tragödie im Kaufhaus Kronenberger

Wie kann die Familie ohne ihren Erben weitermachen?

Der Goldjunge der Kronenbergers bei Flugzeugabsturz tödlich verunglückt

So lauten einige der Überschriften. An ein paar der Artikel erinnere ich mich. Irgendwann habe ich allerdings aufgehört, Zeitungen aufzuschlagen, weil ich keinem Abbild von meinem toten Bruder mehr begegnen wollte. Benny scheint tatsächlich alles gelesen zu haben, das sich um August dreht.

Die meisten Texte sind vom selben Autor. Bernhard Weitel. Das fällt mir aber nur auf, weil Benny seinen Namen immer wieder rot umkreist hat. Genauso wie einen Satz im letzten Artikel dieses Journalisten: *Doch der Unfall wirft Fragen auf.*

Mein Herz schlägt schneller, obwohl mein Kopf es überzeugen will, dass es keinen Grund gibt, den Rhythmus zu verändern. Ich glaube nicht an Bennys Zweifel. August hatte einen Unfall. Ende der Geschichte.

Doch wenn ich wirklich glaube, dass die Geschichte zu Ende ist, wieso lese ich dann weiter?

Als Nächstes füllt wieder Bennys krakelige Schrift die Seiten seines Notizbuches. Auf einer Seite stehen gleich mehrere Fragen übereinander.

Wieso weichen meine Eltern meinen Fragen aus? Sie tun so, als wäre nichts, aber ich kann ihnen ansehen, dass sie mehr wissen.

August war ein ausgezeichneter Pilot. Wieso sollte er einfach so abstürzen?

Wieso hat Bernhard Weitel aufgehört zu berichten? Und wieso reagiert er nicht auf meine Anfragen?

An einer Stelle sind die Buchstaben leicht verschmiert. Ein kreisrunder Fleck durchbricht das Wort *Weitel.* Benny hat geweint, als er diese Sätze zu Papier gebracht hat.

Dass ich auch weine, merke ich erst, als sich zu der längst getrockneten Träne eine frische gesellt, sie das Papier wellt und diesmal das Wort *Pilot* unleserlich macht.

Ich schlage das Notizbuch zu. Es fühlt sich so an, als hätte diese Träne unfassbar großen Schaden angerichtet.

Meine Brust hebt und senkt sich viel zu schnell. Ich lösche das Licht, lege mich auf den Rücken, presse das Notizbuch gegen mich, starre an die Decke und versuche wieder zu mir zu kommen. Aber wie soll ich mich finden, wenn ich mich vor über einem Jahr unwiederbringlich verloren habe?

Ich bleibe eine gefühlte Ewigkeit einfach so im Dunkeln liegen und lausche meinem eigenen Atem. Luc macht das immer, wenn er sich beruhigen will. Und ich habe es mir von ihm abgeschaut.

Ganz von alleine greife ich zu meinem Handy und wähle seinen Kontakt, ohne so richtig darüber nachzudenken. Das Freizeichen ertönt nicht oft, bevor er rangeht. Aber das Geräusch kommt mir wie ein Countdown vor. Er zählt etwas runter, und als Luc rangeht, weiß ich, was.

Es war der Countdown zu meiner Erkenntnis. Und diese teile ich ohne Umschweife mit Luc, anstatt ihn richtig zu begrüßen.

»Ich muss hierbleiben. Ich kann noch nicht abreisen.«

9. Kapitel

MATT

»Ich kann nicht fassen, dass sie uns einfach nichts gesagt haben«, stößt Lorena nicht zum ersten Mal aus. Ich gebe nur ein zustimmendes Brummen von mir, weil ich weiß, dass sie das gerade hören muss, und nippe wieder an meinem Gin Tonic. Noch sitzen wir nur zu zweit in einer Ecke unserer Stammbar. Johann hat abgesagt. Er hat heute ein »heißes Date«, meinte er. Vermutlich wollte er, dass wir ihn ausfragen, doch das haben wir nicht getan. Bei seinem enttäuschten Blick hat er mir fast leidgetan, aber nicht genug, um Interesse zu heucheln. Gleich werden aber wie verabredet Isaac und Juli zu uns stoßen. Und Lorena ist darüber offensichtlich nicht erfreut.

Ich muss mich anstrengen, um ihr richtig zuzuhören, weil meine Gedanken so ruhelos sind.

»Juli hat es mir nicht einmal persönlich gesagt, sondern hat mir nur eine Nachricht geschickt, in der sie mir gestanden hat, dass Stella in ihrer WG wohnt. Offensichtlich war sie zu feige, in unsere Wohnung zurückzukommen.«

Wieso reicht es, ihren Namen zu hören, und ich fahre zusammen, als hätte jemand zum Schlag ausgeholt? Das ist ganz sicher nicht gesund. Aber diese Reaktionen meines Körpers wollen mir wohl sagen, dass ich gewisse Dinge nicht verarbeitet habe. Um das zu tun, müsste ich mich allerdings mit ihnen auseinandersetzen, und das ist auch keine Option, wenn ich nicht verzweifeln will.

»Und Isaac hat sie dort anscheinend schon vor Tagen getroffen. Vor. Tagen. Wollten sie es uns einfach nicht sagen und Stella verschwindet wieder aus der Stadt und wir hätten es nicht mitbekommen?«

»Ich denke nicht, dass es Julis und Isaacs Schuld ist«, murmle ich tonlos in mich hinein und kippe mein Getränk in einem Zug runter.

»Wie meinst du das?«, fragt Lorena, die mich kurz perplex ansieht, weil ich ihren wütenden Monolog unterbrochen habe, um auch mal was zur Unterhaltung beizutragen. Vielleicht sollte ich ihr das nächste Mal nur einen Pappaufsteller mit meinem Gesicht mitbringen. Das würde ihr vermutlich als Gesprächspartner reichen.

»Weil ... sie bestimmt nicht wollte, dass es irgendjemand weiß, und die beiden haben ihren Wunsch respektiert.«

Lorena verdreht die Augen, und ich kann es ihr nicht verübeln. Meine viel zu diplomatische Antwort nervt mich ja selbst.

»Ich glaube, sie ist schon wieder abgereist«, flüstert Lorena und klingt fast kleinlaut, was so gar nicht zu ihrer Ausstrahlung passen will.

Mein Herz verkrampft sich, obwohl ich mich doch erleichtert fühlen will. »Ich glaube auch.«

»Manchmal frage ich mich, ob es schwerer ist, jemanden die ganze Zeit sehen zu müssen oder nie zu sehen«, murmelt Lorena in sich hinein.

»Mit jemanden meinst du Ex-Partner, oder?«

Lorena nickt.

Sie hat den Gedanken allgemein formuliert. Trotzdem ist mir klar, dass sie über sich und Isaac und mich und Stella redet.

Wir sprechen selten darüber, was das Ende unserer Beziehungen wirklich in uns ausgelöst hat. Aber wir beide wissen, dass wir durch den geteilten Schmerz, ausgelöst von Liebe, die keiner mehr haben wollte, bessere Freunde geworden sind.

»Ich glaube, für dich ist es schwerer«, meint Lorena irgendwann.

»Weiß ich nicht«, erwidere ich. »Isaac mit Juli zu sehen – das ist bestimmt nicht leicht.«

Lorena zuckt mit den Schultern, als wäre es ihr egal, doch uns beiden ist bewusst, dass es nicht so ist.

»Du bist jetzt irgendwie wütender auf sie als damals, als sie mit Isaac zusammengekommen ist.« Mit einem scherzenden Tonfall versuche ich die dumpfe Stimmung zwischen uns aufzulockern.

Doch Lorena ist noch nicht bereit, sich darauf einzulassen. Sie antwortet mir mit ernsten Worten. »Da waren wir noch keine richtigen Freundinnen, keine richtigen Schwestern. Da galten noch andere Maßstäbe. Jetzt sind wir Freundinnen und Schwestern. Jetzt erwarte ich auch mehr von ihr.«

Ich will sie eigentlich aufziehen, aber ich verstehe ihren Gedankengang, also halte ich einfach die Klappe und gebe der Kellnerin mit einem Winken zu verstehen, dass ich einen weiteren Gin Tonic haben möchte.

»Ich kann mich noch an eine Zeit erinnern, als du Gin Tonic eklig fandst und ihn nur getrunken hast, weil August es getan hat. Du hast es dir quasi angewöhnt, das Getränk zu mögen«, sagt Lorena mit einem melancholischen Lächeln auf den Lippen.

In dem Moment entdecke ich Juli und Isaac und bin dankbar, dass ihr Erscheinen es mir abnimmt, mir eine Entgegnung einfallen zu lassen. Mein Hals hat sich so fest zusammengezogen, dass ich wohl kein Wort herausgebracht hätte.

»Sorry, dass wir so spät dran sind«, sagt Isaac, sobald sie uns erreicht haben. Juli will Lorena umarmen, doch die verschränkt die Arme vor der Brust und lässt sich tiefer in ihren Sitz sinken.

»Wieso seid ihr denn zu spät?«, fragt Lorena herausfordernd.

Juli verzieht gequält das Gesicht. »Wir haben mehr von meinem Zeug in Isaacs Wohnung gebracht, weil …« Sie bricht ab, und ihre Augen zucken nervös zu mir herüber.

Isaac hat sich inzwischen gesetzt und zieht Juli sanft neben sich, weil sie nervös neben dem Tisch stehen geblieben ist.

»Ja?« Lorena fixiert Juli.

»Weil Stella in mein Zimmer in der WG gezogen ist«, antwortet Juli, nachdem ihr ein tiefer Seufzer entfahren ist.

Mein Körper spürt die Erleichterung, die er doch angesichts ihrer Abreise hätte fühlen müssen.

»Stella bleibt länger?«, fragt Lorena weniger feindselig und lässt ihre Arme sinken.

Bevor Juli oder Isaac gezwungen sind zu antworten, kommt die Kellnerin mit meinem Gin Tonic und nimmt die Bestellungen der beiden auf.

»Wie war euer Tag so?«, versucht Isaac das Thema zu wechseln, sobald sie weg ist. Doch natürlich lässt Lorena ihm das nicht durchgehen.

»Stella bleibt?« Lorena reißt die Augen weiter auf. »Wieso? Und wieso ist sie überhaupt hier?«

»Ich habe sie angerufen«, gibt Juli zu.

»Entschuldigung?«, entfährt es Lorena so schrill, dass sie die etwas zu laute Hintergrundmusik übertönt. Das Paar am Nachbartisch, das sich gerade eben noch sehr verliebt in die Augen gesehen hat, fährt irritiert zu uns herum.

Juli seufzt und erzählt uns die ganze Geschichte, von Benny und warum sie Stella angerufen hat.

»Sie stecken Benny wieder in eine Klinik?« Alle Härte ist aus Lorenas Stimme gewichen.

Sofort fühle ich wieder die mir allzu bekannte Schwere der Schuldgefühle auf mich niederdrücken. Benny ist Augusts kleiner Bruder. Er kann nicht mehr für ihn da sein. Aber ich hätte ihn unterstützen können. Das und noch so viel mehr bin ich August eigentlich schuldig. Und doch bin ich ihm und seinem Andenken wieder nicht gerecht geworden.

»Stella hat ihre Eltern nur zu einem Kompromiss überreden wollen. Danach hatte sie vor, wieder zu gehen.« Juli hält abrupt inne und sieht sich in der Bar um, als wäre sie zum ersten Mal hier und müsste erst mal die dunkle Holzvertäfelung und die Poster von alten Fellini-Filmen mustern.

»Juli«, sagt Lorena kritisch und zieht den Namen ihrer Schwester in die Länge. »Spuck es bitte einfach aus.« Dass sie sie bittet, zeigt, wie sehr sich ihr Gemütszustand wieder verändert hat. Als Juli seufzt, schiebt Lorena ihr sogar ihren Cosmopolitan hin, und sie trinkt einen tiefen Schluck.

»Benny hatte Theorien über … Augusts Tod.«

Die anderen werfen sich irritierte Blicke zu. Mir wird sofort übel.

»Er denkt, dass es mehr darüber zu wissen gibt, und er wollte herausfinden, was. Er hat Stella davon erzählt. Und nun will sie dem Ganzen auf den Grund gehen«, erklärt Juli.

»Das ist doch Unsinn«, stößt Lorena aus. »Es war ein Unfall. Das ist verdammt tragisch und scheiße. Aber mehr muss doch nicht dahinterstecken.«

»Das habe ich auch gesagt«, entgegnet Isaac. Juli nickt zustimmend.

»Sie reden sich bestimmt nur ein, dass mehr dahintersteckt, um ihre Trauer verarbeiten zu können. Oder so«, überlegt Lorena.

Juli erwidert irgendwas. Doch ich kann nicht mehr richtig an der Diskussion teilhaben. Ich fühle mich, als wäre ich durch eine Mauer von ihnen getrennt.

Ich erhebe mich einfach und steuere die Bar und irgendeine Frau an, die dort allein sitzt. Was ich zu ihr sage, weiß ich nicht. Aber sie lacht, und auch ich schaffe es, sie anzugrinsen. Ich bestelle ihr ein Getränk, wir unterhalten uns. Es funktioniert irgendwie, obwohl ich keine Ahnung habe, was ich tue. Jede Bewegung, jeder Satz beruht nur auf Automatismen. Ich stand schon oft an genau dieser Stelle, den gesunden Arm an der Bar abgestützt, ein strategisch schiefes Grinsen auf den Lippen.

Einmal traue ich mich, zu unserem Tisch zurückzuschauen. Lorena begegnet meinem Blick und verdreht wie so oft die Augen, lächelt aber auch ein bisschen.

Seit ich das Krankenhaus verlassen habe, habe ich versucht, zu dem alten Matthew zurückzufinden, der ich vor meiner

Beziehung mit Stella war. Und der hatte nun mal viel bedeutungslosen Sex. Aber er wusste nicht, wie bedeutungslos sich solche Momente anfühlen können, wenn sie nicht mit Stella ausgeglichen werden. Und der alte Matt war leichter als der Mensch, der ich jetzt bin. Ihn hat nichts belastet, nichts heruntergedrückt. Er hatte Vertrauen in seinen Körper und wusste nicht, wie es ist, wenn ein Arm steif vor Schmerz wird und der Magen sich von einer Sekunde auf die andere in einen brodelnden Vulkan verwandelt.

Die Frau würde mit mir nach Hause gehen. Doch dieses Wissen kann nichts gegen die Leere in meinem Inneren ausrichten. Ich muss an einen Abend vor einigen Monaten denken. Ich habe mich gemeinsam mit einer Frau in einer Kabine auf den Toiletten eingeschlossen und sie dort gefingert. Danach habe ich mich wie der erbärmlichste Mensch auf der ganzen Welt gefühlt, weil ich realisiert habe, dass ich eigentlich gar nicht mit ihr in diese Kabine gehen wollte, sondern nur versucht habe, mir einzureden, es zu wollen. Und ich weiß, dass ich mich wieder so furchtbar fühlen würde, wenn ich mit der Frau vor mir schlafen würde.

Ich kann nicht zurück zu meinem alten Ich. Der neuen Person, die ich geworden bin und die ich morgens im Spiegel kaum wiedererkenne, kann ich nicht entfliehen. Ich trauere nicht nur um meinen verlorenen Traum, meine Beziehung, meinen besten Freund. Ich trauere auch um die Person, die ich werden wollte.

Wut kocht in meinem Inneren hoch. Da ich nicht weiß, gegen wen oder was sie sich richtet, bleibt sie wie so oft in meinem Körper stecken und vergiftet ihn ganz langsam, höhlt mich weiter aus, macht mich kleiner, schwerer, trostloser. Ich kann nicht hierbleiben.

Mit einer oberflächlichen Entschuldigung lasse ich die Frau allein an der Bar sitzen und kehre zu meinen Freunden zurück. Sie reden inzwischen über etwas anderes, aber das Thema, das mich dazu gebracht hat, fluchtartig den Tisch zu verlassen, scheint noch in der Luft zu hängen.

Irgendwie bringe ich den Abend hinter mich. Sobald die Tür meiner Wohnung dumpf hinter mir ins Schloss fällt, ergreift mich die Panik, der ich bisher umgeben von geliebten Menschen wenigstens für eine kurze Zeit entgehen konnte.

Stella bleibt. Um herauszufinden, was wirklich mit August passiert ist.

Vielleicht habe ich keine Ahnung, wie Stella und ich zueinander stehen, und vielleicht werde ich das niemals wieder wissen. Aber eine Sache ist ganz klar: Sie darf die Wahrheit nicht erfahren. Und ich werde alles tun, um sicherzugehen, dass es nie so weit kommt.

10. Kapitel

STELLA

Ich hasse Stillstand. Seit ich München verlassen habe, war ich ständig unterwegs. Nun, da ich mich entschlossen habe, länger in der Stadt zu bleiben, fühle ich mich, als würde ich mich gar nicht mehr bewegen. Meine Muskeln haben sich verhärtet. Ich bin zu Stein erstarrt. Die Erde dreht sich nicht mehr.

Mir ist bewusst, dass ich von Julis Wohnung zum Friedhof gelaufen bin, aber das hat nichts mit der Bewegung zu tun, nach der ich mich gerade fast verzweifelt sehne. Während ich die schön geschwungenen und doch unpersönlichen Buchstaben lese, die den Namen meines großen Bruders auf einen Steinbrocken schreiben, wünsche ich mir, dass mir Flügel wachsen, die mich ganz weit von hier forttragen können.

Für fast zwei Jahre war ich ein ganz anderer Mensch. Doch die Version, die sich mit lauter Musik, Alkohol und One-Night-Stands betäubt hat, ist in dem Moment verschwunden, in dem ich gelandet bin. Alles, was überall auf der Welt funktioniert hat, verliert in München seine Wirkung. Vermutlich, weil ich auf derselben Erde stehe, unter der er begraben liegt. Damit hätte ich rechnen können. Aber die Verzweiflung, die mich trifft, während ich auf seinen Namen starre und mit dem Boden zu verwurzeln scheine, hat so viel Wucht, dass sie mich fast umwirft.

Meine Sicht verschwimmt, und dass ich blinzle, macht es auch nicht besser. Warum bin ich eigentlich hierhergekommen?

Ich fühle mich August nicht näher. Er ist nicht hier, nur meine Trauer. Sie ist stärker, potenter.

Ich habe den Tag vor Julis Laptop verbracht und alle Fragen in die Google-Suche eingetippt, die mir in den Sinn gekommen sind. Um herauszufinden, ob bei Augusts Tod irgendwas Auffälliges passiert ist, muss ich erst mal wissen, was das Prozedere ist. Wer wird angerufen, wenn ein Flugzeug abstürzt? Wer ist zuerst vor Ort? Wer ist wofür verantwortlich? Was wird untersucht und von wem?

Nach einigen Stunden hat mir der Kopf geraucht, und ich war immer noch nicht schlauer, weil mir Google nie die Antworten ausspucken wollte, die ich gesucht habe – oder weil ich nicht sonderlich gut in Internet-Recherche bin.

Sofort hatte ich wieder die kritische Stimme meines Vaters in meinen Ohren: *Du hast immer diese großen Ideen, Stella, aber dir fehlt das organisatorische Geschick, um sie auch umzusetzen.* Und dieses Vorhaben ist der beste Beweis dafür, dass es stimmt.

Ich hasse es, dass ich allen – vor allem meinen Eltern – immer wieder beweise, dass sie doch recht haben. Ich habe ein Bild von mir selbst. Aber das Bild, das andere sich von mir machen, kommt mir oft viel klarer vor. Und zutreffender.

Am liebsten würde ich wieder aufgeben. Es wäre leichter, als weiterzumachen. Ich könnte meine Mission für gescheitert erklären, meinen Rucksack packen und endlich gehen. Das Gewicht, das diese Stadt und die Nähe zu meiner Familie auf mich laden, abzustreifen wäre vermutlich eine Erleichterung.

Ich betrachte wieder Augusts Namen, so liebevoll, als wäre es sein Gesicht, und erkenne, dass das auch nur sinnlose Gedanken sind. Ich glaube Bennys Theorie, dass Augusts Tod kein Unfall war, nicht mit voller Überzeugung. Die Zweifel sind nicht besonders groß. Aber selbst wenn sie so klein wären, dass man sie nur unter einem Mikroskop sehen könnte, wären sie immer noch groß genug, um mich am Gehen zu hindern. Ich kann sie nicht ausreißen wie Unkraut aus weicher Erde. Sie haben sich in mir verwurzelt, sie sind jetzt ein Teil von mir. Ich muss erfahren, was wirklich passiert ist. Mir bleibt gar nichts anderes übrig. Ich spüre es ganz deutlich, dass ich nicht in der Lage sein werde, mein Leben weiterzuführen, bevor ich keine Antworten auf meine tausend Fragen erhalten habe.

Vielleicht war es bisher wahr, dass ich meine Ideen nicht in die Tat umsetzen konnte. Aber diese Sache ist zu wichtig, um mich von meiner Planungsunfähigkeit aufhalten zu lassen. Ich werde es schaffen, einfach, weil ich es schaffen *muss*.

Ich bemerke den frischen Blumenstrauß, der neben dem Grabstein liegt. Es sind orangene Rosen. Sie bringen mich zum Lächeln. August mochte bunte Farben. Seine auffälligen Krawatten haben unsere Eltern immer wieder den Kopf schütteln lassen. Dieser Strauß hätte ihm gefallen. Aber wer hat ihn hierhergelegt? Bestimmt kein Mitglied meiner Familie. Sie hätten klassischere Blumen gewählt.

Beim Gedanken daran, dass ihn auch seine Freunde nicht vergessen haben, wird mir warm. August hatte eine Präsenz, der man sich schwer entziehen konnte. Früher habe ich geglaubt, dass er nicht in der Lage war, zu erkennen, wer wirklich um seinetwillen mit ihm befreundet sein wollte und wer nur wegen seines Geldes und Status. Wenn sie aber noch immer Blumen auf sein Grab legen, habe ich vielleicht einigen von seinen Freunden unrecht getan.

Ich lasse meinen Blick über die Friedhofsanlage schweifen, weil mir immer Tränen in die Augen treten, wenn ich seinen Namen betrachte. Andere Menschen stehen auch vor Grabsteinen. Ein leises Schluchzen wird vom Wind zu mir herübergetragen. Aber auch ein Lachen. Nicht alle, die hier stehen, sehen auch traurig aus.

Und für einen winzigen Moment geht es mir deswegen besser.

Doch dann bleibt mein Blick so abrupt an einer Person hängen, dass es sich so anfühlt, als würde er einrasten. Es ist ein Mann. Er steht weit weg, aber nah genug, dass ich sein Gesicht noch ausmachen kann. Sofort liegt meine volle Aufmerksamkeit auf ihm. Weil ich spüre, dass seine mir gilt.

In seinen Augen liegt etwas Intensives, das mich überfordert und die Haare auf meinen Armen dazu bringt, sich aufzustellen.

Ich will ihn nicht mehr ansehen, aber ich kann mich auch nicht losreißen. Er lässt es nicht zu. Er hat kurz geschnittene braune Haare, die Farbe seiner Augen kann ich aus dieser Entfernung nicht benennen, aber es reicht mir zu wissen, wie stechend sie sind. Seine Statur ist breit, und auf seinen Lippen liegt kein Lächeln.

Und plötzlich wird mir klar: Ich bin in München geblieben, weil ich zweifle, dass Augusts Tod einfach ein Unfall war. Bisher habe ich den Gedanken aber nicht weitergeführt. Das ändert sich, während ich den Fremden anstarre. Wenn es kein Unfall war, dann gibt es einen Schuldigen. Dann gibt es jemanden, der nicht will, dass die Wahrheit ans Licht kommt.

Ein kalter Schauer jagt meinen Rücken hinunter, obwohl die Sonne auf mich prallt.

Ständig scheint mich mein Fluchtinstinkt zu überfallen, grob an den Armen zu packen und fortzuzerren. Doch ausgerechnet jetzt spüre ich einen anderen Impuls. Ich mache einen Schritt auf den Kerl zu. Dann noch einen. Gerade brauche ich Antworten mehr als meinen nächsten Atemzug.

Ich komme drei Meter weit, als mich das Klingeln meines Handys aus meiner seltsamen Trance reißt. Abrupt bleibe ich stehen und ziehe mein Handy mit zittrigen Fingern aus meiner Hosentasche. Als ich den Anruf endlich angenommen habe und wieder aufschaue, ist der Kerl verschwunden. Das macht die Beklemmung, die sich in meiner Brust festgesetzt hat, noch schlimmer. So fühle ich mich auch, wenn ich abends in meinem Zimmer eine Spinne finde, mich kurz umdrehe, um etwas zu suchen, womit ich sie totschlagen kann, und dann ist sie fort. Zu wissen, dass sie da ist, ohne sie zu sehen, macht die Angst vor ihr größer. Und dieser Augenblick ist noch hundertmal schlimmer.

»Stella?«, fragt Lorena kritisch, und ich realisiere, dass man normalerweise irgendwas sagt, wenn man einen Anruf entgegennimmt.

»Hey«, kriege ich mit belegter Stimme hervor, während ich mich in alle Richtungen umschaue. Will ich ihn finden oder mich vergewissern, dass er wirklich weg ist?

»Hey«, wiederholt Lorena, und ihre Stimme klingt schon ein bisschen weniger hart als vor wenigen Sekunden noch. »Ich wollte nicht einfach wegrennen.«

Ich wünschte, ich könnte das Gleiche sagen, aber wir wüssten beide, dass es eine Lüge ist, also schweige ich.

»Es ist gut, dass du zurück bist. Und dass du bleibst«, fährt sie fort, während ich noch immer nach den richtigen Worten suche, mit denen ich alles, was ich verbockt habe, wiedergutmachen kann. Aber ich muss wohl einsehen, dass ich, wenn ich darauf warte, dass sie mir einfallen, nie wieder den Mund öffnen werde.

»Danke«, murmle ich. Es kommt mir so nichtssagend vor. Vielleicht ist es doch besser, für immer zu schweigen, wenn einem nichts Bedeutungsvolles einfallen will.

»Natürlich sind deine Gründe vielleicht nicht …« Lorena war bestimmt im Begriff, etwas sehr Direktes und Unsensibles zu sagen, doch sie stoppt sich noch. Ich bin ein bisschen enttäuscht. Lorenas bissige Kommentare habe ich sehr vermisst. Manchmal, wenn ich irgendeinen Mist gebaut habe oder mal wieder zu betrunken war, um klar denken zu können, habe ich sie in meinem Kopf gehört. Sie hatte immer viel zu meinem Verhalten zu sagen. Und wenn ich mir vorgestellt habe, wie sie mir die Meinung geigt, habe ich mich komischerweise immer besser gefühlt.

Dass sie nicht einfach offen mit mir redet, wie sie es früher immer getan hat, hat den gegenteiligen Effekt. Sie sollte nicht zögern, sie sollte ihre Worte nicht abwägen. Nicht, wenn sie mit mir spricht. Dieses zähe Gespräch erinnert mich mit Nachdruck daran, dass da eine Distanz zwischen uns liegt, die ich nicht wieder schließen konnte, als ich zurückgekehrt bin.

»Wie dem auch sei«, fährt sie nach kurzem Zögern fort. »Am Wochenende findet ein inoffizielles Klassentreffen statt, und ich will, dass du mitkommst.«

»Ein inoffizielles Klassentreffen?«, frage ich nach.

»Ja, die Schule hat es nicht organisiert, sondern Paul. Du weißt schon …«

»Der gut aussehende Typ, der sein ganzes Leben lang unsterblich in dich verliebt war.«

»Genau der«, meint Lorena. Sie klingt noch immer steif, aber zumindest ein bisschen weniger. Das reicht, um mich wenigstens verhalten lächeln zu lassen. »Er hat Leute aus verschiedenen Stufen eingeladen. Eben die Gruppe, die du auch noch von früher kennst.«

Das Lächeln verschwindet. »Du meinst …«

»Ja, Isaac und Matt werden auch da sein.«

Ich öffne schon den Mund, obwohl mir noch keine gute Ausrede eingefallen ist, die Lorena überzeugen würde. Doch sie kommt mir sowieso zuvor.

»Ich will es nicht hören. Natürlich hast du keinen Bock, dich ihm zu stellen. Aber weißt du, was: Das ist mir scheißegal. Du bist endlich wieder hier, und vielleicht bleibst du nicht ewig, aber zumindest für eine Weile, und du kannst dich nicht die ganze Zeit vor ihm verstecken. Du bist eine Kronenberger. Wir verstecken uns nicht.« Sie holt tief Luft, um dann genauso energisch fortfahren zu können. »Und in zwei Wochen ist auch schon das alljährliche Sommerfest unserer Familie am Starnberger See. Unsere Eltern werden es dir nicht durchgehen lassen, wenn du das verpasst. Also sieh diese Feier als Übung, um mit Matt umzugehen.«

Obwohl ich ihn nicht wiedersehen will, tut es gut, diese Sätze zu hören, die so viel besser zu Lorena passen als der Anfang dieses Gesprächs. Da ist die Person, die ich so sehr vermisst, aber trotzdem nie angerufen habe, weil ich gewusst habe, dass sie mich dazu hätte bringen können, zurückzukehren, und das konnte ich nicht zulassen.

»Außerdem wird auch Felix beim Klassentreffen sein. Dann konzentrier dich doch einfach auf deinen weniger problematischen Ex-Freund.«

Das entlockt mir sogar ein heiseres Auflachen.

»Ich hab dich vermisst, Lorena«, sage ich.

»Jaja.« Ich sehe es vor mir, wie sie eine wegwerfende Handbewegung macht. »Das kannst du dir sparen. Ich bin noch zu sauer auf dich. Aber das ist der erste Schritt, um dir meine Vergebung zu verdienen.«

»Das ist Erpressung«, stelle ich fest.

»Mir ist egal, wie du es nennst«, fährt sie mich auf ihre liebevoll schroffe Weise an. Kurz ist es still am anderen Ende der Leitung. Ich weiß, dass sie noch dran ist. Ich höre sie atmen. »Wirst du mitkommen?« Auf einmal klingt sie wieder kleiner, was so gar nicht zu ihrer riesigen Persönlichkeit passen will.

Ich atme ein paar Mal sehr tief durch. Wenn ich daran denke, wie Matt vor mir davongelaufen ist, verkrampft sich alles in meinem Inneren. Ich wusste, dass ich ihn verletzt habe. Ich wusste, dass ich viel kaputt gemacht habe, als ich einfach gegangen bin, und ich wusste, dass es ihn am schlimmsten getroffen hat. Aber es zu wissen und es wirklich zu sehen, ist doch nicht das Gleiche.

Wenn ich mich jedoch niemals all den Dingen stelle, die ich falsch gemacht habe, werde ich den Rest meines Lebens damit verbringen, mich von allem abzuwenden, was mir einmal wichtig war. Und das kann auch keine Lösung sein.

Außerdem kann ich Lorena nicht enttäuschen. Nicht schon wieder.

»Ich werde mitkommen«, kriege ich schließlich mit monotoner Tonlage hervor.

»Okay, gut«, sagt Lorena. »Ich schicke dir die Details.« Noch einmal zögert sie. »Das ist aber nur der erste Schritt auf dem Weg zu meiner Vergebung. Nur damit das klar ist.«

Ich lache erstickt auf. »Der Weg wird vermutlich sehr steil und steinig sein.«

»Du hast es erkannt«, meint sie. »Bis dann.«

Jetzt ist die Leitung wirklich tot. Ihr Atem dringt nicht mehr an mein Ohr. Sofort fühle ich mich allein. Auf eine fast übernatürliche Weise. Meine Einsamkeit legt sich vor meine Sicht. Die anderen Menschen, die gerade noch auf dem Friedhof waren, scheinen von einer Sekunde auf die andere verschwunden zu sein. Kein Geräusch dringt mehr an meine Ohren. Auf einmal bin ich der letzte Überlebende auf der Welt. So vollkommen fühlt sich meine Einsamkeit in diesem Moment an.

Das Gefühl hält nicht ewig an. Ich blinzle, und alles ist wie vorher. Aber ich spüre keine Erleichterung. Denn diese bodenlose Emotion ruht tief in mir. Sie kann immer wieder ohne Vorwarnung auftauchen. Ich habe sie in mir geschaffen, als ich Abstand zwischen mich und alles, was ich liebe, gebracht habe. Und ich weiß nicht, ob ich dieses schwarze Loch in mir jemals wieder füllen kann.

11. Kapitel

STELLA

Meine Hände schwitzen, während ich auf dem Bürgersteig vor Julis Wohnhaus stehe und darauf warte, abgeholt zu werden. Ich trage eine hochgeschnittene Hose und ein schlichtes T-Shirt, womit ich mich eigentlich sehr wohlfühle. Aber gerade spüre ich jede Stelle, wo mein Körper ein bisschen vehementer gegen den Jeansstoff drückt, und auf einmal kommt es mir so vor, als wären die Nähte kurz davor aufzuplatzen.

Juli hat mir meine Haare zusammengesteckt, und oben im Spiegel hat es mir noch gefallen, wie ein paar Locken mein Gesicht eingerahmt haben. Jetzt scheinen sie mir direkt in die Augen zu hängen.

Ich wünschte mir, ich hätte Lorena einfach abgesagt. Dann wäre sie eben noch länger auf mich sauer. Ob es jetzt zwei oder drei Ewigkeiten sind, macht vermutlich ohnehin nicht so einen großen Unterschied.

In dem Moment biegt ein besonders stark glänzender grauer Mercedes um die Ecke, und ich weiß, dass es jetzt kein Zurück mehr gibt.

Sie sind hier.

Sofort stelle ich mich ein bisschen gerader hin. Doch das hilft mir auch nicht, mich wohler in meiner Haut zu fühlen.

Das Auto hält am Straßenrand direkt vor mir. Isaac sitzt auf dem Beifahrersitz, Lorena hinten auf der Rückbank. Sie öffnet mir die Tür, damit ich zu ihr steigen kann. Doch kurz bin ich nicht in der Lage, mich zu bewegen.

Matt umklammert mit beiden Händen das Lenkrad. Ich glaube, er will mich nicht ansehen. Aber er kann mir genauso wenig entgehen wie ich ihm.

Viele Fragen geistern durch meinen Kopf. Liebt er mich noch? Oder ist da nur noch Wut? Ob er mich wohl noch attraktiv findet? Ich verfluche mich für diesen Gedanken. Trotzdem fühlt sich die Jeans gleich noch enger an.

»Auf geht's«, ruft Lorena, und ich setze mich endlich in Bewegung. Es sind vermutlich nur wenige Sekunden seit ihrer Ankunft verstrichen, aber ich fühle mich, als hätte ich Matt mein ganzes Leben lang betrachtet. Auf einer Ebene stimmt das vielleicht.

Sobald ich die Autotür hinter mir zuschlage, fährt er auch schon an. Versucht er vor mir davonzufahren, obwohl ich im selben Auto sitze?

»Freut ihr euch schon?«, fragt Isaac bemüht freundlich.

»Auf jeden Fall«, antwortet Lorena. Auch einen Hauch zu enthusiastisch, um noch glaubhaft zu sein.

Ich verkneife mir ein Schnauben. Die beiden sind zwar nicht subtil, aber ich bin ihnen trotzdem dankbar für das Theater, das sie für uns spielen.

»Wie geht's Benny?«, fragt Lorena und klingt so steif, wie sie aussieht.

Ich schlucke schwer. Das Thema hilft mir nicht gerade dabei, mich entspannter und ruhiger zu fühlen. »Ganz okay, denke ich.« Ich muss mich räuspern, weil meine Stimme so belegt klang. »Heute durfte ich ihn anrufen. Wir haben kurz gesprochen. Er hat erzählt, dass sein Zimmer schön ist und die anderen in seiner Gruppentherapie nett sind. Er lebt sich ein. Wäre aber lieber hier.«

Ich war überrascht, dass er nicht sofort wieder aufgelegt hat, nachdem ich ihn angerufen habe. Er hat nur einen bissigen

Kommentar gemacht, dass ich ja doch dazu in der Lage bin, mich zu melden. Danach haben wir uns ziemlich normal unterhalten. Er hat keine weiteren Sprüche abgefeuert. Trotzdem war das Gespräch gezwungen. Ich habe ihm wieder versichert, dass wir in zwei Monaten mit unseren Eltern reden werden, und ich habe versucht, ihm die Hoffnung zu geben, dass sie ihm dann wirklich zuhören werden, obwohl ich es selbst nicht ganz glaube.

Nach fünf Minuten haben wir wieder aufgelegt, weil wir uns nichts mehr zu sagen hatten. Es hat gutgetan, seine Stimme zu hören, aber danach habe ich mich trotzdem einsamer gefühlt als davor. Um mich geht es allerdings auch nicht.

»Wo ist Johann?«, frage ich, um meine düsteren Gedanken zum Schweigen zu bringen.

»Er meinte, er muss noch viel im Kaufhaus erledigen«, sagt Isaac.

Lorena verdreht die Augen und verschränkt die Arme vor der Brust.

»Was?«, flüstere ich ihr zu. Sie trägt ein enges schwarzes Kleid, und obwohl ich mich dafür ein bisschen hasse, vergleiche ich mich sofort mit ihr. Wie ich es früher immer getan habe. Und genauso wie früher komme ich zu dem Schluss, dass mir ihre Figur besser gefällt als meine.

Als ich noch gereist bin, konnte ich manche schlechten Angewohnheiten ablegen. Aber es ist mir viel zu leichtgefallen, sie wieder überzustreifen, sobald ich zurück in München war. Eigentlich weiß ich, dass diese Stadt auch nicht anders ist als der Rest der Welt, allerdings fühlt sich hier alles mühsamer für mich an und alles, was mich ausmacht, ein bisschen dumpfer.

»Johann führt sich auf«, meint Lorena ausweichend. »Er bleibt eigentlich nur länger im Kaufhaus, um jedem zu beweisen, wie toll er es macht. Überstunden sind jedoch nicht gleichbedeutend mit guter Arbeit. Außerdem würde er es niemals schaffen ohne …« Sie verstummt abrupt und schüttelt leicht ihren Kopf. »Nicht so wichtig.«

Das *Bullshit*, das ich früher auf so eine Aussage erwidert hätte, liegt mir schon auf der Zunge. Doch es kommt mir nicht über die Lippen. Es bleibt in meinem Mund und belegt meinen Gaumen. Neben Lorena auf der Rückbank zu sitzen und verschwörerisch zu flüstern, ist mir vertraut, aber wir sind es nicht mehr. Sie setzt einen versöhnlichen Gesichtsausdruck auf. Ich kenne sie allerdings gut genug, um zu erkennen, wann Lorena nur gute Miene zum bösen Spiel macht. Sie hat mir noch nicht vergeben. Noch lange nicht. Also steht es mir auch nicht zu, sie zur Rede zu stellen.

Ich hebe den Kopf und werde sofort wieder von Matts Augen gefangen genommen. Er beobachtet mich im Innenspiegel. Ich erkenne nur seine Augenpartie. Seine Brauen sind zusammengezogen, dunkle Ringe liegen unter seinen Augen. Die Farbe seiner Iris ist jedoch noch immer so warm wie früher, auch sein kalter Blick kann nicht darüber hinwegtäuschen. Sofort sind in meinem Kopf wieder hundert Momente, in denen er mich so angesehen hat. Und wenigstens kurz gestatte ich mir, zu ignorieren, dass jetzt alles anders ist und dass ich daran Schuld bin.

Acht Monate vor dem Unfall

»Matt, fahr schneller«, forderte August.

»Du bist der schlimmste Beifahrer der Menschheitsgeschichte«, warf ich ihm vor und schnippte ihm gegen den Hinterkopf. Er versuchte mein Handgelenk zu umfassen, aber die Kopfstütze war ihm im Weg und ich lehnte mich schnell wieder zurück.

»Und du wirst nicht fahren«, fügte Matt hinzu. »Du hast ein Bier in der Hand.«

August prostete erst ihm zu und dann zu Isaac, Lorena und mir nach hinten.

»Wir sind eh gleich da«, meinte ich, nachdem ich das Navi auf meinem Handy gecheckt hatte. »Du musst in etwa hundert

Metern abbiegen, Matt. Dann müssten wir das Ferienhaus von Pauls Eltern erreichen.«

»Paul schmeißt die besten Partys«, meinte Isaac, und Lorena stimmte ihm zu. Doch ich folgte ihrem Gespräch über die Top Ten der legendärsten Partys von Paul Dalmann nicht, weil Matt mir im Innenspiegel einen Blick zuwarf.

Ich konnte nur seine Augenpartie erkennen, aber die Fältchen verrieten mir, dass er grinste.

Ich erwischte ihn in letzter Zeit immer wieder dabei, wie er mich so ansah, wenn wir mit unseren Freunden unterwegs waren. Es war seine Art, mir all das mitzuteilen, was er nicht laut sagen konnte, wenn wir nicht allein waren.

Ich zog die Brauen nach oben und nickte zur Straße. Es sammelten sich noch mehr Fältchen um seine Augen, dann wandte er sich aber wieder der Fahrbahn zu.

Die restliche Fahrt fühlte ich mich kribbelig. Ich versuchte mich auf die vorbeirauschende Nacht zu konzentrieren und sie mir mit allen Sinnen vorzustellen. Sie war offensichtlich dunkel. Durch den kleinen Spalt, den ich oben beim Fenster aufgelassen hatte, drang die Luft herein. Sie roch frisch und ein bisschen nach Regen, obwohl seit Tagen kein Tropfen gefallen war. Der kühle Wind streichelte meine Wangen. Die Nacht war leise, und das gefiel mir. Sobald wir die Party im Ferienhaus von Pauls Eltern erreicht hatten, würde sich das ändern.

Solche Aufzählungen machte ich immer wieder. Sie halfen mir dabei, mich zu fokussieren und zu mir selbst zurückzukehren, wenn Teile von mir drohten, vor mir davonzulaufen.

Das Wummern der Musik erreichte uns zunächst nur als vertrauliches Flüstern. Doch mit jedem Meter, den wir hinter uns brachten, wurde es lauter. Und dann tauchte das Anwesen mit den hell erleuchteten Fenstern auch schon vor uns auf.

»Das wird ein toller Abend«, stellte August mit einer Überzeugung fest, als könnte er es tatsächlich mit hundertprozentiger Sicherheit wissen. Matt hatte das Auto noch gar nicht richtig ge-

parkt, da öffnete August schon die Tür auf der Beifahrerseite und sprang hinaus.

»August«, rief ich ihm vorwurfsvoll hinterher. Doch er hörte mich natürlich nicht mehr. Er war bereits von einer Gruppe Kerle erkannt und mit mehreren enthusiastischen und lauten Rufen begrüßt worden.

»Es ist immer wieder das Gleiche mit ihm«, meinte Isaac grinsend, stieg aus dem Auto, sobald Matt den Motor ersterben ließ, und reichte Lorena seine Hand. Sie ergriff sie und schenkte ihm ein verliebtes Lächeln.

»Darf ich?« Matt hielt mir auch seine Hand hin, als ich aussteigen wollte. Er tat so, als wollte er sich über seinen Bruder lustig machen. Aber als ich seine Hand ergriff und er meine mit Druck umfasste, wurde mir klar, dass er nach einer Ausrede gesucht hatte, um mich vor unseren Freunden berühren zu können.

»Haha«, machte Isaac nur. Lorena und er liefen auf die Gruppe grölender Betrunkener zu, die August bereits verschluckt hatte. Matt hielt meine Hand noch einen Moment länger in seiner. Dann ließen wir einander wieder los und folgten den anderen, als wären wir nur Freunde. Ich überspielte, dass mein Herz raste und dass ich daran denken musste, dass ich erst vor wenigen Tagen stöhnend in seinen Armen gelegen hatte.

Was wir hatten, hielten wir geheim. Ich hütete uns wie etwas Kostbares, das ich mit niemandem teilen wollte. Aber die Wahrheit reichte noch tiefer. Natürlich konnten wir das, was zwischen uns passierte, mit niemandem teilen, solange wir nicht einmal wussten, was es war. Und das würden wir nicht wissen, wenn wir nicht darüber sprachen. Den ersten Schritt würde ich allerdings ganz sicher nicht machen.

Der Abend zog an mir vorbei wie ein Hochgeschwindigkeitszug. Auf einmal saßen wir um einen runden Tisch in einer Ecke des riesigen Hauses, das Paul aus irgendeinem Grund nicht als Villa bezeichnen wollte, und unterhielten uns über so viele Dinge auf einmal, dass ich wieder kaum etwas mitbekam.

Heute waren meine Gedanken überall, nur nicht in diesem Moment.

»Hast du Lina Meyer heute schon gesehen?«, fragte August auf so eine seltsame Weise an Matt gerichtet, dass meine Aufmerksamkeit wenigstens kurz an einem Gesprächsfetzen hängen bleiben konnte.

»Ja«, antwortete er zögerlich. »Wieso?«

»Sie steht auf dich«, stellte August grinsend fest und legte seinen Arm freundschaftlich um Matts Schulter. »Du solltest zu ihr gehen.«

Isaac ermutigte ihn. Lorena machte genervte Kommentare. Ich konnte kein Wort dazu sagen. Matt könnte zu ihr gehen. Wir hatten nie etwas anderes abgemacht. Ich zwang mich, neutral auszusehen, damit ich mir vormachen konnte, dass es mir egal war.

»Kein Interesse«, sagte Matt leichthin und trank einen tiefen Schluck von seinem Bier.

»Wie?«, fragte August so entgeistert, als hätte Matt gerade zehn Millionen Euro abgelehnt.

»Kein Interesse«, wiederholte Matt gelassen.

»Du hattest länger nichts mehr mit irgendwem, oder?« August musterte Matt noch ein bisschen eindringlicher. »Geht's dir gut?«

Matt verpasste ihm einen Schlag gegen den Oberarm. »Geh du doch zu Lina Meyer, wenn es dir so wichtig ist.«

»Nein«, sagte er zögerlich und wirkte für den Bruchteil einer Sekunde weniger selbstsicher, als ich es von ihm gewohnt war. »Ich will ja nicht die zweite Wahl sein.«

Obwohl seine Miene mir keine Hinweise gab, hätte ich schwören können, dass das nicht der wahre Grund war. Aber es war nur ein diffuses Gefühl, also konnte ich mich darauf nicht verlassen.

Ich sah zu Matt hinüber und vergaß Augusts seltsamen Tonfall fast sofort wieder. Ich versuchte seinen Blick aufzufangen, aber er mied meinen.

Schnaubend zog ich mein Handy aus meiner Hosentasche und begann eine Nachricht zu tippen.

Wieso willst du nicht mit Lina Meyer schlafen?

Ich drückte auf Senden, *obwohl ich keine Ahnung hatte, was ich damit erreichen wollte.*

Es war zu laut im Raum, um Matts leisen Nachrichtenton zu vernehmen. Aber nur wenige Sekunden später wandte er sich vom Gespräch ab, das mich überhaupt nicht mehr interessierte, und holte auch sein Smartphone hervor. Der Schein des Bildschirms beleuchtete sein Gesicht von unten, das sonst im dämmrigen Halbschatten lag. Er zog seine Augenbrauen zusammen, sah mich aber immer noch nicht an. Stattdessen ruhte sein Blick weiter starr auf seinem Handy.

Mein Handy vibrierte in meinen Händen. Erst jetzt bemerkte ich, wie fest ich es umklammert gehalten hatte.

Ich öffnete seine Nachricht.

Ist die Frage ernst gemeint?

Ich schnaubte wieder, weil diese Entgegnung so wenig hilfreich war, dass er sich gar nicht erst die Mühe hätte machen müssen, sie zu tippen.

Ja, in der Regel sind meine Fragen ernst gemeint.

Das stimmt nicht.

Ich schnaubte wieder. War es denn wirklich so schwer, eine richtige Antwort zu formulieren?

Du könntest mit ihr schlafen.

In dem Moment, in dem ich den Satz abschickte, bereute ich es schon. Wollte ich mir wirklich so vehement beweisen, dass mir der Gedanke von Matt mit einer anderen Frau nicht missfiel, dass ich jetzt sogar schon bereit war, ihn auf eine zuzuschubsen?

Mein Handy zeigte mir an, dass Matt schrieb. Und schrieb. Und schrieb. Und doch erschien keine neue Nachricht. Ich starrte wie gebannt auf den Bildschirm, als könnte ich ihn so zwingen, mir schneller zu antworten und mich aus meinem Leiden zu erlösen.

Doch es kam nichts mehr. Irgendwann hörte er auch auf zu schreiben. Ich traute mich trotzdem nicht, wieder aufzusehen. Vielleicht saß er gar nicht mehr am Tisch und war schon auf der Suche nach Lina Meyer.

»Stella.«

Ich zuckte so heftig zusammen, dass ein Muskel in meinem Nacken begann, ein bisschen unangenehm zu ziehen. Langsam drehte ich mich um. Matt war von hinten an mich herangetreten und funkelte mich aus aufgebrachten Augen an.

»Hilfst du mir, noch mal Getränke für alle zu holen?«

Lorena und August riefen ihm noch ihre Getränkebestellungen zu, aber ich hörte sie kaum. Matts Wut spürte ich sehr viel deutlicher als die Anwesenheit anderer Menschen. Ich versuchte aber nicht einmal, mich ihm zu entziehen. Er war nicht dazu in der Lage, Dinge auf sich beruhen zu lassen. Er klärte immer alles sofort, ob man nun wollte oder nicht.

Also erhob ich mich und folgte ihm, während er sich einen Weg durch die anderen Partygäste bahnte. Sie wichen ihm ganz von allein aus, als könnten sie die Ernsthaftigkeit spüren, die gerade aus jeder seiner Poren drang. Wir liefen zwei Stockwerke hinauf. Schweigend.

Schließlich erreichten wir eine Tür, Matt öffnete sie und bedeutete mir wortlos einzutreten. Ich kam der stummen Bitte nach, und er schloss die Tür hinter uns. Wir fanden uns in einem der bestimmt hundert Gästezimmer der Nicht-Villa wieder. Doch ich machte mir nicht die Mühe, mich umzusehen. Ich schaute Matt einfach an und wartete auf das, was nun kommen würde.

»Was soll das?«, entfuhr es ihm nach einigen Sekunden, in denen er einfach nur schwer geatmet hatte.

»Was soll was?«, gab ich ganz automatisch zurück.

»Ich könnte mit Lina Meyer schlafen? Wieso schreibst du mir so was?«

»Weil es stimmt«, entgegnete ich, wieder ohne wirklich darüber nachgedacht zu haben. Irgendein Teil von mir wollte gleichgültig und locker wirken, wie jemand, der unverbindlichen Sex mit seinem besten Freund haben konnte, ohne irgendwelche Ansprüche an ihn zu stellen. Ich wollte so jemand sein. Und mir nicht eingestehen müssen, dass ich es vielleicht doch nicht sein konnte.

Ich war doch der Freigeist unter den Kronenbergers. Ich war die mit dem Literaturwissenschaftsstudium und ohne Plan. Ich war die, die eine Beziehung mit dem Sohn eines einflussreichen Lobbyisten aufgegeben hatte, um danach geisteswissenschaftliche Kerle zu daten, die ihre Köpfe mindestens so weit oben in den Wolken hatten wie ich. Ich war die, die Dinge tat, die ihren Eltern missfielen, einfach, weil sie Lust darauf hatte. Ich konnte Sex und Gefühle trennen. Das hatte ich seit Beginn meines Studiums gemerkt.

Aber wenn es um Matt ging, musste ich mir wohl eingestehen, dass Sex und Liebe nicht zwei feste Blöcke waren, die man separat aufstellen konnte, sondern zwei Flüssigkeiten, die sich miteinander vermischten, bis man sie nicht mehr voneinander lösen konnte.

Mist. Ich steckte in Schwierigkeiten.

Und Matts wütender Gesichtsausdruck schien diese Erkenntnis noch mal zu bestätigen, obwohl ich immer noch nicht ganz verstand, warum meine Worte ihn so aufgeladen hatten, dass er vor unterdrückter Energie fast schon vibrierte.

»Es stimmt nicht«, fuhr er mich ein bisschen barscher an. Er hatte noch nie in so einem Tonfall mit mir gesprochen.

»Ich bevorzuge es, nicht angeschrien zu werden«, patzte ich zurück.

»Und ich bevorzuge es, wenn du nicht so tust, als wäre es okay, wenn wir noch mit anderen Leuten ins Bett gehen.«

Ich starrte ihn aus riesigen Augen an. Seine erinnerten mich an Bernstein und die schwarzen Punkte in dem Braun an Insekten, die in dem Stein gefangen und konserviert worden waren.

»Du hattest mit niemandem mehr was, seitdem wir was miteinander angefangen haben?« Ich hasste es, dass meine Stimme so kleinlaut klang.

»Natürlich nicht«, sagte Matt mit so viel Nachdruck, als wäre die Vorstellung vollkommen abwegig. Doch das war sie nicht.

»Natürlich?« Ich schüttelte den Kopf. »Wieso denn natürlich? Ich weiß gar nicht, von wie vielen Frauen du mir im Laufe unserer Freundschaft schon erzählt hast!«

Er öffnete den Mund und schloss ihn dann doch wieder. Er wiederholte das so oft, bis er mich an einen Fisch auf dem Trockenen erinnerte. Die blaue Tapete hinter ihm machte den Eindruck perfekt.

Mehrmals räusperte er sich, erst dann sprach er wieder. »Hattest du was mit jemand anderem?«

Ich wollte mit natürlich *antworten, doch dann hielt ich inne und ging die letzten Monate durch. Schließlich schüttelte ich langsam den Kopf. »Tatsächlich nicht.«*

Matt verschränkte die Arme vor der Brust. »Wieso klingst du überrascht?«

»Wir haben nie gesagt, dass wir exklusiv sind«, hielt ich dagegen.

»Ich dachte, das war klar.« Auf einmal sah er um einige Jahre jünger aus. Vor mir stand nicht mehr nur der Matt, der er heute war, sondern auch alle, die ich über die Jahre kennengelernt hatte. Er war die Summe aus so vielen Versionen von ihm. Und in diesem Moment realisierte ich, dass mein Herz für jede einzelne davon schlug.

Ich lachte laut auf, weil dieser Gedanke einen Knoten, der schon länger in meiner Brust geruht hatte, endlich löste. »Matt, du musst schon mit mir reden und nicht voraussetzen, dass ich in jeder Sekunde weiß, was in dir vorgeht.«

Ich wartete darauf, dass er mir widersprechen würde. Doch eine Entgegnung blieb aus. Er betrachtete mich, als wäre ich ein Rätsel, das er lösen wollte. Dann ließ er schließlich seine verschränkten Arme sinken. Nun wirkte er, als wüsste er nicht mehr, was er mit seinen Händen machen sollte. Dabei schien Matt immer zu wissen, was zu tun war. Zumindest hatte ich das früher geglaubt.

»Okay«, sagte er schlicht. »Dann rede ich jetzt mit dir.«

»Okay.« Ich versuchte seinen Tonfall nachzuäffen. Doch er ging nicht auf meinen Scherz ein. Seine Miene war nicht hart, aber sie war entschlossen.

»Ich will nicht mit Lina Meyer schlafen«, setzte er an.

»Okay«, sagte ich, weil mir einfach nichts Besseres einfallen wollte.

»Ich will mit niemandem außer dir schlafen«, fuhr er fort.

»Okay.« Diesmal war das Wort noch ein bisschen leiser. Mein Herz schlug inzwischen so fest in meiner Brust, dass es auf meine Lunge presste und die Luft hinausdrückte, die ich doch eigentlich zum Sprechen brauchte.

»Und ich glaube, dass sich das niemals ändern wird.«

Ich bekam nicht einmal mehr ein »Okay« heraus, denn inzwischen saß mein Herz in meinem Hals. Ich schluckte, doch das half auch nicht dabei, es wieder an seinen rechtmäßigen Platz zu schieben.

Mir war ein bisschen schwindelig, aber nicht auf eine unangenehme Weise. Ich wollte mich in das Gefühl hineinstürzen, und deswegen lief ich auf Matt zu, schlang beide Arme um seinen Hals und küsste ihn.

Die Nacht ist auch heute frisch, dunkel und ruhig. Ich sitze wieder auf der Rückbank. Matt hat mit beiden Händen das Lenkrad umschlungen. Unsere Blicke begegnen sich im Innenspiegel. Ich könnte mir vormachen, dass alles so ist wie damals. Ich könnte so tun, als wäre ich zurück in einem Moment, in dem alles auf eine fast langweilige Weise normal war.

Doch um Matts Augen liegen keine Lachfältchen. Seine Hände sind verkrampft. Und auf dem Beifahrersitz hockt nicht mein großer Bruder.

Ich würde alles geben, um noch einmal zurück zu sein, in einer früheren Version von mir, die von Schmerz gar keine Ahnung hatte. Aber die Zeit vergibt nicht. Sie läuft nur geradeaus und macht für niemanden eine Ausnahme.

Und wer bin ich, dass ausgerechnet ich eine Ausnahme verdient hätte?

»Wir sind da«, sagt Isaac.

Vor uns tut sich dasselbe Ferienhaus auf. Ein kalter Schauer läuft meinen Rücken hinab, weil die Parallelen zu groß sind, zu schmerzhaft, zu offensichtlich.

Die anderen steigen aus dem Wagen, doch Matt und ich verharren noch einen Moment. Als sich unsere Blicke nun wieder im Innenspiegel begegnen, erkenne ich, dass er sich auch erinnert. Tränen setzen Bernstein unter Wasser.

Er räuspert sich. »Ich weiß nicht, wie ich mit dir oder der Tatsache, dass du zurück bist, umgehen soll.« Er schweigt so lange, dass ich denke, er wird gar nichts mehr sagen. »Aber ich habe dich vermisst.«

Obwohl diese Worte Nähe herstellen sollten, drücken sie uns noch weiter auseinander. Matt wendet sich ab und steigt mit abrupten Bewegungen aus dem Auto.

Ich bleibe kurz allein zurück und fühle mich wie das winzige Molekül in einem riesigen Universum, das ich nun einmal bin.

Er hat mich vermisst. Ich habe ihn vermisst. Und ich tue es immer noch. Das Gefühl wohnt nun in mir und ist ein Teil von mir geworden. So wie er es früher einmal war.

12. Kapitel

MATT

Mir ist ein bisschen schwindelig, während die Worte, die ich fahrlässig ausgesprochen habe, noch immer in meinen Ohren nachklingen. Es war die Wahrheit. Ich habe sie vermisst. Ich vermisse sie noch immer, obwohl wir gerade am selben Tisch sitzen und ich nur den Arm ausstrecken müsste, um sie zu berühren. Aber nur weil es die Wahrheit ist, hätte ich es nicht sagen müssen. Wenn man es sein ganzes Leben lang gewohnt war, einer Person immer alles zu erzählen, fühlt es sich falsch an, es auf einmal nicht mehr zu tun. Aber zwischen uns steht so eine riesige Lüge, dass jede Wahrheit an ihr zerschellen wird wie die Brandung an einer zerklüfteten Küste.

»Hey«, flüstert Isaac mir zu. Er sitzt zwischen uns und scheint auch kein Interesse daran zu haben, Paul zuzuhören, der davon erzählt, wie schwer es angeblich für ihn war, einen guten Job zu finden, obwohl sein Nachname und die Erwartungen, die an ihn gebunden sind, ihm doch eigentlich im Weg stehen. Lorena erklärt ihm gerade, dass seine Aussagen Bullshit sind und dass er sich nicht so anstellen soll, weil er Chancen hat, von denen andere nur träumen können. An der Art, wie er sie betrachtet, kann man ablesen, dass sich in den vergangenen Jahren nur wenig verändert hat und er wohl noch immer unsterblich und chancenlos in sie verliebt ist.

»Hey«, gebe ich verspätet zurück, weil ich eigentlich keine

Lust auf das Gespräch habe, das auf diese lahme Einleitung folgen wird. Isaac spricht mich in letzter Zeit oft auf diese seltsame, aufgeladene Weise an, um mir dann versteckt hinter viel zu vielen Sätzen klarzumachen, dass er sich Sorgen um mich macht. Wir haben den Tanz jetzt schon oft genug getanzt, um jeden einzelnen Schritt der Choreografie auch im Schlaf zu beherrschen. Es wäre mir lieber, er würde einfach zum Punkt kommen, damit ich ihm früher klarmachen kann, dass er falschliegt, obwohl ich tief in mir drin doch weiß, dass er recht hat. Ich bin so vorhersehbar, dass ich mich schon selbst langweile.

»Wie geht's dir so?«, fragt er mit einem Halbflüstern über die laute Musik hinweg.

»Super«, sage ich sarkastisch, obwohl ich nicht weiß, ob man einen Tonfall in diesem lauten Raum überhaupt verstehen kann. Fünf Jahre alte Clubhits, die zu unserer Abizeit gelaufen sind, schallen aus teuren Boxen, und es reden so viele Menschen auf einmal in dem Erdgeschoss dieses monströsen Ferienhauses, dass ich meine düsteren Gedanken kaum noch hören kann. Aber natürlich sind sie trotzdem lauter. Ich könnte meine Ohren wohl auch auf die vibrierende Oberfläche der Lautsprecher pressen, und ich könnte sie immer noch nicht übertönen.

Isaac sucht nach Worten. Vermutlich nach besonders diplomatischen. Aber seinen verunsicherten Gesichtsausdruck kann ich genauso wenig ertragen wie seine vorsichtigen Worte, die mich nur mit Samthandschuhen anfassen. Also rede ich weiter, bevor er sich einen sinnlosen Satz ausdenken muss.

»Sag einfach, was du sagen willst, Isaac«, fahre ich ihn barscher an als beabsichtigt.

Ich will ihm kein schlechtes Gefühl geben. Mir ist bewusst, dass er das nicht verdient hat. Ich freue mich darüber, dass er im Herbst mit Juli nach Berlin ziehen wird, wenn sie ihre Maskenbildner-Ausbildung beginnt und er sein Studium an der Kunsthochschule. Aber gleichzeitig tue ich es auch nicht. Ich will nicht, dass er geht. Ich will nicht, dass er mich zurücklässt.

Dass unser Vater Druck auf mich ausübt, ist nichts Neues. Früher stand er in der Schwimmhalle am Rand und hat langsam den Kopf geschüttelt, wenn ich an dem Tag nicht meinen persönlichen Rekord knacken konnte. Das ist nicht spurlos an mir vorbeigegangen. Der Druck war trotzdem zu ertragen. Aber seine Erwartungen an mich sind immer größer geworden, und seit Isaac offiziell ausgestiegen ist, sind sie so stark gewachsen, dass ihre Spitze hinter einer Wolkendecke zu verschwinden scheint wie die obersten Stockwerke eines Wolkenkratzers.

»Ich gehe ja seit ein paar Wochen in Therapie«, setzt mein Zwillingsbruder an, ein bisschen weniger zögerlich, aber immer noch unerträglich diplomatisch. »Und ich habe mir gedacht … dass es dir auch guttun könnte.«

Ich trinke mein Getränk aus, bevor ich ihm antworte. »Nein danke.«

»Ich dachte auch erst, dass es vielleicht keine gute Idee wäre«, fährt Isaac fort, obwohl ich ihn nicht mehr ansehe. »Und am Anfang habe ich auch echt geweint, und ich hasse es ja eigentlich, vor anderen Menschen zu weinen. Aber es tut auch gut. Ich merke, dass es die richtige Entscheidung war, hinzugehen. Und vielleicht könnte es dir auch helfen. Vielleicht könntest du über den Unfall sprechen.«

Manchmal fühlt es sich so an, als wäre ich ein Haus und die Panik wäre ein ungebetener Gast, der aber kurz noch den Anstand besitzt, an die Tür zu klopfen. Sie bittet um Einlass, indem sie in meinem Nacken kribbelt. Erst wenn ich mich weigere, für sie aufzuschließen, wird sie ungehalten, zertrümmert die Fenster und bricht doch ein.

Noch spüre ich nur das Klopfen, atme tief durch und hoffe, dass das hilft, die Fenster einbruchssicher zu machen.

»Ich möchte nicht über den Unfall sprechen«, presse ich hervor.

Isaac sieht mich an, als wollte er noch was sagen, ich wende mich allerdings kommentarlos Lorena zu, die auf der anderen

Seite neben mir sitzt, und ignoriere ihn einfach. Ich höre sein frustriertes Schnauben, aber auch das bringt mich nicht dazu, mich wieder zu ihm umzudrehen.

»Du siehst schon echt anders aus, Stella«, sagt Paul gerade lallend. »Ich hätte dich fast nicht erkannt.«

»Bist nicht der Einzige«, meint sie nur schulterzuckend und nippt an ihrem Getränk.

Als ich sie das erste Mal wiedergesehen habe, ist mir gar nicht aufgefallen, dass irgendwas anders war. Stella stand vor mir. Diese Erkenntnis war so groß, dass in meinem Kopf für nichts anderes mehr Platz war. Jetzt realisiere ich auch, dass sie sich verändert hat. Aber die Veränderungen kommen mir nicht so groß vor, dass sie ständig angesprochen werden müssten.

»Hast wohl nicht so viel Sport gemacht, als du in der Weltgeschichte unterwegs warst«, meint er.

Die Hand um meine leere Bierflasche verkrampft sich.

»Ich hatte Besseres zu tun«, meint Stella nur kühl. Ihre Stimme verrät nicht, dass sie der Kommentar getroffen hat, aber ihre Schultern wirken angespannt.

Früher hätte ich Paul für so eine Bemerkung angefahren, doch wie so oft in letzter Zeit fühle ich mich unbeweglich, als hätte ich beim Unfall nicht nur meinen rechten Arm verletzt.

»Ey Felix, hast du Stella schon gesehen?«, ruft Paul auf einmal durch den ganzen Raum. »Sie ist zurück.«

Stellas Ex-Freund kommt zu unserem Tisch herüber und mustert sie auf eine Weise, die mir gar nicht gefällt. Eigentlich haben wir es seiner unverschämten Klappe zu verdanken, dass wir uns damals zum ersten Mal geküsst haben. Aber ich will nicht, dass er schon wieder etwas Verletzendes sagt. Zu meiner Überraschung tut er es nicht.

»Hey, lange nicht gesehen«, meint er und lächelt freundlich. Ich habe mitbekommen, dass er nicht mehr so viel mit Paul rumhängt, und das kann seinem Charakter nur gutgetan haben.

Stella steht auf, um ihn kurz zu umarmen. Als sie ihn loslässt, hält sie kurz inne und betrachtet ihn eingehender. »Warte mal, bist du nicht auch in so einem Fliegerverein?«, fragt sie ihn.

»Ja, das bin ich«, entgegnet er misstrauisch.

»Könntest du mir ein paar Fragen zu dem Thema beantworten?«

Felix zieht die Augenbrauen zusammen. Er ist ein bisschen größer als ich. Daran, dass mich das früher immer gestört hat, habe ich gemerkt, dass ich aus einer Familie komme, in der einem noch ein traditionelles und veraltetes Bild von Männlichkeit beigebracht wird. Und obwohl ich das weiß, muss ich leider feststellen, dass meine Eifersucht größer wird, weil Stella so zu ihm hochgucken muss.

»Klar«, sagt er ein bisschen überfordert.

Stella und er entfernen sich vom Tisch und steuern auf die Küche zu, wo die Getränke stehen. Mein Puls wird schneller. Sie geht mit ihm weg. Nur, um mit ihm zu reden. Aber sie geht mit ihm weg, anstatt am selben Tisch wie ich sitzen zu bleiben. Das sollte nicht so verdammt wehtun.

Die Wut ist zurück, obwohl mir bewusst ist, dass es mir nicht zusteht, sie zu fühlen.

»Sie scheint ihre Recherche echt ernst zu nehmen, wenn sie es in Kauf nimmt, mit ihm zu sprechen«, meint Lorena zu Isaac, während sie sich über mich hinweg zu ihm beugt. Und erst in dem Moment wird mir klar, was diese Situation wirklich bedeutet. Meine Eifersucht hat kurz meinen Geist vernebelt. Nun sehe ich klarer, und mein Puls zieht noch einmal an.

Stella will Felix Fragen zum Fliegen stellen, um mehr über Augusts Unfall zu erfahren. Mein Problem ist so viel größer, als dass sie nur mit ihrem Ex-Freund redet.

Könnte sie es wirklich herausfinden? Gibt es genug Hinweise, um der Spur zu folgen? In meinem Kopf rast ein Gedanke hinter dem nächsten her, und doch scheint kein sinnvoller dabei zu sein.

Ich atme tief durch und lege dann in meinem Kopf eine Liste mit allen Fakten an, die ich kenne. Dann gehe ich sie durch. Falls Isaac und Lorena sich wundern, dass ich so endgültig aus ihrem Gespräch ausgestiegen bin, kommentieren sie es zumindest nicht.

Nach ein paar Minuten weiß ich, was zu tun ist. Ab morgen. Heute kann ich nichts mehr tun, außer zu versuchen, irgendwie diesen Abend zu überleben. Und als Isaac und Lorena Tequila trinken und sich dabei seltsame Blicke zuwerfen, weil sie das früher als Paar immer zusammen gemacht haben, nehme ich mir auch zwei Shots.

Morgen werde ich mich um dieses riesige Problem kümmern. Heute werde ich alle weiteren ertränken.

***

Ich schwanke ein bisschen, als ich durch die Eingangstür wieder auf den Hof vor der Nicht-Villa von Pauls Eltern trete. Die Musik wummert nicht mehr im Gemäuer. Paul hat sie gerade ausgemacht, als er die letzten Feiernden rausgeschmissen hat. Zu denen gehören auch Lorena, Isaac, Stella und ich.

Nur noch wenige Stimmen sind auf dem Gelände zu vernehmen. Ich drehe mich noch einmal um. Hinter den meisten Fenstern ist es dunkel. Nur im ersten Stock brennt in einem Zimmer Licht, und ich kann die Schemen von zwei Menschen erkennen, die ganz unmissverständlich miteinander schlafen. Der Himmel ist noch schwarz, aber es wird bald dämmern. Helleres Licht scheint das Gebäude einzurahmen, als hätte ein Kind mit einem blauen Stift Striche drum herum gemalt. Die Luft ist so frisch, wie sie es mitten in der Stadt niemals ist.

Dieser Moment ist friedlich, doch in meinem Kopf herrscht immer noch Chaos. Auch der Alkohol konnte nichts daran ändern.

»Kommt gut nach Hause«, ruft Paul uns noch zu und schließt dann die Eingangstür hinter sich. Er hätte uns vermutlich nur in den Gästezimmern pennen lassen, wenn Lorena bereit gewesen wäre, mit ihm zu schlafen. Aber ich verstehe, warum sie auf dieses nicht gerade attraktive Angebot nicht eingegangen ist. Er ist wirklich ein arrogantes Arschloch. Wenn ich daran denke, mit wie vielen solcher Kerle wir während unserer Schulzeit befreundet waren, werde ich richtig traurig. Und unwillkürlich frage ich mich, ob ich einer von ihnen bin.

Auf dem Papier auf jeden Fall.

Ich komme auch aus reichem Hause.

Meine Eltern haben mir auch meinen ganzen Lebensweg vorgegeben.

Ich musste mir auch nie Sorgen um irgendwas machen.

Vielleicht habe ich in den letzten Jahren auch nur so gelitten, weil ich vorher nie erfahren habe, was wahre Probleme sind. Vielleicht stehen mir meine Gefühle gar nicht zu.

Ich erreiche mein Auto und will die Fahrertür öffnen. Doch sie ist nur einen Spaltbreit offen, da wird sie auch schon wieder zugeknallt.

Ich versuche es noch mal. Das gleiche Ergebnis. Erst dann sehe ich auf und in Stellas Gesicht. Es ist noch dunkel, aber im Schein der Lampe, die über dem Eingang brennt, kann ich erkennen, dass ihre Wangen vor Wut rot angelaufen sind. Ihre Sommersprossen sehen aus wie kleine Punkte Glut in einem abgebrannten Feuer. Ich bilde mir ein, dass sie glimmen.

»Was denkst du, was du da tust?«, fährt sie mich an. Seit sie zurück ist, hat sie noch kein Wort direkt an mich gerichtet. Auf einmal scheint es ihr nicht mehr schwerzufallen.

»Uns nach Hause fahren«, sage ich und deute ein bisschen überfordert auf den Fahrersitz.

»Du kannst nicht einmal mehr geradeaus laufen, du setzt dich jetzt ganz sicher nicht hinters Steuer.«

Obwohl sie mich anfährt, tut es gut, ihre Stimme zu hören. Auf eine Weise, wie ich es gewohnt bin. Früher hat sie sich in meiner Nähe auch nie zurückgehalten, sondern einfach gesagt, was sie dachte. Das gefällt mir besser als ihr unsicheres Verhalten mir gegenüber.

»Aber wir müssen irgendwie nach München zurück.«

Sie schnaubt. »Wir haben alle genug Geld auf dem Konto, dass wir uns auch ein Hotel oder ein Taxi zurück leisten könnten. Es gibt keine Ausrede, leichtsinnig zu sein. Willst du einen Unfall bauen?«

Mein Blut gefriert in meinen Adern. Unwillkürlich reibe ich über meine Arme, aber das hilft nicht, weil das unangenehme Gefühl unter meiner Haut ruht.

»Natürlich nicht«, kriege ich hervor und lasse den Autoschlüssel reflexartig fallen.

Was habe ich mir nur gedacht? Wollte ich mich wirklich ans Steuer setzen, während meine Freunde mit im Auto sind? Habe ich denn nichts gelernt?

Auf einmal hallt mein eigener Schrei in meinen Ohren wider. Ich sehe Isaac, der bewusstlos zur Seite gesackt ist. Das Flugzeug macht irgendwelche Geräusche, die ich nicht benennen kann, weil mein Herz noch viel lauter ist. Augusts weit aufgerissene Augen ruhen auf mir. Das Letzte, was sie jemals gesehen haben, war mein panisches Gesicht.

»Setz dich vielleicht lieber nach hinten«, sagt Isaac und zieht mich sanft an meinen Schultern zur Rückbank. Ich weiß nicht, wie lange ich in meiner schlimmsten Erinnerung gefangen war. Vermutlich nicht lang. Aber es war lang genug, dass mein Körper mir jetzt nicht glaubt, dass ich wieder in Sicherheit bin. Der Moment ist vorbei. Und gleichzeitig ist er es nicht. Er geht immer weiter. Er wird niemals enden, weil er in meinem Kopf auf ewig weiterlebt.

Stella und Lorena setzen sich nach vorn. Stella erklärt Lorena, dass sie vor Stunden nur ein Glas Sekt getrunken hat. Sie ist die Nüchternste von uns. Und mit geschmeidigen Bewegungen parkt sie aus. Trotzdem rast mein Herz. Ich fühle mich, als säße ich wieder in einem Flugzeug. Das Rauschen des Motors ist leiser, aber die Ähnlichkeiten sind trotzdem da.

Galle steigt in mir hoch, doch ich kämpfe sie nieder. Stella sitzt am Steuer. Ich bin in Sicherheit.

Ich blicke auf und begegne ihren Augen im Innenspiegel. Sie sind wie immer aufmerksam. Und ich bete, dass sie nicht mehr erkannt hat, als sie wissen darf.

13. Kapitel

STELLA

Das dumpfe Pochen in meiner Stirn wird immer energischer, je länger ich versuche, meine eigene krakelige Schrift zu entziffern.

Ich habe mich in ein Café gesetzt, wie ich es früher immer getan habe, als ich noch die Kraft hatte, meine Geschichten und Ideen aufzuschreiben. Das Vakuum in meinem Kopf erinnert sich daran, dass ich mal kreativ gewesen bin, aber auch an die Tatsache, dass ich es nicht mehr bin. Das Pochen wird wieder schlimmer, und ich massiere mir mit dem Zeigefinger meine Schläfe.

Heute bin ich nicht hergekommen, um mich mit meiner vertrockneten Kreativität auseinanderzusetzen, sondern mit meinen Ermittlungen, weil ich dachte, dass ich mich hier weniger ablenken könnte. Wäre ich in der WG, hätte ich vielleicht wieder einen Kaffee mit Liv getrunken oder mich mit Hanna und Jakob unterhalten. Oder ich hätte eine Serie angefangen. Hier kann ich all das nicht tun. Und eigentlich mag ich es, von Geräuschen umgeben zu sein. Aber in diesem Moment drücken sie auf meine Ohren und lassen das Pochen noch vehementer werden.

Ich habe mir ein neues Notizbuch gekauft, weil es mir falsch vorgekommen wäre, in Bennys zu schreiben. Nach dem inoffiziellen Klassentreffen habe ich alle Informationen, die Felix mir gegeben hat, dort hineingeschrieben. Er hat mir erzählt, welche Behörde zuerst gerufen wird, wenn ein Flugzeug abstürzt.

Durch ihn weiß ich, dass Zeugen befragt werden, die den Unfall mit angesehen haben. Die Überreste des Flugzeugs werden untersucht, um auszuschließen, dass etwas defekt war. Es wird überprüft, ob der Flugverein sichergegangen ist, dass das Flugzeug regelmäßig gewartet wurde.

Danach geschehen noch tausend weitere Dinge. Viele Menschen sind an diesem Prozedere beteiligt. Was mir helfen könnte. Es gibt schließlich viele Personen, die ich fragen kann, was sie damals gesehen haben. Andererseits wäre es schwierig, in so einer großen Ermittlung irgendwelche Informationen zu unterschlagen. Wenn so viele Augen alles überprüfen, kann man dann überhaupt etwas vertuschen? Bin ich doch nicht auf der Suche nach der Wahrheit, sondern nur nach meinem eigenen Gehirngespinst?

Das Pochen wird stärker.

Die Kaffeemaschine pfeift. Ein iPhone klingelt. Eine Kundin beschwert sich lautstark über das falsche Getränk. Ein Sonnenstrahl fällt mir direkt ins Auge.

Mir kommt es so vor, als würde ich alles gleichzeitig mit allen Sinnen wahrnehmen. Normalerweise genieße ich das. Doch gerade kann ich nicht benennen, wie dieser Moment riecht, schmeckt, aussieht und sich anfühlt. Denn er ist nur ein Strudel aus Empfindungen, die alle auf meine Schläfen drücken, bis diese nachgeben und sich in meinen Kopf hineinbiegen.

Ich kenne dieses Gefühl. Ich weiß, dass es mir gleich zu viel werden und meine Sicht verschwimmen wird. Solange ich noch richtig sehen kann, muss ich gehen.

Ich lege einen Schein auf den Tisch und hoffe, dass es reicht, um meine Rechnung zu begleichen. Mein Notizbuch packe ich in meine Tasche, dann stolpere ich auf die Straße. Die Migräne bahnt sich immer schneller an. Mein Blickfeld verändert sich. Mir wird übel.

Ich denke nicht mehr richtig, obwohl ich das eigentlich tun sollte. Mein Körper bewegt sich ganz von allein, und ich lasse ihn gewähren. Und der Druck in meinem Kopf schwillt immer weiter an. Irgendwie erreiche ich ein Haus, schließe mit einem Schlüssel auf, der schon seit Jahren an dem Bund hängt, und schaffe es hinauf in die Wohnung.

Verschwommen nehme ich die Tatsache wahr, dass ich vielleicht gar nicht hier sein sollte. Aber inzwischen sind die Schmerzen zu stark. Sie verdrängen alles andere aus meinem Kopf. Vor allem Logik, von der ich ohnehin schon mein ganzes Leben lang zu wenig zur Verfügung hatte.

Der Geruch, der zwischen diesen vier Wänden auf mich gewartet hat, legt sich wie ein kühlendes Tuch um meinen heißen Kopf. Der Schmerz bleibt, aber hier konnte ich ihn schon immer besser ertragen.

Ich lege mich ins Bett, decke mich zu und drücke mein Gesicht in das Kissen, das so schrecklich vertraut riecht. Und nur für einen winzigen Moment gestatte ich mir zu denken, dass ich nicht nur ein Zimmer, sondern auch meine eigene Vergangenheit, nach der ich mich so sehr sehne, betreten habe.

14. Kapitel

MATT

»Ich muss Sie ja nicht daran erinnern, dass Sie großzügig kompensiert wurden«, sage ich in einer Tonlage, die sich so falsch in meinen Ohren anhört, als wäre sie nicht ganz meine.

»Müssen Sie nicht«, kommt es etwas kleinlaut zurück, obwohl der Mann am anderen Ende der Leitung bestimmt dreißig Jahre älter ist als ich.

»Und ich muss Sie sicher auch nicht daran erinnern, was im Gegenzug zu dieser Summe gefordert wurde.« Ich warte nur darauf, dass er in schallendes Gelächter ausbricht und mir klarmacht, dass ich keinen Grund habe, mich wie der Pate höchstpersönlich aufzuführen. Doch diese Reaktion bleibt aus.

»Müssen Sie nicht«, kommt es aus meinem Handy.

»Gut«, erwidere ich. »Dann haben wir uns nichts mehr zu sagen.« Ich lege auf, bevor ich noch etwas von mir geben kann, was den Eindruck, den ich geschaffen habe, kaputt machen könnte.

Das hat also geklappt. Das hoffe ich zumindest.

Ich bin froh, dass ich dieses Gespräch übers Telefon führen konnte, meine zusammengesunkene Haltung hätte keinen so einschüchternden Eindruck hinterlassen wie meine kalte Stimme.

Ich reibe mir übers Gesicht, lege mein Handy zur Seite und ignoriere die SMS meiner ehemaligen Trainerin über ihren neuen Star-Schüler, der ja so gern Zeit mit mir verbringen würde. Wenn sie mir schreibt, erkenne ich, dass die Sehnsucht in meinem Inneren sich so anhört wie das Rauschen von Wasser.

Ich seufze laut, um es zu übertönen, und fahre mit meinem Auto aus dem Parkhaus. Wieder habe ich einen Tag im Kaufhaus Kronenberger überlebt. Stella kam nicht vorbei. Trotzdem fühle ich mich nach diesem Gespräch emotional so erschöpft, als hätte ich mich heute mit ihr auseinandersetzen müssen.

Meine Stimme klang ruhig und bestimmt, doch ich fühle so ziemlich alles, nur nicht das. Wer gebe ich vor zu sein? Und wie lange wird es dauern, bis ich durchschaut werde und mir das niemand mehr abkauft?

Für heute konnte ich das Problem lösen. Aber wird Stella einfach aufgeben, wenn sie nichts findet oder niemals aufhören zu suchen? Ich versuche mir, seit sie zurück ist, immer wieder einzureden, dass ich sie nicht mehr kenne. Aber tief in mir fühle ich, dass das nicht stimmt. Ich kenne sie. Ich kenne sie gut genug, um zu wissen, dass sie sich nicht geschlagen geben wird.

Wie lange kann ich die Wahrheit vor ihr verstecken? Wie oft kann ich Spuren verwischen, bevor wieder frische im matschigen Untergrund aus Lügen auftauchen?

Die Antwort auf diese Fragen ist ausnahmsweise sehr simpel: Ich werde alles tun, was nötig ist, und ich werde weitermachen, solange ich muss.

Meine Körperspannung verändert sich, während neue Entschlossenheit in meine Muskeln sickert. Ich sitze aufrechter hinter dem Lenkrad und fixiere die Straße mit zusammengekniffenen Augen. Ich habe keine Ahnung, was ich in allen anderen Bereichen meines Lebens tun soll. Wenigstens dieser ist glasklar.

Ich stelle mein Auto im Parkhaus meines Hauses ab und fahre dann mit dem Fahrstuhl nach oben. Schon bevor ich meine Wohnungstür aufgeschlossen habe, ergreift mich eine seltsame Vorahnung. Als ich nach kurzem Zögern die Tür öffne, erkenne ich, dass keine Vorahnung in der Luft gehangen hat, sondern ihr frisches Parfum.

Ich sehe sie nicht sofort. Aber ich spüre, dass sie da ist.

Ihre Schuhe stehen in der Ecke neben meinen. Nicht ordentlich aufgereiht, sondern schief, als hätte sie sie nur schnell abgestreift und wäre direkt weiter gestolpert.

Ihre Tasche liegt im Flur auf dem Fußboden, als wollte sie, dass ich darüber falle. Mein Herz rast, sobald ich mich meinem Bett nähere, in dem sie so selbstverständlich liegt, als wäre sie niemals fort gewesen. Sie hat sich komplett unter der Decke versteckt, nur ihre Nasenspitze und ihre Locken gucken raus.

Meine Brust wird so eng, als würde sie sich wie eine Zwangsjacke um mein Herz schlingen. Ich muss nicht hinterfragen, warum sie hier ist. So habe ich sie schon oft vorgefunden. Wenn ein Migräneanfall sie unverhofft getroffen hat, kam sie immer zu mir und hat sich in mein Bett gelegt. Selbst wenn ich nicht hier war. Sie meinte mal, dass mein Geruch das Einzige ist, was die Schmerzen lindern kann.

Und er tut es offenbar noch immer.

Ich habe keine Ahnung, was ich in diesem Moment fühle. Es ist so viel auf einmal. Wären meine Gefühle Menschen, würden jetzt Tausende vor mir stehen, ein ganzes Stadium füllen und mich abwartend anstarren, damit ich ihnen endlich Aufmerksamkeit schenke. Aber wie soll ich es schaffen, ihnen allen gerecht zu werden, wenn es doch so viele sind?

Gerade muss ich allerdings auch gar nicht wissen, was ich fühle, realisiere ich, als mein Körper die Kontrolle übernimmt. Ich stelle meine Tasche zur Seite, ziehe meinen Anzug aus. Als ich nur noch in Shirt und Boxershorts vor meinem Bett stehe, zögere ich kurz.

Ihr bloßer Anblick hat gereicht, um mich in eine Panikattacke zu treiben. Was wird Körperkontakt mit mir machen? Ich wünschte, ich könnte sagen, dass ich es nicht herausfinden will. Doch nach allem, was in den letzten Jahren geschehen ist, bin ich immer noch leichtsinnig und lasse es lieber drauf ankommen, als mich zurückzuziehen.

Ich hebe die Decke ganz vorsichtig an. Wenn sie schläft, sind die Schmerzen abgeklungen, aber ich will sie trotzdem nicht wecken. Sie soll sich erholen. Ich lege mich neben sie und starre an die Decke. Noch fühle ich nur ihre Wärme, nicht ihre Haut. Aber das reicht, um mein Herz brennen und meine Augen tränen zu lassen. Dann kommt sie mir entgegen. Sie schläft immer noch, aber sie sucht mich auch im Traum.

Da die Anziehung, die sie auf mich ausübt, immer wie Gravitation funktioniert, rücke ich auch näher, bis ihr Rücken an meiner Brust ruht und ich meinen Arm um sie gelegt habe. Es ist der verletzte, aber wenn ich sie damit umarme, kommt es mir fast so vor, als wäre er nie verletzt gewesen.

Aber nur fast.

15. Kapitel

STELLA

Als ich am nächsten Morgen aufwache, bin ich allein. Und obwohl ich zehn Stunden fast durchgeschlafen habe und sich letzte Nacht ein bisschen wie ein verwischter Traum anfühlt, der einem durch die Finger rinnt, sobald man die Augen öffnet, weiß ich doch, dass er mich im Arm gehalten und nicht losgelassen hat.

Kurz konnte alles sein wie früher. Aber das funktioniert nur im Dunkeln. Nur im Stillen. Nur in der Nacht. Und nicht mehr am nächsten Morgen.

Er hat seine Wohnung längst verlassen und ist vermutlich schon bei der Arbeit. Juli hat mir erzählt, dass er als Assistent meines Vaters arbeitet. Wie geht es ihm, wenn er jeden Tag in einem Gebäude verbringt, in dem wir unseren ersten Kuss geteilt haben und auf dem in großen, unübersehbaren Buchstaben mein Name prangt?

Ich richte mich langsam auf, strecke mich und traue mich mit bedächtigen Bewegungen aufzustehen. Gestern habe ich kaum realisiert, was ich tue. Ich wollte es nicht realisieren. Nun muss ich es tun.

Wie auf Autopilot habe ich den Ort angesteuert, wo ich mich am sichersten fühle. Und er hat mich nicht rausgeworfen, als er mich hier gefunden hat.

Obwohl ich Angst vor den Antworten habe, stelle ich doch sehr gefährliche Fragen, als ich auf Zehenspitzen in Matts Badezimmer gehe und das Spiegelschränkchen öffne. Meine Cremes und Zahnbürste sind nicht mehr da. Aber was habe ich auch erwartet? Er wollte sie sich sicherlich nicht jeden Tag angucken. Trotzdem fühle ich Enttäuschung.

Schnell schließe ich das Schränkchen wieder.

Eigentlich müsste ich nun meine Lektion gelernt haben. Doch so funktioniere ich leider nicht. Ich gehe zu seinem Kleiderschrank und hocke mich davor. Ein Fach hat mir gehört. Es war der einzige Ort, an dem Matt reingestopfte und nicht fein säuberlich zusammengelegte Klamotten ertragen konnte. Diesmal zögere ich. Was ist, wenn ich dort auch nichts finde? Was ist, wenn es auch keine Spur mehr enthält, die auf mich zurückzuführen ist? Was ist, wenn …

Mein Körper war mal wieder schneller als mein Verstand. Die Schublade ist offen, bevor ich es mir anders überlegen kann. Und dort erwartet mich das Chaos, das nur von mir stammen kann.

Er hat alles behalten. So vorsichtig, als ruhten dort Jahrhunderte alte Bücher, die zerbröckeln, wenn man sie zu grob berührt, hole ich zwei meiner zerknüllten Shirts hervor. Ich rechne damit, dass sie muffig riechen. Aber das tun sie nicht. Sie riechen so, als hätte ich sie erst gestern hineingestopft, und das macht mein Herz aus irgendeinem Grund schwerer.

Mein Blick fällt auf ein Shirt, das darunter gelegen hat. Die anderen lasse ich einfach fallen, als ich den grauen Stoff herausziehe. Es ist nicht mein Oberteil, sondern Matts. Aber ich erinnere mich an einen Moment, als ich es getragen habe, und auf einmal will ich lachen, weinen, schreien und für immer verstummen.

Fünf Monate vor dem Unfall

Ich seufzte und hielt mich mit beiden Händen am Laken fest. Meine Augen konnte ich kaum noch offen halten. Meine Lider flatterten. Der Anblick von Matts Kopf zwischen meinen Beinen ließ mich noch lauter stöhnen.

»Gut so?«, fragte er, bevor er seine Zunge wieder über meine empfindlichste Stelle streichen ließ.

»Ja«, bekam ich heiser hervor. »Aber du weißt, wie schwer es mir fällt zu kommen. Es könnte sein, dass du das ewig weitermachst und ich trotzdem nicht komme. Und wenn du nicht mehr willst, dann …«

Matt hielt inne und schaute grinsend zu mir hoch. »Stress dich nicht. Ich tue nichts, das ich nicht tun will. Keine Sorge. Und wenn du kommst, toll. Und wenn du nicht kommst, hat es sich ja trotzdem gut angefühlt, oder?«

Sein neckischer Tonfall brachte mich dazu, ihm mein Becken unwillkürlich wieder entgegenzustrecken. Sein Grinsen wurde breiter.

»Ich habe eben nur einen Orgasmus, wenn die Sterne in einer gewissen Position stehen und Blutmond ist und an dem Tag eine bestimmte Anzahl von Zwillingen auf die Welt gekommen ist«, meinte ich. Matt lachte auf. »Und es gibt Kerle, deren Ego das nicht verkraften kann.«

»Hast du das Gefühl, dass mein Ego es nicht verkraften kann?«, fragte Matt jetzt ganz ernst.

»Ich glaube, dass es nichts gibt, was dein unzerstörbares Ego nicht überwinden könnte«, gab ich zurück.

»Richtig«, meinte er schmunzelnd. »Und denkst du, es geht mir um mein Ego, wenn ich dich zum Kommen bringen will?«

»Ich hoffe nicht«, entgegnete ich.

»Gut, dann stress dich nicht so.«

Bevor ich noch was erwidern konnte, lag sein Mund wieder auf mir, und mir blieb nichts anderes übrig, als den Rücken durchzustrecken. »Genau so«, konnte ich noch sagen, dann verlor ich die Fähigkeit, Sätze zu formulieren. Meine Augen schlossen sich, und ich konzentrierte mich vollkommen auf das Gefühl, das seine Zunge in mir auslöste. Ich hob ihm mein Becken noch weiter entgegen. Der Druck in meinem Inneren wuchs, ein Orgasmus bahnte sich an. Ich wusste, dass das nicht immer bedeutete, dass einer kommen würde. Aber das war auch in Ordnung. Was er gerade tat, fühlte sich auch so wundervoll an.

»Hey, Matt. Bist du zu Hause?«

Auf einmal fühlte es sich gar nicht mehr wundervoll an. Ich riss meine Augen auf. Matts Kopf schoss hoch. Wir starrten uns an. Obwohl ich gerade noch laut gestöhnt hatte, verschwand meine Erregung von einer Sekunde auf die andere vollständig. Die Stimme meines Bruders drängte sie aus meinem Körper.

»Was macht August hier?«, flüsterte ich.

»Keine Ahnung«, gab Matt zurück, der immer noch auf dem Bett hockte und genauso wenig wie ich Anstalten machte, sich zu bewegen. »Er hat einen Ersatzschlüssel.«

Ich stieß einen leisen Fluch aus.

»Matt?«, rief August erneut.

»Ist die Tür zum Schlafzimmer abgeschlossen?« Ich musste mich zwingen, so leise wie möglich zu reden. Da mein Atem viel zu schnell kam, fiel es mir extrem schwer.

»Nein«, sagte Matt.

Mein Herzschlag raste noch schneller.

Wir überlegten schon seit Monaten, was der richtige Moment wäre, um August von uns zu erzählen. Wir hatten noch keinen gefunden. Aber eins stand wohl fest: Jetzt, während Matt zwischen meinen Beinen hockte, war ganz sicher nicht der richtige Moment.

»Ich komme gleich«, rief Matt, und ich zuckte so heftig zusammen, als hätte er mir direkt ins Ohr geschrien. »Ich muss mich nur kurz anziehen.«

»Alles klar«, kam es zurück.

Als Matt aufstand, kam auch wieder Leben in meinen völlig verwirrten Körper. Ich sprang aus dem Bett und suchte den Boden nach meiner Kleidung ab. Ich fand meinen Slip und streifte ihn über. Aber das wars dann auch schon.

»Meine Klamotten sind im Wohnzimmer.« Ich musste mich zwingen, nicht laut zu fluchen.

Matt hatte sich schnell eine Jogginghose und ein Shirt übergezogen. Ich stand nackt bis auf meinen Tanga vor ihm. Das war definitiv zu wenig Kleidung, während mein großer Bruder nur wenige Meter entfernt war.

»Ich werde ihn abwimmeln«, sagte Matt, kramte eines seiner Shirts aus dem Schrank und reichte es mir. Er blieb direkt vor mir stehen, und ein sanftes Lächeln legte sich auf seine Lippen.

»Was?«, fragte ich.

»Sobald er weg ist, machen wir da weiter, wo wir aufgehört haben.« Er gab mir einen kurzen Kuss auf die Lippen.

»Ich glaube nicht, dass ich heute noch mal in der Stimmung sein werde.«

»Herausforderung angenommen.«

Ich konnte mir ein Grinsen nicht verkneifen.

»Bevor du darüber nachdenkst, geh erst mal da raus und werd ihn los«, forderte ich gespielt streng und schubste ihn sanft an. Immer noch zögerte er und ließ seinen Blick über meinen ganzen Körper wandern. »Los«, beharrte ich.

Matt lächelte bedauernd, öffnete die Tür und schlüpfte aus dem Raum.

Ich schüttelte den Kopf. Mein Schock hatte sich inzwischen in Belustigung verwandelt. Uns in solche Situationen zu manövrieren, schafften auch nur wir. Wir trafen uns heimlich in seiner Wohnung, und er gab meinem großen Bruder den Ersatzschlüssel? Was hatte er sich dabei nur gedacht?

Vermutlich gar nichts.

Ich schob mir das Shirt über den Kopf. Dabei stieß ich mit meinem Ellbogen an Matts Bücherregal. Und ich konnte den Fluch nicht herunterschlucken, bevor er mir entfahren war.

Ich presste beide Hände auf meinen Mund. Als könnte ich ihn damit wieder zurücknehmen.

Doch es war zu spät.

»Stella?«, kam Augusts verwirrte Stimme von der anderen Seite der Tür. Ich hörte seine Schritte, die sich mir näherten.

Matt versuchte auf ihn einzureden. In dem Moment flog aber auch schon die Tür auf. Ich zog Matts Shirt so weit herunter, wie ich konnte. Trotzdem bedeckte es nicht einmal die obere Hälfte meiner Oberschenkel.

Mein großer Bruder stand auf der Schwelle. Er sah erst mich an, dann Matts Bett mit den zerwühlten Laken, dann drehte er sich sehr langsam zu Matt um.

»Was zur Hölle …?«, entfuhr es August, als er sich wieder mir zuwandte. »Wie lange läuft das schon?«

»Noch nicht so lange«, log ich.

»Seit ein paar Monaten.« In derselben Sekunde sagte Matt die Wahrheit.

Ich warf ihm einen genervten Blick über die Schulter meines Bruders hinweg zu.

»Ein paar Monate?«, entfuhr es August, während er fast schon verstört von Matt zu mir und wieder zurück zu seinem besten Freund schaute. Wie theatralisch er dabei aussah, ließ mich die Augen verdrehen.

»Was willst du mir damit sagen, Ella?«, fragte er sofort. Natürlich hatte er es gemerkt.

»Dass du dich nicht so aufspielen sollst«, entgegnete ich.

Sein Mund klappte auf. »Ich soll mich nicht so aufspielen? Ich soll mich nicht aufspielen? Nachdem ich meinen besten Freund und meine kleine Schwester beim Vögeln erwischt habe?«

»Könnten wir diese Unterhaltung vielleicht führen, wenn ich ein bisschen mehr Kleidung trage?« Die Vorstellung, dass August von uns erfahren könnte, hatte mich immer beunruhigt. Wir hatten beide befürchtet, dass er nicht gut reagieren würde. Doch nun, da ich in das Gesicht meines großen Bruders blickte, den ich über alles liebte, der sich aber auch immer ein bisschen zu wichtig nahm, war ich seltsam ruhig.

August sah an mir herunter, und erst jetzt schien er zu erkennen, dass ich nicht einmal eine Hose trug. Ihm entfuhr ein wütendes Schnauben. »Okay, zieh dir bitte was an. Dann reden wir.« Er klang ein bisschen wie unser Papa, der eine Strafpredigt ankündigte. Sofort konnte ich ihn noch weniger ernst nehmen, was mir wieder einen Teil meiner Anspannung von den Schultern nahm.

Matt fühlte sich offensichtlich anders. Als August an ihm vorbei aus dem Zimmer ging, wich er ihm so hektisch aus, als würde er mit einem Faustschlag ins Gesicht rechnen. Ich konnte mir ein Grinsen nicht verkneifen.

»Wieso grinst du so?«, fragte mich Matt, während er in seinem Schrank kramte und mir eine Jogginghose reichte. Ich schlüpfte hinein und krempelte die Hosenbeine hoch.

»Diese Situation ist irgendwie auch komisch. Findest du nicht?«, fragte ich zurück.

Matt schüttelte ein wenig ungläubig den Kopf, doch dann gab er mir einen kurzen, sanften Kuss.

»Was braucht ihr denn so lange?«, rief August zu uns herüber. Seine misstrauische Tonlage legte nahe, dass er davon ausging, dass wir längst wieder übereinander hergefallen waren, obwohl er im Nachbarraum war.

Obwohl ich mich entspannter fühlte als erwartet, betraten Matt und ich sein Wohnzimmer ein bisschen wie zwei Kinder, die der Rektor beim Mogeln erwischt hatte. August saß auf dem Sofa vor dem Klamottenstapel, den wir hier auf dem Boden zurückgelassen hatten. Sein Ausdruck legte nahe, dass er Zeuge eines brutalen Verbrechens geworden war.

Mein BH hing auch noch direkt über der Lehne, als hätte ich ihn extra dort drapiert, um meinen großen Bruder zu provozieren. Doch noch hatte er ihn nicht entdeckt. Das Bild von ihm, mit meiner Unterwäsche direkt hinter seinem Kopf, hatte auch etwas Komisches an sich.

»So«, meinte August und sah uns abwartend an, als wäre seine Aufforderung unmissverständlich, obwohl sie gerade mal aus zwei Buchstaben bestand.

»Was so?«, fragte ich patzig.

»Was habt ihr zu eurer Verteidigung zu sagen?«

Jetzt musste ich lachen. »Verteidigung? Warum sollten wir uns verteidigen?«

August überging mich und betrachtete nun Matt. Ich hasste es, wenn er sich so aufführte. Das erinnerte mich an Papas Verhalten. Wenn ich meine Gefühle offen zeigte – zu offen, wie meine Eltern immer wieder betonten –, suggerierten sie mir, dass ich mich zu emotional verhielt, um noch ernst genommen zu werden. August war nicht wie unser Vater. Zumindest nicht in allen Punkten und auch nicht in den Punkten, auf die es wirklich ankam. Aber ein paar Verhaltensmuster und vor allem auch Denkmuster hatte er sich von ihm abgeguckt, ohne vorher zu hinterfragen, ob man sie übernehmen sollte, und Papas Fokus auf Rationalität gehörte dazu. Die Tatsache, dass es Situationen gab, die mit Rationalität nun mal wenig zu tun hatten, ignorierten die beiden gerne.

Der Lieblingsspruch meines Vaters, den ich mir schon mein ganzes Leben lang anhören musste, kam mir in den Sinn: Nur, wer nichts im Kopf hat, muss auf sein Bauchgefühl hören.

Ich wusste, dass er mich damit nicht beleidigen wollte. Mir war bewusst, dass meine Familie mich für intelligent hielt. Aber ich verließ mich nun mal nicht ausschließlich auf meinen Verstand, sondern auch auf mein Bauchgefühl. Und wenn sie alle aufhören würden, ihre Krawatten so eng zu binden, dass sie die Blutzufuhr zu ihrem restlichen Körper abschnitten, würden sie realisieren, dass Emotionen nicht immer schlechte Wegweiser waren.

Sie hatten mich schließlich hierhergeführt, direkt neben Matt. Einen schlechten Orientierungssinn konnten sie also offensichtlich nicht haben. Ich sah verstohlen zu ihm.

»Was genau willst du von uns hören?«, fragte Matt mit ruhiger Stimme. Ich sah, dass seine Hand in meine Richtung zuckte, aber er schien den Impuls, meine zu ergreifen, niederzukämpfen. Ich wünschte, er hätte es nicht getan.

»Warum ihr Geheimnisse vor mir habt. Warum du ausgerechnet mit meiner Schwester schlafen musstest. Du hättest auch einfach mit irgendeiner anderen Frau ins Bett gehen können und es hätte keinen Unterschied für dich gemacht.«

In meinem Inneren verknotete sich etwas. Und erst in diesem Moment spürte ich, dass August eine Angst benannte, die ich schon eine Weile ungekennzeichnet in meinem Inneren fühlte. Er hatte ihr hiermit einen Namen gegeben. Und sie damit greifbarer gemacht.

Doch bevor es sich die Angst deswegen noch gemütlicher in meiner Magengrube machen konnte, ergriff Matt das Wort.

Dass ihn Augusts Anwesenheit gerade noch verunsichert hatte, konnte man nun nicht mehr feststellen. Weder in seinen Zügen noch seiner Körperhaltung oder seiner Stimme. Da war nur Entschlossenheit. Und die Angst musste einsehen, dass ihr nichts anderes übrig blieb, als auszuziehen.

»Natürlich macht es einen Unterschied«, fuhr Matt meinen Bruder ungehalten an. An Augusts Gesichtsausdruck konnte ich ablesen, dass sein bester Freund noch nie in diesem Ton mit ihm gesprochen hatte. »Du kennst mich, und du kennst die Freundschaft, die Stella und mich unser ganzes Leben lang verbunden hat. Du solltest doch wissen, dass etwas, das zwischen uns passiert, niemals bedeutungslos sein kann.«

Mein Herz pochte schnell, und es wurde noch schneller, als Matt meine Hand nun doch in seine nahm, ohne Rücksicht auf Verluste. Es war nur eine simple Geste, aber sie fühlte sich ein bisschen wie das Versprechen an, mit mir gemeinsam gegen die ganze Welt zu kämpfen, wenn es nötig wäre.

»Also was ist das hier? Seid ihr etwa zusammen?«, fragte August, nachdem er uns eine Weile nur verwirrt angestarrt hatte.

Ich wusste nicht, was ich darauf antworten sollte. Aber Matt wusste es. Er schien es immer zu wissen.

»Ja«, sagte er schlicht. »Das ist nicht nur bedeutungsloser Sex. Ich liebe Stella.«

Nun war es an mir, ihn verwirrt anzustarren. Er hatte mir noch nie gesagt, dass er mich liebte, und dann tat er es zum ersten Mal vor meinem Bruder.

Doch dann erkannte ich, dass das gar keine Rolle spielte. Ich hatte gewusst, dass Matt mich liebte, lange bevor er die Worte aussprach. Und mir war klar, dass er es ebenfalls wusste. Wir gehörten zusammen. Und ich würde keine Zweifel in seinen Augen finden und er keine in meinen.

Ein paar Tränen sind in den grauen Stoff gesickert. Ich fahre mir über das Gesicht und stehe auf.

Was tue ich hier eigentlich? Ich habe ein Ziel, und anstatt es zu verfolgen, verliere ich mich immer und immer wieder in der Vergangenheit. Ich tue so, als wäre ich ihr ausgeliefert, aber ich gebe mich ihr willig hin. Sie ist nicht mehr real, also kann ich auch nicht in ihr leben.

Trotzdem stopfe ich das Shirt in meine Tasche, statt es wieder in der Schublade verschwinden zu lassen. Diese schließe ich. So handhabe ich es auch mit meiner Vergangenheit. Ich schließe sie, aber klammere mich weiterhin an Bruchstücken von ihr fest, weil ich Angst habe, mich sonst selbst zu verlieren.

16. Kapitel

STELLA

Ich versuche mich ein bisschen wie eine Geheimagentin oder auch wie eine investigative Journalistin auf dem Weg zu meiner großen Enthüllungsstory zu fühlen. Doch während ich im Münchner Vorort Trudering stehe und in einen liebevoll gepflegten Vorgarten blicke, fühle ich mich einfach wie ich selbst. Nur noch ein bisschen erbärmlicher als sonst.

Ich habe die Adresse von Bernhard Weitel herausgefunden, indem ich in einem alten Telefonbuch nachgesehen habe. Da stand sie tatsächlich noch verzeichnet. Als ich bei der Redaktion angerufen habe, wo er gearbeitet hat, wurde mir nur mitgeteilt, dass er seit einem Jahr in Rente ist. Da er erst fünfzig Jahre alt ist, ist das wieder ein Grund, misstrauischer zu werden, und auch ein weiterer Grund, um mich endlich auf seine Eingangstür zuzubewegen und die Klingel zu betätigen. Aber was tue ich, wenn ich das hinter mich gebracht habe?

Ich bin kein Mensch, der furchteinflößend oder auch nur respekteinflößend aussieht. Warum sollte er mir irgendwas erzählen? Er hat nichts davon. Vermutlich wird er mich einfach wieder wegschicken, und es gibt nichts, was ich dagegen tun kann.

Und lieber verharre ich im Moment davor. In den Sekunden, bevor ich gescheitert bin. In denen die Wahrscheinlichkeit, dass ich es schaffe, vielleicht nicht besonders groß ist, aber immerhin gibt es noch eine Möglichkeit.

Ich atme tief durch, zwinge mich, alle Konsequenzen zu vergessen, und steuere auf wackligen Beinen auf die Eingangstür zu. Im Seitenspiegel des dunkelgrauen Mercedes, der so teuer aussieht, dass er auch in der Auffahrt eines Vorstandsvorsitzenden irgendeiner Bank stehen könnte, gucke ich noch mal nach, ob meine Haare richtig sitzen. Meine Locken sind wie immer chaotisch, aber besser wird es wohl nicht. Ich gestatte mir keinen weiteren Aufschub und laufe zur Tür. Der Name *Weitel* ist dort unter der Klingel in eine silberne Plakette graviert.

Ich drücke den Knopf.

Dann warte ich.

So lange, dass ich schon glaube, dass er nicht da ist, obwohl sein teures Auto in der Einfahrt steht.

Dann höre ich endlich Schritte. Sie nähern sich. Die Tür geht auf, und ein Mann, der älter aussieht als fünfzig und eine schlichte Hose und Hemd trägt, sieht mich kritisch an.

»Ich möchte nichts kaufen, egal, was Sie anbieten«, meint er ruppig.

Ich bin mir nicht sicher, ob er mich für einen Zeugen Jehovas, eine Verkäuferin von Staubsaugern oder eine Prostituierte hält. Ich möchte es nicht herausfinden.

»Ich biete nichts an«, entgegne ich schnell. »Ich habe Fragen an Sie.«

Er zieht die Augenbrauen zusammen. Das scheint ihm noch mehr zu missfallen, als wenn ich versucht hätte, ihm ein Produkt aufzuschwatzen, das er gar nicht haben will.

Doch bevor er mich einfach abwimmeln kann, rede ich weiter. »Mein Name ist Stella Kronenberger. Sie haben damals einige Artikel über den Tod meines Bruders geschrieben.«

Seine Augenbrauen ziehen sich auseinander, und seine Augen weiten sich. In seinen Zügen suche ich nach Hinweisen, nach Emotionen, nach irgendwas, das es mir ermöglicht, herauszufinden, was er gerade denkt. Doch sein Ausdruck wird schnell wieder neutral.

»Mein Beileid«, sagt er, und die Betroffenheit in seiner Stimme halte ich nicht für gespielt. »Ich weiß, wie es ist, seinen Bruder zu verlieren. Der Schmerz …« Er bricht ab.

»Würden Sie dann mit mir über Ihre Artikel sprechen?«

Er zögert. Aber ich kann nicht sagen, ob er sich sammelt, um mich wegzuschicken oder hereinzubitten.

»Ich verstehe Ihren Schmerz«, setzt er getragen an. »Das tue ich wirklich. Aber ich kann Ihnen nicht helfen. Ich habe meinen Beruf aufgegeben. Und ich würde Sie bitten, diese Entscheidung zu akzeptieren.«

Ich will noch etwas sagen. Dass wir beide einen Bruder verloren haben, müsste ihn doch erweichen. Er müsste verstehen, wie sehr ich mich nach Antworten sehne. Aber er wartet nicht ab, als hätte er Angst vor dem, was weitere Worte aus meinem Mund in ihm auslösen könnten. Bevor ich genug Luft für einen neuen Satz holen kann, hat er mir auch schon die Tür vor der Nase zugeknallt.

Perplex stehe ich auf seiner Schwelle und starre die Stelle im Holz an, wo gerade eben noch sein Kopf gewesen ist.

Die Möglichkeit, Antworten von ihm zu bekommen, war immer kleiner als die Möglichkeit, dass ich scheitere. Trotzdem hatte ich auf sie gesetzt. Ich musste es tun, sonst hätte ich niemals die Kraft aufgebracht zu klingeln.

Doch nun stehe ich vor einer verschlossenen Tür, bin kein bisschen schlauer als vorher und weiß nicht, wie ich weitermachen soll.

Ich verharre ewig auf der Schwelle und mustere die Tür, als stünden in den Maserungen des Holzes vielleicht die Antworten geschrieben, nach denen ich so verzweifelt suche. Doch ich finde keine geheimen Botschaften, und ich finde auch keine Lösung. Also muss ich mich irgendwann geschlagen geben, den Rückzug antreten und mir meine Niederlage eingestehen. Wäre ja nicht das erste Mal, dass ich mich mit gesenkten Schultern von einer Situation entferne. Inzwischen sollte ich das doch gewohnt sein.

***

Ich zucke zusammen, weil ich glaube, die Haustür gehört zu haben. Als darauf keine Schritte folgen, muss ich einsehen, dass ich es mir wieder nur eingebildet habe.

»Beruhig dich«, beschwört mich Juli. »Wir sind in deinem Elternhaus. Du hast einen Schlüssel benutzt, um reinzukommen. Wir sind nicht eingebrochen. Und du willst das Haus nicht ausrauben, sondern nur eines deiner eigenen Kleider holen.« Doch obwohl sie all das sagt, wirkt auch sie angespannt.

»Wieso guckst du dann immer wieder in den Flur und die Treppe hinunter?«, frage ich herausfordernd.

»Weil ich nicht gerade der Lieblingsmensch deines Vaters bin. Er wird nicht erfreut sein, wenn er mich in seinem Haus vorfindet.«

»Hat er dich sehr schlecht behandelt?«, frage ich sie und fühle sofort ein schlechtes Gewissen an meinem Herzen ziehen.

»Es geht.«

Liv, die bisher entspannt auf dem kleinen Sessel saß, der in der Ecke meines Kinderzimmers steht, stößt ein Schnaufen aus. »Sie spielt es runter«, erklärt sie, als ich zu ihr hinübersehe.

Ich höre auf, in meinem offen stehenden Kleiderschrank zu wühlen, und wende mich Juli zu, die am Fußende meines neunzig Zentimeter breiten Kinderbettes hockt.

»Das tut mir ehrlich leid«, sage ich und meine es auch so.

»Du musst dich doch nicht für sein Verhalten entschuldigen. Unsere Väter machen Fehler, das können wir nicht verhindern«, meint sie mit Nachdruck.

Das weiß sie wohl besser als die meisten anderen Menschen.

Ein kleines Lächeln legt sich auf Julis Lippen. »Als ich Isaac kennengelernt habe, hat er zu mir gesagt, dass wir uns gemocht hätten. Und er hatte recht.«

Ich erwidere ihr Lächeln. »Ein Teil von mir wäre gern dabei gewesen, als du zu unserer Familie gestoßen bist. Ein Teil von mir will auch in diesem Moment nicht hier sein.« Ich bin mir nicht ganz sicher, woher meine Ehrlichkeit auf einmal kommt. Juli lockt sie einfach hervor. Das ist mir schon vor ein paar Tagen aufgefallen, als ich ihr gestanden habe, dass ich mit Matt in einem Bett geschlafen und ihn seitdem nicht mehr gesehen habe. Ich war immer die Kronenberger, die nicht in die Schablone gepasst hat, die diese Familie vorgibt. Benjamin konnte den Vorgaben auch nie entsprechen, aber er ist wenigstens ein Junge, und die hatten schon immer einen einfacheren Stand. Lorena war mein ganzes Leben lang meine Verbündete, aber sie war gleichzeitig auch so perfekt und alles, was ihre Eltern sich gewünscht haben. Also konnte sie vieles verstehen, was ich gefühlt habe. Und doch nicht alles.

Wenn ich Juli ansehe, erkenne ich, dass es vielleicht gar nicht so schlecht ist, aus der Reihe zu fallen. Und im Vergleich zu ihr hatte ich es richtig leicht. Ich bin mit dem Nachnamen Kronenberger auf die Welt gekommen. Ihr wollte man ihn absprechen. Und obwohl sie ihn auch heute nicht trägt, weiß ich doch, dass sie unangefochten eine von uns ist.

»Das verstehe ich«, sagt sie. »Sehr lange wusste ich nicht, ob ich bleiben oder gehen will.« Sie zögert eine Millisekunde, vermutlich, weil wir uns gar nicht richtig kennen. Aber dann ergreift sie doch meine Hand und drückt sie aufmunternd. »Du bist nicht allein. Ich gehe auch zum Sommerfest.«

»Das Kronenberger-Sommerfest am Starnberger See«, säuselt Liv. »Das klingt fancy und irgendwie auch langweilig.«

Ich lache auf. »Die Freunde unserer Eltern sind auch fancy und langweilig. Aber wir haben uns die Zeit dann doch immer gut vertrieben.« Unwillkürlich denke ich an August, doch ich weigere mich, jedes Mal, wenn ich mich an meinen Bruder erinnere, traurig zu sein. Ich trauere um ihn. Und das werde ich wohl den Rest meines Lebens tun. Aber er hat es verdient, dass ich auch lächeln kann, sobald ich an ihn denke.

»Und was trägt man da so?«, fragt Liv und lugt in meinen Kleiderschrank.

»Fancy und langweilig«, meine ich, und sie grinst.

»Darf ich?«, fragt sie und tritt näher an den Schrank heran.

»Deswegen haben wir dich mitgenommen«, erwidere ich. Als ich Juli erzählt habe, dass ich ein Kleid für die Veranstaltung brauche, waren sie und ihre Mitbewohnerin Liv sofort zur Stelle und haben sich angeboten, mir bei der Outfit-Wahl zu helfen. Und das kommt mir ganz recht. Dass die beiden hier sind, lenkt mich ab. Trotzdem lasse ich immer wieder den Bildschirm meines Handys aufleuchten, um dann entsetzt festzustellen, dass die Zeit doch unaufhaltsam weiterläuft und wieder weitere Minuten vergangen sind, die mich dieser Veranstaltung näher bringen. In zwei Stunden müssen wir schon aufbrechen. Und ich fühle mich nicht bereit.

Das Kronenberger-Sommerfest ist eine Tradition, die irgendwann lange vor meiner Geburt begonnen hat. Alle Freunde und Bekannten der Familie werden eingeladen, was bedeutet, dass sich später alle Menschen, die in diesem Land Rang und Namen haben, auf unserem Anwesen tummeln werden. Es geht darum, Beziehungen, von denen man profitieren kann, zu festigen und allen zu zeigen, wie einflussreich der Name Kronenberger auch Jahrzehnte nach Gründung des Kaufhauses noch ist und – was meinem Vater immer schon extrem wichtig war – dass wir eine perfekte Familie sind.

Einen ganzen Tag lang sollen wir uns benehmen wie beim Shooting für das neue Familienfoto. Lächeln, bis es wehtut. Gerade Haltung. Makelloses Aussehen.

Doch all das ist so viel leichter für ein Foto zu spielen, weil dieses in wenigen Sekunden geschossen ist. Einen ganzen Tag lang lässt sich dieses Theater kaum durchziehen. Zumindest nicht in der Perfektion, die erwartet wird.

»Wie wäre es mit dem?«, fragt Liv und reicht mir ein weißes Kleid. Ich zucke nur mit den Schultern, ziehe mich vor den beiden aus und schlüpfe in das Kleid. Ich versuche es zumindest. Doch schnell muss ich einsehen, dass es mir inzwischen zu klein ist. Ich bekomme es über den Kopf, dann halten meine Brüste den Stoff davon ab, den restlichen Weg über meinen Körper zurückzulegen.

»Okay, das nächste«, meint Liv nur und sucht weiter. Juli hilft mir aus dem Kleid. Der Teil von mir, der früher immer dafür kritisiert wurde, dass er anders war, als eine Kronenberger zu sein hat, wartet darauf, dass die beiden einen bösen Kommentar darüber machen, dass ich zugenommen habe und zu dick für meine eigenen Klamotten bin. Doch keine von ihnen sagt etwas dazu.

Ich wusste, dass Juli und auch Liv Menschen sind, die sich nicht mit Oberflächlichkeiten aufhalten. Aber gerade spüre ich, was das wirklich bedeutet. Und deswegen tut es auch gar nicht weh, mehrere Kleider anzuprobieren und zu erkennen, dass ich die Reißverschlüsse nicht mehr zukriege. Weil es auf eine seltsam beruhigende Weise egal ist. Es gibt doch so viele interessantere Dinge über mich zu wissen als meine Kleidergröße und die Zahl, die mir eine Waage anzeigt.

Trotzdem habe ich jetzt ein Problem. »Ich kann da nicht nur in Unterwäsche auftauchen«, sage ich, als Juli mir wieder aus einem zu engen Kleid hilft. Es wäre leichter gewesen, ein passendes Outfit in meiner alten Wohnung zu finden als in diesem Schrank, in dem nur noch die Sachen hängen, die ich in meinem Elternhaus zurückgelassen habe, weil ich sie so selten getragen habe. Aber ich bringe es noch immer nicht über mich, in die WG zurückzukehren, in der ich mit Lorena gelebt habe. Also muss ich nun wohl die Konsequenzen meiner Feigheit tragen, wenn schon nichts aus Stoff passt.

»Ich würde das gern sehen«, scherzt Juli und bringt mich zum Lächeln. »Es gibt bestimmt auch viele Anwesende, die sich über deinen Anblick freuen würden.«

»Definitiv«, pflichtet Liv ihr bei, und mein Grinsen wird noch ein bisschen breiter.

Seit ich in München angekommen bin, habe ich mich selten so wohlgefühlt wie in diesem Moment. Es ist seltsam, dass ich das ausgerechnet halb nackt in meinem Elternhaus tue, das vielleicht nicht von Geistern, aber dafür von vielen zu hohen und deswegen auch enttäuschten Erwartungen heimgesucht wird.

»Ah, ich hab was«, ruft Liv aus, nachdem ihr Kopf für einige Sekunden komplett in meinem Schrank verschwunden war. Einen Moment später kommt sie mit einem Kleid wieder heraus und reckt es triumphierend nach oben.

Die Luft, die ich versuche zu atmen, scheint zu gerinnen.

»Es ist ein Wickelkleid«, erklärt Liv, während ich meine Aussage, dass es zwischen diesen Wänden keine Geister gibt, überdenke. »Das heißt, es wird dir bestimmt immer noch passen.«

Bestimmt wird es das. Aber obwohl der Stoff nachgibt, besteht trotzdem das Risiko, dass er mich einsperren und zerdrücken wird.

Überall lauert die Vergangenheit. Auch in den Fasern dieses Kleids. Als Liv es mir reicht, muss ich mich zwingen, nicht zurückzuweichen. Denn ich will nicht erklären müssen, was es in mir auslöst.

Ich atme einmal tief durch, dann nehme ich es entgegen. Sobald meine Finger den weichen violetten Seidenstoff berühren, reise ich wieder in eine andere Zeit.

Drei Monate vor dem Unfall

»Bist du dir sicher, dass du das machen willst? Wir müssen nicht«, sagte ich und versuchte die Tatsache zu ignorieren, dass ich diese Frage vermutlich mehr an mich selbst gestellt hatte als an ihn.

»Aber ich will«, erwiderte Matt bestimmt und legte seine Hand auf meinen unteren Rücken. Obwohl die Fasern meines Kleides unsere Haut voneinander trennte, schien sich seine durch den Stoff zu brennen, bis ich sie deutlich auf meinem Körper fühlen konnte. Ich konnte ihn immer spüren.

Obwohl mich seine Berührung beruhigte, machte es mich doch misstrauisch, dass er so verdammt ruhig war.

»Dir ist schon klar, wie unsere Familien reagieren werden«, betonte ich kritisch.

»Ist es«, antwortete er in einem Ton, der so klang, wie ein Schulterzucken aussah.

Ich reiße mich los, schüttle mich kurz und zwinge mich dann, das Kleid überzustreifen. Liv bindet es für mich. Vielleicht ahnt sie, dass meine Finger zu stark zittern, um es selbst zu tun. Aber selbst wenn sie es merkt, lässt sie sich nichts anmerken. Und das reicht schon, um in mir den Wunsch zu wecken, sie ganz fest in den Arm zu schließen, als wären wir schon ewig die besten Freundinnen, obwohl wir uns gerade mal seit ein paar Wochen kennen.

»Du siehst wunderschön aus«, sagt Juli, und Liv nickt zustimmend.

Ich bringe keinen Ton heraus, gerade mal ein dankbares Lächeln. Unwillkürlich denke ich an Matt. Wird er sich an den Moment erinnern, als ich dieses Kleid das letzte Mal getragen habe? Wird es etwas in ihm auslösen? Ich versuche mir einzureden, dass er ein Kerl ist und die sich nie merken, wer wann was anhatte. Aber ich kann mir nichts vormachen. Matt hat sich schon immer alle Details gemerkt.

Juli scheint mir meine Angst anzusehen, denn sie macht einen Schritt auf mich zu, und diesmal zögert sie nicht, bevor sie meine Hand ergreift. »Jetzt schminke ich dich noch. Und gemeinsam bringen wir diese Veranstaltung schon hinter uns.«

Ich glaube ihr. Trotzdem wünschte ich, dass ich ausnahmsweise nicht nur in die Vergangenheit, sondern auch in die Zukunft reisen könnte, wo all das, wovor ich mich fürchte, schon so weit hinter mir liegt, dass ich es kaum noch in der Ferne erkennen kann, wenn ich mich mal umsehe. Aber inzwischen habe ich eingesehen, dass es niemals so einfach sein wird.

***

Während Lorena das Auto lenkt und sich mit Juli unterhält, die neben ihr sitzt, hocke ich auf der Rückbank und starre aus dem Fenster. Obwohl ich die Strecke gut kenne und den ganzen Weg über die Umgebung im Blick habe, erwischt es mich doch kalt, als das Anwesen vor uns auftaucht. Die Auffahrt ist mit Girlanden geschmückt, mehrere schicke Autos fahren vor und hinter uns den gleichen Weg entlang. Viele Menschen laufen bereits über die Rasenfläche, deren Grünton man nur als *satt* bezeichnen kann. Alles ist perfekt. Selbst das Wetter. Als hätte mein Vater irgendwie herausgefunden, wie man es beeinflussen kann. Der Himmel ist strahlend blau. Nur ein paar sehr kleine dekorative Wolken haben sich hervorgetraut, kommen der Sonne aber auch nicht in die Quere. Sie sind nur hier, um eine Assoziation mit dem bayerischen Wappen hervorzurufen, sobald man hinaufblickt.

Wenn ich diese Perfektion sehe, fühle ich meine eigenen Fehler noch deutlicher. Aber ich habe mich dazu entschieden, sie nicht zu verstecken. Juli wollte meine Sommersprossen nicht überschminken, und ich habe sie sofort noch ein bisschen mehr ins Herz geschlossen. Meine Locken hat sie hochgesteckt und nicht gebändigt. Und Liv hat das Kleid so fest gebunden, dass es meine Kurven betont, weil sie nicht denkt, dass ich irgendwas verstecken müsste.

Während ich mit ihnen Zeit verbracht habe, konnte ich sogar kurz vergessen, dass Benny in den letzten Tagen meine Anrufe und Nachrichten ignoriert hat und dass ich mit meinen Ermittlungen, die es eigentlich gar nicht verdient haben, so bezeichnet zu werden, nicht vorankomme. Aber hier kann ich das nicht mehr.

Lorena parkt das Auto, mehrere Männer in Livreen öffnen uns die Tür und reichen uns die Hand, um uns beim Aussteigen zu helfen. Ich lasse es zu. Als ich Julis verwirrten Blick auffange, wird mir erst klar, wie seltsam diese Situation eigentlich ist.

»Die wissen schon, dass ich in der Lage bin, selbst aus einem

Auto auszusteigen«, meint sie, während einer der Männer sich ins Auto setzt und es wegfährt.

»Ja«, sagt Lorena schulterzuckend. Sie ist bei solchen festlichen Veranstaltungen bestimmt noch nie aus einem Auto gestiegen, ohne dass mindestens eine ausgestreckte Männerhand nur darauf gewartet hat, ihr zu helfen. Manchmal frage ich mich, ob Lorena sich wirklich so wohl in der Welt unserer Familie fühlt oder ob sie alles einfach angenommen hat, ohne jemals darüber nachzudenken, was sie wirklich will. Aber da unsere Freundschaft immer noch instabil ist, werde ich diesen Gedanken ganz sicher nicht laut aussprechen.

Lorena läuft schon gezielt um das Anwesen herum, und Juli folgt ihr. Ich schließe mich ihnen an und konzentriere mich darauf, ruhig zu atmen.

Als ich hinter der Villa hervorkomme und einen Blick auf das werfen kann, was dahinter liegt, funktioniert das nicht mehr.

Ich trage das Kleid von damals, und ich bin am selben Ort. Und auf einmal sehe ich nicht mehr das, was ist, sondern das, was war.

Drei Monate vor dem Unfall

»Dir ist schon klar, wie unsere Familien reagieren werden«, betonte ich kritisch.

»Ist es«, antwortete er in einem Ton, der so klang, wie ein Schulterzucken aussah.

»Wirklich?« Ich konnte das Thema nicht fallen lassen, wenn er sich weigerte, zuzugeben, dass das hier eine verdammt große Sache war.

Matt hatte sich in den Kopf gesetzt, unsere Beziehung nicht an einem normalen Tag öffentlich zu machen, sondern ausgerechnet beim alljährlichen Kronenberger-Sommerfest. Er meinte, so sei es leichter. Wir könnten es einmal vor allen verkünden, und dann wäre die Sache erledigt. Aber für mich fühlte sich diese Situation ganz und gar nicht leichter an.

»Ja«, meinte er schon wieder so furchtbar gelassen. Wenn er damit nicht bald aufhörte, würde ich den Impuls, ihn an seinem Anzugkragen zu packen und heftig durchzuschütteln, nicht mehr lange unterdrücken können.

»Sie werden sofort unsere Hochzeit planen, am liebsten eine Doppelhochzeit mit Isaac und Lorena.«

Matt zuckte tatsächlich mit den Schultern. Wenn ich ihm nicht ansehen könnte, wenn er lügt, hätte ich gedacht, er würde mir was vorspielen. Aber seine Reaktionen waren ehrlich. Das war mir bewusst. Und doch konnte ich es immer noch nicht ganz fassen.

»Sicher, dass dich das nicht stören wird?«, hakte ich nach und blieb stehen, bevor wir das Anwesen komplett umrundet hatten und den Garten betraten, der dahinter mit all seinen schicken Gästen und schicken Getränken auf uns wartete.

Matt hielt inne und wandte sich mir frontal zu, bevor er antwortete. »Bin ich. Irgendwann will ich dich sowieso heiraten.«

Ich starrte ihn aus riesigen Augen an. »Wie bitte?«, entfuhr es mir.

»Schockiert dich das jetzt?« Meine Reaktion schien ihn zu belustigen.

»Schon«, gab ich zu. »Ich kann ja immer noch nicht ganz glauben, dass du in einer Beziehung bist. Aber heiraten?«

Matt war die letzten Jahre das Klischee eines Frauenhelden gewesen. Jetzt war er das nicht mehr. Das war mir bewusst. Aber es kam mir nicht so vor, als hätte das, was wir hatten, ihn verändert. Es war eher so, als wäre es einfach die logische Konsequenz für alles, was zuvor gewesen war. Das bedeutete aber nicht, dass ich nie Zweifel oder Angst spürte, dass er es sich eines Tages anders überlegen würde.

»Ich liebe dich, Stella«, sagte er mit besonders viel Nachdruck. Manchmal glaubte ich, er könnte meine Gedanken hören. Er

nahm meine Hände in seine und drückte sie beschwörend. »Und ich weiß, dass sich das niemals ändern wird.«

»Du sagst das, als wäre es ganz einfach.«

»Weil es das ist. Es ist ganz simpel. Ich will mein ganzes Leben mit dir zusammen sein.«

Ich hatte immer gedacht, Liebe, wahre Liebe, wäre kompliziert und dramatisch und auch ein bisschen anstrengend. Vielleicht hatte ich so lange gebraucht, um zu erkennen, dass Matts Liebe die wahre in meinem Leben war, weil sie so anders war, als ich sie mir früher vorgestellt hatte. Doch ich war froh, dass sie sich von meinen Vorstellungen unterschied. Denn mit dem, was ich fühlte, wenn ich ihn ansah, hatte ich zwar nicht gerechnet, aber es war alles, was ich wollte.

»Ich liebe dich so sehr. Ich finde keine Worte, um es zu beschreiben«, gab ich zu.

»Und das will was heißen«, setzte Matt neckisch an. »Du bist schließlich ziemlich gut mit Worten.«

»Ziemlich gut?«, fragte ich kritisch nach.

»Na ja, wenn du richtig gut wärst, würden dir vielleicht die richtigen Worte einfallen.«

Ich lachte auf und verpasste ihm einen Schlag gegen den Oberarm. »Sei kein Arsch.«

Sein Grinsen wurde breiter, dann wurde er wieder ernst.

»Du bist die Liebe meines Lebens«, sagte er, und seine Stimmlage ließ mich an das Wort Ernsthaftigkeit *denken.*

»Und du die meines«, entgegne ich.

»Dann sind wir ja einer Meinung.«

Wieder lachte ich auf, und diesmal entkam mir dabei eine Träne.

Matt ließ eine meiner Hände los, hielt die andere aber noch fester, während er sich wieder dem Haus zuwandte.

»Und jetzt gehen wir in den Garten«, verkündete er.

»Okay«, sagte ich.

»Und wenn jemand schlechte Witze macht, dann werde ich eben das Gleiche sagen, was ich gerade zu dir gesagt habe.«

»Okay.«

Ich stellte mich auf die Zehenspitzen und küsste ihn noch kurz auf den Mund.

»Manchmal frage ich mich, warum wir so lange gebraucht haben, um zu verstehen, dass wir mehr als beste Freunde sind«, flüsterte ich, sobald ich mich wieder von ihm gelöst hatte.

»Vielleicht waren wir vorher nicht bereit für mehr«, sagte Matt, dessen Blick einen Moment länger auf meinen Lippen verharrte. »Aber jetzt sind wir es.«

Als ich blinzle, ist die Gegenwart zurück, aber ein paar Tränen habe ich aus der Vergangenheit mitgenommen. Ich reibe mir vorsichtig mit den Fingerspitzen unter den Augen entlang, weil ich mein Make-up nicht ruinieren will. Unwillkürlich halte ich Ausschau nach Matt, doch unter den vielen Männern in schlichten eleganten Anzügen kann ich ihn nicht ausmachen. Vielleicht ist es auch besser so.

Ich weiß nicht, ob ich seinen Anblick gerade ertragen könnte, wenn ich in seinen Augen nicht das finde, wonach ich mich fast schon verzweifelt sehne.

Matts pragmatische Art zu lieben, ist mir immer sehr romantisch vorgekommen. Er hat mich mit einer Klarheit und Entschlossenheit geliebt, die keiner poetischen Worte bedurfte. Er war sicher, dass ich die Eine für ihn war. Für mich gab es nichts Romantischeres auf der Welt.

Und nun ist da eine Leere in mir, die ich nicht gefüllt bekomme.

»Da ist Izzy«, meint Lorena gerade und winkt ihr freudig zu.

Sofort verkrampft sich mein Magen, und es wird noch schlimmer, als Izzy Juli und Lorena ein ehrliches Lächeln schenkt, das ihr direkt aus dem Gesicht fällt, sobald sie mich erkennt.

Izzy und ich haben uns immer gut verstanden. Dass sich ihre Einstellung mir gegenüber inzwischen verändert hat, habe ich erwartet. Ich habe Matt verlassen, und Izzy liebt ihren kleinen Bruder zu sehr, um so ein Vergehen zu vergeben und zu vergessen.

Zögerlich kommt sie auf uns zu, nimmt die beiden in den Arm und bleibt dann einen Schritt von mir entfernt stehen. Sie mustert mich unverhohlen, und ich spüre ihre wütenden Augen auf mir wie grobe Hände. Wenn ich im Boden versinken könnte, würde ich es tun.

»Ich habe schon gehört, dass du zurück bist«, sagt sie kühl. Sie spricht nicht aus, dass ihr das missfällt, aber das muss sie auch nicht. Ich höre die Botschaft trotzdem laut und deutlich.

»Ich bin zurück«, erwidere ich lahm, weil mir nichts Besseres einfällt, während sie mich niederstarrt.

»Hm«, macht sie nur und rümpft die Nase, als würde die Tatsache, dass ich jetzt vor ihr stehe, schlecht riechen. »Ich hole mir was zu trinken. Wollt ihr auch was?«

Die Frage ist nur an meine Cousinen gerichtet, nicht an mich.

»Ich komme mit dir«, antwortet Lorena und hakt sich bei Izzy unter, während sie mich stehen lassen. Diese kleine Geste sollte nicht so stechen, aber das tut sie. Die Ironie entgeht mir nicht. Mir tut es weh, wenn Lorena mir den Rücken zuwendet. Dabei geht sie nur zur Bar. Ich bin damals in ein Flugzeug gestiegen. Ich spüre nur den Bruchteil des Schmerzes, den ich ihr bereitet habe, und glaube trotzdem für einen kurzen Moment, dass ich ihn nicht ertragen kann.

Juli sieht mich auf eine Weise an, die deutlich macht, dass sie mich gern trösten würde, sie aber keine Ahnung hat, wie sie das anstellen soll.

»Wir sollten vielleicht mal eine Runde machen«, kriege ich hervor.

»Gute Idee«, meint Juli und läuft los. Obwohl ich es vorgeschlagen habe, brauche ich eine Sekunde, um ihr zu folgen. Ich fühle mich wie ein Auto, dessen Fahrer nicht gut darin ist, mit Gangschaltung anzufahren, und den Motor ständig abwürgt.

Ich schließe zu ihr auf, und in diesem Moment erkenne ich, dass ich so mit mir selbst beschäftigt war, dass ich tatsächlich übersehen konnte, dass ich nicht die Einzige bin, die sich vor dieser Veranstaltung gefürchtet hat. Julis Schultern sind ein bisschen hochgezogen, und sie reibt immer wieder über das Tattoo an ihrem Unterarm.

Wir sehen uns an, und Juli lächelt fast schon schüchtern. Wir sprechen uns nicht auf die Dinge an, die uns gerade schwer machen. Aber ich finde Trost darin, dass mein Schmerz nicht unentdeckt bleibt. Und ich hoffe, ihr geht es genauso.

»Juli!« Joachims Stimme schallt zu uns herüber. Julis Vater steht neben seiner Ehefrau Diana, die sofort die Lippen zusammenkneift, sobald sie die Tochter ihres Mannes erblickt. Meine Eltern sind auch bei ihnen. Meine Mutter habe ich seit dem Streit bei meiner Ankunft und meinen Vater seit unserer Verhandlung in seinem Büro nicht mehr gesehen.

Trotzdem zwinge ich mich, auf sie zuzugehen, und Juli tut das Gleiche.

Eine Runde sehr unangenehm angespannter Begrüßungen folgt. Die Umarmungen sind so ungelenk, als müssten wir um die Dinge, die zwischen uns stehen, herumgreifen. Ich würde lachen, wenn mein Hals nicht zu verstopft wäre.

»Das Kleid ist ein bisschen eng geschnürt«, stellt meine Mutter fachmännisch fest. Schon bei unserem Wiedersehen habe ich auf ihre kritischen Kommentare gewartet. Sie jetzt zu hören, hat schon fast etwas Tröstliches. Sie sind verletzend, aber zumindest sind sie vertraut. Manchmal kommt es mir sogar so vor, als würde ich mich in vertrautem Schmerz wohler fühlen als in unerwarteter Freude. Wenigstens weiß ich dann, was mich erwartet.

»Du hättest ein bisschen mehr Make-up verwenden können. Und vielleicht ein Glätteisen.« Ich glaube, meine Mutter sagt diese Worte nicht, um mich zu verletzen. Sie sagt sie vermutlich, weil es für sie genauso vertraut ist, sie zu sagen, wie für mich, sie zu hören. Sie macht es, um die Stille zu füllen, von der wir nicht wissen, wie wir sie übertönen können, wenn wir nicht die Phrasen verwenden, auf die wir schon immer zurückgegriffen haben.

Juli scheint es nicht viel besser zu gehen als mir. Joachim und sie führen zwar ein nettes Gespräch, aber immer wenn sie versuchen, Diana einzubeziehen, reagiert die nur mit knappen Antworten, die klarmachen, dass sie mit ihr nichts zu tun haben will. Und sobald ihr Mann einen Arm nach ihr ausstreckt, weicht sie zurück.

Eine Scheidung wäre vielleicht eine gute Lösung. Aber Kronenbergers glauben daran genauso wenig wie an Bauchgefühl und emotionale Entscheidungen.

Ich bin noch nicht einmal eine halbe Stunde hier, und schon wird es mir zu viel. Wir stehen unter freiem Himmel, und doch bekomme ich nicht mehr richtig Luft. Ich bin damals abgehauen, weil ich ein ähnliches Gefühl hatte. Es war das, wovor ich geflüchtet bin. Und obwohl dieser Moment harmlos ist verglichen mit dem, vor dem ich nie ganz aufgehört habe wegzurennen, spüre ich auch jetzt wieder den fast übermächtigen Impuls, einfach alles und jeden um mich herum zu vergessen, eine Tasche zu packen und in den nächsten Flieger zu steigen, der mich so weit und so schnell von hier wegbringt wie irgendwie möglich.

Das kann ich nicht zulassen, weil mich offene Fragen in München festhalten werden wie ein Anker, bis ich meine Verbindung zu ihnen mit Antworten gekappt habe. Aber wenigstens bis zur nächsten Barstation kann ich flüchten. Irgendwas murmle ich, um mich zu entschuldigen. Dann stehe ich auch schon vor einer Pyramide aus Champagnergläsern und schnappe mir das oberste Glas.

»Dir ist klar, dass das eher zur Dekoration dient, Schätzchen?«

Ich zucke so heftig zusammen, dass ich die Pyramide fast umstoße. Aber zum Glück nur fast. Dass ich für eine Szene beim Sommerfest sorge, hat mir gerade noch gefehlt.

Ich drehe mich um und blicke in die aufmerksamen Augen meiner Großmutter. Sie schwenkt ihr eigenes Champagnerglas in ihrer Hand, was ihre Armreife zum Klirren bringt.

Mir ist bewusst, dass es viele Jahre her ist, dass man meine Großmutter zuletzt als junge Frau bezeichnen konnte, aber sie ist mir auch nie wirklich alt vorgekommen. Sie wirkt, als hätte sie einen gewissen Überblick übers Leben, den man erst bekommt, wenn man eine längere Zeit auf dieser Erde verbracht hat. Verbraucht, verbittert, vom Leben gezeichnet ist sie allerdings auch nicht. Sie hat viel erlebt, Liebe gefunden und verloren, und doch steht sie aufrecht und unbeugsam. Und das Image des Kaufhauses war ihr nie im Weg, wenn es darum ging, die Mitglieder dieser Familie glücklich zu machen. Etwas, was man von ihren Söhnen sicherlich nicht behaupten kann.

»Sollte ich beleidigt sein, dass du es nicht für nötig gehalten hast, mich zu besuchen, seitdem du zurück bist?«, fragt sie. Herausforderung schwingt in ihrer Stimme mit, aber kein echter Vorwurf.

»Es tut mir leid«, kriege ich hervor.

Sie winkt direkt ab. »Ich brauche keine Entschuldigungen. Von denen kann man sich nichts kaufen. Der Wille, es in Zukunft anders zu machen, war mir schon immer lieber.« Ein Lächeln zieht an ihren Mundwinkeln. »Und nimm mich endlich in den Arm, Ella.«

Die Tränen, die mir beim Klang dieses Spitznamens in die Augen treten, verberge ich an ihrer Schulter.

August hat mich schon immer so genannt. Oma Coletta hat mir vor Jahren mal erzählt, wieso. Er war ein Kleinkind, als ich auf die Welt kam, und der St-Laut hat ihm immer Schwierigkeiten bereitet. Also hat er ihn einfach weggelassen und mich stattdessen Ella genannt. Sein ganzes Leben hat er nicht damit aufgehört. Und auch Coletta hat mich immer so angesprochen.

»Deine Haare gefallen mir«, sagt sie, und ich weiß, dass es kein falsches Kompliment ist, weil meine Großmutter die nur mit entfernten Bekannten im Vorraum eines Opernhauses oder in Sälen von Charity-Veranstaltungen austauscht, aber nie mit Mitgliedern ihrer Familie. »Sie erinnern mich an meine Jugend. Ich hatte auch so wilde Locken, bevor die Menopause kam. Danach waren meine Locken einfach weg. Erfreu dich an ihnen, so lange du sie hast.«

Ich nicke und genieße das Gefühl ihrer sanften Finger, die durch meine Haare streichen, als könnte sie ihre eigene Jugend aus ihren Spitzen ziehen.

»Da sind ja meine anderen Enkelinnen«, ruft sie aus, als sich Juli und Lorena zu uns gesellen. »Endlich habe ich euch alle mal auf einem Fleck.«

Juli und Lorena drückt sie auf die gleiche beherzte Weise an sich, die keine Unterschiede macht. Sie lässt sich nicht anmerken, dass sie eine von uns nicht einmal ein ganzes Jahr lang kennt, und deswegen liebe ich meine Oma gleich noch ein bisschen mehr.

Sie will wissen, wie Lorenas Unikurse laufen und ob Juli schon eine Wohnung in Berlin gefunden hat. Auch über meine Reisen fragt sie mich aus, und ich bin ihr dankbar für jedes kleine bisschen Normalität, das ich in ihrer Nähe fühle.

»Was ist das eigentlich?«, fragt sie auf einmal unvermittelt und umgreift meinen Arm, den ich mir vor zwei Tagen besonders fest an der Kante im Gang von Julis WG gestoßen habe. Juli will es gerade erklären, als unsere Oma eine eigene Erklärung findet. »Ist das eine Bissspur?«

Ich bin mir nicht sicher, wer von uns sie entrüsteter anstarrt. Lorena verschluckt sich sogar ein bisschen an ihrem Champagner.

»Guckt mich nicht so an, ihr Lieben. Ich bin vielleicht alt, aber doch nicht so antik, dass ich nicht weiß, wie eine Sexverletzung aussieht. Zu meiner Zeit hatte ich einige.«

Eine Sekunde sind wir still, dann brechen wir in Gelächter aus.

»Lacht eure Oma nicht aus, das gehört sich nicht«, ermahnt sie uns, kann ihren strengen Tonfall aber auch nicht überzeugend rüberbringen.

»Nein, es ist keine Bissspur«, erkläre ich. »Ich habe mich nur gestoßen.«

Sie sieht mich an, als würde sie einen Moment überlegen, ob sie mir tatsächlich glaubt. »Das ist wesentlich langweiliger als meine Theorie.«

Wir lachen wieder. Eine Gruppe besonders hochzugeknöpfter mittelalter Männer kommt an uns vorbei. Einen Fetzen ihrer Unterhaltung fange ich auf. »Sie wäre von der Schule geflogen, wenn ich mein Portemonnaie nicht besonders weit geöffnet hätte.« Dann sind sie auch schon weitergezogen. Aber der Satz bleibt irgendwie an mir hängen. Erst verstehe ich nicht, wieso. Dann formt sich ein Bild in meinem Kopf.

Ich denke an die Worte in Bennys Notizbuch und seine Vermutung, dass unsere Eltern etwas verbergen. Das teure Auto eines zu früh pensionierten Journalisten taucht vor meinem inneren Auge auf. Eine Ahnung will in meinem Kopf entstehen, doch bevor ich sie richtig greifen kann, fange ich Julis Blick auf, der an etwas hängen geblieben ist, das sich hinter meiner linken Schulter befindet. Ihr verliebtes Lächeln lässt eine Vorahnung in mir wachsen, und ich kann mich nicht daran hindern, mich umzudrehen.

Isaac und Matt stehen einige Meter hinter uns. Isaac winkt und lächelt. Matt tut das nicht.

Er mustert mich, und in seinem Gesicht kann ich ablesen, dass er sich an das Kleid erinnert. Natürlich tut er das. Sofort werden meine Schuldgefühle noch größer. Ich habe ihn verletzt, wie es vermutlich noch nie ein Mensch in seinem Leben getan hat. Ich will es nicht noch schlimmer machen, indem ich ihn an all das erinnere, was war und was wegen mir nie wieder sein wird. Aber ich muss wohl einsehen, dass es für solche Gedanken längst zu spät ist.

17. Kapitel

MATT

Drei Monate vor dem Unfall

Ich drückte Stellas Hand noch ein bisschen fester, als wir auf unsere Familien zuhielten, die sich um einen Stehtisch aufgestellt hatten und sich über irgendwas unterhielten, was mich nicht genug interessierte, um zu versuchen, Wortfetzen zu erhaschen.

August entdeckte uns zuerst und bemerkte auch gleich unsere miteinander verschlungenen Hände. Er zog die Augenbrauen hoch. Seit er uns zusammen erwischt hatte, hatten wir uns nicht mehr getroffen und auch kein richtiges Gespräch mehr geführt. Zumindest kein bedeutsames.

Er traute mir weniger, und das tat weh. Aber ich bereute keine Entscheidung, die ich getroffen hatte, seit Stella und ich uns das erste Mal bei der Mitternachtsparty geküsst hatten. Und deswegen wurde ich auch nicht langsamer, obwohl sein unausgesprochener Vorwurf versuchte mich auszubremsen.

Ich musterte Stella noch einmal kurz von der Seite, sie lächelte gequält, bis sie zu mir herübersah. Dann grinste sie kurz.

Vielleicht waren wir beide für diesen nächsten Schritt noch nicht vollkommen bereit. Aber ich war es leid, sie wie ein Geheimnis zu behandeln, das man vor der ganzen Welt verbergen musste. Das passte nicht zu dem, was sie für mich war.

»Da seid ihr ja endlich«, begrüßte uns Isaac, und auch die anderen sahen in unsere Richtung.

Sie standen alle zusammen, als hätten sie ahnen können, dass wir etwas Wichtiges zu verkünden hatten.

»Ja, da sind wir ja endlich«, murmelte Stella in sich hinein. Obwohl sie die Wortgewandtere von uns beiden war, musste wohl ich das Reden übernehmen. Sie wirkte nicht, als wäre sie in der Lage, etwas anderes zu tun, als die Worte zu wiederholen, die jemand anderes bereits verwendet hatte.

»Wir haben euch was mitzuteilen.«

August schnaubte. Ich spürte einen kleinen Stich. Doch auch der konnte mich nicht von meinem Vorhaben abbringen.

Ich hätte jetzt natürlich eine lange Rede halten und mit vielen Sätzen von einer eigentlich sehr einfachen Wahrheit ablenken können. Allerdings war das nicht meine Art. Also hielt ich es so simpel wie möglich.

»Stella und ich sind zusammen«, sagte ich und schwieg dann wieder, weil damit alles gesagt war, was ich aussprechen wollte.

Im ersten Moment reagierte keiner. Dann alle auf einmal. Unsere Mütter umarmten uns, meine hatte sogar Tränen in den Augen. Ich musste sofort daran denken, dass Stella mal gesagt hatte, dass unsere Beziehung unsere Eltern zu glücklich machen könnte. Als ich kurz zu ihr herübersah, erkannte ich an ihrem Lächeln, dass sie wohl an denselben Moment dachte.

Lorena wollte sofort wissen, wie es dazu gekommen war, und Stellas vage Antworten schienen ihr nicht zu reichen. Unsere Väter schlugen ein, als wären wir spontan zweihundert Jahre in die Vergangenheit gereist und sie hätten gerade unsere Ehe arrangiert.

»Unsere Familien sind jetzt noch enger miteinander verbunden«, stieß Hellen Kronenberger aus und gab Stella einen Kuss auf die Wange. »Das schreit doch nach einer Doppelhochzeit.«

Stella und ich konnten uns ein kleines Lachen nicht verkneifen. Ich überspielte meins mit einem gekünstelten Hüsteln.

Ich fing den Blick meines Zwillingsbruders auf und stockte. Er hatte sich verkrampft. Und ich war mir ziemlich sicher, dass seine Reaktion nicht von der Vorstellung ausgelöst wurde, sich bei seiner Hochzeit die Aufmerksamkeit mit mir teilen zu müssen.

Doch bevor ich ihn fragen konnte, was los war, spürte ich Augusts schwere Hand auf meiner Schulter.

»Können wir kurz reden?«, fragte er gedämpft.

»Klar.«

Wir lösten uns von der Gruppe. Stella sah ihren Bruder genervt an, doch der ignorierte sie, und ich fügte mich einfach seinem festen Griff, während wir zu einem noch freien Stehtisch gingen.

»Du meinst es wirklich ernst, oder?«, fragte er ohne Umschweife.

Ich war ihm dankbar dafür, dass er seine Gedanken nicht mehr hinter kritischen Zügen versteckte, sondern endlich ansprach, was wirklich in ihm vorging. Ich mochte es nicht, zwischen den Zeilen lesen zu müssen. Ich vertraute gern auf das, was wirklich auf einer Seite oder auch in einem Gesicht geschrieben stand. Stella meinte manchmal, mein Gehirn funktioniere auf so gradlinige Weise, dass mich die Schnörkel anderer Menschen überforderten. Damit hatte sie recht. Aber ich verstand nicht, wozu diese Schnörkel überhaupt nötig waren, wenn es auch einen direkten Weg gab.

»Ich meine es sehr ernst«, erwiderte ich sofort.

»Du verstehst, warum ich Bedenken habe?«

»Ja«, entgegnete ich wieder ohne Zögern. »Wir kennen uns unser ganzes Leben, und du hast mich noch nie in einer Beziehung erlebt. Natürlich verunsichert es dich, wenn ich meine erste mit deiner Schwester habe. Aber du kennst mich. Du weißt, dass du mir vertrauen kannst. Und das hat sich nicht geändert.«

August schien einen Moment über meine Worte nachdenken zu müssen. Seine Stirn kräuselte sich auf diese typische August-

Weise. Die tiefen Falten hatte Stella mal mit einem Gebirgspass verglichen. Ich fand, sie hatte es sehr passend beschrieben.

Schließlich räusperte er sich. »Ich weiß, dass du ein sehr ehrlicher Mensch bist«, setzte er langsam und bedacht an. »Wenn du nicht in Stella verliebt wärst, würdest du keine Beziehung mit ihr führen.«

»Richtig«, bestätigte ich.

Er schnaubte, aber es klang schon ein bisschen weniger wütend. Ein Hauch Belustigung hatte sich bereits in seine Tonlage geschlichen, ohne dass August es hätte verhindern können.

»Mir ist klar, dass du dir Sorgen um Stella machst. Sie ist deine Schwester«, fuhr ich bestimmt fort. »Aber du musst dir keine Sorgen machen. Das mit ihr ... das ist was Wahres.«

»Was Wahres?«, hakte August nach, und die Gebirgsketten auf seiner Stirn wurden kurz von einem Erdbeben erschüttert, bevor sie wieder ihren Platz einnahmen.

»Ich liebe sie so sehr, dass mir die Vorstellung, jemals wieder jemand anderen zu lieben, absurd vorkommt, völlig undenkbar. Das ist für immer, und das war, glaube ich, schon immer wahr. Wir haben nur eine Weile gebraucht, um das zu erkennen.«

August sah aus, als wüsste er, wovon ich rede, hätte aber zuvor noch keine eigenen Worte dafür gefunden. Doch bevor ich diese ungewohnte Ernsthaftigkeit ergründen konnte, kehrte die Gelassenheit zurück, die August ausmachte, und er legte mir freundschaftlich einen Arm um die Schulter.

»Okay, ihr habt meinen Segen«, sagte er in einem so lockeren Tonfall, als hätte es die Distanz, die uns in den letzten Wochen voneinander getrennt hatte, nie gegeben. Ich atmete tief durch. »Aber nur unter einer Bedingung.«

»Und welche?«, gab ich grinsend zurück.

»Ich bin Trauzeuge bei eurer Hochzeit.«

Ich lachte auf. »Abgemacht.«

Und ab diesem Moment war wieder alles wie immer, weswegen ich glaubte, dass es für immer so bleiben könnte.

Nun weiß ich es besser, denke ich so bitter, dass ich den Nachgeschmack meiner Gedanken auf meiner Zunge liegen spüren kann.

Stella trägt dasselbe Kleid wie an diesem Tag. Doch August wird nie wieder den Arm um meine Schulter legen und sich mit so viel Gewicht auf mich lehnen, dass ich drohe umzufallen. Das Wissen, dass ich ihn nie wieder stützen werde, treibt mir Tränen in die Augen, die bestimmt genauso bitter sind wie meine Gedanken.

Ich sehe Stella an, und wie so oft, wenn meine Augen ihre Haut berühren, stockt mir für einen kurzen Moment der Atem. Manchmal fühle ich mich, als bestünde ich aus so vielen Schichten negativen Emotionen, dass ich an mich selbst gar nicht mehr rankomme.

Ich bin über sie hinweg. Ich bin über sie hinweg. Ich bin über sie hinweg. Ich sage mir dieses Mantra immer und immer wieder, und irgendeine Stimme in meinem Hinterkopf lacht mich höhnisch aus, weil sie versteht, wie lächerlich das klingt.

Gibt es Menschen, über die man einfach nicht hinwegkommen kann? Gibt es Momente, Gefühle, Situationen, die sich ins Gehirn bohren und niemals wieder weichen? Verändern sie einen so grundlegend, dass es danach keinen Weg mehr zurück gibt? Zu der Person, die man war. Zu einer Gewissheit, dass Normalität möglich ist.

Eine Erkenntnis, die ich eigentlich schon die ganze Zeit kannte, trifft mich doch unvorbereitet.

Ich liebe sie immer noch. Und ich hasse sie, weil ich mir das eingestehen muss. Ich will sie nicht mehr lieben. Ich will frei von ihr sein. Frei von dem Wort *uns*, das wie ein Damoklesschwert über mir schwebt.

Ich liebe sie immer noch. Aber irgendwie bin ich mir gleichzeitig nicht sicher, ob das überhaupt noch etwas bedeutet. Ich kann einen Menschen lieben und trotzdem nicht mit ihm zusammen sein wollen. Ich kann einen Menschen lieben und trotzdem einsehen, dass Liebe allein nicht reicht. Uns wird eingetrichtert, dass Liebe das Wichtigste auf der Welt ist. Und vermutlich stimmt das auch. Aber was immer wieder vergessen wird, ist, dass Liebe allein auch nichts wert ist. Es braucht mehr als Liebe, um zusammen und glücklich zu sein. Respekt, Achtung, Mitgefühl. Ohne sie ist Liebe nur ein Wort, nur eine Emotion, aber nichts, was uns nährt, aufrecht hält, stützt.

Ich liebe sie noch. Aber will ich sie noch?

Ich weiß es nicht. Und bis ich es weiß, werde ich wohl jedes Mal den Kopf verlieren, sobald sie in mein Blickfeld tritt.

Ich will ihr nicht aus den falschen Gründen vergeben. Einfach nur, weil ich so tun will, als wäre alles wie früher, obwohl es das offensichtlich nicht ist.

Aber ich will ihr auch nicht aus den falschen Gründen nicht vergeben.

Doch sobald ich sie ansehe, spüre ich nicht nur die Liebe, die in ihrer Nähe immer aufgelodert ist. Ich spüre auch Wut.

Und obwohl ich sie nicht oft rausgelassen habe, erkenne ich in diesem Moment doch, dass ich mich schon seit fast zwei Jahren an dieser Wut festhalte. Ich kümmere mich richtig um sie. Ich halte sie in einem Käfig, füttere sie und gebe ihr ihr Lieblingsspielzeug. Ich ziehe sie liebevoll groß, bis sie zu einem festen Begleiter geworden ist, ein treues Haustier. Und ich bin einfach zu loyal, um es wieder gehen zu lassen. Und wie kann ich etwas gehen lassen, in das ich so viel Zeit und Energie investiert habe?

»Komm, wir holen uns was zu trinken.« Isaacs besorgte Stimme reißt mich aus meiner Trance und macht mich aus irgendeinem Grund, den ich selbst nicht benennen kann, noch ein bisschen wütender. Die Wut rüttelt an ihrem Käfig und fordert, endlich rausgelassen zu werden.

Ich gebe ihrem Drängen nicht nach und lasse mich von Isaac zur Bar schieben. Ein letztes Mal schaue ich zu Stella hinüber, bevor ich mich von ihr abwende.

»Zwei Gin Tonics«, sagt Isaac, sobald wir die Bar erreichen.

In den letzten Wochen hat er die Strategie geändert. Er versteckt seinen besorgten Tonfall ein bisschen gründlicher vor mir. Nicht, dass das irgendwas ändern würde. Ich kann ihn immer noch viel zu deutlich erkennen. Aber er versucht subtiler zu sein. Er will so tun, als wäre alles normal. Er will so tun, als wäre zwischen uns alles wie früher.

Das Wort *früher* lässt die Wut wieder potenter werden. Immer, wenn ich es verwende, denke ich an alles, was vor dem Unfall passiert ist. Die Welt hat sich entschieden, die Zeitrechnung in vor und nach Jesus einzuteilen. Für mich gibt es ein vor und nach August. Und dieser Tag, dieser eine Moment, hat mich auch in zwei Personen gespalten, die ich nicht wieder zusammensetzen kann, egal, wie verzweifelt ich es auch versuche. Egal, wie verzweifelt mein Bruder es versucht.

»Prost«, sagt er, als er mir mein Getränk reicht. Er nimmt einen beherzten Schluck. »Diese Woche war es in der Therapie echt krass.«

Isaac hat es wirklich nicht drauf, subtil zu sein.

»Hm«, mache ich, obwohl das keine richtige Entgegnung auf Isaacs Aussage ist. Mir fällt allerdings auch nichts Besseres ein.

»Ich fühle mich aber auch leichter nach der letzten Sitzung«, erklärt er. »Ich dachte, ich kenne mich selbst gut. Aber mit nur wenigen Fragen schafft die Therapeutin es, mir Wahrheiten vor Augen zu führen, die die ganze Zeit vor meiner Nase waren, die ich aber trotzdem nicht erkennen konnte.«

»Hm«, mache ich erneut und trinke ebenfalls einen großen Schluck. Isaac kann manche Dinge wohl nur mit der Hilfe von Gin Tonic sagen, ich kann diese Dinge aber auch nur mit der Hilfe von Gin Tonic hören.

»Ich finde es sehr bereichernd.«

»Sag schon, was du sagen willst.«

»Also gut. Ich finde, du solltest auch in Therapie gehen«, sagt mein Bruder nicht zum ersten Mal.

»Ich glaube nicht, dass das mein Ding wäre«, entgegne ich ausweichend.

»Du musst dich nicht direkt auf einen Therapieplatz bewerben. Du kannst erst mal die probatorischen Sitzungen wahrnehmen. Das sind quasi Probestunden. Geh bitte nur zu einer einzigen. Um zu sehen, wie du dich dabei fühlst.«

»Und wenn ich zu einer gehe, wirst du das Thema endlich fallen lassen?«, frage ich ein bisschen barscher als beabsichtigt oder notwendig.

»Ja, werde ich«, erwidert mein Zwillingsbruder nach einem kurzen Zögern. Für einen Moment hat er mich angesehen, als wüsste er auch nicht länger, wen er da eigentlich vor sich hat. Der Gedanke lässt die Panik wieder in meinem Nacken kitzeln. Wenn nur ich dieses Gefühl habe, sobald ich in den Spiegel sehe, kann ich damit irgendwie besser umgehen, als wenn es auch anderen Menschen so geht. Menschen, die mich lieben. Oder mal geliebt haben.

»Okay«, kriege ich hervor und versuche dieses Wort ein bisschen versöhnlicher auszusprechen. »Dann werde ich zu einer Sitzung gehen. Und danach sehen wir weiter.«

Kurz wirkt es so, als wollte Isaac in Tränen ausbrechen. Doch er tut es nicht und legt nur seine Hand auf meine Schulter.

»Danke«, sagt er mit schwerer Stimme. Über seinen Tonfall will ich lieber nicht nachdenken. Genauso wie über tausend andere Dinge.

Wir gehen zu den anderen zurück. Stella steht neben Lorena. Ich spüre ihre Nähe, aber ich verbiete mir, sie direkt anzusehen. Als wäre sie eine Sonnenfinsternis, an deren Anblick ich erblinden könnte. Sobald ich diesen Vergleich gedacht habe, kommt er mir auf einmal sehr passend vor.

Isaac legt einen Arm um Juli und küsst sie auf den Mund. Der Kuss dauert nur wenige Sekunden. Aber er ist so sanft, dass es schon fast wehtut, ihnen dabei zuzusehen.

Ich begegne Lorenas Blick und erkenne etwas Ähnliches darin, was ich in mir selbst spüre. Wir reden selten über unsere Gefühle, aber Lorena hat so viel Stärke, dass sie allein durch ihre Anwesenheit sichergeht, dass auch ich nicht umfalle. Ich glaube, das ist ihr gar nicht klar.

Sie murmelt eine Entschuldigung, die gar nicht richtig bei mir ankommt, und entfernt sich von der Gruppe. Ich folge ihr, ohne darüber nachzudenken. Vier Schritte Abstand halte ich zu ihr, während sie auf das Wasser zusteuert. Auf dem Steg hört man unsere Schritte, deswegen bin ich mir sicher, dass sie mitbekommt, dass ich da bin. Doch sie dreht sich nicht zu mir um.

Erst als sie das Ende des Stegs erreicht, hält sie inne. Auch ich bleibe stehen. Ich beobachte sie dabei, wie sie sehr tief ein- und ausatmet. Ihre Schultern beben leicht. Schließlich zieht sie die Schuhe aus und setzt sich an die Kante des Stegs. Ihre Beine baumeln über dem Wasser.

Kurz lasse ich sie noch für sich, dann nähere ich mich ihr langsam und lasse mich neben ihr nieder. Meine Schuhspitze berührt die Wasseroberfläche. Kleine Kreise ziehen über sie. Ich berühre sie erneut. Die Kreise werden größer und weiter. Doch dann verschwinden sie wieder. Genauso funktioniert auch der Einfluss, den ich auf die Welt ausübe. Vor einigen Jahren waren die Kreise noch zahlreich und groß. Inzwischen haben sie sich wieder in den Weiten eines Sees verloren.

Lorena hat die Hände in ihrem Schoß verschränkt. Ihre Schultern sind verkrampft, und sie hat sich leicht vornübergebeugt.

»Hast du wieder Schmerzen?«, frage ich sanft.

Sie nickt.

»Hast du schon die Tabletten genommen?«

Sie nickt wieder.

Doch ihre Haltung wirkt nicht weniger verkrampft.

Ich weiß nicht viel über Endometriose, aber ich weiß, dass ich nicht die einzige Person auf diesem Steg bin, die sich immer mal wieder auf allen vieren vor einer Kloschlüssel wiederfindet.

Lorena empfindet ihre Krankheit als Schwäche. Sie würde niemals eine Veranstaltung oder eine Univorlesung ausfallen lassen, um sich auszuruhen, egal, wie stark ihre Schmerzen oder ihre Übelkeit sind. Ich weiß, dass ihr Verhalten nicht gesund ist. Aber ich kann nicht verhindern, dass ich sie auch ein bisschen bewundere.

Sie kämpft mit emotionalem und körperlichem Schmerz und kann ihn so viel besser bezwingen als ich. Sie stellt sich den Drachen in ihrem Inneren. Ich laufe schreiend vor ihnen davon.

»Es tut gar nicht so sehr weh«, meint sie. Das sagt sie immer, und ich habe schon vor Jahren aufgehört, ihr zu glauben.

»Red dir das nur ein«, scherze ich halbherzig. Aber ich entlocke ihr damit wenigstens ein kleines Lachen. Besser als nichts.

Das sollte vielleicht mein neues Lebensmotto sein. *Besser als nichts.* Es erscheint mir sehr passend.

Ich sollte mir diese überdramatischen Gedanken dringend abgewöhnen, bevor ich mir selbst auf die Nerven gehe.

»Ich bin nicht deswegen gegangen«, gibt sie zu und lässt mich aufhorchen.

Lorena würde sich lieber die Zunge abbeißen, als zuzugeben, dass sie Isaac noch liebt. Das dachte ich zumindest.

Aber heute scheint auch bei ihr alles direkt an der Oberfläche zu schwimmen. Jede Emotion. Ich kann sie alle in ihrer hellgrünen Iris erkennen. Diese ungeschönte Wahrheit lässt mich fast vor ihr zurückzucken.

»Ich habe Liebe in mir, die keiner mehr haben will«, kriegt sie mit rauer Stimme hervor. Der Himmel ist immer noch hellblau und fast wolkenlos, doch sobald sie diese Worte ausgesprochen hat, kommt es mir so vor, als hätte Lorena damit den Einbruch der Nacht eingeleitet. Sofort hat sich unsere Umgebung um einige Nuancen dunkler gefärbt. Dass niemand außer mir das bemerken kann, ändert auch nichts an dieser Tatsache. »Was mache ich jetzt mit ihr? Ich kann doch einem Menschen nicht die Liebe geben, die für jemand anderen gedacht war.«

Ihre Worte werden mich noch tagelang beschäftigen, das weiß ich. Aber in diesem Moment nehme ich sie einfach in den Arm und bin dankbar, dass wenigstens meine Freundschaft von der Person angenommen wird, für die sie gedacht ist.

18. Kapitel

MATT

Wie so oft betrete ich das Kaufhaus als Erster und schlendere durch die dunklen Gänge. Früher war mein ganzes Leben durchgetaktet bis in die letzte Sekunde. Ich habe dreimal am Tag trainiert. Um das zusätzlich zu allen Dingen, die ich erledigen musste, zu schaffen, musste ich früh aufstehen und diszipliniert sein. Da ich diese Routine seit frühster Kindheit kannte, ist es mir irgendwann nicht mehr schwergefallen, sie einzuhalten.

Nun kommen mir meine Tage leer vor, obwohl ich Vollzeit arbeite. Aber da sind einfach Stunden, die sich nicht richtig füllen lassen, egal, wie sehr ich es auch versuche. Ich müsste nicht mehr so früh aufstehen, aber meine innere Uhr lässt sich nach so vielen Jahren einfach nicht mehr umstellen. Ich bin wach, da ist es im Winter noch stockdunkel draußen und da geht im Sommer gerade erst die Sonne auf. Und dann stehe ich unzähligen Stunden gegenüber, als wären sie Gegner, denen ich mich stellen muss. Stunden, die mir vor Augen führen, was ich nicht mehr mit ihnen tun kann.

Als ich angefangen habe, im Kaufhaus zu arbeiten, habe ich noch versucht, wieder einzuschlafen. Aber es hat nichts genutzt. Meinen Körper hat es nicht interessiert, dass er um fünf Uhr morgens noch nichts Sinnvolles tun konnte. Er war hellwach. Und dann lag ich im Bett, habe die leere Seite neben mir angestarrt. Wenn ich lange genug hingesehen habe, konnte ich schwören, den Umriss der Person zu erkennen, die so oft dort gelegen hat.

Das habe ich irgendwann nicht mehr ausgehalten, also bin ich eben aufgestanden und viel zu früh ins Kaufhaus gekommen. Da konnte ich mich wenigstens mit Arbeit ablenken und versuchen aufzuholen, was ich am Tag nie geschafft habe.

Egal, wie viele Überstunden ich auch investiert habe, irgendwie war meine Leistung nie genug. Ich konnte und wollte Richard Kronenberger trotzdem nicht erklären, dass ich zu spät zu wichtigen Präsentationen kam, weil mich eine Panikattacke überfallen hat, weil ich mal wieder auf dem Badezimmerboden gehockt habe, weil ich wieder dieses Kribbeln im Nacken gespürt habe.

Ich hasse es, dass ich mir selbst so ausgeliefert bin. Ich war Leistungssportler. Dass ich eine Aufgabe nicht richtig erfülle, passt nicht zu mir.

Ich laufe ein bisschen entschlossener. Ich werde mich eben noch mehr anstrengen, ich werde noch länger bleiben, noch mehr Überstunden machen. Isaac ist nicht mehr da, um die Verantwortung über das Erbe unserer Familie und die Erwartungen unseres Vaters mit mir zu tragen. Ich muss es irgendwie allein schaffen. Ich muss.

Als ich den Vorraum zu Richards Büro betrete, spüre ich sofort, dass etwas anders ist. Ich spüre es, bevor mir auffällt, dass die Tür zu seinem Büro nur angelehnt ist und ein feiner Lichtstrahl hindurchfällt. Die Energie ist einfach anders. Von der Anwesenheit einer anderen Person verändert.

Ich bin mir sicher, dass es ziemlich unmöglich ist, in dieses Kaufhaus einzubrechen. Außer man hat einen Schlüssel.

Ich will meine Arme kampfbereit heben, doch sofort fährt mir der Schmerz wieder in die Schulter wie eine mahnende Erinnerung, dass ich nutzlos bin.

Trotzdem laufe ich weiter auf die Tür zu. Ich bin allein. Hier ist niemand, dem ich etwas beweisen könnte. Außer mir selbst. Und vielleicht brauche ich die Beweise, dass ich noch immer irgendwie Matthew Jordan bin, trotz allem, was ich verloren habe, noch mehr als die Menschen in meinem Umfeld.

Ich stoße die Tür auf. Und bleibe wie festgefroren stehen.

Sofort frage ich mich, ob mir ein Einbrecher, mit dem ich mich geprügelt hätte, nicht lieber gewesen wäre als die Person, die tatsächlich in Richards Büro auf mich wartet.

»Was zur Hölle«, stoße ich aus.

Sofort fährt Stella herum. Bis gerade eben hat sie noch über einem Stapel Aktenordner gehockt, den sie aus einem Regal hinter dem Schreibtisch ihres Vaters gezogen hatte. Nun kommt sie hektisch auf die Beine.

Ertappt starrt sie mich an. Sie trägt eine dunkle Jeans und ein dunkles Shirt. Ihre feuerroten Locken ruhen unter einer Kappe. Sie hat also an ein unauffälliges Outfit gedacht, aber nicht daran, dass jemand schon um diese Uhrzeit hier sein könnte.

Ein warmes Gefühl will sich in meiner Magengrube ausbreiten, weil mich das alles an die Stella erinnert, die ich kannte. Sie war ein Mensch voller großer Ideen, der keine Ahnung hatte, wie er sie umsetzen kann. Sie hat das als Fehler wahrgenommen, aber ich habe ihre Begeisterung und Verpeiltheit, die einen ewigen Kampf in ihrem Inneren ausgetragen haben, immer geliebt.

Doch all meine positiven Emotionen verpuffen, als ich daran denke, dass sie aus einem ganz bestimmten Grund hier ist. Eine Vorahnung nimmt meinen Körper ein.

»Was machst du hier?«, frage ich und klinge kühl.

»Ich … ich …«, stottert Stella.

»Du durchsuchst die Akten deines Vaters. Wieso? Was denkst du, was du hier finden wirst?«

»Hinweise«, bringt sie nach einem kurzen Zögern kleinlaut hervor. Sie steht noch immer neben dem Schreibtisch und verschränkt die Arme, von denen sie nicht zu wissen scheint, was sie mit ihnen tun soll, vor der Brust. Sofort sieht sie um mehrere Jahre jünger aus, was diese Situation auch nicht gerade einfacher macht.

»Hinweise?«, frage ich spöttisch, obwohl ich eigentlich schon weiß, was sie antworten wird.

Stella ist nur aus einem Grund in München geblieben. Das ist mir bewusst, obwohl ich mir diese Wahrheit nicht immer vor Augen führen will, da es angenehm ist, sich in den wenigen verschlafenen Sekunden nach dem Aufwachen vorzumachen, dass ich dieser Grund sein könnte.

Doch mir klebt kein Schlaf mehr in den Augenwinkeln oder in den verzweifeltsten Winkeln meines Gehirns. Ich bin hellwach. Also weiß ich, dass sie nur noch hier ist, weil sie mehr über Augusts Tod erfahren will. Und dass sie nach Hinweisen im Büro ihres Vaters sucht, sagt mir, dass sie der Wahrheit schon viel näher ist, als mir recht ist.

»August«, murmelt sie in sich hinein.

»Wieso suchst du hier danach?«, kann ich mir nicht verkneifen zu fragen, weil ein Teil von mir noch hofft, dass ich vielleicht einfach zu negativ denke.

»Meine Eltern verbergen etwas. Ich bin mir sicher«, erwidert sie.

»Du denkst ernsthaft, deine Eltern haben etwas mit Augusts Unfall zu tun und haben es vertuscht? Das traust du ihnen zu?«, stoße ich gespielt ungläubig aus. Sie darf es nicht glauben. Sie muss daran zweifeln. Ich muss sie zweifeln lassen. Ich sehe sie an, als wäre sie ein törichtes Kind, obwohl mir bewusst ist, dass dieser Blick reicht, um eines Tages in der Hölle zu landen. Mein Ticket habe ich mir schon vor fast zwei Jahren gebucht, als ich mich entschlossen habe, zu lügen. Also machen diese kleinen Sünden nun auch keinen Unterschied mehr.

»Ich weiß es nicht«, sagt Stella mit belegter Stimme. »Aber ich weiß, dass sie sich nicht zu schade wären, Bestechungsgelder zu zahlen, wenn sie denken, dass sie damit das Kaufhaus beschützen.«

Mir wird noch kälter. Stella ist so viel schlauer, als ihre Familie sehen will.

»Auch wenn es um den Tod ihres Kindes geht?«, fahre ich fort und lege Spott in meine Stimme, die auch ohne diese Last schon so schwach war, dass sie kurz davor ist zu brechen. Ich stoße ein falsches Husten aus, um zu überspielen, wie dünn die Worte am Ende des Satzes geworden sind.

»Ich weiß es nicht«, gibt sie wieder zu.

Ich sollte ihre Zweifel noch weiter vergrößern. Aber ich würde vermutlich keine weitere Lüge herausbringen, sondern nur aus Versehen die Wahrheit. Also schweige ich und sehe sie einfach an.

Wir haben, seit sie zurück ist, noch nicht so viele Worte miteinander gewechselt wie in dieser Unterhaltung. Das fühlt sich falsch an. Unser erstes Gespräch hätte nicht von Lügen bestimmt sein sollen. Ich habe zwar keine Ahnung, was wir sonst hätten sagen sollen. Aber ganz sicher nicht das.

»Wirst du mich verpfeifen?«, bringt sie nach einer langen Stille heraus, in der wir uns in die Augen gesehen haben, bis wir es nicht mehr ertragen konnten.

Ich zögere lange. Dann antworte ich. »Nein.«

»Mit der Antwort habe ich nicht gerechnet.«

»Ich auch nicht«, erwidere ich. »Ich sollte dich verpfeifen.«

Bis zu diesem Moment war Stella fast schon kleinlaut. Jetzt ändert sich was in ihrer Haltung. Sie steht auf einmal gerader und fixiert mich mit neuer Entschlossenheit.

»Ach ja. Denkst du, dass das die gerechte Strafe für mein Verhalten wäre?«

Redet sie über ihren Einbruch oder über ihre Flucht? Vermutlich beides. Und als ich wieder spreche, antworte ich auch auf beides.

»Nein. Die gerechte Strafe müsste viel schlimmer sein.«

Dass ich diese Worte genauso meine, erkenne ich an der Vehemenz, mit der ich sie ihr entgegenschleudere. Da ist die Wut wieder. Sie fordert eine schlimmere Bestrafung. Sie fordert, dass ich Stella verletzende und unfaire Sätze an den Kopf knalle. Sie fordert, dass ich meine Liebe vergesse. Sie fordert, dass ich Stella zum Weinen bringe, damit sie sich genauso beschissen fühlt wie ich.

Ich atme ein paar Mal sehr tief durch, um die Wut unter Kontrolle zu bringen. Sobald sie nicht mehr so laut schreit, dass sie den Rest meiner Gedanken übertönt, fühle ich mich widerlich. Ich sollte so was nicht wollen. Mir steht es nicht zu, wütend zu sein. Alles, was passiert ist, habe ich mir selbst zuzuschreiben.

Meine Schuldgefühle wachsen, während ich die Tränen sehe, die ihr in die Augen treten.

»Ach ja, ich habe Schlimmeres verdient?«, stößt sie aus. »Benny wollte die Wahrheit. Ich kann nicht für ihn da sein, aber wenigstens das kann ich für ihn tun.«

»Tust du das wirklich für ihn oder eigentlich für dich?«

»Vielleicht tue ich es auch für mich«, gibt Stella überraschenderweise zu. »Solange ich Zweifel daran habe, dass Augusts Tod ein Unfall war, kann ich das nicht ruhen lassen. Verstehst du das nicht? Er war dein bester Freund. Willst du nicht auch die Wahrheit kennen?«

Ich kenne die Wahrheit, und ich wünschte, ich könnte ihr klarmachen, dass sie sie nicht erfahren will, ohne mich dabei zu verraten.

»Du kennst die Wahrheit. Mehr gibt es nicht zu wissen«, lüge ich.

»Du zweifelst gar nicht?« Ihre Stimme wird immer leiser. »Zweifelst du nie?«

Reden wir noch über August oder schon längst über uns? Können wir überhaupt über etwas anderes als unsere zertrümmerte Beziehung reden, solange sie wie eine Ruine zwischen uns liegt? Muss nicht jeder Satz, den wir wechseln, immer irgendwas mit unserer Vergangenheit zu tun haben, solange wir deren Bruchstücke nicht aufheben und wegräumen?

»Ich zweifle an vielem«, kriege ich hervor.

Stella schluckt schwer.

»Es tut mir leid, dass …« Sie droht an der Stille zwischen uns zu ersticken. »Es tut mir leid, dass ich einfach gegangen bin.«

Wie lange habe ich darauf gewartet, sie das sagen zu hören? Ewig. Und doch fühlt es sich, nun, da ich es höre, so unfassbar leer an. Es ändert nichts. Ich bin immer noch wütend, obwohl es mir nicht zusteht. Ich bin immer noch verletzt, obwohl ich ihr so viel größeren Schmerz zugefügt habe, als sie jemals ahnen kann.

»Dass du gegangen bist, hat mich gequält«, setze ich an und weiß noch nicht, ob meine Wut oder meine Schuldgefühle gerade das Wort übernommen haben. »Aber die Hoffnung, dass du zurückkommen könntest, hat mich gefoltert. Jedes Mal, wenn im vergangenen Jahr eine Tür aufging, habe ich gehofft, du würdest dahinter stehen.«

»Was hoffst du jetzt?«, fragt sie mit bebender Stimme.

Als ich diesmal antworte, weiß ich, dass die Wut gerade stärker ist. »Dass du verschwindest.«

Es ist eine Lüge, aber das spielt gerade keine Rolle, weil ich in Stellas Augen ablesen kann, dass sie es für die Wahrheit hält.

19. Kapitel

STELLA

Als ich am Morgen meines zweiundzwanzigsten Geburtstags die Augen öffne, will ich sie eigentlich direkt wieder schließen. Ich fühle mich schwer und müde. Eigentlich tue ich das schon seit Tagen.

Matts harte Worte warten immer auf mich, sobald ich aufwache. Es ist, als würden sie mir direkt an der Tür, die Traum und Realität miteinander verbindet, auflauern.

Ich verstehe mich selbst nicht, aber ausgerechnet in dem Moment, in dem Matt mich im Büro meines Vaters zurückgelassen hat, hat mich die Erkenntnis, dass ich ihn noch immer auf diese unumstößliche Weise liebe, überfallen. Nicht ein Liebesgeständnis, sondern das Gegenteil hat diese Wahrheit hervorgelockt. Und ich wünschte, ich wüsste, wie ich sie dorthin zurückstopfen kann, wo sie herkam. Ich will mich nicht damit auseinandersetzen, was dieses Wissen für mich bedeuten könnte.

Als ich mir gerade meine Decke über den Kopf ziehen will, um mich vor der ganzen Welt zu verstecken, vernehme ich ein schüchternes Klopfen an meiner Tür.

»Ja?«, murmle ich. Meine Stimme wird gedämpft von der Decke, die meinen ganzen Körper und meinen halben Kopf bedeckt.

»Kommst du mal in die Küche?«, fragt Juli durch einen winzigen Spalt in meiner – oder wohl eher ihrer eigenen – Zimmertür.

Da sie mich hier einquartiert hat und mir mit nichts außer ehrlicher Fürsorge und Freundschaft begegnet ist, seit ich zurück bin, bringe ich es nicht über mich, sie einfach wegzuschicken.

»Ich komme gleich«, sage ich also widerwillig. »Gib mir eine Minute.«

»Alles klar«, gibt sie nur zurück und schließt die Tür wieder sehr vorsichtig, als hätte ein kurzer Blick auf mich gereicht, um festzustellen, dass man heute viel Fingerspitzengefühl bei mir braucht.

Ich hasse es, dass ich mich nach dem Streit mit Matt so zerbrechlich fühle. Er hat gute Gründe, so sauer auf mich zu sein. Das weiß ich. Aber dann auch noch zu erkennen, dass über ein Jahr im Ausland nichts an meinen Gefühlen für ihn ändern konnte, hat mir doch Angst gemacht. Wenn so viel Abstand die Liebe nicht vertreiben konnte, dann kommt vielleicht auch nichts gegen die Trauer um August an. Und die Vorstellung bringt mich dazu, mich wieder unter meiner Decke verkriechen zu wollen.

Doch ich zwinge mich tief durchzuatmen, mich zusammenzureißen und aufzustehen.

Meine Haare binde ich mir notdürftig zusammen, eine dünne Jacke ziehe ich an, sonst bleibe ich in meinen kurzen Shorts und dem Top, in denen ich geschlafen habe.

Ich schlurfe durch den Flur, stoße mich wieder an der Ecke, allerdings entlockt mir der Schmerz diesmal keinen Aufschrei. Dafür ist er mir inzwischen zu bekannt. Das passiert mir mindestens einmal am Tag.

»Alles Gute zum Geburtstag!«

Ich zucke zusammen und bleibe abrupt stehen. Juli, Liv, ihre Freundin Ava, Jakob, Hanna und ihr Nicht-Freund Milo haben sich um den kleinen runden Esszimmertisch aufgestellt, auf dem ein Kuchen mit rosa Glasur ruht. In schwungvollen Buchstaben steht dort mein Name geschrieben.

Während ich die gekonnt gesetzte Verzierung betrachte, wollen mir Tränen in die Augen treten, und ich weiß nicht einmal, wieso.

»Danke«, kriege ich hervor, als Juli mich in den Arm nimmt.

»Bedank dich bei Milo, der hat die grandiose Torte gebacken«, entgegnet Juli und deutet auf ihren Kumpel, den ich nur sporadisch in der WG gesehen habe, weil er anscheinend nur sporadisch mit Hanna zusammen ist.

»Danke, Milo«, sage ich, und er grinst verlegen. Erst jetzt fällt mir auf, dass eins seiner Augen blau und das andere braun ist. Irgendwie wirkt nur das braune glücklich, das blaue irgendwie melancholisch.

»Gern geschehen«, erwidert er. »Er ist glutenfrei, also kannst du auch mitessen, Juli.«

Sie geht zu ihm und gibt ihm einen Kuss auf die Wange. »Du bist der Beste.«

Milo grinst sie an.

»Worauf wartet ihr alle?«, fragt Liv ungeduldig. »Setzt euch! Und dem Geburtstagskind gebührt natürlich einer der begrenzt vorhandenen Klappstühle.«

Ich lache auf und fühle mich gleich viel leichter. Und als mir Jakob meinen Kaffee mit genau der richtigen Menge Milch reicht, wie ich ihn immer trinke – was er sich anscheinend in den wenigen Wochen, die ich hier wohne, schon gemerkt hat – und Hanna mir einen Teller mit einem riesigen Stück Kuchen in die Hand drückt, kann ich mich an Matts Worte kaum noch erinnern.

»Das wäre wirklich nicht nötig gewesen«, sage ich und schiebe mir die erste Gabel in den Mund. Mir entfährt unwillkürlich ein wohliges Stöhnen. »Dieser Kuchen ist …«

»Der Wahnsinn?«, schlägt Ava vor und stopft sich so viel auf einmal in den Mund, dass ich schon daran zweifle, dass sie alles wird runterschlucken können. Sie hockt neben Liv auf dem Oma-Blümchen-Sofa. Jakob, Milo und Hanna benutzen die anderen Stühle. Juli setzt sich einfach auf den Boden, wo sie sich sowieso immer am wohlsten zu fühlen scheint.

»Und das waren noch nicht alle Überraschungen«, verkündet sie.

»Wie meinst du das?«

»Lorena und ich haben deinen Geburtstag zusammen geplant«, erklärt Juli. »Du sollst ihn doch richtig feiern.«

»Lorena hat ihn mitgeplant?«, frage ich an dem plötzlich aufgetauchten Kloß in meinem Hals vorbei.

»Ja«, bestätigt Juli. »Und keine Sorge, sie hat nicht geplant, lauter Dinge zu unternehmen, die du hasst, um sich an dir zu rächen.«

Ich lache auf, und ein Teil des Kloßes verschwindet. »Das ist mir bewusst. Ich bin einfach nur …« Kurz stocke ich.

»Froh, dass sie nicht mehr sauer genug ist, um deinen Geburtstag zu ignorieren«, schlägt Juli vor.

»Ja«, kriege ich hervor. Zwei Tränen entkommen mir.

»Wir hätten dir wohl noch was Härteres in den Kaffee mischen sollen«, sagt Jakob trocken und entlockt mir wieder ein Lachen.

Hanna reicht mir ein Taschentuch. Doch danach erwähnt niemand mehr meine Tränen. Liv macht die kleine Musikbox an, wir sitzen einfach zusammen und reden über nichts Weltbewegendes. Aber es ist gerade die Alltäglichkeit dieses Moments, der ihn für mich weltbewegend macht – und das nimmt meinen wenigen Tränen, die mir entwischen konnten, die Bedeutung.

***

Ich starre Lorena an, als wäre sie ein Alien, das gerade mit seinem Raumschiff vor meinen Füßen gelandet ist, während sie einen Wanderrucksack auf dem Boden abstellt.

»Du machst das freiwillig?«, entfährt es mir, bevor ich es mir anders überlegen kann.

»Ja«, sagt sie mit einem Augenrollen.

»Juli hat kein peinliches Foto von dir auf ihrem Handy, das sie droht zu veröffentlichen, wenn du nicht machst, was sie will?«, hake ich ungläubig nach.

Juli lacht auf. »Ich wünschte, ich hätte so ein Foto.«

Lorena streckt ihr die Zunge raus, was so ziemlich die letzte Geste ist, die zu Lorena Kronenberger passen will. »Niemand hat ein Erpressungsfoto«, erklärt sie ein bisschen genervt, als wären wir ihre ungezogenen Kinder. »Ich will dir einfach eine Freude machen. Und wenn ich jemandem eine Freude machen will, bin ich auch in der Lage, über meinen eigenen Schatten zu springen.«

»Du gehst für mich campen«, sage ich gerührt. »Wo es keine Sanitäranlagen gibt.«

»Erinnere mich bitte nicht daran«, erwidert sie. »Sonst überlege ich es mir vielleicht doch noch anders.«

Bevor ich mich daran erinnern kann, dass doch zwischen uns alles anders ist als früher, bin ich ihr schon um den Hals gefallen und drücke sie an mich.

Sie braucht einen Moment, um zu reagieren. Doch dann erwidert sie die Umarmung.

»Sei mir nicht zu früh dankbar«, sagt sie direkt neben meinem Ohr. »Du kennst die Gästeliste noch nicht.«

Ich versteife mich und lasse sie los. In Julis Wohnung ist es kurz sehr still, und niemand scheint sich zu trauen, in meine Richtung zu sehen.

»Wir konnten ihn nicht nicht einladen«, meint Lorena.

Ich nicke langsam. Matt wird mitkommen. Das ist gar kein Problem, denke ich entschieden. Er hat mich nur vor ein paar Tagen erwischt, wie ich in das Büro meines Vaters eingebrochen bin. Er hat mir nur gesagt, er wünschte sich, ich würde verschwinden. Ich habe nur erkannt, dass ich ihn noch immer liebe. Also keine große Sache.

»Und natürlich wäre es schön gewesen, wenn Benny hätte dabei sein können«, setzt Juli getragen an. »Aber …«

Ich nicke wieder langsam. Heute hat er mir wenigstens eine Nachricht geschickt, und hinter seinen Geburtstagsglückwünschen standen sogar ein paar Emojis. Das ist doch schon mal was. Oder?

»Lasst uns runtergehen«, sagt Jakob in die auf einmal bedrückte Stille hinein, die keinen Hinweis mehr erhält, dass wir vor ein paar Stunden noch gelöst gelacht und uns ständig unterbrochen haben, weil jeder seine Meinung zu jeder Anekdote kundtun wollte.

»Ja, genau«, meint Juli geschäftig. Jeder von ihnen hat einen Rucksack für eine Nacht in der Natur gepackt. Jakob schleppt zusätzlich noch zwei Zelte. Da ich keine Ahnung hatte, was heute geplant war, konnte ich nicht packen, aber da ich meinen Rucksack auch nie richtig ausgepackt habe, nehme ich ihn einfach so mit, wie er ist, und schultere ihn.

Nur Lorena hat noch einen größeren als ich dabei.

»Du weißt, wir schlafen nur eine Nacht im Wald.« Vielleicht ziehe ich sie auch auf, um mich von der Person abzulenken, die vermutlich auf mich warten wird, sobald ich den Bordstein vor Julis Wohnhaus betrete.

»Ich bin gern auf alles vorbereitet«, meint Lorena nur. »Jetzt machst du noch Witze über mich, aber wenn dich irgendein seltenes Insekt sticht, wirst du froh sein, dass ich eine Reiseapotheke dabeihabe.«

Lorena mal in einem Zelt in der Natur zu erleben, ist es wert, Matts Gegenwart zu ertragen. Das rede ich mir ein, während wir die Treppe hinabgehen.

Mein Herz setzt einen Schlag aus, als ich neben Johann und Isaac auch Matt vor dessen Auto stehen sehe. Leider hilft es auch nicht, zu wissen, dass der Körper auf eine bestimmte Weise reagieren wird. Der Schock fühlt sich immer wieder überraschend und neu an, obwohl man sich doch inzwischen an ihn hätte gewöhnen müssen.

»Alles Gute zum Geburtstag«, rufen Isaac und Johann.

Ich lächle dankbar und versuche auf ihre Gesichter scharf zu stellen. Doch aus dem Augenwinkel sehe ich immer Matt. Und sobald er in meinen Augenwinkeln ist, nimmt er eigentlich auch mein ganzes Blickfeld ein. Das scheint eine Regel zu sein, die gilt, sobald er in meiner Nähe ist.

Sein verkniffenes Gesicht lässt mich nicht nur an unseren Streit denken, sondern auch an ein Gewitter, das schnell und erbarmungslos aufzieht. Die steile Falte zwischen seinen Augenbrauen ist der Blitz, der in den Boden einschlägt. Obwohl der Himmel klar ist und die Luft warm, habe ich den Regen, den seine Züge ankündigen, doch in der Nase, und eine Gänsehaut breitet sich auf meinen Armen aus.

Ich schüttle leicht den Kopf und reibe mir über meine Oberarme, um in die Realität zurückzukehren. Jakob lädt gerade die Rucksäcke in den Kofferraum von Matts Auto, aber nicht alle passen rein.

»Wir brauchen definitiv noch ein Auto mehr«, meine ich und sehe mich suchend um. Isaac und Johann sind wohl ohne angereist.

Juli und Lorena tauschen einen wissenden Blick. »Darum haben wir uns gekümmert«, sagt Lorena, während Juli auf ihr Handy tippt. Als sie die Nachricht abgeschickt hat, sieht sie triumphierend auf und in mein Gesicht.

Ich komme gar nicht dazu, nachzufragen. Denn in dem Moment höre ich das mir allzu bekannte Quietschen von alten Bremsen. Sofort treten mir wieder Tränen in die Augen und drohen sie zu überschwemmen, aber diesmal wehre ich mich nicht gegen sie. Das kann ich gar nicht. Denn durch den dünnen Wasserfilm erkenne ich Rocky, der um die Ecke biegt. Der VW-Bus parkt in einer Parklücke, und dann steigt Luc auch schon aus.

Ich denke nicht darüber nach. Ich sprinte einfach auf ihn zu und springe ihm mit vollem Anlauf in die Arme. Irgendwie schafft er es, mich aufzufangen, ohne nach hinten umzukippen. Er drückt mich fest an sich, und ich schlinge meine Arme um seinen Nacken und meine Beine um seine Hüfte.

»Du bist hier«, flüstere ich.

»Alles Gute zum Geburtstag, Stellabella«, flüstert er zurück.

Als ich seine Stimme höre, spüre ich körperlich, wie sehr ich ihn vermisst habe. Er war mein moralischer Kompass, als ich selbst keinen hatte. Er war meine Stütze, als ich zu instabil war, um mich selbst zu tragen. Er war mein Freund, als ich glaubte, keinen verdient zu haben. Auf einmal ist in München zu sein weniger schwer, denn in seiner Nähe ist alles leicht.

»Ich lasse dich jetzt runter«, meint er, und ich lache, während er mich behutsam absetzt.

Ich wische mir die Tränen weg, als ich mich den anderen wieder zuwende.

»Danke«, sage ich an Juli und Lorena gewandt. Die grinsen nur.

Dann fällt mein Blick auf Matt, und der Sommer, den Luc zurückgebracht hat, droht von seinem Winter vertrieben zu werden. Doch ich muss einsehen, dass mir nicht wegen seiner stechenden Augen kalt wird, sondern weil ich jedes Mal, wenn ich ihn ansehe, erkennen muss, dass ich diejenige bin, die ihm seine Wärme genommen hat, als ich gegangen bin.

***

Luc und ich sind nicht allein im Auto, während er Rocky über eine Straße lenkt, die sich durch einen Wald schlängelt. Aber er hat die Musik so laut gedreht, als könnte er spüren, dass ich in diesem Moment ein Gespräch mit ihm führen will, das nur für seine Ohren bestimmt ist. Milo, Hanna, Ava und Liv unterhalten sich, und da ich sie nicht hören kann, gehe ich davon aus, dass sie auch uns nicht verstehen können.

»Wie geht's dir?«, fragt Luc mit gesenkter Stimme und dreht seine Reise-Playlist noch ein bisschen lauter. Gerade läuft Curtis Mayfield, und mein rechtes Bein fängt ganz von allein an, auf und ab zu hüpfen.

»Ich weiß nicht«, sage ich, wofür ich mir einen prüfenden Seitenblick von ihm einfange, bevor er seine Aufmerksamkeit wieder auf die Straße vor sich richtet, die eine scharfe Kurve macht. »Die Ermittlungen laufen nicht gut.«

»Das ist eigentlich nicht das, was ich wissen wollte. Aber erzähl«, fordert er mich auf.

»Ich wollte mit einem Journalisten reden, aber er hat mich einfach abblitzen lassen. Sein seltsames Verhalten legt nahe, dass er etwas zu verbergen hat. Aber das bringt mir auch nichts, wenn ich nicht herausfinde, was er versucht zu verbergen. Auf dem Sommerfest meiner Familie habe ich dann irgendeinen Kerl sagen hören, dass er verhindert hat, dass jemand – vermutlich seine Tochter – von der Schule geflogen ist, weil er viel Geld gezahlt hat. Das hat mich auf eine Idee gebracht. Wenn es mehr über Augusts Tod zu wissen gibt, ist es gut möglich, dass meine Eltern etwas vertuscht haben. Und dann habe ich mich an das teure Auto in der Auffahrt des Journalisten erinnert und dass er vorzeitig in Rente gegangen ist, obwohl das Gehalt eines Zeitungsredakteurs dafür bestimmt nicht ausreicht. Deswegen bin ich ins Büro meines Vaters eingebrochen, um nach Hinweisen zu suchen. Dort hat Matt mich erwischt.«

»Das klingt verdächtig«, gibt Luc zu. »Aber sollte deine Theorie stimmen und deine Eltern haben Bestechungsgelder gezahlt, wirst du sicherlich keine Quittung im Büro deines Vaters finden. Er ist bestimmt zu intelligent, um Spuren zu hinterlassen.«

Ich nicke, weil mir dieser Gedanke auch schon gekommen ist. Aber erst nachdem Matt mich über einem Stapel Aktenordner hockend gefunden hatte. Wieso sind solche logischen Zusammenhänge für mich nicht offensichtlich? Wieso muss ich mich erst blamieren, damit ich es endlich verstehe?

Meine Eltern hätten auf diese Fragen bestimmt sehr reizende Antworten, an die ich jetzt auf gar keinen Fall denken will.

»Um auf meine ursprüngliche Frage zurückzukommen«, meint Luc, der sich sehr selten wiederholt. »Wie geht's dir?«

Ich seufze und würde vermutlich auch genervt die Augen verdrehen, wenn Lucs Sorge nicht so ehrlich wäre.

»Es kommt mir manchmal so vor, als wäre ich nie weggewesen«, murmle ich in mich hinein, nachdem Luc mir die Zeit gegeben hat, meine Worte zusammenzusuchen.

»Wie meinst du das?«

Wir haben oft telefoniert, aber dass seine Stimme übers Handy nie so ruhig und sanft wirken kann wie in echt, wird mir gerade sehr deutlich bewusst.

»Wir waren in so vielen Ländern. Ich habe so viele Artikel geschrieben, so viele Menschen getroffen, so viele Orte gesehen. Aber jetzt bin ich zurück, und alles von früher holt mich ein. Alle Erlebnisse der Reisen sind bereits in den Hintergrund getreten«, gebe ich zu. Die Art, wie ich spreche, erinnert mich an schwerfällige Schritte.

»Du hast vieles noch nicht verarbeitet«, setzt Luc vorsichtig an.

Ich nicke langsam und schaue in den Seitenspiegel. Ich kann Matts Auto sehen, das uns folgt. Matt erkenne ich aber nicht.

»War meine Reise eine Lüge?«, flüstere ich so leise in mich hinein, als wollte ich gar nicht, dass Luc mir jemals eine Antwort geben kann.

»Wie meinst du das?«, fragt Luc erneut, der mich sonst immer ohne Worte versteht.

»Wenn man eine Lüge erzählt, fängt es doch oft klein an. Es ist nur eine Notlüge, die man erzählt, um sich einer unangenehmen Situation entziehen zu können. Doch um sie aufrechterhalten zu können, muss man immer und immer wieder neue Lügen erfinden, bis man ein riesiges Kartenhaus von Lügen vor sich stehen hat, das immer wieder neue braucht, um nicht umzufallen. Und irgendwann hat man einfach den Zeitpunkt verpasst, in dem man die Lüge aufklären und die Wahrheit sagen kann. So war es mit meiner Reise. Ich bin einfach abgehauen, weil ich mich einer Situation entziehen musste, die ich nicht ertragen konnte. Doch dann bin ich weitergereist und habe den Zeitpunkt verpasst, an dem ich hätte zurückkehren müssen. Ich habe mit meiner Abwesenheit so viel Schaden angerichtet, dass ich wusste, dass ich es nicht wieder würde reparieren können. Also bin ich einfach fortgeblieben.« Ich seufze. »Ich bin nicht gereist, weil ich es wollte, sondern weil ich nicht anders konnte.«

Obwohl ich Luc nur im Profil sehen kann, erkenne ich das sanfte Lächeln, das auf seinen Lippen liegt und so verdammt gut zu seiner Stimme passt. »Es können auch mehrere Dinge gleichzeitig wahr sein. Du kannst gereist sein, weil du das Gefühl hattest, keine andere Wahl zu haben. Aber du kannst es gleichzeitig genossen haben.«

Die Dinge, die er ausspricht, sind immer simpel, und jedes Mal aufs Neue frage ich mich, warum ich es nicht ohne seine Hilfe erkennen konnte.

Bevor ich mich zum tausendsten Mal, seit ich ihn kenne, bedanken kann, schiebt sich Milos Kopf zwischen unsere Sitze. »Da vorne ist der Platz, wo wir parken«, meint er und deutet geradeaus. Luc nickt und lässt sich von Milo leiten. Er parkt, und ich steige in dem Moment aus, als das andere Auto neben uns hält.

»Jeder nimmt sich seinen Rucksack und noch ein weiteres Gepäckstück. Keine Leerfahrten«, gebietet Lorena und übernimmt natürlich sofort die Kontrolle über die Situation, damit auch ja nichts schiefgehen kann. Ich würde mich über sie lustig machen, wenn ich nicht aus eigener Erfahrung wüsste, dass alles besser gelingt, wenn Lorena sich darum kümmert.

Wir folgen alle, ohne ein Widerwort zu erheben, ihren Befehlen und laufen in den Wald hinein, bis wir eine Lichtung finden, die Lorena sicherlich bei einer gründlichen Internetrecherche unter den Stichpunkten »Campen in der Nähe von München«, »idyllisch«, »ungefährlich« und »ohne wilde Tiere« gefunden hat.

Obwohl Lorena ganz bestimmt noch nie in ihrem Leben ein Zelt aufgebaut hat, macht sie sich sofort daran, eins zu errichten, und befielt uns anderen, es ihr nachzumachen.

»Lass uns doch zuerst was trinken«, schlägt Juli vor, doch Lorena schüttelt so vehement den Kopf, als hätte Juli vorgeschlagen, ihren liebsten Trenchcoat zu verbrennen.

»Wenn wir erst mal anfangen zu trinken, hören wir nicht so schnell wieder damit auf, und auf einmal ist es mitten in der Nacht und wir sind betrunken und es ist dunkel und wir haben nicht ein Zelt aufgebaut und müssen dann auf dem Boden schlafen, weil wir es nicht mehr hinkriegen. Nein. Wir machen es jetzt. Erst die Arbeit, dann das Vergnügen.«

Juli lacht auf, zuckt mit den Schultern und hilft Lorena mit dem Zelt, an dem sie sich bereits zu schaffen macht. Nach ihrer Ansage traut sich keiner, schon ein Bier aus dem Kasten zu nehmen. Jakob macht Anstalten, aber ein böser Blick von Lorena genügt, um ihn von diesem leichtsinnigen Vorhaben abzubringen.

Liv packt die Box aus und macht schon mal Musik an. Und so kriegen wir es tatsächlich erstaunlich schnell auf die Reihe, die Zelte in einem Halbkreis aufzubauen, der ohne Lorenas Anweisungen bestimmt nie so symmetrisch geworden wäre.

»Dürfen wir jetzt was trinken, Frau Kronenberger?«, scherzt Matt, als wir alles verstaut und auch noch die Klappstühle um eine Feuerschale aufgestellt haben.

»Ja, Herr Jordan«, gibt Lorena zurück und schafft es nicht ganz, ihr Grinsen zu unterdrücken. »Jetzt macht ihr euch noch über mich lustig, aber heute Nacht werdet ihr mir alle dankbar sein, wenn ihr einfach nur noch müde in die Schlafsäcke fallen könnt.«

»Das wissen wir«, sage ich, reiche ihr ein Bier und stoße mit ihr als Erstes an. »Danke.«

Lorena lächelt versöhnlich, und wir trinken einen tiefen Schluck.

»Wie wäre es mit einem Trinkspiel?«, fragt Johann, wie er es schon so oft getan hat, und wir stimmen alle zu, obwohl – oder vielleicht gerade weil – wir wissen, wie chaotisch die Abende geendet haben, die auf diesen Vorschlag gefolgt sind.

***

Die Sonne ist schon vor Stunden untergegangen. Nur noch die Flammen in der Feuerschale vor mir tauchen die anderen in ein dämmriges Licht. Doch es reicht, um zu erkennen, dass nicht nur ich angetrunken bin.

»Ich habe noch nie …«, setzt Johann gerade an. Kommt es mir nur so vor oder ist er häufiger dran als wir anderen? »Ich habe noch nie einen Dreier gehabt.«

Er trinkt sofort einen kräftigen Schluck. Entweder er hat das Spiel falsch verstanden oder er nutzt es, um uns die aufregenden Dinge erzählen zu können, die er schon erlebt hat. Luc trinkt ebenfalls von seinem alkoholfreien Bier und ich sehe ihn grinsend an, denn ich durfte den Abend im Nachbarzimmer verbringen und vieles hören, was nicht für meine Ohren bestimmt war.

Ganz zu Johanns Missfallen fordert niemand, die ganze Geschichte zu hören. Jakob macht einfach direkt weiter.

»Ich habe noch nie einen Türsteher bestochen«, sagt er. Johann trinkt wieder. Aber inzwischen glaube ich, dass er einfach bei jeder Aussage trinkt, egal, ob sie auf ihn zutrifft oder nicht, nur, um uns allen etwas zu beweisen.

Diese Tendenz hatte er früher auch schon. Obwohl schon immer klar war, dass er das Kaufhaus ebenfalls erben und gemeinsam mit August führen würde, war mein großer Bruder immer der strahlende Goldjunge der Familie, und es kam mehr als einmal vor, dass Leute nicht wussten, dass es noch einen zweiten Erben gab. Fällt es Johann schwerer, mit August zu konkurrieren oder mit der verklärten Erinnerung an ihn?

Unwillkürlich muss ich an die Bilder im Haus meiner Eltern denken, die mich an einen Schrein erinnern. August sitzt in diesen Fotos, in unseren Köpfen, aber es ist nicht die Person, die wir verloren haben. Nicht wirklich. Ich werfe meinen Eltern vor, dass sie ihn nur noch auf die Weise sehen, die ihnen gefällt. Aber sind meine Erinnerungen ungetrübt? Erinnere ich mich so an ihn, wie er wirklich war, oder nur, wie ich ihn wahrnehmen will?

Auf einmal kommt mir die Vorstellung, dass ich falsch an ihn zurückdenken könnte, unerträglich vor. Dass ich mich erhoben habe, merke ich erst, als ich den Sitzkreis verlassen habe und auf die dunkle Wand aus Bäumen zuhalte, die uns einkreist.

Ich habe kein Ziel. Aber das scheine ich nie zu haben, wenn ich loslaufe. Ich weiß nur, wovor ich wegrenne, nicht worauf zu. Und vermutlich werde ich mich immer so ruhelos fühlen, wenn ich nicht etwas finde, für das es sich lohnt, stehen zu bleiben.

»Wo gehst du hin?«

Ich stolpere fast über meine eigenen Füße, als ich abrupt anhalte und mich hektisch umdrehe. Ich kann nicht direkt ausmachen, woher die Stimme kam.

»Ich wollte dich nicht erschrecken.« Es ist Matts Stimme.

Er lässt sein Handydisplay aufleuchten und ich entdecke ihn, wie er auf einem umgefallenen Baumstamm hockt.

Ich zögere einen Moment. Als wir das letzte Mal gesprochen haben, hat er mir klargemacht, was er von mir hält. Ich bin wohl die letzte Person, mit der er sich nachts in einem Wald unterhalten will. Warum er überhaupt zu meinem Geburtstag gekommen ist, ist mir immer noch nicht ganz klar.

Doch bevor ich wieder umdrehen und gehen kann, rutscht er ein bisschen zur Seite und bedeutet mir, mich neben ihn zu setzen. Wie viel hat er getrunken? Ist er jetzt betrunken genug, um meine Anwesenheit ertragen zu können?

Ich sollte trotzdem gehen. Denn wenn ich mich direkt neben ihn setze und die Wärme seines Körpers spüren kann, kann ich bestimmt auch die Liebe zu ihm noch deutlicher spüren. Und ich weiß nicht, ob ich es dann noch werde verkraften können, wenn er sich wieder von mir abwendet.

Vermutlich sollte ich nicht nur ihm, sondern auch meinen Gefühlen den Rücken zuwenden. Aber ich weiß nicht, wie das geht. Und ich weiß nicht einmal, ob ich das wirklich will.

Denn kann man jemals jemanden loslassen, ohne zu vergessen, wie man sich dank dieser Person gefühlt hat? Und will man das jemals zulassen? Wäre der Verlust dieser tiefen Gefühle nicht der tragischste von allen?

»Musstest du auch an August denken?«, fragt er unvermittelt, als würde er gar nicht bemerken, dass ich noch immer unschlüssig in der Gegend herumstehe, statt mich endlich neben ihn zu setzen.

Er muss sehr betrunken sein, schießt es mir durch den Kopf. Sonst würde er nicht mit mir über August reden.

Obwohl mich die Erwähnung meines großen Bruders meist dazu bringt, wegzurennen, bringt sie mich jetzt dazu, auf ihn zuzugehen und mich endlich neben ihm auf dem Baumstamm niederzulassen. Wir berühren uns nicht, aber ich spüre seine Wärme, und sofort scheinen die Worte *Ich liebe dich immer noch* von innen gegen meine geschlossenen Lippen zu drücken.

»Ja«, sage ich stattdessen. Irgendwie schaffe ich es, diese zwei Buchstaben an dem Satz vorbeizuschieben, der wohl allen Dingen, die ich in Zukunft sagen werde, im Weg stehen wird, bis ich ihn endlich in die Freiheit entlassen habe. Aber das habe ich nicht vor. Diese Wahrheit quält mich schon in ihrer stillen Form. Wie sehr wird sie mich quälen, wenn mein Atem ihr auch noch Leben eingehaucht hat?

»Ich denke ständig an ihn«, gibt Matt unvermittelt zu. Er redet so ruhig mit mir, als hätte unser Streit im Büro meines Vaters nie stattgefunden. Für einen Moment glaube ich sogar, ich hätte ihn mir nur eingebildet. Doch ich spüre noch immer die Anspannung, die von seinem Körper ausgeht.

»Ich auch«, flüstere ich, weil dieser Streit so viele Kilometer von München entfernt, mitten in der Nacht, nur umgeben von großen Bäumen, kurz keine Rolle spielen muss. Wir befinden uns an einem Ort, wo einen der Rest der Welt nichts angeht. Ich kann meine Freunde zwar noch hören. Manchmal dringt ein Lachen oder ein Ruf an meine Ohren. Aber ich verstehe nicht, worüber sie reden und lachen, also bin ich gerade kein Teil von ihnen, sondern nur von Matt und mir.

Und die Gewissheit, dass dieser Moment zwar nicht ewig anhalten wird, aber sich wenigstens kurz ewig anfühlen kann, bringt mich dazu weiterzusprechen. »Auf einer meiner Reisen bin ich einer besonderen Frau begegnet, und sie hat etwas gesagt, das ich nie vergessen werde«, setze ich an und starre geradeaus, obwohl dort nur Dunkelheit auf mich wartet. »Wir saßen uns in einem Zug gegenüber. Sie war mindestens sechzig Jahre alt, aber sie hatte sehr junge Augen. Ich habe geweint. Sie hat mir ein Taschentuch gereicht und mich gefragt, was los ist. Ich habe ihr gesagt, dass mein Bruder gestorben ist. Ich höre ihre Worte noch immer in meinen Ohren.« Ich räuspere mich umständlich. Dass ich Matt nicht sehen kann, macht es irgendwie leichter, mit ihm zu reden. »Menschen sind wie Sterne. Wenn sie sterben, bleibt Licht am Himmel zurück, eine Erinnerung, täuschend echt, und sie kann viel länger überdauern als nur eine Lebenszeit. Dieses Licht sind wir, alle, die sich an ihn erinnern. Und solange wir an ihn denken, wird sein Licht nicht erlöschen, obwohl er längst fort ist.«

Ich kann spüren, dass Matt erschauert und sich leicht schüttelt. Ich verstehe seine Reaktion. Genauso habe ich mich auch gefühlt, als diese Worte ein Teil von mir wurden.

Manche Begegnungen, manche Gespräche, manche Sätze und manche Menschen verweben sich mit dem, was uns ausmacht. Wir alle sind ein Stück Stoff, und unsere Erfahrungen sind die Fäden, aus denen wir gewoben sind. Der Prozess ist nie abgeschlossen. Wir werden niemals ein fertiges Produkt sein. Manchmal macht mir das Angst. Aber gerade gefällt mir die Vorstellung, dass ich niemals fertig sein werde und dass auch die Momente, in denen ich Schmerz fühle, vergehen werden.

»Das ist …« Matt stockt und räuspert sich. »Das ist wunderschön.«

»Finde ich auch«, flüstere ich. »An dem Tag habe ich auch Luc kennengelernt.«

Noch immer berühren wir uns nicht, aber ich meine zu spüren, dass er sich noch mehr anspannt.

»Seid ihr …« Er kann es nicht aussprechen. Das muss er auch gar nicht.

»Nein«, sage ich. »Wir sind Freunde.«

Matt scheint sich ein bisschen zu entspannen, oder vielleicht bilde ich mir das auch nur ein.

»Seine Schwester ist an Krebs gestorben«, sage ich unvermittelt. »Er kennt den Schmerz. Er hatte nach ihrem Tod eine sehr schwere Phase und hat schlechte Entscheidungen getroffen. Und als er mich kennengelernt hat, meinte er, dass er verhindern will, dass ich allein bin, so wie er es war. Also hat er sich entschlossen, mein Freund zu sein.«

»Ich bin froh, dass du nicht allein warst«, flüstert Matt.

»Ich auch«, gebe ich zurück, weil mir nichts Besseres einfallen will.

Auf einmal spüre ich seine Hand auf meiner. Obwohl ich nicht damit gerechnet habe, zucke ich nicht zusammen. Matts Berührungen sind wohl auch nach dieser langen Zeit noch so selbstverständlich für meinen Körper, dass er sich niemals vor seiner Haut erschrecken könnte.

»Alles Gute zum Geburtstag. Auf all die Jahre, die kommen, auf all den Mist, den wir bauen. Auf all die guten und die schlechten Entscheidungen. Und auf uns.«

Mein Herz würde brechen, wenn es nicht schon längst gebrochen wäre.

Diese Worte sagt Matt schon seit unserer Kindheit immer an meinem Geburtstag. Ich bin mir nicht ganz sicher, wann genau er damit angefangen hat. Ich weiß nur, dass die Worte schon immer da waren, genauso wie er.

Obwohl ich mir eigentlich einen Käsekuchen gewünscht hatte, hatten meine Eltern eine Apfeltarte geholt, weil sie vermutlich schicker aussah. Aber ich mochte keine Äpfel. Ein Stück hatte ich probiert, und nun wurde ich den ekligen klebrigen Geschmack nicht mehr los.

Ich spürte ein Tippen auf meiner Schulter. Als ich mich umdrehte, sah ich in Matts Augen, die von einer neuen MM sprachen. Er reichte mir eine Cola, obwohl ich die gar nicht trinken durfte.

»Alles Gute zum Geburtstag …«

»Du hast Geburtstag. Du solltest nicht in einem Krankenhaus sitzen, sondern feiern«, sagte Matt, dessen Augen noch rot waren von all den Tränen, die er in den letzten Stunden wegen der Sorge um seine Schwester geweint haben musste. Durch die angelehnte Tür konnte ich das Bett erkennen, in dem Izzy schlief. Ein Piepen drang heraus und auf den Gang. Ich glaubte, das bedeutete etwas Gutes, aber ich war mir nicht sicher.

»Ich bin bei dir«, erwiderte ich schlicht, setzte mich auf den Stuhl neben ihm und reichte ihm einen der Schokomuffins, die meine Oma mir geschenkt hatte. »Zucker macht alles besser.«

Er konnte nicht richtig lächeln, aber für mich versuchte er es. »Alles Gute zum Geburtstag. Auf all die Jahre, die kommen, auf all den Mist, den wir bauen …«

»Shot! Shot! Shot!«, brüllten die anderen, mein Bruder war mal wieder am lautesten.

»Ich trinke dich unter den Tisch, Jordan«, sagte ich zu Matt und kippte den nächsten Jägermeister-Shot herunter.

Er sah mich aus leuchtenden, herausfordernden Augen an.

»Träum weiter, Kronenberger«, entgegnete er und trank ebenfalls.

»Das wird nicht gut enden«, prophezeite ich, hörte aber auch nicht auf zu trinken, weil ich nicht bereit war, mir eine Niederlage einzugestehen.

Matt grinste auf diese schiefe Weise, die mich in letzter Zeit immer häufiger aus dem Konzept brachte. »Alles Gute zum Geburtstag. Auf all die Jahre, die kommen, auf all den Mist, den wir bauen. Auf all die guten und die schlechten Entscheidungen …«

»Lorena hat eine Überraschungsparty für dich organisiert«, sagte Matt, und ihm entfuhr ein Stöhnen. »Wir sollten nicht zu spät kommen.« Als er mich im nächsten Moment wieder küsste, wusste ich, dass er diese Worte nicht ernst genug meinte, um mich deswegen loszulassen.

Wir stolperten in seine Wohnung, und obwohl ich rückwärts lief, schaffte ich es, sein Schlafzimmer anzusteuern.

»Dann kommen wir halt zu spät«, meinte ich, hielt mich an seinem Kragen fest und zog ihn zu mir herab.

Er grinste, bevor er mich wieder küsste.

»Dann kommen wir halt zu spät«, wiederholte er, während er mir das Kleid über den Kopf zog.

Einen Moment lang betrachtete ich ihn, und mein Herz raste davon, obwohl es doch inzwischen eingesehen haben sollte, dass es nicht mehr rennen musste, um Matt einzuholen. Er war hier. Er stand vor mir. Er war mein Freund. Es musste nicht mehr kämpfen. Aber für ihn würde es nie damit aufhören, und das gefiel mir.

»Warte kurz«, sagte ich und zog mein Notizbuch aus meiner Tasche, die ich direkt vorm Schlafzimmer hatte fallen lassen.

»Was machst du da?«, fragte er atemlos und belustigt zugleich, weil er die Antwort schon längst kannte.

»Ich muss meine Gedanken aufschreiben«, sagte ich, setzte mich nur in Unterwäsche auf sein Bett und fing an zu schreiben. Ich wollte niemals vergessen, wie ich mich in diesem Moment fühlte.

Ich wollte alles festhalten, was Matt in mir auslöste. Gerade jetzt, da Zitate voller Liebe meinen Kopf überschwemmten.

Matt stieß ein kleines Lachen aus. Ich hatte meinen Blick auf die Seiten gerichtet, aber ich spürte, dass er sich mir näherte. Dann sank die Matratze neben mir herab. Er schob meine Haare aus meinem Nacken, seine Fingerspitzen berührten mich kaum, aber genau das ließ einen Schauer meinen Rücken hinablaufen. Ich hörte trotzdem nicht auf zu schreiben.

»Lass dich von mir nicht stören«, flüsterte er mir ins Ohr, bevor er seine Lippen auf meinen Hals drückte.

Er küsste meine empfindliche Haut, meine Schrift wurde immer unleserlicher, meine Buchstaben verließen die Linien, weil ich sie ebenfalls verließ.

Schließlich legte ich das Notizbuch weg, weil ich seine Lippen wieder auf meinen spüren wollte. Doch einen Moment hielt Matt inne. »Alles Gute zum Geburtstag. Auf all die Jahre, die kommen, auf all den Mist, den wir bauen. Auf all die guten und die schlechten Entscheidungen. Und auf uns.«

Ich starre Matt an und sehe alle Versionen, die er war. Die Schichten legen sich übereinander, bis sie ihn zu dem Mann machen, der er heute ist.

Als ich nach München zurückkam, dachte ich, dass ich ihn nicht mehr kenne, weil ich fast zwei Jahre verpasst habe. Aber jetzt wird mir klar, dass ich falschlag. Ich kenne tausend verschiedene Seiten von Matt, und auch die neuen werden sich zeigen. Und ich werde ihn lieben, egal, was ich herausfinden werde.

Ich handle, bevor ich eine bewusste Entscheidung treffen kann. Und auf einmal küsse ich ihn und weiß selbst nicht genau, wie das passieren konnte.

Sich nach einer so langen Zeit wieder zu küssen, fühlt sich ein bisschen so an wie Luft holen, nachdem man unter Wasser war. Nun dringe ich durch die Wasseroberfläche und hole tief Luft an seinen Lippen.

Doch dann löse ich mich wieder. Die Berührung hat nur wenige Sekunden gedauert, war so sanft, und doch spüre ich die Nachbeben noch durch meinen Körper laufen.

Mein Gesicht schwebt nur wenige Millimeter vor seinem. Trotzdem ist es zu dunkel, um zu erkennen, was in diesem Moment wirklich in ihm vorgeht.

Er hat mir gesagt, dass er hofft, dass ich verschwinde. Die Erinnerung an unseren Streit kommt mit voller Wucht zurück und bringt mich dazu, ein bisschen von ihm abzurücken. Er wollte mich ganz sicher nicht küssen. Panik will in mir hochkriechen.

Gleich wird er mich anfahren und mich fragen, was das sollte. Gleich werden wir wieder streiten.

Ich warte darauf. Wie erstarrt sitze ich auf diesem Baumstamm, der auf einmal furchtbar unbequem ist, und warte darauf, dass alle Zärtlichkeit diesen Moment verlässt.

Doch ich warte vergeblich.

Matt bleibt eine halbe Ewigkeit einfach vor mir sitzen und sieht mich an. Er wirkt, als hätte er einfach vergessen, wie man sich rührt. Aber dann bewegt er sich. Plötzlich. Ruckartig. Und dann prallen seine Lippen mit Wucht auf meine.

Dieser Kuss überrascht mich noch mehr als der davor. Doch ich zucke nicht nach hinten, sondern instinktiv nach vorn.

Matt zieht mich noch näher an sich, bis ich auf seinem Schoß sitze. Ich vergrabe die Hände in seinen Haaren, und er schlingt die Arme um meinen Körper.

Ihn zu küssen, müsste sich anders anfühlen als früher. Meine Kurven sind voller, seine Muskeln dünner. Aber es fühlt sich nicht anders an. Denn es treffen in diesem Moment nicht nur zwei Körper aufeinander, sondern so viel mehr. Und ich werde ihn immer für den wunderschönsten Menschen auf der Welt halten, und nichts wird das jemals ändern. Dieser Fakt ist festgeschrieben, unbeweglich, in Stein gemeißelt.

Genauso wie die Tatsache, dass ich es niemals über mich bringen werde, mich von ihm zu lösen.

20. Kapitel

MATT

Ich bin bilingual aufgewachsen. Und manche Redensarten in der einen Sprache haben mich als Kind irritiert, weil sie in der anderen Sprache keinen Sinn ergeben haben. Wenn meine Mutter davon geredet hat, dass sie sich in meinen Vater verliebt hat, hat sie immer gesagt: I fell in love. Ich habe sie gefragt, was Liebe mit fallen zu tun hat. Sie meinte, wenn ich erwachsen bin, werde ich es verstehen. Doch als ich älter wurde und mich in Stella verliebt habe, habe ich diesen Ausdruck sogar noch weniger verstanden. Denn unsere Liebe hatte nichts mit fallen zu tun und alles mit wachsen. Es war ein Prozess, ein langsamer, aber irgendwie deswegen umso schöner. Jedes Gespräch, jedes Lachen hat das Gefühl für sie größer werden lassen. Erst habe ich das gar nicht realisiert. Aber irgendwann habe ich es erkannt und mich gefragt, wie ich das so lange übersehen konnte.

Damals bin ich nicht gefallen. Aber in diesem Moment falle ich. Ihre Lippen nach all der Zeit wieder auf meinen zu spüren, lässt etwas in mir wieder an seinen richtigen Ort zurückkehren, und dieser Prozess löst ein flaues Gefühl in meiner Magengrube aus, das man auch spürt, wenn man aus dem Traum hochschreckt, weil man geglaubt hat, gestürzt zu sein.

Sie stöhnt an meinen Lippen, als ich den Kuss vertiefe und meine Hand in ihren Nacken lege. Sofort ziehe ich sie noch enger an mich. Wir küssen uns und küssen uns und küssen uns, und wie auch schon bei unserem allerersten Kuss glaube ich, dass ich nicht in der Lage sein werde, mich jemals wieder von ihr zu lösen. Solange sie nicht zurückweicht, werde ich nicht aufhören. Ich kann gar nicht.

Ich spüre Tränen in meine Augenwinkel treten, als ich mit dem Daumen über ihre Wange streiche und feststelle, dass ihre Haut noch genauso weich ist wie damals. Ich bilde mir auch jetzt ein, dass ich ihre Sommersprossen unter meinen Fingerspitzen fühlen kann. Eigentlich ist das nicht möglich. Aber vielleicht bin ich, wenn es um Stella geht, sensibel genug, um die winzigen Erhebungen wahrzunehmen. Und wenn ich sie damals spüren konnte, kann ich es auch in diesem Augenblick.

Hören Wahrheiten jemals auf, wahr zu sein? Und wenn es einmal wahr war, dass sie die Liebe meines Lebens ist, kann es dann irgendwann nicht mehr wahr sein?

Und ist es vielleicht die größte Lüge von allen, dass ich mir eingeredet habe, ich könnte diese Wahrheit einfach ignorieren?

»Stella, wo bist du? Ich mache mir …« Lorenas Stimme bricht abrupt ab. Unser Kuss tut das Gleiche.

Stella steht ruckartig von meinem Schoß auf.

Es ist dunkel, aber Lorena hat die Taschenlampe an ihrem Handy angemacht und leuchtet uns an. Ich kann ihren Gesichtsausdruck nicht sehen, aber ich glaube doch, ihn zu kennen. Sie ist kein Mensch, der die Hitze des Moments versteht. Obwohl ich mir sicher bin, dass sie sich noch immer nach Isaac sehnt, würde sie sich nie dazu hinreißen lassen, ihn zu küssen. Weil sie Juli niemals hintergehen würde. Und weil sie sich nicht so fühlen wollen würde, wie ich es gerade tue.

Gerade war mir noch warm. Jetzt ist mir kalt.

Ich wollte Stella küssen. Ich habe wohl nie damit aufgehört, sie zu wollen. Aber es stehen so viele ungesagte Dinge, so viel Wut, verletzte Gefühle und Geheimnisse zwischen uns, dass die Wärme ihres Körpers nicht dauerhaft auf meinen übergehen konnte. Sie hat mich verlassen, sobald sie mich losgelassen hat.

Sie steht nur einen Meter entfernt, aber es könnten genauso gut Kilometer sein. Dieser Kuss hat nichts besser gemacht, sondern nur noch schlimmer.

»Ich gehe zurück zu den anderen«, bringt Lorena heraus. Stella und ich haben noch nichts von uns gegeben. Unsere Münder können nicht sprechen, wenn sie damit beschäftigt sind, diesen Kuss zu verarbeiten. »Kommt lieber auch gleich zum Lager zurück.«

Sie sagt es nicht direkt, aber ich weiß, was sie damit ausdrücken will. Sie gibt mir einen Rat. *Mach es nicht noch einmal. Du kannst dich nur verbrennen und dann erfrieren. Letztendlich verletzt du nur dich selbst.*

Ihre Schritte und das Licht, das sie jetzt auf den Waldboden richtet, als wollte sie diese Szene nicht ausleuchten, entfernen sich, bevor sie wieder mit dem Hintergrundrauschen verschmilzt, das unsere Freunde erzeugen.

Ich schaue zu Stella. Sie hat nicht nur ihr Gesicht, sondern ihren ganzen Körper von mir abgewandt.

»Wir sollten zu den anderen zurückgehen«, flüstert sie in die Nacht hinein, als spreche sie mit ihr und nicht mit mir.

»Du willst mich also küssen und mich danach einfach allein hier sitzen lassen?«, frage ich beherrscht, aber meine Emotionen brodeln nur knapp unter der Oberfläche. Während wir uns geküsst haben, habe ich meine Schulter nicht gespürt. Jetzt pocht sie wieder. Ich habe den Arm zu hochgehoben, weil ich ihre Locken unter meinen Fingern spüren wollte. Zurück bleibt nur Schmerz. Wie passend.

»Es tut mir leid.«

»Was tut dir leid? Dass du mich geküsst hast oder dass Abhauen wieder die einzige Lösung ist, die dir für ein Problem einfällt?« Ich schreie nicht. Aber dadurch wirken meine Worte nicht weniger harsch. Ganz im Gegenteil.

Ich glaube, Stella zuckt zusammen. Es ist allerdings zu dunkel, um das ohne Zweifel festzustellen.

»Wir sind jetzt länger getrennt, als wir zusammen waren, und das fühlt sich einfach verdammt falsch an. Geht dir das nicht auch so?«, entfährt es mir, bevor ich mir überlegen kann, dass ich das besser gar nicht sagen sollte. Ich will nicht, dass sie ahnt, was in mir vorgeht. Und gleichzeitig will ich ihr mein Innerstes entgegenschreien.

»Mir geht es auch so«, sagt sie an den Baum neben ihr gewandt. Dass es ihr genauso geht, besänftigt meine Wut aber nicht. Es stachelt sie an.

Ich habe nicht länger Kontrolle über das, was ich sage. So kommen Worte aus meinem Mund, die mein Verstand, wenn er nach diesem Kuss, in ihrer Nähe, mitten in der Nacht noch richtig funktionieren würde, niemals absegnen würde. »Synästhesie.«

Stella dreht sich langsam um. Ich bin mir nicht ganz sicher, ob ich dankbar darüber sein soll, dass ich ihren Gesichtsausdruck nicht erkennen kann, oder ob das schon wieder etwas ist, was mich unerträglich wütend macht, obwohl es mir gar nicht zusteht. »Dieses verdammte Wort hat mich verfolgt und verspottet. Ich weiß alles über deine Abwesenheit. Sie ist dunkel, still, riecht nach verbrannter Erde und schmeckt nach nichts.«

Sie zittert wie Espenlaub. Irgendwie ergibt diese Redensart in einem Wald umgeben von Bäumen und Unterholz noch mehr Sinn. Normalerweise würde Stella sich über so eine Feststellung freuen. Aber nicht jetzt. Also behalte ich sie für mich.

»Du hast dich nicht mal verabschiedet.«

»Ich habe mich verabschiedet.« Auf einmal hat ihre Stimme wieder mehr Kraft, und sie macht einen entschiedenen Schritt auf mich zu, aber ich glaube nicht, dass sie es bewusst tut.

»Ich war im Krankenhaus. Ich bin aufgewacht, und mein Bruder musste mir sagen, dass du fort bist.« Auch ich bin aufgestanden, ohne es bewusst wahrzunehmen.

»Ich habe mich verabschiedet.« Ihre Stimme wird schrill. »Ich habe mich bei dir verabschiedet.«

Es sollte keinen Unterschied machen, ob sie sich verabschiedet hat. Sie ist trotzdem gegangen. Aber wieso fühlt sich dann mein Inneres so anders an, als würde es tatsächlich irgendwas an unserer beschissenen Lage verändern?

»Ich war die meiste Zeit high auf Schmerzmitteln«, murmle ich in mich hinein. »Dann habe ich es eben wieder vergessen.« Ich will gleichgültig klingen, aber jede Zelle, aus der ich bestehe, fleht mich an, zu fragen, was sie gesagt hat. Ich gebe ihrem Drängen nicht nach. Mehr zu wissen ist kein Segen, sondern ein Fluch. Das sollte ich doch endlich verstanden haben.

»Es macht auch keinen Unterschied«, sage ich, obwohl ich etwas anderes fühle. »Du hast mich zurückgelassen, während ich noch im Krankenhaus lag. Ob du dich verabschiedet hast oder nicht – das macht es nicht weniger feige und mies.«

Ihr Atem geht unregelmäßig. Vermutlich weint sie. Ich bin froh, dass ich es nicht sehen kann.

»Ich dachte, ich hätte mein ganzes Leben Zeit, in dich verliebt zu sein«, presse ich hervor.

Die bitteren Worte scheinen in meinem Hals zu erstarren, bis sie sich nicht mehr bewegen lassen. Ich muss weg von ihr. Wenn ich noch weiter hier vor ihr stehe, ihren Geruch in der Nase habe und das Prickeln ihrer Lippen auf meinen spüre, werden nicht nur meine Sätze, sondern auch ich selbst werde zu Stein erstarren. »Du hast mich eines Besseren belehrt.« Mit diesen Worten wende ich mich von ihr ab und steuere wieder auf die Feuerschale zu, die mir ein bisschen wie ein Leuchtturm vorkommt, während ich drohe, im Meer zu ertrinken.

Auf einmal fallen mir hundert Metaphern ein, um meinen Zustand zu beschreiben. Ich ertrinke in meinen Gefühlen. Ich ersticke an ungesagten Worten. Ich fühle mich, als hätte Stella mich angeschossen. Doch mir fehlen die Austrittswunden. Die Kugeln sind irgendwo noch in mir drin. Sie müssen rausgeschnitten werden. Aber vielleicht verblute ich auch, bevor ich heilen kann.

21. Kapitel

STELLA

Zwei Monate vor dem Unfall

»Du bist dir sicher?«, fragte August mich nicht zum ersten Mal. Weder an diesem Tag noch in den letzten Wochen. Er konnte das Thema einfach nicht fallen lassen.

»Bin ich«, erwiderte ich genauso schlicht, wie ich es immer tat, und nippte an meinem Kaffee.

Wir saßen in der Küche in der Wohnung, die ich mir mit Lorena teilte, und August hatte seine Beine mal wieder so weit von sich gestreckt, dass sie mich an Stelzen erinnerten.

»Matt«, entfuhr es ihm. »Matt, wirklich?«

»Ich verstehe wirklich nicht, warum du so geschockt bist«, sagte ich. »Matt und ich haben schon immer sehr viel Zeit miteinander verbracht. Die anderen hat es nicht so überrascht, dass wir zusammen sind. Lorena meinte, es war nur eine Frage der Zeit.«

»Lorena ist ja auch mit Abstand die schlauste Kronenberger. Das sollten wir doch inzwischen alle wissen.« August sagte es scherzend, aber ich wusste, dass er es genauso meinte. Und ich konnte ihm nicht widersprechen.

»Stört es dich immer noch?«, fragte ich. »Du weißt es jetzt schon seit Monaten.«

»Stören ist das falsche Wort«, murmelte er in sich hinein, und zwischen seinen Augenbrauen bildete sich die steile Falte, die

mich immer an ein Gebirge denken ließ. Als ich kleiner war, hatte ich immer meinen Daumen darauf gedrückt, um sie verschwinden zu lassen. Inzwischen betrachtete ich sie gern. Sie gehörte zu meinem Bruder. Ich war jetzt schon gespannt, wie tief sie sein würde, wenn er vierzig Jahre älter war. Irgendwann würde sie sich bis zu seinem Gehirn vorbohren, davon war ich überzeugt. Und vielleicht würde er dann nicht mehr so viel Mist bauen, wie er es jetzt tat. Der Gedanke brachte mich zum Grinsen. Nein, es brauchte schon mehr, um meinen großen Bruder davon abzuhalten, sich in Schwierigkeiten zu bringen. Und obwohl ich mir oft Sorgen um ihn machte, wollte ich gleichzeitig auch nicht, dass er jemals damit aufhörte. Seine Leichtsinnigkeit gehörte genauso zu ihm wie der Rotstich seiner Haare und seine langen Glieder, die mich an die Puppe aus meiner Kindheit erinnerte, die ihre Arme und Beine anwinkelte, wenn ich an ihrem Faden zog.

»Es irritiert mich«, meinte er.

»Aber du und Matt vertragt euch wieder.«

»Das tun wir. Ich akzeptiere eure Beziehung. Ich habe euch meinen Segen gegeben. Aber vermutlich gibt es keinen Mann auf der Welt, den ich für gut genug für dich halte.«

August sagte selten so liebe Sachen, deswegen grinste ich ein bisschen breiter. »Werde jetzt nicht sentimental, Augustus.«

Er verdrehte die Augen. Seit ich in der fünften Klasse von Kaiser Augustus gehört hatte, nannte ich ihn immer so, wenn er sich ein bisschen zu pathetisch gab. Er tat so, als würde er es hassen, aber ich war mir sicher, dass er nichts dagegen hätte, wenn wir ihn alle täglich so ansprechen würden. Wie ein Kaiser genannt zu werden, passte einfach zu gut zu dem aufgeblasenen Ego meines nervigen und doch liebenswerten Bruders.

»Und wer ist schon gut genug, wenn nicht dein bester Freund?«, fragte ich.

»Hm«, machte August. »Guter Punkt, Ella.« Er lächelte auf diese Weise, die mich verstehen ließ, warum unsere Eltern ihm immer so viel durchgehen ließen. Wenn er so guckte, konnte man

ihm einfach nicht böse sein. »Aber wenn er dir jemals das Herz bricht, werde ich ihn fertigmachen, und unsere Freundschaft wird vorbei sein.«

»Sag so was nicht!«

Aus Lorenas Zimmer drangen die leisen Klänge, die sie immer hörte, während sie Yoga machte. Mich hatten sie nie beruhigen können. Ganz im Gegenteil. Sie machten mich unruhig. Wie so viele Dinge, die eigentlich innere Ruhe versprachen.

»Es ist nur die Wahrheit. Du bist meine Schwester. Würde er dich verletzen, könnte ich nie wieder mit ihm befreundet sein.«

Ich stupste ihn mit meinem Bein an. »Das wird nicht passieren.«

»Das weißt du nicht.«

»Doch, das weiß ich«, hielt ich dagegen. »Wenn jemand diese Beziehung kaputt macht, dann werde ich das sein.«

Ich blinzle und sitze wieder auf dem Beifahrersitz, Luc neben mir. An meine Ohren dringen keine Yoga-Klänge, sondern ganz leise ein Lied der Rolling Stones aus dem Autoradio.

Eine Träne läuft aus meinem Augenwinkel, doch ich wische sie fort, bevor sie jemand entdecken kann.

Als ich damals diese Worte zu August gesagt habe, habe ich sie auch so gemeint. Trotzdem habe ich nicht geglaubt, dass es jemals so weit kommen würde. Ich war mir sicher, dass es wahrscheinlicher ist, dass ich Matt das Herz breche als andersherum, weil ich davon überzeugt war, dass er dazu nicht in der Lage ist. Aber ich hätte nicht geahnt, dass ich ihn tatsächlich mal auf diese Weise verletzen würde.

Ich fühle diese seltsame Leere in mir, die immer zurückbleibt, wenn ich an August denke und dann feststellen muss, dass er nur noch in meinen Gedanken existiert. Ich würde alles dafür geben, noch einmal mit ihm über Belangloses reden zu können.

Ich schüttle mich, um wieder komplett in der Gegenwart anzukommen, obwohl diese gerade nichts zu bieten hat außer bedrückte Stille. Ava, Liv, Milo und Hanna hängen verkatert auf der Rückbank. Hanna hat sich an Milo gelehnt und ist eingeschlafen. Liv hängt ihren Kopf aus dem Fenster wie ein Hund, damit ihr nicht schlecht wird, und Ava guckt konzentriert aus der Frontscheibe, als würde sie dort etwas Interessantes entdecken, das uns anderen verborgen bleibt. Luc wirkt wie immer, aber er trinkt auch keinen Alkohol, also hat er gerade höchstens mit dem Schlafmangel zu kämpfen.

Ich fühle mich verkatert und müde, und gleichzeitig nehme ich das kaum wahr, weil meine emotionale Erschöpfung so viel schwerer wiegt.

Nach dem Kuss und dem Streit sind Matt und ich zu den anderen zurückgekehrt und haben so getan, als wäre nichts passiert. Trotzdem war alles anders. Lorena hat mich nicht darauf angesprochen, doch als wir später zusammen im selben Zelt geschlafen haben, hat sie kein Wort zu mir gesagt, und ihre Stille hatte doch viel mitzuteilen. Ich konnte spüren, wie sauer sie auf mich war. Früher haben wir immer zusammengehalten, aber meine Abwesenheit hat ihre Freundschaft zu Matt stärker werden lassen. Sie würde sich immer für ihn einsetzen und nicht für mich. Das hat sie mir nur mit einem abgewandten Rücken klargemacht. Und ich kann ihr nicht einmal böse sein, weil sie die einzig richtige Entscheidung getroffen hat. Für Matt. Gegen mich.

Bevor Luc in den nächsten Gang schaltet, berührt er sachte meine Hand, damit ich zu ihm herübersehe. Sobald er uns bei der WG abgesetzt hat, wird er wieder aufbrechen, weil er morgen in Amsterdam ein Fotoshooting hat. Ihn jetzt anzusehen und zu wissen, dass ich es in einer Stunde nicht mehr werde tun können, lässt meinen Magen so stark verkrampfen, dass sich mein Abendessen kurz überlegt, ob es noch mal Hallo sagen will.

»Möchtest du darüber reden?«, flüstert er, und seine Tonlage passt unglaublich gut zu Mick Jaggers Stimme, die immer noch aus dem Radio dringt. Ich kann aber nicht genau beschreiben, wieso. Es ist einfach so.

»Nein«, sage ich. »Ich kann nicht.«

Luc nickt nur, als hätte er mit dieser Antwort gerechnet. Vermutlich hat er das. Er kennt mich besser als ich mich selbst. Das ist auch gar nicht so schwer. Ich habe keine Ahnung, wer ich bin. Und zu sagen, das wäre erst seit dem Unfall so, wäre schlimmstenfalls eine Lüge und mindestens eine Vereinfachung. Dass ich nicht ganz wusste, wer ich bin und wie ich zum Kronenberger-Nachnamen passe, wenn ich mich nicht in der Schablone wohlfühle, die er vorgibt, war schon immer so.

Luc hat mir geholfen, aber ich kann ihn nicht wieder zu meinem moralischen Kompass machen und mich mit meinem ganzen Gewicht auf ihn stützen. Das wäre unfair. Er muss ja auch immer noch sich selbst tragen können.

Die restliche Fahrt schweigen wir, aber das ist in Ordnung. Ich bin froh, dass ich seine Anwesenheit wenigstens noch für einen kurzen Moment genießen kann. Ich präge mir ein, wie sich seine Präsenz anfühlt, damit ich es später nicht vergessen kann. Sie ist leicht, sie schmeckt nach …

Diese Gedanken helfen mir nicht länger, mich zu beruhigen, denn sofort habe ich Matts Worte wieder im Ohr.

Ich weiß alles über deine Abwesenheit. Sie ist dunkel, still, riecht nach verbrannter Erde und schmeckt nach nichts.

»Hier müsst ihr aussteigen«, sagt Luc und reißt nicht nur mich, sondern auch die anderen aus ihrer Trance. Sie fallen mehr aus dem Auto, als dass sie aussteigen, und wäre ich nicht wie eine Sehne gespannt, könnte ich darüber lachen.

Sie schlagen die Tür zu, und Luc und ich sind allein. So wie es eigentlich immer sein sollte. Wir zwei sitzen in Rocky, fahren durch die Welt und lassen alles andere zurück.

Aber langsam beginne ich zu begreifen, dass es nicht für immer so weitergehen kann. Wenn ich nur reisen würde, weil ich es will, wäre das okay. Aber dass ich es benutze, um vor etwas – vor allem mir selbst – wegzurennen, funktioniert nicht auf Dauer.

Wenn ich wieder mit Luc in Rocky sitze und die Welt aus den wunderschönsten Winkeln sehe, die er nur finden kann, weil er auch die besten Einstellungen auf seiner Kamera findet, will ich es mit einem vollen Herzen tun und nicht mit einem gebrochenen.

»Ich wünschte, ich könnte mitkommen«, flüstere ich.

»Ich wünschte, du könntest mitkommen«, gibt er zurück.

Mir entfährt ein Lachen, das halb Schluchzen ist.

»Aber vorher muss ich hier noch viel klären.«

»Ich weiß«, meint er und nickt langsam und entschieden. »Ich bin stolz auf dich, dass du dich all dem stellst.«

Diesmal ist es eher ein Schluchzer mit einem kleinen Lachen darin. »Noch habe ich nichts erreicht. Ich habe keine Beziehung repariert. Ich weiß nichts Neues über Augusts Tod.«

»Das stimmt nicht«, widerspricht mir Luc heftiger, als ich von ihm gewohnt bin. »Du arbeitest an den Beziehungen. Die lassen sich nicht über Nacht reparieren. Das braucht Zeit, und die nimmst du dir. Und du weißt, dass es etwas über Augusts Tod zu wissen gibt. Das ist mehr, als du bei deiner Ankunft in München wusstest.«

Luc hat die Gabe, auch die kleinsten Erfolge wie einen riesigen Triumph aussehen zu lassen, und für einen kurzen Moment kann ich ihm sogar glauben. Was werde ich nur ohne ihn tun? Wie soll ich ihn wieder gehen lassen?

»Aber wenn du erfahren willst, was mit August passiert ist, folge vielleicht nicht den Spuren anderer Menschen«, setzt er nachdenklich an.

»Wie meinst du das?«, frage ich.

»Du hast versucht etwas über deine Eltern und den Journalisten herauszufinden. Aber es geht doch um August. Folge nicht den Fußspuren anderer, sondern seinen.«

Mein erster Impuls ist es, mich über diesen vagen Ratschlag lustig zu machen. Doch eine Sekunde später erkenne ich, was Luc mir sagen wollte. Und mein stichelnder Kommentar stirbt ungesagt auf meiner Zunge.

»Danke«, bringe ich hervor, obwohl diese fünf Buchstaben niemals ausreichen werden, um zu fassen, was Luc mir bedeutet.

»Keine Ursache«, meint er und zieht mich an sich. Wir umarmen uns eine halbe Ewigkeit, obwohl der Schaltknüppel zwischen uns ist und wohl nicht nur in meine Rippen, sondern auch in seine Magengrube drückt. Sein Shirt wird feucht von meinen Tränen, trotzdem halten wir uns weiter.

Erst als wir uns langsam voneinander lösen, scheint sich die Welt wieder zu drehen. Es gibt Umarmungen, die sind so stark, dass sie die ganze Erde dazu bringen, innezuhalten. So muss es sein. So hat es sich angefühlt.

»Ich werde dich vermissen«, sage ich heiser.

»Das hier ist ein Abschied, aber keiner für immer.«

»Versprochen?«, hake ich nach.

Ein sanftes Lächeln zieht an seinen Mundwinkeln. »Versprochen.«

Erst dann schaffe ich es, die Autotür zu öffnen. Noch einmal halte ich inne und tätschle Rockys Handschuhfach. Ich lächle meinen besten Freund ein letztes Mal an und steige aus. Gefühlt ewig stehe ich an der Straße und blicke ihm nach. Auch, als er schon um die Ecke verschwunden ist und ich ihn nicht länger sehen kann. Vermutlich stehe ich immer noch an der Stelle, wenn er Amsterdam längst erreicht hat.

Irgendwann kann ich mich doch von der Kreuzung abwenden, wo er mein Blickfeld verlassen hat, und laufe zurück zur WG. Meine Schritte sind entschlossener. Denn endlich weiß ich, was ich als Nächstes tun muss.

22. Kapitel

MATT

Ich könnte schwören, dass ich in meinem ganzen Leben noch nie auf einem unbequemeren Stuhl gesessen habe. Ich rutsche hin und her, und dabei erzeugt das Leder ein quietschendes Geräusch, das die Stille, die in diesem viel zu ordentlichen Zimmer herrscht, noch unangenehmer macht.

Ich versuche überallhin zu sehen, nur nicht in die Augen meines Gegenübers. Ich kann fühlen, dass sie die ganze Zeit auf mir ruhen. Hinter ihr steht ein Bücherregal, das ihr bis zur Schulter reicht. Der Schreibtisch ist weiß, genauso wie die anderen Möbel und die Wände. Ein abstraktes buntes Bild hängt über dem Tisch, und zu meiner Rechten befinden sich drei Fenster. Weit gucken kann man aber nicht, weil die Sicht von mehreren Bäumen versperrt wird. Es gibt nichts, was mich ablenkt.

Und so wandert meine Aufmerksamkeit ganz von allein zurück zur anderen Person, mit der ich mir gerade die Luft zum Atmen teile.

Ich hatte recht. Isaacs Psychotherapeutin, Frau Fellner, sieht mich ununterbrochen an, und sie scheint mit ihrem Blick die gleiche Wirkung zu erzeugen wie ein Chirurg mit seinem Skalpell. Sie legt frei, was in meinem Inneren nicht funktioniert. Und obwohl ich hier sitze, weil mir bewusst ist, dass irgendetwas in mir nicht stimmt, habe ich doch Angst davor, dass sie etwas findet. Und vor dem, was das bedeuten könnte.

»Sie sind hier, weil Ihr Bruder Sie darum gebeten hat. Richtig?«, bricht sie nach einer halben Ewigkeit die Stille.

»Richtig«, wiederhole ich, weil es mir ungefährlicher vorkommt, einfach die Worte zu benutzen, die sie mir bereits hingelegt hat. Ich muss keine unbedenklichen mehr finden. Ich kann ihre einfach aufheben.

»Warum, denken Sie, wollte Ihr Bruder, dass Sie herkommen?«

Schon funktioniert meine Taktik nicht mehr, weil sie mich nicht länger mit den passenden Antworten versorgt.

»Ähm«, setze ich an, während ich über etwas nachdenke, über das ich doch eigentlich gar nicht nachdenken will. »Ich habe Panikattacken«, kriege ich irgendwie und mit viel Mühe hervor.

»Seit wann haben Sie die schon?«

Während ich ihrem Blick standhalte, wird mir klar, dass ihrer gar nicht so bohrend oder unangenehm ist. Ich würde sie auf Anfang vierzig schätzen. Ihre dunklen Haare hat sie in einem lockeren Zopf am Kopf fixiert, und ihre Augen sind mitfühlend und ruhig. Sie lächelt nicht, aber sie wirkt auch nicht streng. Ihre Miene ist neutral, was wohl das Angemessenste für diese Situation ist. Trotzdem fühle ich mich immer noch so, als würde ich ausgebreitet auf einem OP-Tisch liegen.

»Seit fast zwei Jahren.«

»Gab es einen bestimmten Auslöser?«

Meine Wut will sich schon wieder melden, obwohl das nicht der richtige Ort für sie ist. Meine Umgebung ist beruhigend. Mein Gegenüber ist beruhigend. Aber das interessiert meine Wut nicht. Sie fühlt sich von Frau Fellner verarscht, weil sie die Antworten auf diese Fragen doch wohl kennen muss, da Isaac sie ihr längst gegeben hat.

Doch mein rationaler Verstand funktioniert noch. Und der weiß, dass sie wohl keine besonders gute Therapeutin wäre, wenn sie nicht darauf bestehen würde, dass ich ihr meine Vorgeschichte selbst erzähle. Es geht vermutlich nicht nur um das, was mir passiert ist. Sondern auch, wie ich mich damit fühle.

Dieses Wissen macht es mir aber nicht unbedingt leichter.

»Ich saß in einem Flugzeug, das abgestürzt ist. Mein Bruder und ich haben überlebt. Unser Freund nicht.«

Es fühlt sich falsch an, diese Worte so emotionslos und monoton auszusprechen. Aber so bringe ich sie leichter hervor.

»Und seitdem haben Sie mit Panikattacken zu kämpfen?«

»Richtig.«

»Was waren die Folgen des Unfalls?«

»Ich war eine Weile im Krankenhaus«, setze ich vage an.

»Hatte der Unfall auch körperliche Langzeitfolgen für Sie?«

Ich atme zittrig ein und aus. »Ich war vorher Profisportler. Jetzt bin ich es nicht mehr.«

Sie nickt verständnisvoll. Die Wut will wieder an den Gittern ihres Gefängnisses rütteln. Sie kann es nicht verstehen. Wie auch? Niemand, den ich kenne, kann es wirklich verstehen. Sie können es versuchen. Und vermutlich kommt es eigentlich genau darauf an. Auf das Versuchen. Aber ich spüre mit jedem verständnisvollen Blick und jeder verständnisvollen Hand auf meiner Schulter, dass mir der Versuch nicht reicht. Solange ich denken kann, wollte ich bei Olympia schwimmen. Ich habe es versucht. Ich war nah dran, das wird jedoch auch nichts an der Tatsache ändern, dass ich dieses Ziel niemals erreichen werde.

»Das ist bestimmt schwer für Sie.«

Der zynischste Teil von mir will sie nachäffen. Doch ich kann ihn ignorieren.

»Ja«, sage ich knapp.

»Wie haben Sie die Zeit nach dem Unfall empfunden?«

»Schwer«, sage ich, obwohl dieses Wort nicht reicht. Aber vermutlich gibt es kein Wort in irgendeiner Sprache auf der Welt, das jemals wirklich in der Lage sein wird, aufzufangen, wie tief sich Verlust anfühlen kann. Buchstaben schaffen es einfach nicht, die dunkle Schlucht ohne Boden zu formen, die seit diesem Tag tief in mir ruht. Und vielleicht ist es auch unfair, so viel von einem einzigen Wort zu erwarten. Es wurde auch nur von Menschen erfunden. Und das Einzige, womit wir bis ans Ende unserer Zeit ringen werden, ist wohl immer noch unsere eigene Unzulänglichkeit.

»Können Sie das ein bisschen ausführlicher beschreiben?«

Warum denke ich ausgerechnet jetzt an meinen Mathelehrer in der sechsten Klasse, der auf die Frage »Kann ich auf die Toilette gehen?« immer mit »Ich weiß nicht, ob du kannst. Aber du darfst« geantwortet hat. Ich könnte sie jetzt auch darauf hinweisen, dass *wollen* wohl eher das ist, was sie sagen will. Aber ich habe meinen Mathelehrer wegen dieses unkreativen und überflüssigen Spruchs immer ein bisschen gehasst. Und obwohl mir egal sein könnte, was diese fremde Frau von mir denkt, will ich nicht der Grund sein, dass sie innerlich die Augen verdreht.

»Ich habe mich beschissen gefühlt.« Ich stocke. »Flucht man vor Therapeuten?«

Das erste Mal, seit ich hier sitze, erscheint ein kleines Lächeln auf ihren Lippen. »Sie dürfen gern fluchen. Mich stört es nicht.«

»Okay, gut«, meine ich nur, und schon habe ich wieder das Gefühl, dass mir die Worte ausgehen. Das tun sie in letzter Zeit ständig. Als hätte ich nur eine bestimmte Anzahl zur Verfügung, und sind sie erst mal aufgebraucht, bleibt mir nichts mehr.

»Wollen Sie noch ein bisschen mehr darauf eingehen?«, hakt sie nach.

Jetzt benutzt sie das richtige Wort, aber die Frage wird dadurch auch nicht weniger unangenehm.

Eigentlich nicht, will ich antworten. Aber wenn ich mich weigere, mich auf ihre Fragen einzulassen, hätte ich mir gar nicht erst die Mühe machen müssen, hierherzufahren, einen Parkplatz zu finden und ins dritte Stockwerk zu laufen, weil der Fahrstuhl ausgefallen ist. Die Vorstellung, all das umsonst getan zu haben, missfällt mir so sehr, dass ich mich mal wieder zum Weitersprechen zwinge.

Schon wieder langweile ich mich selbst. Warum muss ich meinem Mund jeden Buchstaben mühsam entreißen? Warum kann er sie mir nicht bereitwillig geben?

»Ich habe mich allein gefühlt.«

»War Ihre Familie da?«

»Ja«, sage ich sofort. »Immer.«

»Woher, denken Sie, rührt dann dieses Gefühl der Einsamkeit?«

Stella.

Ihr Name reicht, um alles auszudrücken, was ich jemals sagen will. Aber er reicht wohl nicht, um alles, was ich ausdrücken will, auch zu verstehen.

»Stella, die Schwester des Freundes, der gestorben ist, ist nach seinem Tod gegangen … und hat mich allein gelassen.«

Die Therapeutin nickt langsam. »Wer ist Stella für Sie?«

Die verbleibenden Minuten hier kommen mir zu klein vor, um diese Frage ausreichend zu beantworten.

Stella war das Mädchen, das beim Zähneputzen laut Musik gehört und dazu getanzt hat, die Zahnbürste in ihren Mundwinkel geklemmt. Sie war Sonnenschein. Voller Energie und Leben. Sie war meine Sonne, bis sie fort war.

Ein ruckender Atemzug fährt einmal durch meinen Körper. Ohne sie hatte ich kein Licht mehr, weil ich nie gelernt habe, mein eigenes Licht zu sein.

»Meine Freundin«, sage ich nur. Ich kann entweder zu viel über sie sagen oder zu wenig. Dazwischen gibt es keinen Weg. Den hat es nie gegeben.

Doch Frau Fellner blickt mich weiterhin abwartend an. Wir werden wohl für immer in diesem Kampf miteinander verbunden sein. Sie will mehr erfahren, aber ich will nicht mehr sagen.

Schließlich gebe ich nach. »Ich glaube, ich hätte alles besser überstanden, wenn sie geblieben wäre.«

Bis zu diesem Moment war ich nicht in der Lage, mir das einzugestehen. Aber nun, da die Worte raus sind, frage ich mich, wie ich so lange die Augen vor ihnen verschließen konnte.

»Und das werfen Sie ihr vor?«, fragt Frau Fellner.

»Nein«, entfährt es mir. Doch dann wird mir klar, dass ich zu schnell geantwortet habe, um noch glaubwürdig rüberzukommen.

Sie spricht mich aber nicht darauf an. Sie wartet ab und sieht mich einfach an. So gibt sie mir Raum, noch mehr über Stella nachzudenken, was mir auf einmal furchtbar grausam vorkommt.

Früher konnte ich ihr zuflüstern, was ich denke, wenn sie in meinen Armen lag. Jetzt möchte ich ihr alles, was in mir vorgeht, entgegenschreien, damit sie fühlen kann, was sie in meinem Inneren angerichtet hat, als sie gegangen ist.

Ich wollte es vielleicht nicht wahrhaben, aber ich kann die Wahrheit, die in meiner Brust pocht wie ein zweiter Herzschlag, nicht länger ignorieren. Ich werfe es ihr vor. Und zwar mit allem, was ich habe, mit allem, was mir noch geblieben ist.

»Ein bisschen vielleicht«, setze ich an und erkenne, dass das quasi auch eine Lüge ist. Ich atme zittrig aus. »Ja«, kriege ich schließlich hervor.

»Was, denken Sie, wäre anders gewesen, wenn Sie nicht gegangen wäre?«

»Ich glaube, ich hätte die anderen Verluste besser verkraftet, wenn ich einen weniger hätte ertragen müssen. Mein ganzes Leben lang ging es mir besser, sobald sie bei mir war. Das wäre in der Situation auch so gewesen. Wir waren immer füreinander da. Mit ihr war alles leichter.«

»Warum, denken Sie, ist Stella gegangen?«

»Sie konnte den Tod ihres großen Bruders nicht verarbeiten. Also ist sie davor davongelaufen.«

Sie nickt, aber ich kann nicht deuten, ob das bedeutet, dass sie mir wirklich zustimmt oder mir nur aufmerksam zuhört.

»Ihr ganzes Leben konnten Sie sich auf sie verlassen. Und dann auf einmal nicht mehr.«

»Richtig.«

Sie schreibt sich ein paar Notizen auf und sieht dann wieder auf. »Für mich klingt das so, als hätte Stella das getan, was sie in dem Moment gebraucht hat. Ich sage damit nicht, dass sie die richtige Entscheidung getroffen hat oder diese nicht egoistisch war. Doch sie ist gegangen, um mit ihren eigenen Gefühlen umzugehen.«

»Das glaube ich auch«, sage ich. Auf einmal ist mein Rachen ganz trocken. Ich frage mich, ob eine geschulte Therapeutin diesen kleinen Unterschied in der Tonlage wahrnehmen kann.

»Aber trotzdem wäre es Ihnen lieber gewesen, wenn sie geblieben wäre? Wenn Sie Ihr eigenes Wohlbefinden an eine andere Person knüpfen, übergeben Sie dieser vielleicht zu viel Verantwortung?«

»Ich wäre nicht gegangen. Ich hätte immer das getan, was sie braucht. Immer«, entgegne ich viel heftiger, als ich beabsichtigt hatte.

»Also hätten Sie Stellas Bedürfnisse immer über Ihre eigenen gestellt?«, fragt Frau Fellner ganz ruhig, als wäre ihr gar nicht aufgefallen, dass ich aufgebraust bin.

Ich zögere. In meinem trockenen Hals bildet sich ein riesiger Kloß, an dem ich kaum einen Laut geschweige denn ein Wort vorbeikriege. Schließlich gelingt es mir. »Ja.«

»Fällt es Ihnen gerade schwer zu sprechen?«

»Ja«, bekomme ich wieder nur mit viel Mühe heraus.

»Wieso?«

»Ich habe einen Kloß im Hals.«

»Woraus, denken Sie, besteht dieser?«

Im ersten Moment will ich *Wut* sagen. Doch dann denke ich einen Augenblick darüber nach und realisiere, dass sich die Antwort nicht wahr anfühlt. Sofort spanne ich mich noch weiter an. Wenn die Emotion, die ich in mir gefangen halte, gar nicht Wut ist, dann muss sie anders heißen. Aber will ich ihren Namen wirklich erfahren? Wenn ich sie benennen könnte, würde sie vielleicht die Macht über mich verlieren. Oder – es würde sie noch realer machen. Bei dem Gedanken wird mir kalt, also höre ich auf, in meinem Inneren zu graben.

»Ich weiß es nicht«, gebe ich schließlich zu.

»Das ist auch okay.« Sie lächelt aufmunternd, und komischerweise fühle ich mich deswegen ein kleines bisschen besser.

Sie wirft einen Blick auf ihre Armbanduhr und sieht mich dann entschuldigend an. »Wir sind leider schon am Ende unserer Stunde, aber es würde mich freuen, wenn Sie wiederkommen würden. Sollten Sie sich mit mir nicht so wohl gefühlt haben, sollten Sie über einen anderen Therapeuten nachdenken. Ich würde Ihnen empfehlen, diese Stunde ein paar Tage sacken zu lassen, darüber nachzudenken, und wenn Sie das Gefühl haben, sich hier öffnen zu können, dann rufen Sie gern an oder schreiben eine E-Mail, und wir machen die nächste probatorische Sitzung aus.«

Ich brauche einen Moment, um von meiner seltsam verknoteten Gefühlswelt zu organisatorischen Punkten zu springen.

»Okay«, nuschle ich ein bisschen überfordert in mich hinein.

»Wenn Sie wollen, kann ich meinen ersten Eindruck mit Ihnen teilen.«

»Bitte«, sage ich nur, ohne zu wissen, ob ich sie darum bitte, es zu tun oder es nicht zu tun. Sie deutet es aber als Aufforderung weiterzusprechen, und ein Teil von mir ist dankbar, dass mir die Entscheidung so abgenommen wurde.

»Sie haben Stellas Bedürfnisse über ihre eigenen gestellt und das Gleiche auch von ihr erwartet. Aber es ist wichtig, dass Sie in erster Linie auch für sich selbst da sind und nicht für andere. Dass Stella einfach gegangen ist, war nicht fair von ihr. Aber Sie verstehen, warum sie es getan hat, oder?«

Ich wünschte, ich könnte sagen, dass ich kein Verständnis für sie habe. Weil das alles wenigstens ein bisschen einfacher machen würde. Ich stelle mir die Welt gern so vor, als wäre sie in klar voneinander abgrenzbare Gegensätze aufgeteilt. Richtig und falsch. Gut und böse. Liebe und Hass. Doch ich muss erkennen, egal, wie verzweifelt ich versuche, meine Augen zusammenzukneifen, dass nichts schwarz-weiß ist, sondern aus Grauschattierungen besteht. Es gibt keine klaren Grenzen. Alle Gegensätze verlaufen, bluten ineinander, vermischen sich, bis man sie nicht mehr voneinander trennen kann.

Wir verabschieden uns. Ich stehe kurz verloren im Raum herum, weil ich nicht weiß, ob ich ihre Hand schütteln soll. Sie ergreift meine, und ich bin erleichtert, als ich sie wieder loslassen kann.

Auf leicht zittrigen Beinen verlasse ich die Praxis. Sobald ich vor der Tür stehe, fühle ich mich ein bisschen desorientiert. Wie nach einer langen Clubnacht, wenn man nach draußen tritt und es auf einmal hell ist und man nicht weiß, wo die Zeit geblieben ist.

Dass Tränen über meine Wangen rinnen, bemerke ich erst, als die ersten in meinen Mund dringen, und dass mein Herz rast, realisiere ich erst, als ich meine Hand auf meine Brust lege. Nun habe ich wohl nicht mehr nur Angst vor dem Inneren eines Flugzeugs, sondern auch vor dem Inneren dieser Praxis. Doch obwohl ich die Nachwirkungen all der Dinge, die ich heute das erste Mal ausgesprochen habe, noch immer in meinem Körper spüre wie ein Nachbeben, fühle ich mich in diesem Moment doch leichter und weiß, dass ich an diesen Ort zurückkehren werde. Dass er mich beängstigt, ändert nichts an dieser Entscheidung. Und dass meine Angst mich gerade nicht in die Flucht schlagen kann, kommt mir schon wie ein richtiger Triumph vor.

23. Kapitel

STELLA

Mein Bruder ist diesen Weg sehr oft gelaufen. Seine Fußspuren kann ich nicht mehr sehen, aber sie haben sich mal in der staubigen Erde unter mir abgezeichnet. Und während ich die Spuren betrachte, die ich selbst hier hinterlasse, überzieht Gänsehaut meinen ganzen Körper.

Luc hatte recht. Ich darf nicht nur irgendwelchen Hinweisen hinterherrennen, sondern ich muss die Wege gehen, über die August geschritten ist. Trotzdem fällt es mir mit jedem Meter, den ich hinter mich bringe, schwerer, meine Beine zu heben.

Ich nähere mich dem Flugplatz, auf dem er jede freie Sekunde verbracht hat. Wenn er nicht studiert oder gearbeitet hat und nicht damit beschäftigt war, der Goldjunge der Kronenbergers zu sein, war er hier.

Ich will diesen Ort sehen. Ich muss ihn sehen. Genau hier hat er vermutlich mehr von seiner Seele zurückgelassen als irgendwo sonst. Hier war er frei. Bis er an dieser Freiheit gestorben ist.

Dann erreiche ich den Gipfel. Die Hangars, in denen die Flugzeuge stehen, sehen unscheinbar aus. Ein Haus steht daneben. Daraus dringen Stimmen, weil die Türen und Fenster alle sperrangelweit offen sind. Kein Baum bietet Schatten vor der Sonne, die mittags ungebändigt auf die leicht verdorrte Erde prallt. Es weht ein leichter Wind. Ich blicke hinauf. Ich sehe nur ein kleines Motorflugzeug in der Luft, aber das reicht aus, um ganz viel, das in mir liegt, hervorzukramen.

Es ist nicht das Flugzeug, in dem er gestorben ist. Mir ist bewusst, dass das nicht möglich ist, weil von jenem Flugzeug kaum genug übriggeblieben ist, um es wieder zusammenzusetzen. Trotzdem warte ich darauf, dass sich alles so wiederholt wie damals. Ich starre in den Himmel und rechne damit, dass das Flugzeug einfach herabfällt. Als würde es nur von unsichtbaren Fäden gehalten und irgendjemand hätte sie durchtrennt.

So stelle ich mir Augusts Unfall vor, wenn ich die Gedanken daran nicht verdrängen kann. Er schwebt durch die Lüfte, und dann stürzt er einfach ab. Ohne Vorwarnung. Ohne Erklärung. In einer Sekunde lächelt er noch, in der nächsten tut er gar nichts mehr.

Zittrig atme ich durch. Ich bin nicht hier, um meine Gefühle hervorzukramen. Ich bin hier, um mich der Wahrheit zu stellen, falls sie tatsächlich hier auf mich warten sollte. Also laufe ich weiter und steuere auf das kleine Haus zu.

Aus einer alten Anlage schallt *Highway to Hell*. Um einen Tisch hocken mehrere Kerle und trinken Bier. Einer von ihnen summt das Lied mit. Einer singt einige Textzeilen, bevor er wieder am Gespräch teilnimmt.

Ich stehe einfach im Türrahmen. Schweigend und rühre mich nicht. Deswegen dauert es einen Moment, bis sie realisieren, dass sie nicht länger allein sind.

»Wie können wir dir helfen?«, richtet sich ein mittelalter Mann mit zurückweichendem Haaransatz an mich. Seine Zigarette lässt er einfach im Mundwinkel hängen. Sie beeinträchtigt ihn gar nicht beim Sprechen. Ich kann jedes Wort klar und deutlich verstehen.

»Ich … ich …«

»Wenn du selbst fliegen lernen willst, ruf bitte zu den Geschäftszeiten im Büro an. Da können wir dir nicht weiterhelfen.

Heute sind nur Vereinsmitglieder hier«, meint ein Kerl, den ich auf Anfang dreißig schätzen würde.

Ich mustere die Gruppe Männer kurz. Der älteste ist wohl so um die sechzig und der jüngste so alt wie ich. An einem Handgelenk entdecke ich eine schicke Rolex. Ein anderer hat Jeans an, die er schon so oft getragen hat, dass sie an den Knien durchgescheuert sind.

Einerseits fällt es mir schwer, mir meinen Bruder hier vorzustellen, und andererseits gar nicht. August Kronenberger hat hier nicht reingepasst. Aber August hat irgendwie an jeden Ort und zu allen Menschen gehört.

Ein melancholisches Lächeln legt sich auf meine Lippen. »Mein Name ist Stella. Ich bin Augusts Schwester.«

Ich nenne unseren Nachnamen nicht, weil dieser Hügel so weit vom Kaufhaus entfernt liegt, dass es mir seltsam vorkommen würde, ihn zu benutzen. Ich brauche ihn auch gar nicht. Sofort verändert sich der Ausdruck ihrer Gesichter, die zuvor genervt, irritiert und freundlich ausgesehen haben. Nun sind sie traurig. Aber auch viel offener als zuvor.

»Es freut mich, dass du uns besuchst, Stella«, sagt der älteste Mann in der Runde. Er steht auf, kommt auf mich zu und schüttelt mir beherzt und fest die Hand. Es gefällt mir, dass er nicht zu denken scheint, mich zerdrücken zu können. Ich glaube, dass viele Menschen in meinem Umfeld das denken.

»Setz dich doch zu uns«, sagt der Mann, der seine Zigarette inzwischen im Aschenbecher ausgedrückt hat. Er rückt zur Seite und bietet mir einen Stuhl an.

»Ich möchte euch nicht stören«, sage ich, obwohl ich doch eigentlich hierhergekommen bin, um andere Menschen zu stören.

»Das tust du nicht«, sagen sie alle durcheinander, und dieser dissonante Chor bringt mich aus irgendeinem Grund zum Grinsen.

Ich setze mich auf den Stuhl, der mir angeboten wurde, lasse mir ein Bier reichen. Ich stoße mit den Männern auf August an, ohne dass wir aussprechen müssen, dass wir das tun. Wir trinken einfach und schweigen einen Moment. Die Vorstellung, dass sie gerade auch in eine Erinnerung an meinen Bruder abgetaucht sind, gefällt mir. Wir denken an unterschiedliche Situationen, aber an denselben Menschen.

»Was führt dich zu uns, Stella?«, fragt der älteste Mann, den ich für den Vereinsvorsitzenden halte. Er übernimmt die Kontrolle über die Unterhaltung auf so eine natürliche Weise, die nahelegt, dass er das schon öfter gemacht hat.

»Ich …«, setze ich an und stocke dann wieder. Eigentlich war mein Plan, herzukommen, um mehr über Augusts Tod zu erfahren. Doch während ich in einem Raum sitze, in dem er sehr viel Zeit verbracht hat, umgeben von Menschen, die wohl eine ganz andere Seite von ihm kannten als ich, erkenne ich, dass ich das gar nicht mehr will. Ich möchte nicht über seinen Tod reden, sondern über sein Leben. In den letzten Wochen scheine ich vergessen zu haben, dass meinen Bruder so viel mehr definiert hat als nur der Tag, an dem sein Leben endete.

»Ich würde gerne mit euch über meinen Bruder sprechen«, sage ich also. »Wie war er so, wenn er hier war?«

Kurz wechseln die Männer einen unsicheren Blick miteinander. Doch dann steckt sich der eine die nächste Kippe an, und nachdem er einen tiefen Zug genommen hat, betrachtet er mich mit einem schiefen Grinsen auf dem Gesicht. »Er war immer der Mittelpunkt von allem. Er hatte einfach diese Ausstrahlung, die alle Aufmerksamkeit auf ihn gezogen hat.«

»Oh ja«, pflichtet der Jüngste bei. »Man musste ihm einfach zuhören. Egal, was er gesagt hat, es kam einem immer bedeutend vor, obwohl er bestimmt zu neunzig Prozent nur Bullshit geredet hat.«

Ich lache auf. »Ja, das stimmt. Hat er hier auch immer viel Mist gebaut?«

»Mist gebaut?«, fragt der Vereinsvorsitzende. »Das ist ja wohl die Untertreibung des Jahrhunderts. Dein Bruder war eine Naturkatastrophe.« Er stockt kurz. »Auf eine gute Weise.«

»Ich weiß, was Sie meinen.«

Er lächelt mich sanft an, und das Lächeln erinnert mich ein wenig an das meines Großvaters. Ich kann mich nur noch schemenhaft an ihn erinnern. Als wären meine Erinnerungen nach all den Jahren, die ich sie schon mit mir herumtrage, nicht mehr richtig beleuchtet. Aber ich weiß, dass ich ihn sehr geliebt habe und er mich. Als er jünger war, muss er ein rücksichtsloser Geschäftsmann gewesen sein. Sonst hätte er das Kaufhaus nie so groß gemacht. Aber der Großvater, den ich kannte, war warmherzig und geduldig und hat stundenlang mit mir auf dem Boden gesessen und Dinge gebastelt, obwohl ihm danach der Rücken geschmerzt hat. Ich war zehn Jahre alt, als er starb. Das war der erste Verlust in meinem Leben. Ich weiß noch, dass ich getrauert und um ihn geweint habe. Aber auch die Trauer um ihn ist schemenhaft, während die Trauer um August gestochen scharf ist.

»Sag doch bitte Du zu mir«, meint der Vorstandsvorsitzende und holt mich mit seiner rauchigen Stimme, die von vielen Päckchen Zigaretten spricht, zurück in die Gegenwart.

»Okay«, meine ich und lächle zurück.

Das Rauschen eines Motors kommt näher. Aber es ist nicht der eines Autos. Es klingt anders. Dunkler. Größer.

»Joschka landet auch mal«, kommentiert einer. »Manchmal rechne ich damit, dass er einfach für immer dort oben bleiben und niemals herunterkommen wird.«

»Er würde es tun, wenn der Tank nicht irgendwann leer wäre«, sagt der Rauchende. Dann wendet er sich an mich. »Joschka und August waren enge Freunde. Er wird sicherlich auch gern über ihn sprechen wollen.«

Ich nicke und lausche wieder auf den Motor, der erst lauter wird, dann wieder leiser und schließlich verstummt. Ein paar Minuten später tritt ein hochgewachsener Kerl durch eine der offenen Türen.

Mein Herz bleibt stehen, bevor ich begreife, was vor sich geht. Ich starre ihn einfach an. Und eine Erkenntnis nach der anderen sickert in mich ein.

Er ist der Kerl, den ich auf dem Friedhof von Weitem gesehen habe.

Er trägt ein Shirt, das ich August zum Geburtstag geschenkt habe.

Er starrt mich fast genauso geschockt an wie ich ihn.

All das muss etwas bedeuten. Das muss es einfach.

»Joschka, das ist Stella, Augusts Schwester.« Ich kann die Stimme nicht zuordnen und weiß nicht, wer uns vorstellt. Meinen Kopf will ich aber auch nicht von dem Mann vor mir abwenden, um es herauszufinden. Alles andere abgesehen von der Tatsache, dass er vor mir steht, verliert an Bedeutung.

Der Moment zieht sich endlos in die Länge, und ich frage mich, ob die anderen Anwesenden es seltsam finden, dass dieser Mann namens Joschka und ich uns wie hypnotisiert anstarren und doch kein Wort herausbringen.

Er ist es schließlich, der es schafft, den Bann zu brechen, der hartnäckig auf meinen Muskeln lag und mich bewegungsunfähig gemacht hat.

»Ich habe draußen noch was vergessen«, meint er, wendet sich ab und geht.

Einige Sekunden ticken vorbei, während ich den leeren Türrahmen ansehe, wo er gerade noch gestanden hat. Dann kommt wieder Leben in meinen Körper. Ich erkläre mich nicht. Ich springe gehetzt vom Stuhl auf und sprinte ihm hinterher.

Er ist schon auf halbem Weg zu seinem Auto. Er hat gelogen. Er hatte nichts vergessen. Er wollte vor mir davonlaufen.

Sofort werde ich noch schneller, stolpere über meine eigenen Füße, werde aber trotzdem nicht langsamer.

»Hey«, schreie ich ihm nach. Meine Stimme schallt über den ganzen Flugplatz, doch er läuft weiter, als hätte er mich überhören können.

»Hey, ich rede mit dir«, rufe ich. Uns trennen noch einige Meter. Er könnte einfach in sein Auto steigen, davonfahren und ich könnte nichts tun, um das zu verhindern. Doch er kramt hektisch in seinen Hosentaschen. Er findet den Schlüssel nicht. Und das gibt mir die Zeit, die ich brauche, um ihn einzuholen.

Gerade zieht er seine Autoschlüssel hervor, da habe ich ihn erreicht und, ohne darüber nachzudenken, schnappe ich sie mir.

»Gib sie zurück«, fordert er mich auf.

»Nein«, sage ich störrisch und fühle mich auf einmal wieder wie ein Kind, das voller Inbrunst mit seinen Geschwistern über Dinge streitet, die eigentlich überhaupt keine Rolle spielen. »Warum läufst du vor mir weg?«

»Tue ich gar nicht«, sagt er reflexartig. Er hat definitiv auch Geschwister. Sonst könnte er sich nicht auf so eine kindische Weise streiten.

»Ich kenne mich mit weglaufen aus. Du bist vor mir davongesprintet, als hätte ich gedroht, dich umzubringen.« Als ich das letzte Wort ausspreche, wird mir klar, dass mir seine Präsenz auf dem Friedhof damals eine Gänsehaut bereitet hat, weil ich sofort das Gefühl hatte, er könnte etwas mit Augusts Tod zu tun haben. Ich sollte vielleicht Angst vor ihm haben. Aber komischerweise habe ich ausgerechnet jetzt keine. Obwohl er mich um einen Kopf überragt, breite Schultern hat und seine Muskeln vermutlich kaum anspannen müsste, um mir den Schlüssel wieder abzunehmen. Doch er versucht es nicht einmal.

»Was weißt du über meinen Bruder?«, presse ich hervor. »Du weißt irgendwas, sonst wärst du nicht an seinem Grab gewesen und würdest nicht vor mir weglaufen. Du weißt etwas über ihn. Sag es mir. Bitte sag es mir. Ich muss es wissen. Ich muss …«

Irgendwas in seinem zuvor so neutralen Blick bricht auf. Seine dunklen Augen scheinen zu schmelzen und sich gleichzeitig mit Wasser zu füllen. Seine braunen Haare wirken auf einmal zerzauster, obwohl er sie gar nicht berührt hat. Alles an ihm wirkt anders. Weicher. Zerbrechlicher. Echter. Und von einem

Moment auf den anderen steht nicht mehr nur ein Fremder vor mir, sondern jemand, der auf irgendeine Weise mit mir verbunden ist. Das spüre ich tief in mir, noch bevor er den Mund öffnet.

Und dann tut er es und ändert damit alles und gleichzeitig auch gar nichts.

»Ich habe August geliebt. Wir waren zusammen.«

24. Kapitel

STELLA

Vermutlich ist es leichtsinnig von mir, diesem fremden Mann in ein Haus zu folgen und dann auch noch die Stufen zu seiner Wohnung hinaufzulaufen. Nicht nur vermutlich, sondern ganz sicher.

Aber er fühlt sich nicht mehr wie ein Fremder an. Ich habe nicht eine Sekunde an der Wahrheit seiner Worte gezweifelt, obwohl ich nicht einmal wusste, dass August auf Männer stand.

Das Versprechen, mehr über meinen Bruder zu erfahren, zieht mich auf diesen Mann zu, und ich kann mich dem Sog, den er auf mich ausübt, einfach nicht entziehen. Und wenn ich ganz ehrlich bin, muss ich einsehen, dass ich das auch gar nicht will.

Er braucht einen Moment, um seine Wohnungsschlüssel zu finden, genauso wie kurz vorher mit seinen Autoschlüsseln, und dann braucht er noch einen weiteren Moment, um den Schlüssel ins Schloss zu kriegen. Während er damit kämpft, muss ich an eine Schneiderin denken, die einen Faden durch die Öse einer Nadel fädeln will.

Schließlich klickt das Schloss. Er öffnet die Tür und bedeutet mir, seine Wohnung zu betreten.

Ich zögere nicht eine Sekunde. Das sagt wohl mehr über meinen nicht vorhandenen Überlebensinstinkt aus, als ich möchte.

Die Tür fällt hinter mir wieder ins Schloss, und ich stehe so nah neben Joschka im engen Flur seiner Wohnung, dass ich die

Wärme seines Körpers auf meinem spüren kann. Ich warte auf die Angst. Aber sie kommt immer noch nicht. Und wenn sie sich bis jetzt nicht hat blicken lassen, wird sie das wohl auch nicht mehr nachholen.

»Du kannst die Schuhe anlassen«, sagt er, obwohl ich nicht einmal Anstalten gemacht habe, sie auszuziehen. Er schiebt sich an mir vorbei und steuert auf eine Tür mit Milchglasfenster zu, die angelehnt ist. Als sich sein breiter Rücken durch den Durchgang schiebt, erhasche ich einen Blick auf den Tisch dahinter. Dort befindet sich wohl das Esszimmer. Ich folge ihm jedoch noch nicht sofort. Meine Aufmerksamkeit wurde von etwas anderem beansprucht.

Eine Wand neben der Garderobe zieht mich an wie das Licht eine Motte. Die Wand ist nur schmal, und ein Fenster verkleinert die Fläche noch mehr, aber auf jedem freien Zentimeter tummeln sich alte Bilderrahmen, wie man sie auf Flohmärkten finden würde. Und in diesen Bilderrahmen sind Momente eingefangen. Auf einigen ist Joschka mit Menschen zu sehen, die ihm ähnlich sehen. Vermutlich sind es seine Brüder. Und da ist noch ein Foto mit einem älteren Mann und einer älteren Frau, die ich für seine Eltern halte. Aber mit diesen Momenten halte ich mich nicht lange auf, obwohl es, nach seinem breiten Lächeln zu schließen, schöne waren. Denn da sind auch Momente, die er mit meinem Bruder geteilt und für immer zwischen diesen hölzernen Rahmen konserviert hat.

August steht neben Joschka, während die beiden so stark über etwas lachen, dass sich August leicht nach vorne beugen muss. Das hat er nur selten getan. Nur, wenn er etwas unglaublich witzig fand. Und dann hat er sich meist über mehrere Minuten nicht mehr eingekriegt. Im Hintergrund mache ich das kleine Häuschen auf dem Flugplatz aus.

Auf einem anderen Foto sitzen die beiden nebeneinander in einer Bar. August hat einen Arm um Joschka gelegt.

Diese Bilder erinnern mich an die im Hausflur meiner Eltern, und doch sind sie ganz anders. Auf ihnen ist er nicht nur der Goldjunge, den jeder in ihm sehen wollte. Sondern der echte August. Chaotisch, ein bisschen leichtsinnig und vielleicht auch ein bisschen arrogant. Aber eben mein Bruder. August und nicht August Kronenberger.

Meine Aufmerksamkeit bleibt am letzten Bild hängen, das die beiden vor dem Kolosseum in Rom zeigt. Er hat uns damals gesagt, er wäre allein nach Italien geflogen. Ein ähnliches Bild nur ohne Joschka hat er an die ganze Familie geschickt.

Ich wende mich langsam um. Gerade eben war Joschka in ein anderes Zimmer verschwunden. Nun steht er nur wenige Meter von mir entfernt an die Wand gelehnt und hat die Arme vor der Brust verschränkt. Aber es wirkt nicht wie eine abwehrende Haltung. Es wirkt, als würde er sich selbst umarmen.

Die beiden sehen auf den Bildern sehr glücklich aus. Aber das ändert auch nichts an der Tatsache, dass wir nichts von Joschka wussten. Er war Augusts Geheimnis. Und deswegen war er nicht einmal zu seiner Beerdigung eingeladen.

Mein Herz wird eng und doch gleichzeitig zu groß für meinen Brustkorb. Mit wenigen Schritten bin ich bei Joschka, und bevor ich darüber nachdenken kann, dass mir das nicht zusteht, habe ich auch schon die Arme um seinen Körper geschlungen und drücke ihn an mich.

Er braucht eine halbe Ewigkeit, um zu reagieren. Ich will mich schon zurückziehen, weil ich denke, zu weit gegangen zu sein. Doch dann umfangen mich seine Arme mit einer Kraft, die mir klarmacht, dass er diese Berührung genauso stark gebraucht hat wie ich.

Ich klammere mich noch ein bisschen verzweifelter an ihm fest. Und in diesem Moment spielt es keine Rolle, dass wir uns nicht einmal eine Stunde kennen und nur wenige Worte miteinander gewechselt haben. Wir haben beide denselben Menschen geliebt, der nun fort ist. Das verbindet uns auf eine Weise, die Zeit und viele – selbst weise gewählte – Worte niemals vermögen.

Ich beginne zu weinen, doch ich löse mich trotzdem nicht von ihm oder versuche die Tränen zu verstecken, weil ich sein leises, fast schon sanftes Schluchzen auch in meinen Ohren habe. Ich bin traurig. Auf eine tiefe, manchmal auch zerstörerische Weise. Aber zu weinen und traurig zu sein, kann sich auch gut anfühlen. Als würde man endlich etwas loslassen, was man schon vor langer Zeit hätte loslassen sollen.

Sechs Wochen vor dem Unfall

»Was ist los, Ella?«, fragte August. Ich konnte seinen alarmierten Tonfall gut verstehen. Er war gerade erst durch die Tür getreten, und ich hatte mich ihm schon mit Schwung in die Arme geschmissen.

»Ich brauche einfach eine Umarmung«, sagte ich schlicht und drückte meinen Kopf gegen seinen Brustkorb, in dem ich laut und deutlich sein Herz schlagen hören konnte.

»Was ist los?«, wiederholte er. Diesmal noch ein bisschen alarmierter, als hätte er meine beschwichtigenden Worte gar nicht vernommen. »Es hat was mit Matt zu tun, oder? Ich wusste, dass dir das um die Ohren fliegen würde. Ich werde ihn umbringen.«

»Schalt mal einen Gang runter«, ermahnte ich ihn. Aber weil mein Mund an seiner Brust ruhte und meine Stimme gedämpfter klang, kam dieser Satz wohl nicht so überzeugt bei ihm an, wie er eigentlich sollte. »Ich hatte einen harten Tag und wollte dich einfach umarmen.«

Der Griff meines Bruders um meinen Körper wurde fester. »Das hast du seit Ewigkeiten nicht mehr gemacht.« Er hörte sich fast ein bisschen vorwurfsvoll an. »Als kleines Kind bist du ständig zu mir gekommen und hast gefordert, dass ich dich so fest drücken soll, wie ich kann. Am Anfang hatte ich noch Angst, ich könnte dich zerdrücken.«

»Aber das kannst du nicht«, nuschelte ich gegen seine Rippen, die mit meinem Wangenknochen kollidierten. Aber das störte mich nicht im Geringsten.

»Niemand kann das.« Er sagte das mit so viel Überzeugung, dass ich ihm fast glauben konnte. Diesmal klang er stolz.

»Ich hoffe, dass du recht hast.«

Ich kann nicht sagen, wie lange wir in dieser Umarmung verharren. Vielleicht sind es nur Minuten, vielleicht sind es auch Stunden. Sobald ich mich von ihm löse, fühle ich mich aber ein bisschen so, als hätte ich einen Teil von meinem Bruder zurückerhalten, obwohl ich doch geglaubt habe, dass er für immer verloren ist.

Verlegen reibe ich mir die Tränen aus den Augenwinkeln, und Joschka tut dasselbe mit dem blauen Shirt, auf dem ein großer Löwenkopf abgebildet ist. Ich habe es August damals geschenkt, weil er mir, als wir noch Kinder waren, mal gesagt hat, dass er viel lieber ein Löwe wäre als ein gewöhnlicher Menschenjunge. Damals hatte er eine Obsession mit *Der König der Löwen*.

Joschka und ich sehen uns an und stoßen beide ein peinlich berührtes Lachen aus, dessen Klang mir hilft, mich wieder wohl in meiner Haut zu fühlen.

»Ich würde mich gern mit dir über meinen Bruder unterhalten, wenn das in Ordnung ist«, sage ich mit heiserer Stimme.

»Natürlich«, erwidert er sofort. »Das würde mich sehr freuen.« Und ich weiß intuitiv, dass er diesen Satz genauso meint, wie er ihn sagt.

»Aber bevor wir das tun, muss ich noch jemanden anrufen.«

25. Kapitel

MATT

Als Stellas Name auf meinem Handybildschirm auftaucht, ist mein erster Impuls, nicht ranzugehen. Ich lasse mein Smartphone klingeln und starre auf das Display, bis es wieder schwarz wird. Ein Seufzer entfährt mir, als hätte ich damit eine Katastrophe abgewendet.

Doch das ist nicht das Ende der Geschichte. Denn nur wenige Sekunden später ertönt mein Klingelton erneut, und wieder steht Stellas Name dort. Die Buchstaben scheinen mich auffordernd anzustarren. Ich kann mich nicht daran erinnern, wann wir das letzte Mal telefoniert haben. Irgendwann vor dem Unfall. Danach haben wir nie versucht, einander zu kontaktieren, als hätten wir eine Regel aufgestellt, die zwar niemand jemals ausgesprochen hat, von der wir aber beide wussten, dass sie unumstößlich ist.

Ich frage mich, was Frau Fellner mir in dieser Situation raten würde. In ihrer Sitzung musste ich einsehen, dass ich abhängig von Stella bin. Ich bin es schon immer gewesen und bin es noch immer. Vielleicht sollte ich sie einfach ignorieren. Obwohl ich davon ausgehe, dass das wohl kein Rat ist, den eine Therapeutin geben würde. Doch je länger mein Handy klingelt, desto weiter werden ihre Worte zurückgedrängt, bis sie in einer Ecke meines Gehirns angelangt sind, wo ich sie gar nicht mehr sehen kann.

Noch zweimal kann ich mich gegen den Sirenenruf meines Telefons wehren. Doch dann kehren die Erinnerungen an den Kuss zurück, ohne dass ich es verhindern kann. Und an den Streit danach. Vor allem an die fürchterlichen Dinge, die ich gesagt habe.

Ich bin mir nicht ganz sicher, ob es letztendlich mein schlechtes Gewissen oder meine Sehnsucht ist, die mich dazu bringt, den Anruf entgegenzunehmen. Es spielt wohl keine Rolle, warum ich nicht in der Lage bin, mich gegen die Macht, die Stella über mich hat, zur Wehr zu setzen. Es zu wissen, würde auch nichts an den Tatsachen ändern.

»Ja?«, frage ich barsch, während ich das Handy ein bisschen zu vehement gegen mein Ohr presse. Es beginnt sofort zu pochen.

»Du musst herkommen«, sagt sie ein bisschen atemlos.

»Herkommen?«, frage ich kritisch. »Wohin?«

»Ich schicke dir die Adresse«, meint sie nur. Sie klingt alarmiert, und sofort wird meine Stimme sanfter.

»Ist alles in Ordnung?« Was zwischen uns vorgefallen ist, ist egal, wenn sie in Gefahr ist.

»Ja, es ist alles in Ordnung. Aber du solltest kommen. Es hat mit August zu tun.«

Mein Herz droht zu explodieren und gleich mehrere Fragen durch meine Blutgefäße zu pumpen. Was hat sie herausgefunden? Was weiß sie über den Unfall? Hat sie die Wahrheit erkannt? Weiß sie, was ich getan habe?

Aber wenn sie es wüsste, würde sie mich dann anrufen und ruhig mit mir sprechen? Nein, sie würde mich anschreien.

Ich zwinge mich, tief durchzuatmen und mich ein wenig zu beruhigen.

»Okay, ich komme«, kriege ich noch hervor, dann mache ich mich auf den Weg. Ich folge der Strecke, die mein Navi vorgibt, und lenke mein Auto wie ferngesteuert durch München. Schließlich erreiche ich ein Wohngebiet ein bisschen außerhalb und quetsche mich in eine schmale Parklücke. Ich steuere das

Haus an und klingle beim Namen, den Stella mir genannt hat. Die Tür brummt, und ich trete ein.

Meine Schulter macht sofort auf sich aufmerksam, als hätte sie zu dieser verwirrenden Situation auch etwas zu sagen. Ich ignoriere sie, wie ich es immer tue, und erklimme mehrere Stockwerke, bis ich Stella in einer angelehnten Tür stehen sehe.

Ich will sie fragen, was los ist, als der Kopf eines Kerls hinter ihr auftaucht. Irgendwas an ihm kommt mir bekannt vor, aber ich kann es nicht ganz benennen. Mit dem Unfall hat er aber, soweit ich weiß, nichts zu tun. Ich starre ihn vermutlich ein bisschen zu offensichtlich an, ich kann mich allerdings auch nicht daran hindern. Schweigend erklimme ich die letzten Stufen, und schweigend bedeutet mir der Fremde, in die Wohnung zu treten.

Ich will zögern, doch Stella verschwindet hinter der Tür, und sie mit einem fremden Kerl allein zu lassen, missfällt mir, also folge ich ihr.

Sie bleibt im Flur stehen und schaut auf eine Wand mit Bilderrahmen. Ich tue es ihr gleich und erkenne meinen besten Freund, der zusammen mit einem Fremden abgelichtet ist. Als ich das Foto entdecke, auf dem sie gemeinsam lachen, erinnere ich mich, wo ich den Kerl schon mal gesehen habe. Vor einigen Jahren, als die Welt noch in Ordnung war, habe ich mal einen Blick auf Augusts Handy geworfen, während er konzentriert eine Nachricht getippt hat. Das Foto ist auf dem Bildschirm erschienen, doch bevor ich ihn danach fragen konnte, hat er sein Smartphone hektisch wieder weggesteckt. Und ich wollte ihn nicht drängen, wenn er etwas nicht mit mir teilen wollte.

Anscheinend wollte er den Mann, in dessen Wohnung ich nun stehe, nicht mit mir teilen. Ich erkenne die Wahrheit, bevor Stella sie ausspricht.

»Das ist Joschka. August und er waren zusammen«, erklärt sie, und ich nicke nur, als hätte ich es schon immer gewusst, obwohl ich das natürlich nicht getan habe.

Eine tiefe Trauer will von mir Besitz ergreifen. August war

mein engster Freund. Wieso hat er mir nie gesagt, dass er diesen Mann geliebt hat? Ich hätte mich für ihn gefreut. Warum dachte er, er könnte es mir nicht erzählen?

Ich betrachte Stella, deren Mascara um ihre Augen verlaufen ist. Sie hat geweint. Bestimmt hat sie sich die gleichen Fragen gestellt wie ich.

»Wollt ihr einen Tee?«, fragt Joschka ein bisschen unbeholfen. Stella und ich nicken nur. Vielleicht verliert man die Gabe zu sprechen, wenn es so viel zu sagen gibt, dass man unmöglich alles in Worte fassen kann. Wieso mit ein paar Sätzen anfangen, wenn man doch weiß, dass man nie alles ausdrücken kann?

Er bedeutet uns, ins Esszimmer zu gehen. Und während wir dem Wasserkocher lauschen, sitzen Stella und ich uns weiterhin schweigend gegenüber und sehen überallhin, nur nicht in die Augen des anderen. Habe ich Angst davor, die gleichen Gefühle in ihrer hellen Iris zu finden, die auch meine Sicht verschwimmen lassen? Oder habe ich Angst vor all dem, was mit uns zu tun hat?

Joschka kommt mit drei Tassen zu uns und stellt sie vor uns. Er setzt sich neben Stella.

Sekunden ticken vorbei und werden immer größer, bis sie zu Minuten herangewachsen sind. Schließlich räuspert sich Joschka.

»Ihr müsst Fragen haben.«

Ich will mit Ja antworten, doch dann zögere ich. Gerade war mein Geist noch überschwemmt. Nun scheint er in seinem eigenen Unwissen ertrunken zu sein.

»August und du, ihr habt euch auf dem Flugplatz kennengelernt, oder?«, presst Stella heraus und trinkt danach einen beherzten Schluck Tee, der dafür eigentlich noch viel zu heiß sein muss.

»Genau«, sagt Joschka und verzieht den Mund zu einem überforderten Lächeln.

Ich mustere ihn genauer. Kann ich in den Fältchen um seine Augen und in dem Schwung seiner Lippen erkennen, warum sich August in ihn verliebt hat? Vermutlich nicht. Aber ich kann meine Liebe für Stella in ihren Zügen erkennen. Deswegen sehe ich ja auch Joschka und nicht sie an.

»Warum …« Stella bricht ab. »Warum hat er …« Stella scheint nicht über diese Worte hinauszukommen. Doch wir verstehen trotzdem, was sie meint.

»Warum hat er nie von mir erzählt?«, vervollständigt Joschka die Frage, und Stella nickt. »Kannst du es dir nicht denken?«

Stella nickt betroffen. Ich tue das Gleiche. »Er musste der Kronenberger-Goldjunge bleiben«, flüstere ich in mich hinein. Joschkas Mimik wird bitter, doch er widerspricht mir nicht.

»Also ich verstehe, warum er es unseren Eltern nicht erzählt hat. Aber uns …« Stella deutet überfordert auf sich und mich. »Das verstehe ich nicht.«

»Ich glaube …«, setzt Joschka an und trinkt dann einen großen Schluck Tee und räuspert sich. »Ich glaube, er wollte diese Welten komplett voneinander trennen.«

»Ich hätte meinen Eltern nie etwas verraten«, beharrt Stella. »August konnte sich auf mich verlassen, und das wusste er auch. Ich hätte euch so gern … zusammen kennengelernt.« Sie reibt sich verstohlen über den Augenwinkel, aber sie kann die Tränen, die ihr entwischt sind, nicht vor uns verstecken. Joschka reicht ihr ein Taschentuch, und sie nimmt es dankend an.

»Ich glaube, er hatte einfach Angst«, meint Joschka. »Er wollte so sein, wie eure Familie ihn haben wollte. Nicht anders.«

»Ich freue mich, dass ich dich jetzt kennenlernen kann«, sage ich ernst.

»Ich mich auch«, meint Joschka. Er wirkt zwar immer noch überfordert und traurig und noch so viele andere Dinge auf einmal. Und trotzdem auch aufrichtig.

Stella entfährt ein heiserer Schluchzer. »Erinnerst du dich daran, was August immer gesagt hat, wenn man ihn gefragt hat, was er werden will?«, fragt sie und richtet sich das erste Mal direkt an mich.

»Ja«, sage ich lächelnd. »Alle haben immer erwartet, dass er sagt, er will der Geschäftsführer des Kaufhauses werden, der Erbe der Kronenbergers.«

»Aber er hat immer was anderes geantwortet. Schon als kleines Kind«, führt Stella weiter aus. »Alt. Er hat immer gesagt, er will alt werden.«

Die Tränen rinnen nun ungehindert über ihre Wangen, aber sie versucht auch gar nicht mehr sie aufzuhalten. Vermutlich hat sie eingesehen, dass das ein Kampf ist, den sie niemals gewinnen kann.

»Aber er ist nicht alt geworden«, kriege ich noch heraus. Dann verstopfen die Tränen auch mir den Hals. Joschka reicht mir ein Taschentuch und nimmt sich selbst eins. Als wir alle gleichzeitig schniefen, entfährt uns auch allen gleichzeitig ein Lachen.

»Er hat nie gesagt, dass er das Kaufhaus übernehmen will«, wiederholt Stella. »Denkst du, er wollte es gar nicht?«

»Ich habe keine Ahnung«, erwidere ich und sehe Joschka fragend an.

»Er wollte es übernehmen«, beantwortet er meine stumme Frage. »Aber gleichzeitig wollte er es auch nicht. Er wollte er selbst sein und hat sich doch nicht getraut. Er war sehr zwiegespalten, was viele Dinge anging.«

Eifersucht macht sich glühend heiß in meiner Brust breit. Dieser Fremde, den ich heute das erste Mal sehe, wusste mehr über August als ich. Wieso hat er ihm vertraut und nicht mir? Warum dachte ich, meinen besten Freund gut zu kennen, wenn ich anscheinend die wichtigsten Dinge über ihn nicht wusste? War ich blind? War ich zu selbstbezogen? Hätte ich mehr für ihn da sein müssen?

»Es tut mir leid, dass wir nicht von dir wussten«, haucht Stella mit heiserer Stimme. »Du hättest bei der Beerdigung sein sollen.«

Joschka reibt sich wieder Tränen weg. »Ich wäre gern da gewesen«, gibt er zu. »Aber ich besuche oft sein Grab.«

Wir müssen es nicht aussprechen, um alle zu wissen, dass das nicht das Gleiche ist und dass ihn die Tatsache, an diesem Tag nicht da gewesen zu sein, wohl niemals loslassen wird.

»Du hast seine Lieblingsblumen hingelegt«, stellt Stella fest.

»Habe ich.«

»Danke dir.« Sie ergreift seine Hand und drückt sie fest. Sie tut es auf so eine vertraute Weise, dass man glauben könnte, sie würde Joschka schon seit Ewigkeiten kennen und jeden Sonntag an seinem Esstisch sitzen und mit ihm Tee trinken. Ich wünschte, es wäre so. Ich wünschte, das wäre Realität. Ich wünschte, August hätte uns vorgestellt und wir hätten viel Zeit miteinander verbracht. Und vor allem wünschte ich, er würde jetzt mit uns hier sitzen.

Die Schlucht tut sich wieder in meinem Inneren auf. All die anderen Wünsche verblassen neben diesem einen riesigen Wunsch, den ich mit jeder Faser meines Körpers fühle.

Ich wünschte, er wäre nicht gestorben.

»Wie lange wart ihr zusammen?«, fragt Stella. Wieder muss ich daran denken, dass sie mir immer wie pures Licht vorgekommen ist. Ein Licht, das meine Dunkelheit vertreibt.

»Zwei Jahre.«

»Und er hat uns die Hölle heißgemacht, weil wir unsere Beziehung für ein paar Monate geheim gehalten haben«, sage ich und bringe die anderen damit zum Lachen.

»Er hat oft darüber geredet, dass ihm die Beziehung missfällt«, meint Joschka.

»Natürlich hat er das.« Stella verdreht die Augen.

»Aber irgendwann hat er eingesehen, dass er sich keine Sorgen machen muss.«

»Wirklich?«, hake ich nach.

»Ja, er meinte, er war einfach nur ein übervorsichtiger großer Bruder, aber eigentlich weiß er, dass ihr gut füreinander seid.«

Stella meidet meinen Blick, in meiner Brust breitet sich trotzdem Wärme aus. Wenn ich neue Dinge über August erfahre, kommt es mir ein bisschen so vor, als wäre er noch hier.

Stellas Erzählung von den Sternen kommt mir wieder in den Sinn. Solange wir über ihn sprechen, wird sein Licht nicht erlöschen, obwohl er nicht mehr hier ist. Wie ein Stern, den wir noch immer sehen können, obwohl er schon vor Jahrtausenden gestorben ist.

Ich entschließe mich, alles aus dieser Perspektive zu betrachten und mich nicht mehr darüber aufzuregen, dass er mir all das nicht selbst erzählt hat.

Stella schnieft schon wieder. »Ich kann mir vorstellen, dass du das vielleicht gar nicht willst. Aber solltest du es wollen, würde ich dich auch dem Rest der Familie vorstellen. Unsere Oma würde dich ganz sicher lieben. Lorena und Juli sowieso, obwohl Juli August gar nicht kannte. Und unser Bruder und …« Sie hält abrupt inne. Die Sorge um Benny ist ihr deutlich anzusehen. »Ich will dich nicht bedrängen. Es ist deine Entscheidung.«

»Danke«, sagt Joschka und reicht ihr das nächste Taschentuch. »Ich weiß nicht, ob ich dafür bereit bin.«

»Das ist gar kein Problem«, erwidert Stella schnell. »Wir machen das, wie du willst.«

Er lächelt sie auf eine Weise an, wie er es vielleicht auch in einem Paralleluniversum getan hätte, in dem er die kleine Schwester seines Freundes schon sehr lange kannte und ebenfalls brüderliche Gefühle für sie entwickelt hatte.

Es gibt so viele Paralleluniversen, in denen ich lieber leben würde als in diesem. Aber als ich die beiden Menschen mustere, die mir gegenübersitzen und sich vertraut anlächeln, obwohl sie noch gar nicht so vertraut miteinander sind, wird mir klar, dass es auch Gründe gibt, das Leben in diesem zu mögen. Auch wenn es mir manchmal schwerfällt, diese zu finden.

»Hat August auch immer so viel Mist gebaut, wenn ihr Zeit miteinander verbracht habt?«, frage ich, um die Stimmung ein bisschen aufzulockern. Und tatsächlich gelingt es mir.

»Natürlich«, sagt Joschka.

»Ich will alle Geschichten hören«, fordert Stella.

»Alle?«, fragt Joschka.

»Alle«, beharre ich.

Und während wir reden, lachen und weinen, erkenne ich, dass ich nicht nur die Freude, sondern auch den Schmerz zulassen muss. Wenn man nur einen Teil seiner Gefühle annimmt, kann man nämlich auch immer nur ein Teil des Menschen sein, der man hätte werden können.

26. Kapitel

MATT

Als wir Joschkas Wohnung wieder verlassen, ist es schon stockdunkel draußen.

Er folgt uns die Treppe hinab bis zur Haustür. Stella und Joschka drücken sich noch mal. Und dann überwinde ich mich und lasse mich auch von ihm umarmen. Ich würde gern beide Arme um ihn legen, aber meine Schulter macht nicht mit. Ich hoffe, er deutet das nicht falsch. Aber ich möchte meine Probleme gerade nicht erklären. Ich will mit meinen Gedanken nicht in dunklere Gegenden meines Kopfes zurückkehren, wenn ich die letzten Stunden an schönen Orten voller lustiger Erinnerungen verbracht habe.

»Das werden wir in nächster Zeit öfter machen«, fordert Stella nicht zum ersten Mal. Und wir stimmen ihr nicht zum ersten Mal zu.

Nach weiteren Versicherungen, dass wir uns wiedersehen werden, erklimmt Joschka wieder die Stufen zu seiner Wohnung, und wir treten aus dem Hausflur auf die Straße.

Kurz stehen wir schweigend voreinander, und dieser Moment fühlt sich so vertraut an, dass es mir schwerfällt, die Leichtigkeit beizubehalten, die ich gerade noch gespürt habe.

»Danke, dass du mich angerufen hast«, sage ich schließlich.

»Gern«, erwidert Stella und verschränkt die Arme vor der Brust. »Ich wollte nicht, dass du das verpasst.«

»Danke«, sage ich erneut, weil es nicht reicht, es einmal auszusprechen, um auszudrücken, was in mir vorgeht. »In dem Wissen, dass August glücklich war, geliebt wurde und geliebt hat, werde ich immer Trost finden, auch wenn sein Verlust niemals aufhören wird wehzutun.«

Ich wollte nichts Bedrückendes sagen, aber ich konnte es auch nicht ungesagt lassen, und Stella nickt auf eine Weise, als wüsste und verstehe sie das.

»Willst du vielleicht noch …« Stella stockt. Das tut sie in letzter Zeit ständig. Früher hat sie es nie getan. Aber früher hatte sie vermutlich auch nicht so große Angst vor den Konsequenzen ihres Handelns, weil sie noch nicht erfahren hatte, wie viel Schaden diese anrichten konnten. Ich wusste es ja auch nicht. »Willst du vielleicht noch was trinken gehen? Ich möchte noch nicht nach Hause.«

Ich will auch noch nicht nach Hause gehen. Vor allem nicht allein. Vor allem nicht ohne sie. Die Stimme von Frau Fellner will in meine Ohren dringen, doch ich ignoriere sie. Ich bin gewillt, eine weitere Sitzung wahrzunehmen. Doch gerade will ich mein Handeln noch nicht von ihren Worten leiten lassen. Ich will nicht hinterfragen, warum ich tue, was ich tue. Ich will einfach tun.

»Ja«, sage ich also schlicht. Mehr sage ich nicht, da alles, was in mir vorgeht, wenn Stella in meiner Nähe ist, so heikel ist.

»Okay, gut«, meint sie und schaut auf die Uhr. Ihre Augen weiten sich kurz. »Es ist schon so spät?«

Erst als ich auf meinem Handy die Uhrzeit checke, wird mir klar, dass es schon nach zwei Uhr morgens ist. Sofort fängt mein Magen an zu knurren, als würde er sich erst beim Anblick der Uhrzeit daran erinnern, dass er seit dem Mittagessen nichts mehr bekommen hat. Aber mitten in der Nacht wird es schwer werden, eine Bar oder ein Restaurant zu finden, das noch was zu essen anbietet.

»Ich habe eine Idee«, sage ich, bevor ich es mir anders überlegen kann. Ich laufe zu meinem Auto, und ich muss Stella nicht auffordern, damit sie mir folgt. Sie tut es einfach. Sie setzt sich so selbstverständlich wie früher auf den Beifahrersitz, und ich starte den Motor. Während wir an den Lichtern, die die Dunkelheit ab und an durchbrechen wie Sterne einen Nachthimmel, vorbeiziehen, reden wir kein Wort. Stella kommentiert es nicht einmal, als ich in das Parkhaus zum Hotel Jordan einbiege. Sobald ich das Gebäude betrete, fühle ich diese Geborgenheit in der Brust, die ich schon als Kind gespürt habe, wenn ich durch diese Gänge gewandelt bin. Die Erwartungen meiner Eltern, die schwer auf mir lasten, lassen es mich manchmal vergessen, doch sobald ich wieder an diesem Ort bin, erinnere ich mich daran: Ich liebe diese Hotels. Auch wenn ich gar nicht so klar beschreiben kann, woran das liegt.

Stella und ich laufen schweigend durch das stille Hotel, das sich nach Heimat anfühlt, bis wir die Küche erreichen, die genauso verlassen vor uns liegt wie die anderen Gänge, deren Teppiche verlässlich unsere Schritte schlucken. Sofort habe ich ein Mädchen vor Augen, das auf und ab hüpft, um einen lauten Eindruck in einem stillen Gang zu hinterlassen. Doch die Frau neben mir tut das nicht, und irgendwie macht mich das traurig. Die Vorstellung, dass Stella einen Teil von ihrer Energie eingebüßt haben könnte, kommt mir tragisch vor.

Ich gehe zum riesigen Kühlschrank und hole Zutaten heraus.

»Dürfen wir das?«, fragt Stella, und ihre unsichere Tonlage bringt mich zum Grinsen.

»Wir sind keine Kinder mehr«, sage ich. »Ich habe einen Schlüssel. In wenigen Monaten werde ich offiziell Geschäftsführer.«

»Stimmt«, nuschelt sie fast schon kleinlaut in sich hinein. Sie sagt es so, als hätte sie ganz vergessen, dass wir erwachsen geworden sind. Ich wünschte, ich könnte es manchmal auch vergessen.

Ich greife mir eine Pfanne, eine Schüssel und beginne Zutaten zu verrühren. Als ich mich traue, aufzublicken, erwische ich Stella dabei, wie sie mich lächelnd ansieht. Mir wird warm, und das hat nichts damit zu tun, dass ich eine der enorm großen Herdplatten eingeschaltet habe.

»Du machst Pfannkuchen«, sagt sie leise.

»Ja. Das Einzige, was ich kochen kann.«

»Das stimmt nicht.« Sie schüttelt vehement den Kopf. »Du hast auch andere Gerichte drauf.«

»Dann lass es mich anders formulieren. Das Einzige, was ich gern koche.«

»Das kann sein.«

Ich kippe die erste Portion Teig in die Pfanne und laufe dann zu einem Schrank in der anderen Ecke der Küche. Orte, die sonst immer von tausend Geräuschen auf einmal erfüllt sind, fühlen sich still seltsam an. Als hätten sie den Krach gespeichert, könnten ihn aber doch nicht ganz loslassen.

Meine Schritte hallen zwischen den verchromten Oberflächen und Arbeitsplatten.

Ich muss nicht lange suchen und hole die erste Flasche Rotwein heraus, die mir ins Auge fällt. Vermutlich ist sie sehr teuer, das kümmert mich in diesem Moment allerdings nicht. Ich umgreife sie ein bisschen zu fest, während ich zu Stella zurückkehre. Sie steht vorm Herd und will versuchen den Pfannkuchen umzudrehen, doch ich weiß, in welcher Katastrophe das enden wird.

»Lass den Pfannenwender sinken!«, fordere ich und schiebe sie vom Herd weg. Meine Hände legen sich ganz von allein auf ihre Taille, obwohl sie dort schon lange nicht mehr hingehören. Sie bilden sich aber noch immer ein, sie würden es tun.

Stella scheint in meine Hände hineinzuschmelzen. Sie lehnt sich ganz leicht gegen mich.

Die krausesten Locken auf ihrem Kopf berühren mein Kinn. Sie erinnern mich an ausgestreckte Zeigefinger, die mir zu verstehen geben wollen, dass ich noch näher treten soll.

Meine Hände umgreifen sie ein bisschen fester, und sie lehnt sich mir noch ein bisschen mehr entgegen. Mein Herz schlägt so schnell, dass sie die Nachwehen seines Bebens eigentlich im

Rücken spüren müsste. Aber falls sie es tut, scheint es sie nicht zu stören.

Ich will sie gerade an meine Brust ziehen, als mir der Geruch nach verbranntem Teig in die Nase steigt. Ich schiebe sie zur Seite, was ursprünglich mein Plan gewesen war, und lasse sie so schnell los, als hätte ich mich an ihr verbrannt und nicht der Pfannkuchen an der Pfanne.

Ich hole den verkohlten Rest heraus und schmeiße ihn in den nächsten Mülleimer.

»Der erste gelingt sowieso nie«, sagt Stella atemlos.

»Kannst du die Weinflasche öffnen?«, frage ich mechanisch und lege meine ganze Konzentration auf den nächsten Pfannkuchen, als könnte ich den Gedanken, ihn auch zu ruinieren, nicht ertragen.

»Klar«, sagt Stella. Ich höre, dass sie in irgendwelchen Schubladen nach einem Korkenzieher sucht. Ich könnte ihr helfen. Aber den Teig in der Pfanne anzustarren, gibt mir die Sicherheit, die mir seit ihrer Rückkehr in ihrer Anwesenheit fehlt. Ich warte auf das verheißungsvolle Kitzeln in meinem Nacken. Es bleibt aus. Doch ich bin zu angespannt, um darüber richtig erleichtert sein zu können.

Der Korken gibt ein Plopp von sich, als Stella ihn aus der Flasche löst. Sie macht sich nicht die Mühe, Gläser zu suchen. Sie trinkt einfach aus der Flasche und setzt sich auf eine der Arbeitsplatten, was Chef Benoit vor Wut die Röte in die Wangen getrieben hätte. Ich kommentiere es nicht. Ich lausche nur auf jede ihrer Bewegungen und mustere sie aus dem Augenwinkel.

Während ich die nächsten Pfannkuchen zubereite, schweigen wir. Früher war es angenehm, mit ihr zu schweigen. Jetzt steht zu viel zwischen uns, um sich in die Stille fallen zu lassen.

»Ich habe dich angelogen«, entfährt es mir, bevor ich es verhindern kann.

Stella braucht einen Moment, um zu reagieren. Ich höre das Klacken, als sie die Weinflasche auf die Arbeitsplatte stellt. »Wovon redest du?«

»Als ich dich im Büro deines Vaters gefunden habe.« Ich wende den Pfannkuchen, um sie nicht ansehen zu müssen. »Ich habe gesagt, dass ich mir wünsche, du würdest verschwinden.«

Sie verspannt sich. Ich spüre es tief in mir.

»Das war eine Lüge.«

»Okay.« Mehr sagt sie nicht. Diese Antwort sollte ungenügend sein. Aus irgendeinem Grund reicht sie mir.

»Ich war in den letzten Jahren kein einziges Mal auf einem Wochenmarkt«, meine ich, während ich neuen Teig in die Pfanne gebe. »Es hat mich an dich erinnert und an die Wochenenden, wenn du mit frischem Brot und Dips zu mir gekommen bist und wir den Tag im Bett verbracht haben. Und ich wollte mir dort nichts holen und es allein essen. Das hätte mich zu sehr deprimiert.«

»Ich habe die Serien nie zu Ende geguckt«, flüstert sie.

»Was?« Ich hebe den Blick, sobald der letzte Pfannkuchen auf dem großen Teller landet. Stella lässt ihre Beine über den Rand der Kücheninsel baumeln und starrt auf den Boden, als befände sich dort mehr als langweilige Fliesen.

»Die Serien, die wir zusammen angefangen haben«, fährt sie mit gesenktem Kopf fort. »Dark, Stranger Things, Twin Peaks. Ich habe es nicht über mich gebracht, sie ohne dich weiterzugucken.«

»Ich auch nicht«, gebe ich zu. »Aber sind wir mal ehrlich, ohne deine Hilfe hätte ich sie auch nicht verstanden.«

Sie lacht auf, und endlich schauen wir uns an. Jedes Mal, wenn sie mich ansieht, trifft es mich wieder wie der Einschlag eines Meteoriten.

»Ich habe deinen Spotify Account angeguckt, um herauszufinden, welche Musik du hörst. Ich wollte wissen, ob du neue Playlists für uns erstellst, ob du traurige oder fröhliche Musik gehört hast«, fährt sie fort.

»Ich habe auch nachgeguckt, was du hörst«, sage ich. »Manchmal wusste ich nicht, ob ich will, dass du glücklich bist oder nicht, beide Vorstellungen haben mich traurig gemacht. Du ohne mich glücklich. Und du ohne mich nicht glücklich.«

»Ging mir auch so«, meint sie.

Und obwohl sie mich vor fast zwei Jahren allein gelassen hat, fühle ich mich kurz, für einen Moment, irgendwie, auf unerklärliche Weise nicht mehr allein, nur weil sie gesagt hat, dass sie meine Gefühle verstehen kann. Es sollte mich nicht überraschen, dass sie sie verstehen kann. Seit ich denken kann, waren meine Gefühle auch immer ihre.

»Ich habe mich nicht mehr getraut zu schreiben«, fährt sie fort. »Ich habe Artikel über meine Reise geschrieben und veröffentlicht. Aber das ist nicht das Gleiche. Ich habe keine Geschichten mehr geschrieben. Seit ich aufgebrochen bin, habe ich mein Notizbuch immer in der Tasche. Ab und zu hole ich es heraus, aber dann stecke ich es wieder weg, ohne auch nur ein Wort hineingeschrieben zu haben.«

Ich sollte mich fragen, warum es uns auf einmal so leichtfällt, offen miteinander zu reden, wenn zuvor jedes Gespräch in einem Streit oder bedrückender Stille geendet hat. Aber irgendwie kenne ich die Antwort bereits. Es ist mitten in der Nacht, in der sowieso andere Regeln gelten als bei Tageslicht. Und wir haben Stunden bei Augusts großer Liebe verbracht. Wir haben vieles über ihn erfahren, obwohl wir geglaubt haben, niemals wieder etwas Neues über ihn erfahren zu können. Der ganze Abend und auch der Beginn der Nacht waren von Ehrlichkeit und Wahrheit geprägt. Und wenn jemand anderes damit begonnen hat, ist es leichter, den Faden aufzunehmen und ihn weiterzuspinnen.

»Das ist schade«, sage ich, während ich ihr den Teller mit Pfannkuchen entgegenschiebe. »Du kannst sehr gut schreiben.«

»Du warst immer der Einzige, der das wirklich geglaubt hat.«

»Das stimmt nicht«, widerspreche ich und stelle mehrere Marmeladen vor sie. Nur Beerenmarmeladen. Stella mag keine anderen.

Ihr Blick fällt kurz auf die Gläser, und ein Lächeln huscht über ihre Lippen, die, ohne Worte formen zu müssen, zu sagen scheinen: Du weißt es noch.

»Auch andere haben an dein Schreiben geglaubt.«

»Du am meisten«, flüstert sie.

»Das mag sein.«

Wir lächeln uns vorsichtig an, als wüssten wir nicht, ob wir diese Biegung unserer Lippen vorm anderen wirklich riskieren können.

»Ich bin nicht mehr geschwommen.«

Stellas Lächeln verschwindet. »Gar nicht mehr?« Ihre Stimme ist noch ein bisschen leiser geworden. Trotzdem höre ich ihr Entsetzen deutlich heraus.

»Gar nicht mehr«, wiederhole ich. Bereits benutzte Worte machen mir das Sprechen in letzter Zeit zwar leichter. Das zuzugeben wird jedoch nie einfach sein.

Stella reicht mir die Weinflasche, und ich trinke einen beherzten Schluck. Weder sie noch ich haben bisher die Pfannkuchen angerührt. Obwohl sich mein Magen nach meinem Geständnis verkrampft hat, reiße ich ein Stück ab und zwinge mich, es zu essen. Der Geschmack und der Geruch erinnern mich an eine einfachere Zeit. Ich könnte jetzt einfach die Augen schließen und mich für einige Minuten in meine Vergangenheit flüchten. Doch ich tue es nicht. Denn die Vergangenheit wird nie wieder meine Gegenwart sein, egal, wie sehr ich es mir wünsche. Also sollte ich auch nicht mehr versuchen, in ihr zu leben.

»Vielleicht will ich das ändern.«

»Was willst du ändern?«, fragt Stella atemlos.

»Ich will wieder ins Wasser gehen«, erkläre ich, und mein Herz zieht sein Tempo besorgniserregend schnell an. »Kommst du mit?«

Stella findet ihr Lächeln wieder, und ich hoffe, dass sie es nie wieder verliert. »Natürlich.«

***

Ich bin mir ziemlich sicher, dass mir mein Herz mithilfe von Morsecodes versucht zu verstehen zu geben, dass das eine beschissene Idee ist. Doch ich habe Morsecodes nie gelernt. Wenn es will, dass ich auf es höre, muss es sich schon deutlicher ausdrücken.

Stella und ich stehen im Schwimmbad des Hotels. Natürlich sind wir mitten in der Nacht allein hier. Da niemand da ist, scheint in dieser Halle allerdings mehr Raum für meine panischen Gedanken zu sein. Das Kitzeln kriecht meinen Nacken hinauf, und ein seltsamer Geschmack, den ich auch nach fast zwei Jahren immer noch nicht richtig beschreiben kann, legt sich auf meine Zunge.

Als ein leises Lachen an meine Ohren dringt, wird aber beides für einen Moment verdrängt.

Ich wende mich Stella zu, die direkt neben mir im Eingang steht und ihre Umgebung mit diesem besonderen Leuchten in ihren Augen betrachtet.

»Wieso lachst du?«

»Ich musste an früher denken«, meint sie. »Du hattest ständig deine MMs. Das ist auch eine.«

Meine Matthew Missionen. Das Kitzeln zieht sich ein bisschen zurück. Genauso muss ich es sehen. Ich stelle mich gerade nicht meiner größten Angst. Ich habe nur mal wieder einen Plan, von dem ich besessen bin, den Stella als MM bezeichnet, um sich über meine Ernsthaftigkeit lustig zu machen. Ich habe in meinem Leben bestimmt Hunderte MMs erfolgreich gemeistert. Warum sollte ausgerechnet diese anders sein?

Sie hat mir gerade mehr geholfen, als sie jemals ahnen kann.

Ich wende mich wieder dem Schwimmbecken zu, dessen Wasseroberfläche ganz gleichmäßig vor uns liegt. Die Fliesen an der Decke spiegeln sich darin und erschaffen die Illusion, dass dort auch nur Boden ist. Das ist wieder ein Gedanke, der mich beruhigt. Auch der seltsame Geschmack, der gerade noch meine Zunge überzogen hat, zieht sich wieder zurück.

»Ich habe keine Schwimmsachen dabei.« Ganz von allein

spuckt mein Gehirn noch eine letzte Ausrede aus, damit ich mich doch nicht dem Wasser stellen muss.

»Das ist doch egal«, hält Stella sofort dagegen. »Wäre nicht das erste Mal, dass du mit Klamotten in diesen Pool springst.«

Mehrere Bilder tauchen vor meinem inneren Auge auf. August, der mich in den Pool schubst und danach mit Stella in seinen Armen hinterherspringt. Lorena, die vor Isaac wegrennt, weil sie nicht im Wasser landen will. Aber letztendlich doch gemeinsam mit ihm darin landet. Johann, der mit einer Arschbombe hinterherspringt.

Mir ist bewusst, dass mein Leben vor dem Unfall nicht nur leicht war und danach nicht nur schwer. Aber manchmal fühlt es sich genauso an. Dieses Ereignis hat einen Riss in mein Leben getrieben. Alles davor bestand aus Lachen und Leichtigkeit. Alles danach aus Tränen und Schwere.

Doch dann spüre ich den Nachklang von Stellas Lachen in meinen Ohren, und dann fühlt sich die Kluft zwischen früher und heute nicht mehr ganz so tief an.

»Okay«, sage ich, um mir Mut zuzusprechen. »Okay.«

»Okay«, wiederholt Stella und lächelt mich aufmunternd an.

Wie so oft in dieser Nacht denke ich nicht nach, bevor ich handle. Ich greife einfach nach ihrer Hand, und als ich an den Rand trete, folgt sie mir. Und als ich springe, tut sie das Gleiche.

Ich tauche unter, und kurz bin ich orientierungslos. Panik spüre ich aber nicht. Es gibt keinen schöneren Ort, um die Orientierung zu verlieren, als unter Wasser. Ich wünschte, ich hätte Kiemen. Dann könnte ich dieses Gefühl einatmen.

Ich strample mit den Beinen und komme wieder an die Luft. Stellas Lachen hängt schon wieder in der Halle. Ich drehe mich um. Sie fährt mit ihrer freien Hand, die nicht meine hält, durch ihre Haare, die nicht mehr in wilden Locken von ihrem Kopf abstehen, sondern nass an ihm kleben. Jetzt sind sie nicht mehr feuerrot. Das Wasser hat sie für kurze Zeit dunkler gefärbt. Sie erinnern mich an Holz.

Wassertropfen hängen in ihren Wimpern und perlen ab, wenn sie blinzelt. Einige kleben an ihren Wangen, als wollten sie sich als Sommersprossen ausgeben.

»Du hast es geschafft«, sagt sie stolz.

»Ich habe es geschafft«, wiederhole ich ein bisschen überfordert.

Ich sehe mich um, als müsste ich sichergehen, dass ich wirklich im Pool bin und nicht nur danebenstehe. Ich spüre, dass meine Kleidung schwer ist, weil sie sich mit Wasser vollgesogen hat. Ich spüre die Feuchtigkeit in meinem Gesicht und muss mir Wasser aus den Augen reiben. Chlor hängt mir in der Nase.

Ich bin wirklich in einem Pool. Und ich spüre keine Panik. Selbst als ich mich auf meinen Nacken konzentriere und kurz abwarte, macht sich kein Kribbeln bemerkbar.

»Ich habe es geschafft«, wiederhole ich. Diesmal nicht überfordert, sondern sicher.

Wenn man so viel Zeit mit der Angst vor einer gewissen Sache verbringt, denkt man nicht, dass man sie jemals überwinden wird. Und schon gar nicht so einfach.

Ich spüre den Schmerz in meiner Schulter kaum, denn im Wasser wirkt die Gravitation anders. Hier ist alles so leicht, mich eingeschlossen, dass diese Verletzung auf einmal keine Rolle mehr spielt.

Euphorie macht sich in mir breit, entlockt mir ein gelöstes Lachen, das erste seit Monaten, und lässt mich so breit grinsen, dass meine Mundwinkel ein bisschen schmerzen.

»Du hast es geschafft«, sagt Stella erneut. Kann sie erahnen, dass diese Worte wie Musik in meinen Ohren klingen? Bestimmt weiß sie es.

Sie hält noch immer meine Hand, und ich ziehe sie behutsam auf mich zu. Ich gebe ihr die Möglichkeit, mich aufzuhalten. Doch sie schwimmt mir entgegen, und als ich meine andere Hand an ihre Wange lege, drückt sie ihre Lippen auf meine, bevor ich es tun kann.

Wir verschmelzen miteinander, scheinen aber auch flüssig und zum Teil des Wassers zu werden. Die Vorstellung gefällt mir aus einem seltsamen Grund, den ich wohl bei meiner nächsten Therapiesitzung ansprechen sollte.

Ich presse Stella gegen den Beckenrand, und sie stößt ein Stöhnen aus, das einmal quer durch meinen ganzen Körper fährt und im ganzen Schwimmbad hallt.

Sie klammert sich in meinem Nacken fest und beißt sachte in meine Unterlippe. Wie früher. Ich fahre durch ihre Haare und ziehe behutsam an ihnen. Wie früher. Sie schlingt beide Beine um meinen Körper. Wie früher. Ich küsse die empfindliche Stelle direkt unter ihrem Schlüsselbein. Wie früher. Diese Worte spiegeln sich in der Wasseroberfläche.

»Ich will dich ausziehen«, meint sie zwischen zwei Küssen. »Jetzt.«

Ihr drängender Ton bringt mich zum Grinsen. Also helfe ich ihr, als sie mich aus meinem nassen Shirt schält. Der Stoff sinkt dann einfach auf den Grund des Pools, und ich stelle mir vor, es wäre der Grund des Ozeans und ein Taucherteam würde es in einigen Jahrzehnten dort finden und sich fragen, welche Geschichte zwischen diesen unauffälligen Lagen Stoff verborgen ist.

Ich ziehe ihr auch ihr Shirt aus. Meine nasse Haut, die nicht unter Wasser ist, wird von kühler Luft gestreichelt, aber ich glaube trotzdem, dass Stella die Urheberin meiner Gänsehaut ist.

Irgendwie bekommen wir es hin, unsere durchnässten Jeans auszuziehen. Sobald uns kein Stoff mehr trennt, zieht mich Stella noch ein bisschen näher an sich. Ich schiebe mein Knie zwischen ihre Beine, und wieder keucht sie auf.

Sofort überlege ich mir hundert weitere Dinge, die ich tun könnte, um dieses Geräusch noch einmal hören zu können. Ich werde sie alle heute Nacht tun.

Stella scheint ein ähnliches Ziel zu haben. Sie greift zwischen meine Beine und bringt mich zum Stöhnen.

»Ich will dich jetzt«, sagt sie, schlingt wieder die Beine um mein Becken und zieht mich näher an sich.

Während mein Körper von Wasser durchnässt ist, ist es mein Kopf von all meinen Gefühlen und Empfindungen. Deswegen schaffe ich es erst innezuhalten, als ich schon fast in sie eindringe.

»Kondom«, kriege ich irgendwie über die Lippen. »Wir brauchen … ein Kondom.«

Stella erstarrt mitten in der Bewegung und rückt ein Stück von mir ab. Sie braucht einen Moment, um meine Worte zu verstehen. Dann werden ihre Augen größer.

»Stimmt. Ich war so … Wie konnte ich das vergessen? Früher haben wir es nicht …«

Bis gerade eben noch hat *früher* um uns seine Bahnen gezogen. Nun scheint es sich im Wasser aufzulösen, vom Chlor zerfressen, bis nichts mehr von seinen Buchstaben übrig ist.

Früher, als wir zusammen waren, haben wir keine Kondome gebraucht, weil Stella die Pille genommen hat und wir nur miteinander geschlafen haben. Aber dieser Moment ist nicht *wie früher*. Ich weiß nicht einmal, ob Stella die Pille noch nimmt. Ich weiß nicht, ob sie mit anderen Männern geschlafen hat. Mein Hals wird eng. Natürlich hat sie das getan.

Auf einmal spüre ich die kühle Luft auf meiner nassen Haut wieder.

Und nicht nur mir scheint es so zu gehen. Stella hält sich so verzweifelt am Beckenrand fest, als hätte sie auf einmal vergessen, wie man schwimmt, und würde fürchten unterzugehen.

All die Dinge, die wir uns nicht gesagt haben und vermutlich niemals werden sagen können, sind auf einmal mit uns in dieser leer aussehenden Halle und drücken uns auseinander.

Nichts ist wie früher. Alles hat sich verändert. Und wir können nicht länger so tun, als wäre es anders.

Kommentarlos lasse ich sie los und tauche hinab. Während ich zum Grund des Pools schwimme, spüre ich den Schmerz in meiner Schulter wieder deutlicher. Auch mich der Illusion hinzugeben, er spiele keine Rolle, kann ihn mir niemals nehmen.

Ich greife nach unserer Kleidung, die Tauchern niemals Rätsel aufgeben wird, drücke mich vom Boden ab und schwimme wieder an die Oberfläche. Stella ist noch genau dort, wo ich sie zurückgelassen habe, und nimmt ihre Kleidung schweigend entgegen.

»Ich fahre dich nach Hause«, sage ich mechanisch und wende mich von ihr ab, als ich aus dem Becken steige.

27. Kapitel

STELLA

Wie oft werde ich wohl noch schweigend in Matts Auto sitzen, unfähig die richtigen Worte zu finden?

Vermutlich so lange, bis ich auf der Suche nach ihnen endlich einsehe, dass es sie gar nicht gibt.

Ich trage die Uniform der Angestellten des Hotels Jordan. Matt hat sie aus irgendeinem Wirtschaftsraum geholt. Er hat das Gleiche an. Seine Haare sind genauso wie meine noch nass und kleben an seiner Stirn.

Die Erinnerung an seine Hände auf meinem Körper lässt Wärme durch mich strömen. Die Erinnerung daran, wie wir einander wieder hektisch losgelassen haben, bringt Kälte zurück, und ich reibe mir über die Arme, obwohl ich weiß, dass das nicht helfen wird.

»Wir sind da«, sagt er mechanisch, sobald er den Motor ersterben lässt.

Ich schaue aus dem Beifahrerfenster zum Gebäude hinüber, in dem ich nur wenige Nächte verbringen wollte und nun schon seit Wochen lebe. Es ist zu dunkel, um es richtig auszumachen.

Vor ein paar Stunden haben die anderen in der WG-Gruppe geschrieben, dass sie noch was trinken gehen. Ich werde also gleich allein sein. Und ich weiß nicht, ob ich erleichtert bin, weil ich niemandem werde vorspielen müssen, dass es mir gut geht.

Oder ob ich enttäuscht bin, weil ich mich dann gleich noch einsamer fühlen werde als ohnehin schon.

»Danke fürs Fahren«, sage ich zu der verschwommenen Spiegelung von Matts Gesicht in der Scheibe.

»Keine Ursache.«

Ich glaube, wir warten beide darauf, dass der andere noch etwas sagt. Aber keiner von uns bringt auch nur ein Wort über die Lippen.

Noch einmal seufze ich tief, dann steige ich aus dem Auto und schleppe mich in den gefühlt hundertsten Stock hinauf.

Die Tür fällt schwerfällig hinter mir ins Schloss. Das Licht in der Wohn-Ess-Küche lasse ich noch einen Moment aus. In tiefer Dunkelheit lässt sich trotz eines schweren Herzens irgendwie besser atmen.

Die Klingel lässt mich hektisch zusammenfahren. Ich schalte endlich die Deckenlampe an und nehme das Haustelefon ab.

»Hallo?«, frage ich mit im Hals pochendem Puls.

»Machst du mir auf?« Matt klingt nicht sicher, aber auch nicht unsicher. Seine Worte bewegen sich irgendwo dazwischen.

Ich antworte nicht, ich drücke einfach auf. Und dann stehe ich in der geöffneten Tür und starre den Hausflur hinab, während ich seinen Schritten lausche, die über die Stufen poltern.

Außer Atem kommt er schließlich bei mir an. Ein Wassertropfen löst sich von einer Haarsträhne und rinnt wie eine Träne über seine Wange. Ich weiß, dass es keine ist, und trotzdem will ich ihn trösten.

»Darf ich reinkommen?«

Schon wieder antworte ich nicht mit Worten, sondern trete einfach beiseite und lasse ihn rein.

Ich lehne mich mit dem Rücken gegen die geschlossene Tür und verfolge Matt mit dem Blick. Er sieht sich kurz aufmerksam um, so, als wäre er noch nie hier gewesen.

Dann dreht er sich zu mir um.

»Mir ist alles egal.«

»Was meinst du mit *alles*?«

»Alles«, sagt Matt mit noch mehr Nachdruck. Schon wieder auf diese Weise, die so endgültig klingt, als wäre es das letzte Wort, das er bis zum Ende seines Lebens aussprechen wird.

»Kannst du mir das erklären?«

Sobald er schief grinst, verlieren alle Erklärungen, die er mir jemals geben könnte, an Bedeutung. Und in dem Moment verstehe ich bereits, wie egal alles andere sein kann, solange er mich nur weiterhin genauso ansieht.

»Dass wir ein Kondom brauchen, hat uns daran erinnert, wie anders jetzt alles ist. Ich habe mit anderen Frauen geschlafen, du mit anderen Männern. Es gibt so vieles, was wir nicht geklärt haben, und so vieles, was zwischen uns steht. Aber gerade ist mir das egal. Ich will einfach bei dir sein.«

Ein Lachen und eine Träne entwischen mir. »Ich will auch bei dir sein«, gebe ich zurück.

Matts Lächeln wird weicher. Ich laufe auf ihn zu, schlinge beide Arme um seinen Hals und küsse ihn.

Ihm entfährt ein Geräusch, das halb erleichtertes Seufzen und erregtes Stöhnen ist.

Ich nehme seine Hand und führe ihn in Julis Zimmer. Ich mache das Licht an und ziehe Matt mit mir zum Bett. Doch bevor wir es erreichen, bleibt er noch einmal stehen.

»Ich …«, setzt er zögerlich an, als ich ihn fragend ansehe. »Meine Schulter …« Er räuspert sich. »Meine rechte Schulter wurde verletzt. Ich kann den Arm nur eingeschränkt benutzen. Also …« Er seufzt. »Wieso ist es so schwer, darüber zu reden?«

Ich nehme seine Hände in meine. »Du kannst mit mir über alles reden.«

Kurz zögert er, dann fängt er an zu erzählen. »Ich kann den Arm nicht richtig heben und habe auch keine Kraft darin. Also funktionieren gewisse Stellungen nicht.«

»Missionarsstellung zum Beispiel?«, frage ich und versuche so neutral zu klingen, wie ich kann. Ich weiß, dass es Matt leichter fällt, über persönliche Dinge zu sprechen, wenn man sie unpersönlich verpackt.

»Richtig«, sagt er und kaut auf seiner Unterlippe herum.

»Wenn ich mich aber zum Beispiel auf den Schreibtisch setzen würde«, fahre ich fort und laufe langsam rückwärts, bis ich gegen die Kante stoße, »hättest du keine Probleme?«

»Richtig«, wiederholt er, und ein Hauch seines schiefen Grinsens kehrt bereits zurück.

»Die Stellung mag ich sowieso lieber.«

Sein Grinsen wird breiter. »Daran erinnere ich mich.«

Mir wird sofort heißer, und ich kann es nicht auf den sehr atmungsaktiven Stoff der Uniform schieben.

»Gut.« Ich setze mich auf den Schreibtisch, öffne meine Beine und ziehe ihn näher an mich heran.

»Gibt es sonst noch was, was ich wissen sollte?«, frage ich, während ich langsam die Knöpfe seines Hemdes öffne.

»Nicht dass ich wüsste.« Er klingt atemlos, und sofort wird mir noch ein bisschen wärmer. Doch dann bemerke ich die Veränderung in seinen Zügen. Ein Schatten scheint sich über sein wunderschönes Gesicht zu legen.

»Was ist los?«, frage ich und halte inne.

Matt sieht mich einen Moment einfach nur an. Dann öffnet er die letzten Knöpfe seines Hemdes selbst und streift es sich von den Schultern.

Mein nächster Atemzug bleibt irgendwo in meinem Hals stecken. Seine Brust ist überzogen von Narben. Manche sind kleiner. Doch eine verläuft quer über seine Rippen und dann seinen Bauch hinunter. Sie ist dick und wulstig. Sofort sehe ich seinen gebrochenen Körper vor mir, der auf einem Operationstisch liegt, während Ärzte sich über ihn beugen und versuchen sein Leben zu retten.

Ich merke erst, dass ich weine, als er mir die Tränen von den Wangen streicht. Die Sanftheit seiner Berührung macht die Tatsache, dass ich ihn im schwersten Moment seines Lebens allein gelassen habe, noch unerträglicher.

»Stella.«

Ich habe nicht gemerkt, dass er sich bewegt hat, aber nun steht er direkt vor mir, und ich muss meinen Kopf in den Nacken legen, um seinem Blick begegnen zu können.

Erst jetzt spüre ich, wie sehr ich mich danach gesehnt habe, dass er meinen Namen genau auf diese Weise ausspricht.

»Wir wissen beide, dass viel zwischen uns steht. Aber gerade ist das egal. Ich will dich.«

»Ich will dich auch«, sage ich heiser von den Tränen und vor Erregung und komme ihm mit dem Gesicht entgegen. Ich lasse mich von dem heftigen Kuss mitreißen.

Den Anblick der Narben kann ich nicht vergessen, genauso wenig, wie Matt mein Verschwinden vergessen kann. Aber er hat recht. Gerade ist alles andere egal, was nicht mit seinen Händen und Lippen zu tun hat.

Er zieht auch mir das Hemd aus, und ich erschauere, als er mich noch näher an sich zieht. Egal, mit wie vielen Männern ich geschlafen habe, die einzige nackte Haut, die ich auf meiner spüren wollte, ist seine. Und ich will mehr davon.

Ich löse den Verschluss meines BHs und lasse ihn herabfallen. Matt rückt ein bisschen von mir ab und mustert mich.

»Ich weiß, dass ich anders aussehe als früher.«

»Ich will nicht, dass dieser Moment wie früher ist. Ich will nicht in der Vergangenheit festhängen, sondern mit allem, was ich habe, jetzt und hier sein«, sagt er ernst. »Du auch?«

»Ja«, bringe ich hervor.

Er betrachtet mich noch intensiver und scheint dabei nicht einen Millimeter meines Körpers zu übersehen. Dann legt er sanft eine Hand auf meine Brust, was mir ein heiseres Stöhnen entlockt. »Du bist wunderschön.«

Komplimente prallen oft an mir ab, weil tadelnde Worte so viel tiefer eindringen. Doch ich stelle seine Ehrlichkeit nicht eine Sekunde in Frage.

»Du auch«, sage ich.

Matts Gesichtsausdruck ist ein bisschen verlegen, was einen Punkt tief in meiner Brust warm werden lässt. »Danke.«

Dann küssen wir uns wieder, noch inniger, weil uns noch weniger Unsicherheiten den Weg zueinander versperren können. Der Schutzfilm, den ich sonst über meinen Körper lege, um ihn vor kritischen Blicken zu schützen, ist fort, und deswegen fühlen sich die Berührungen noch intensiver an.

Wir ziehen uns auch die restliche Kleidung aus und fahren so neugierig über die Haut des anderen, als wollten wir eine neue Welt entdecken.

Wir lassen uns Zeit. Wir küssen uns, wir sehen uns aber auch einfach nur an. Manchmal fahren seine Finger so sacht über mich, dass es ein bisschen kitzelt. Dann packt er mich ein bisschen fester, und meine Mitte pocht noch heftiger.

»Kondome sind im Nachttisch«, kriege ich hervor, während seine Finger über meine empfindlichste Stelle kreisen. Er hört nicht sofort auf. Er erhöht den Druck, wechselt die Geschwindigkeit, ist mal schneller und mal langsamer, bis ich fast schon gequält stöhne und meinen Rücken durchdrücke.

Kurz löst er sich von mir und kommt mit einem Kondom zurück. Er streift es sich über, und ich beobachte ihn dabei so aufmerksam, als hätte ich das noch nie gesehen.

»Ich will dich«, sagt er wieder, und ich glaube, dass, wenn er es noch ein drittes Mal aussprechen wird, er damit irgendeinen Zauber bewirkt, der diesen Moment für immer konservieren wird.

»Ich dich auch.«

Noch einmal sehen wir uns tief in die Augen, dann dringt er in mich ein. Während er sich in mir bewegt, klammere ich mich an seiner gesunden Schulter fest und er sich an meiner Taille. Wir verlieren uns ineinander. In diesem Moment. Nicht in einem Früher. Sondern in einem Jetzt. Und das macht alles nur noch intensiver.

Matt löst eine Hand von meiner Taille, um sie wieder zwischen meine Beine zu legen. Während er immer wieder zustößt, fährt er über meine Mitte. Mein Stöhnen wird lauter. Aber sobald ich das Gefühl habe, kurz davor zu sein, zu kommen, verschwindet es auch wieder.

»Ungeduldig?«, flüstert er in mein Ohr, bevor er leicht hineinbeißt.

»Nein«, gebe ich zurück. »Natürlich will ich gern kommen.«

Sein Lachen wird zu einem Stöhnen, als ich sein Schlüsselbein küsse.

»Aber Sex ist auch ohne Orgasmus schön.«

»Aber mit besser, oder?« Er knabbert leicht an der empfindlichen Haut unter meinem Ohr. Mein Becken kommt seinem unwillkürlich entgegen.

»Natürlich.«

Er dringt noch einmal tief und heftig in mich ein, dann zieht er sich komplett zurück und macht einen Schritt nach hinten. Bevor ich ihn fragen kann, was er vorhat, geht er auch schon vor mir auf die Knie und legt sich meine Beine über die Schultern.

Ich bin mir ziemlich sicher, dass meine Wangen rot anlaufen, als er mich von unten intensiv ansieht. Dann senkt er seine Lippen auf meine Mitte, und meine Augen fallen flatternd zu.

Seine Hände legt er auf meine Oberschenkel. Je lauter ich stöhne, desto fester hält er mich. Irgendwann drücken sich seine Finger fast schmerzhaft in meine Haut, aber ich will nicht, dass er damit aufhört, denn dieses Gefühl, das nur einen Hauch von Schmerz entfernt ist, berauscht mich noch mehr.

Ein Höhepunkt bahnt sich an, aber er schafft es nicht ganz, den höchsten Punkt auch zu erreichen. In den letzten Jahren habe ich einige Orgasmen vorgetäuscht, weil ich das Ego des Mannes schützen oder mich einfach nicht erklären wollte. Mit Matt musste ich das nie machen, also fange ich jetzt auch nicht damit an.

»Ich werde nicht kommen«, sage ich. »Ich will dich jetzt wieder in mir spüren.«

Noch zweimal bewegt er seine Zunge über mich, was mir ein Schauern entlockt. Dann kommt er wieder auf die Beine.

Ich streiche ihm durch die immer noch ein bisschen nassen Haare und lege eine Hand an seine Wange. »Aber das war sehr schön.«

»Gern geschehen«, meint er neckisch, und dann verschmelzen wir wieder miteinander.

Während seine Bewegungen ein bisschen heftiger werden, sehen wir uns in die Augen. Und deswegen kann ich ihn auch dabei beobachten, wie er schließlich die Kontrolle verliert.

Auch als er sich nicht mehr in mir bewegt, zieht er sich noch nicht ganz zurück. Ich schlinge beide Beine um seinen Körper und drücke ihn enger an mich.

»So fühlen sich Umarmungen viel besser an«, flüstere ich.

Matts Lachen vibriert auch durch meinen Körper. »Finde ich auch.«

Irgendwann lassen wir uns wieder los. Aber nicht lang. Ich gehe ins Bett, Matt wird das Kondom los und kommt dann zu mir. Er legt sich auf den Rücken, und ich lasse meinen Kopf auf seiner gesunden Schulter ruhen.

»Ich will dich«, flüstert er, und weil er es nach dem Sex sagt, bedeutet es irgendwie mehr. Während er den Arm um mich legt, lächle ich in mich hinein. Vielleicht hat er mit der dritten Wiederholung ja wirklich einen Zauber gewirkt. Aber vielleicht ist es einer, mit dessen Wirkung ich gar nicht gerechnet habe.

»Kann ich hier schlafen?«, fragt er.

»Natürlich.«

»Gut.« Er zieht mich ein bisschen näher an sich heran, und wir verschränken nicht nur unsere Finger, sondern auch unsere Beine miteinander, bis wir so kompliziert verwoben sind wie zwei Fäden, die man nicht mehr voneinander trennen kann, außer man nimmt eine Schere zur Hand.

Ich schlafe in seinen Armen ein. Und es ist wie früher. Aber gleichzeitig ist es auch einfach wie jetzt.

28. Kapitel

STELLA

Ich wache auf und bin mir im ersten Moment nicht ganz sicher, was mich aus dem Schlaf gerissen hat. Dann höre ich Stimmen, ein lautes Lachen und das Brodeln der Kaffeemaschine, das gedämpft durch die geschlossene Zimmertür dringt.

Ich will mich aufsetzen, da schlingt sich ein Arm noch fester um mich und zieht mich zurück auf die Matratze.

»Nicht aufstehen«, grummelt Matt in mein Ohr. Seine verschlafene Stimme bringt mich zum Grinsen.

»Irgendwann werde ich aufstehen müssen«, gebe ich zurück, schmiege meinen Kopf aber in die Kuhle seines Schlüsselbeins. Als ich mit der Nasenspitze über seine Haut fahre, erschauert er leicht unter mir.

»Das ist eine Lüge.«

Ich lache laut auf. »Wenn du das sagst, muss es wohl stimmen.«

»Richtig.«

Mein Grinsen wird breiter. Ob Matt überhaupt merkt, wie oft er dieses Wort benutzt?

»Ich will einfach hier liegen bleiben und vergessen, dass es andere Menschen gibt«, flüstert er in meine Haare. Er neckt mich nicht mehr. In diesen Worten liegt viel Wahrheit.

Es gibt so viel, was wir klären müssen. Dass er mit mir geschlafen hat, bedeutet nicht, dass er mir verzeiht, gegangen zu sein. Das weiß ich.

Aber gerade will ich nicht über unsere Probleme reden. Ich will einfach nur hier in seinen Armen liegen und vergessen, dass es außerhalb dieses Zimmers mehr gibt als ihn und mich.

»Bin dabei.«

Er küsst mich auf den Kopf. Ich lausche seinem regelmäßigen Atem und fühle seinen Herzschlag unter meinen Fingerspitzen. Ich rieche ihn in meinen Laken, meinen Haaren. Ich schmecke seine Lippen noch auf meinen. Ich mustere die Haut seines Oberkörpers und erkenne, dass sie nicht ganz glatt ist, sondern eine kleine Maserung enthält, die mich an die Rinde eines Baums erinnert.

Genau in dem Moment, in dem ich mich vollkommen ruhig und angekommen fühle, klopft es an meiner Tür.

»Stella!«, ruft Juli durch die Tür. »Ich bin zu Besuch. Also gibt es ein großes WG-Frühstück. Izzy und Isaac sind auch da. Kommst du?«

Matts regelmäßiger Herzrhythmus wird hektischer, und auch mein Puls zieht an.

»Gleich«, gebe ich mit einigen Sekunden Verspätung zurück.

Ihre Schritte entfernen sich. Langsam setze ich mich auf. Diesmal hält Matt mich nicht ab, sondern lässt mich los.

»Jetzt können wir wohl nicht mehr ignorieren, dass es auch andere Menschen auf der Welt gibt.« Ich kann die Worte, die zwischen den Zeilen ruhen, fast lauter hören als die, die er wirklich ausgesprochen hat.

Wir haben noch nicht darüber geredet, was unsere gemeinsame Nacht bedeutet. Und in der Küche sitzen in diesem Augenblick seine Geschwister und meine Freunde. Wie sollen wir uns ihnen stellen, wenn wir uns kaum einander stellen können?

»Ich bleibe wohl noch eine Weile hier liegen«, meint Matt nach einer kurzen Stille.

Ich denke so oft über die ungesagten Worte, die zwischen uns stehen, nach, dass ich inzwischen eine sehr bildliche Vorstellung von ihnen habe. Sie sind in elegant geschwungenen Buchstaben niedergeschrieben, die wie Girlanden von einer Seite des Zimmers zur anderen gehängt wurden. Wenn ich nicht aufpasse, werde ich mich auf dem Weg zur Tür in ihnen verheddern und stolpern.

»Ich sollte dann mal …«, setze ich an und komme auf die Beine. Bevor ich aber einen Schritt vom Bett fort machen kann, packt mich Matt mit einem Arm an der Hüfte und zieht mich noch mal zurück. Ich falle neben ihn auf die Matratze und lache erschrocken und belustigt auf. »Was sollte das?«

Er küsst mich einfach, heftig und stürmisch. Auf einmal schmeckt die Luft rauchig und süßlich zugleich.

Irgendwann lässt er mich doch wieder los. Als ich diesmal einen Schritt vom Bett wegmache, wünschte ich, er würde mich noch einmal aufhalten. Aber er tut es nicht.

Ich schlüpfe in eine Leggings und das Shirt, das ich damals aus Matts Wohnung mitgenommen habe, als ich nach meinem Migräneanfall dort geschlafen habe. Er lächelt mich an. Er scheint es zu erkennen, kommentiert es aber nicht.

Ich werfe einen Blick in den Spiegel, was ich sofort bereue. Meine Haare sehen aus, als hätte ein Vogel in ihnen genistet, und meine rosigen Wangen scheinen die Worte *Ich hatte gestern Nacht Sex* geradezu zu schreien. Doch das werde ich in den nächsten fünf Minuten nicht ändern können.

»Stella!«, ruft Juli quer durch die Wohnung.

»Ich komme ja schon!«

Matt lacht auf. »Ihr verhaltet euch schon wie Familie.«

»Das sind wir ja auch«, sage ich schlicht.

Wir sehen uns noch einmal tief in die Augen, dann seufze ich, wende mich ab und schlüpfe aus meinem Zimmer.

Sobald ich ins Esszimmer trete und Izzys kritischen Blick auf mir spüre, fühle ich mich sofort unwohl in meiner Haut. Ich bin mir sicher, dass sie verurteilende Gedanken für jedes Detail findet, das ihr an mir auffällt. Und vermutlich wird sie diese Liste auch gleich mit mir teilen.

Isaac stellt gerade Campingstühle auf, damit wir alle an den Esstisch passen. Milo ist nicht da, aber ich traue mich nicht zu fragen, wieso. Hannas und Milos Nicht-Beziehung würde mich wohl verwirren, wenn ich nicht aus eigener Erfahrung wüsste, wie kompliziert die Verbindung zu einem bestimmten Menschen sein kann.

Meine Liebe für Matt hat mir nicht nur Freude, sondern auch Schmerz beschert. Aber manchmal ist die Freude so groß, dass der Schmerz nicht ausreicht, um mich dauerhaft abzuschrecken.

»Setz dich doch«, meint Juli und deutet auf den Platz neben sich. Ich lächle sie dankbar an und komme ihrem Vorschlag nach.

»Guten Morgen«, sage ich an alle gewandt.

»Wohl eher guten Mittag«, erwidert Izzy schnippisch.

Ich frage mich, ob ich ihre Abneigung besser ertragen könnte, wenn ich den Grund dafür nicht so gut verstehen würde.

Jakob stellt mir eine Tasse Kaffee hin, und ich lächle ihn dankbar an. Die anderen schmieren sich bereits Marmelade auf ihre Croissants, aber mein Magen ist noch zu verknotet, um etwas zu essen.

»Willst du deinen Gast nicht auch zu Tisch bitten?«, fragt Izzy.

Ich verschlucke mich fast an meinem Kaffee. »Was?«

»Tu nicht so. Ich habe dich und einen Mann lachen hören. Willst du mir wirklich verkaufen, dass da kein Kerl in deinem Zimmer ist?«

Mein Herz pocht in meinem Hals. Aber unter Izzys feindlich zusammengekniffenen Augen fühle ich mich nicht mehr nur schlecht, sondern auch wütend. Vermutlich will sie, dass ich beschämt in meine Tasse starre. Und unter anderen Umständen hätte ich das auch getan. Aber egal, wie schlimm die Dinge sind, die ich getan habe, ich werde mich nicht slutshamen lassen.

»Ist das etwas, wofür ich mich schämen sollte?«, frage ich herausfordernd.

»Es gibt einige Dinge, für die du dich schämen solltest.« Die anderen haben aufgehört zu sprechen und starren uns einfach nur an. »Ich kann nicht fassen, dass ich damals froh darüber war, dass Matt und du zusammengekommen seid. Du hast ihm so viel Schmerz bereitet, und jetzt kehrst du zurück und tust so, als wäre nichts passiert. Als hättest du ihm nicht das Herz herausgerissen.«

»Izzy«, sagt Isaac mit scharfem Ton, doch seine Schwester überhört ihn einfach. Ihre ganze Aufmerksamkeit liegt auf mir.

»Wenn der arme Kerl, der gerade in deinem Bett liegt, rauskommt, werde ich ihm einen guten Rat geben und ihm sagen, dass er so viel Distanz wie möglich zwischen sich und dich bringen sollte.«

Mein Rachen ist staubtrocken. Doch bevor ich eine Erwiderung hervorbringen kann, höre ich auch schon, wie meine Zimmertür knarzend aufgeht.

Ich sitze mit dem Rücken zum Flur, aber ich kann den Moment, in dem Matt den Raum betritt, an den Gesichtern aller Anwesenden ablesen. Izzy läuft so rot an, als würde sie gerade an einem Croissantkrümel ersticken.

»Was willst du mir sagen, Izzy?«

Es ist vollkommen still im Raum, während Matt zum Küchentresen geht und sich Kaffee einschüttet.

Er trägt nur ein Shirt und seine Boxershorts. Seelenruhig, als wäre ihm gar nicht bewusst, dass ihn gerade alle entgeistert mustern, läuft er zu mir und lehnt sich hinter mir an die Lehne des Stuhls.

»Würdest du aufstehen?«, flüstert er sanft in mein Ohr. Ich bin zu entgeistert, um zu hinterfragen, was er damit erreichen will, also stehe ich auf.

Er setzt sich auf den Stuhl und zieht mich dann auf seinen Schoß. Ich wage es nicht, auch nur in Izzys Richtung zu gucken.

»Matt?«, fragt sie. Sie klingt streng, aber auch, als müsste sie noch mal nachfragen, ob ihr Gegenüber wirklich ihr Bruder ist.

»Izzy?«, äfft er sie nach. Er wirkt so viel entspannter als gerade in meinem Zimmer noch. Doch seine Stimmung kann nicht auf mich übergehen. Izzy hat mich schon vorher irreversibel gehasst. Das macht es sicherlich nicht besser.

»Willst du das erklären?«

»Eigentlich nicht«, meint er schulterzuckend. Jakob entfährt ein Lachen, das er schnell mit einem Husten überspielt, als Izzys Augen für den Bruchteil einer Sekunde zu ihm herüberzucken.

»Matt«, zischt seine Schwester. »Das ist eine ganz schlechte Idee. Du kannst doch nicht ernsthaft wieder mit dieser Sch...«

»Ich kann.« Matts dunkle Stimme vibriert einmal durch meinen Körper, den ich daraufhin ermahnen muss, dass das der schlechteste Moment überhaupt ist, um erregt zu sein. »Ich werde so tun, als wüsste ich nicht, wie du Stella gerade nennen wolltest.«

»Aber sie ist eine ...«

»Sie ist die Frau, die ich liebe. Das ist alles, was du wissen musst.«

Ich wende mich ihm zu. Überrumpelt. Ungläubig. Überglücklich.

Matt lächelt sanft. »Sorry, dass ich das immer zuerst vor anderen Menschen sage, anstatt nur vor dir.«

»Ist okay«, hauche ich. »Ich liebe dich auch.« Wieder. Immer noch. Für immer.

Matt legt eine Hand an meine Wange und küsst mich. Dass wir nicht allein sind, spielt kurz gar keine Rolle. Aber nur kurz.

»Matt!« Izzys Stimme ist schrill und um mindestens eine Oktave höher als sonst.

»Ja?«, fragt er seelenruhig, sobald er sich von mir gelöst hat. Sein unschuldiger Ton droht die Vene an Izzys Schläfe zum Platzen zu bringen.

»Kann ich dich kurz sprechen? Allein.«

»Klar.«

Izzy steht mit so viel Schwung auf, dass sie den Tisch zum Wackeln bringt, und läuft zur Wohnungstür. Ich komme auf die Beine, damit Matt mit ihr gehen kann. Er drückt kurz meine

Hand, dann folgt er seiner Schwester in den Hausgang. Sie knallt die Tür mit Schwung hinter sich zu.

Die anderen haben noch immer nichts gesagt und starren mich einfach nur unverhohlen an.

»Was gibt's bei euch so Neues?«, frage ich scherzend. Liv lacht laut auf. Aber nicht laut genug, um die wütenden Rufe zu übertönen, die deutlich durch die Tür dringen.

»Wie viele von uns wohl schon dort draußen standen, um mit jemandem zu streiten, ohne zu merken, dass man genauso gut hier streiten könnte, weil die anderen ohnehin jedes einzelne Wort verstehen können?«, sagt Juli.

Ich vergrabe das Gesicht in den Händen, da ich mir aus irgendeinem Grund erhoffe, die Stimmen so nicht mehr vernehmen zu können. Ich höre sie natürlich trotzdem.

»Was ist nur los mit dir, Matt? Soll ich dich daran erinnern, was vor zwei Jahren passiert ist? Sie ist gegangen, und es hat dich zerstört. Denkst du wirklich, sie wird es nicht noch einmal machen? Dich zurücklassen?«

Es tut weh, die Wahrheit zu hören.

»Hör nicht hin«, sagt Juli und streichelt sanft über meinen Kopf.

Doch das tue ich.

»Das reicht«, sagt Hanna entschlossen, schnappt sich die Box und macht irgendein Lied an, das ich kaum wahrnehme. Ich bekomme den Streit zwar nicht mehr mit, viel ändert das allerdings nicht. Ich muss Izzys Worte nicht hören, um mir den Wortlaut erschließen zu können. Sie wird Matt klarmachen, dass ich ihn so sehr verletzt habe wie noch nie ein Mensch in seinem Leben. Sie wird ihm klarmachen, dass er mir nicht vertrauen kann. Sie wird ihm klarmachen, dass er mich nicht lieben darf.

Und vielleicht wird er ihr glauben. Vielleicht wird er dann endgültig aufhören, mich zu lieben.

Wieso sind solche Zweifel immer lauter als die Liebesgeständnisse? Selbst dann, wenn man es erst vor wenigen Minuten gehört hat?

Nach einer gefühlten Ewigkeit geht die Tür wieder auf. Matt ist allein.

»Izzy musste los.«

Wir wissen alle, dass es eine Lüge ist. Niemand stellt es infrage.

Obwohl nun ein Stuhl frei ist, zieht Matt mich auf die Füße, setzt sich und zieht mich dann wieder auf seinen Schoß. Die anderen nehmen andere Gespräche auf, aber ich spüre, dass ein Teil ihrer Aufmerksamkeit immer auch auf uns liegt.

»Alles in Ordnung?«, frage ich ängstlich und sehe Matt in die Augen.

Er lächelt aufmunternd. Aber genauso wie ein Zweifel in meinem Herzen liegt, scheint auch einer in der Biegung seiner Mundwinkel zu ruhen. Das Lächeln ist nicht unehrlich. Ob es jedoch wirklich aufrichtig ist, kann ich nicht mit Sicherheit sagen. Dabei ist das doch die eine Sache, die ich gerade wirklich brauche.

»Alles ist in Ordnung«, sagt er mit Nachdruck und küsst mich. »Ich liebe dich.«

»Ich liebe dich auch«, gebe ich zurück. Doch obwohl ich mich nur auf den Anblick seines Gesichts konzentrieren will, erkenne ich aus den Augenwinkeln immer die Girlanden aus ungesagten Worten, die mit jeder Sekunde mehr werden, als würde jemand den Raum für eine Feier schmücken, zu der ich nicht eingeladen bin. Wie lange wird es dauern, bis sie so viel Raum einnehmen, dass ich Matt nicht mehr erkennen kann?

29. Kapitel

STELLA

Meine Hände schwitzen ein bisschen, als ich die Klingel betätige. Mit jeder Sekunde, die verstreicht, ohne dass ich eine Antwort erhalte, schlägt mein Herz schneller. Ich hätte nicht klingeln müssen. Ich habe einen Schlüssel. Aber unangekündigt in die Wohnung zu platzen, käme mir falsch vor.

»Hallo?« Lorenas Stimme dringt blechern aus der Gegensprechanlage.

»Hey. Ich bin's, Stella«, sage ich ein bisschen unbeholfen.

»Oh okay.« Lorena stockt kurz. Sie holt Luft, als wollte sie noch was sagen. Doch dann tut sie das nicht. Die Tür brummt, und ich drücke sie auf.

Während ich die Stufen erklimme, kommt es mir nicht so vor, als hätte ich selbst mal in diesem Haus gewohnt, sondern als würde ich es als Fremde betreten.

Die Tür zur Wohnung ist angelehnt, aber Lorena steht nicht da und wartet auf mich. Sofort fühle ich mich noch unwohler. Es ist nur eine kleine Geste. Die haben bei Lorena jedoch die größte Bedeutung.

Meine Schuhe ziehe ich im Flur aus. Lorenas Jacken hängen fein säuberlich an der Garderobe. Meine sind nicht mehr dort. Ich schlucke schwer und schleiche so vorsichtig weiter, als wäre ich eingebrochen.

In Lorenas Zimmer sind die Fenster zum Balkon offen, der

Vorhang flattert, und Licht taucht das Parkett in warmes Licht. Die Bücher im Regal sind nach Farben sortiert. Auf dem Schreibtisch liegen die bunten Fineliner genau parallel zur Tischkante. Die Schranktüren sind geschlossen, auf dem Stuhl hängt nicht ein Kleidungsstück. Der Anblick ihres Zimmers, in dem sich in den letzten zwei Jahren nichts verändert hat, beruhigt mich auf eine seltsame Weise. So vieles ist im Umbruch. Aber Lorenas Gemüt ist ein Fels in der Brandung eines unsicheren Lebens.

Die Tür zu dem Raum, in dem ich einst gewohnt habe, ist verschlossen. Und ich zögere, bevor ich die Klinke runterdrücke. Das tue ich ständig. In den letzten Wochen scheint mein Zögern jedoch immer kürzer geworden zu sein. Vielleicht werde ich eines Tages Dinge tun können, ohne vorher tief durchatmen zu müssen.

Ich gehe hinein. Und starre meiner Vergangenheit ins Gesicht. Ich stolpere über die Schwelle und reise in der Zeit. Mein Kleiderschrank ist noch aufgerissen wie an dem Tag, als ich halb blind meinen Rucksack gepackt habe und abgehauen bin. Ich habe mir nicht die Mühe gemacht, ihn zu schließen. Und auch niemand sonst hat es getan. Nun droht nicht nur meine Kleidung herauszufallen, sondern auch viele Erinnerungen. Schöne und tragische. Ich schließe den Schrank. Ich will in der Gegenwart bleiben und mich nicht mehr ohne Gegenwehr meiner Vergangenheit ergeben.

Mein Chaos wurde genauso erhalten, wie ich es zurückgelassen habe. Aber nach zwei Jahren müssten die Oberflächen mit Staub bedeckt sein. Und das sind sie nicht. Lorena hat mein Zimmer sauber gemacht, als hätte sie gewollt, dass es bereit ist, wenn ich zurückkehre.

Ich bin zurückgekehrt, aber nicht hierher, weil ich so große Angst davor hatte, mich ihr zu stellen.

Endlich erkenne ich, wie feige und unfair das gewesen ist. Ich hätte mich nicht in eine andere WG einquartieren dürfen. Ich hätte hierherkommen müssen.

Sobald ich die Küche betrete und Lorena abwartend am Esstisch mit der groben Maserung sitzen sehe, schwimmen meine Augen in Tränen. Sie blinzelt ebenfalls hektisch.

»Ich habe schon Teewasser gekocht«, sagt sie mit belegter Stimme und deutet auf den Wasserkocher. Ich nicke nur, hole zwei Tassen und zwei Teebeutel aus dem Schrank und gieße das heiße Wasser ein. So haben sehr viele Tage angefangen, und ich frage mich, wie ich so viele Tage ertragen konnte, ohne sie teetrinkend mit Lorena zu beginnen.

Ich setze mich, schiebe ihr die Tasse hin, und wir schweigen kurz.

»Izzy hat mir von Matt und dir erzählt«, setzt sie in einer Tonlage an, die so neutral ist, dass ich unmöglich feststellen kann, was sie davon hält.

»Sie hat sich natürlich sehr darüber gefreut«, sage ich ironisch.

Lorena gibt ein Geräusch von sich, das noch nicht ganz als Lachen durchgeht, aber zumindest belustigt klingt. Das ist ein Anfang.

»Was seid ihr jetzt?«

Ich will direkt antworten, realisiere aber, dass ich das gar nicht kann. »Das haben wir noch nicht besprochen.«

»Werdet ihr es bald tun?«

»Vermutlich. Wir sollten es tun.«

»Solltet ihr.«

Dann schweigen wir wieder.

»Lorena«, beginne ich und klammere mich haltsuchend an meiner Teetasse fest.

»Stella«, äfft sie mich nach.

Ein Lächeln zieht an meinen Mundwinkeln. »Ich bin nicht hier, um über Matt zu reden.«

»Mir ist egal, ob du über ihn reden willst.« Ihre Miene hat eine Ernsthaftigkeit angenommen, zu der nur Lorenas Gesichtszüge in der Lage sind. »Dir ist bewusst, dass du ihn verletzt hast, als du gegangen bist. Das weiß ich. Aber du hast es nicht miterlebt.

Ihm ging es sehr schlecht. Und ich sage das nicht, damit du dich scheiße fühlst, sondern weil du es hören musst. Wenn ihr wieder ein Paar sein wollt, freue ich mich für euch. Doch ihr könnt nicht einfach so weitermachen, als wäre nichts passiert. Ihr müsst über alles reden. Ihr müsst euch sagen, welche Gefühle ihr gefühlt habt, und er muss dir sagen, wie verletzt er war, und du musst es aushalten. Wollt ihr dann immer noch zusammen sein, werde ich nie wieder ein Wort darüber verlieren. Diese Geschichte sollte sich allerdings nicht wiederholen.« Sie atmet lange aus.

»Du hast recht«, kriege ich irgendwie hervor.

»Ich habe immer recht.« Sie nippt an ihrem Tee. »Ich habe alles gesagt, was ich zu dem Thema sagen wollte. Jetzt kannst du mir erzählen, warum du hier bist.«

Lorenas Worte arbeiten noch eine Weile in meinem Kopf, und ich bin nicht direkt in der Lage, weiterzusprechen. Doch Lorena wartet geduldig ab und drängt mich nicht. Als ich schließlich bereit bin, räuspere ich mich.

»Ich habe Matt zurückgelassen, als er mich gebraucht hat. Aber nicht nur ihn. Ich habe auch dich zurückgelassen. Und das tut mir unendlich leid.«

Lorena blinzelt wieder hektischer und trinkt einen großen Schluck Tee, bevor sie antwortet. »Tut es dir wirklich leid oder sagst du das nur, weil du denkst, dass ich es hören will?«

»Es tut mir wirklich leid. Wir alle haben August verloren, nicht nur ich. Ich habe Abstand gebraucht, ich hätte jedoch den Anstand besitzen können, ranzugehen, wenn du mich angerufen hast. Das war unfair.«

»War es«, entgegnet Lorena. Ihre Stimme klingt hart, aber sie bricht mitten im Satz auseinander.

»Das weiß ich. Und ich weiß auch, dass eine Entschuldigung nicht reicht, um alles zu reparieren. Ich werde es trotzdem immer und immer wieder sagen, wenn du willst.«

»Ich will.«

Wir lachen beide auf, und eine Träne entkommt Lorena, was bei ihr nicht vielen Tränen gelingt.

»Isaac hat erst zwei Wochen vor Augusts Tod Schluss gemacht. Du hattest mehr als einen Verlust zu verarbeiten.«

Lorena streicht die eine Träne weg, zu der sich wohl keine zweite gesellen wird.

»Das stimmt«, gibt sie zu und wickelt sich eine Strähne ihrer seidigen dunklen Haare um den Zeigefinger. Früher waren sie länger. Nun reichen sie ihr nur noch bis zum Schlüsselbein. Ich finde, so steht es ihr besser.

»Ich wollte …« Lorena stockt.

»Ja?«, hake ich nach.

»Kurz vor seinem Tod haben August und ich ein Gespräch geführt, und ich habe mich seitdem nicht mehr getraut, das Gleiche, was ich damals zu ihm gesagt habe, noch mal vor einer anderen Person auszusprechen.«

Sie kaut auf ihrer Unterlippe herum, was so gar nicht zu ihr passen will. Ich warte einfach ab und dränge sie nicht. Ich lasse ihr die Zeit, die sie mir vor wenigen Minuten auch gegeben hat.

Da mag noch immer einiges zwischen uns stehen, aber wir verstehen einander auch ohne Worte. Selbst meine Flucht konnte das nicht zerstören. Und das reicht schon, um die Hoffnung zu spüren, dass wir eines Tages wieder Freundinnen sein werden, die alles teilen.

Sie holt sehr viel Luft, als benötigte der nächste Satz besonders viel Sauerstoff. »Ich will das Kaufhaus übernehmen.«

Obwohl wir darüber noch nie gesprochen haben, überrascht mich ihre Aussage nicht. Als wir noch Kinder waren, gab es für Lorena nichts Schöneres, als den ganzen Tag im Kaufhaus zu verbringen. Sie kennt jedes Detail, jeden Einrichtungsgegenstand, jeden Lagerraum. Und sie könnte bestimmt jeden Angestellten in jedem Stockwerk beim Namen nennen.

»Du wärst sehr gut geeignet für den Job«, sage ich ernst. »Willst du mit unseren Eltern darüber reden?«

Sie stößt einen tiefen Seufzer aus. »August wollte mir dabei helfen. Er wollte ein gutes Wort für mich einlegen, mir beistehen. Aber dann ist er gestorben.« Lorena räuspert sich umständlich. »Auf ihn hätten sie vielleicht gehört. Ohne seine Unterstützung werden sie dem nie zustimmen. Die Söhne erben nun mal das Kaufhaus Kronenberger. Das war schon immer so. Und du kennst doch unsere Väter. Sie werden Traditionen nicht ändern. Schon gar nicht für eine Tochter.«

Ich ergreife Lorenas Hand und drücke sie fest. Kurz rechne ich damit, dass sie sich losreißen wird. Stattdessen erwidert sie den Druck. »Du schaffst das auch ohne August«, sage ich, obwohl ich mir wünsche, sie müsste es nicht. »Wenn es jemand schaffen kann, dann du.«

Lorena lächelt leicht. »Es wird nicht einfach werden.«

»Überhaupt nicht«, gebe ich zu und bringe sie damit wieder zum Lachen. »Unsere Väter werden nicht leicht zu überzeugen sein. Aber wer hat schon mehr Durchsetzungsvermögen als du?«

»Mir fällt so spontan niemand ein«, scherzt sie.

»Vielleicht würde Johann dir helfen«, schlage ich vor.

Lorena schnauft. »Ohne meine Hilfe würde er keinen Arbeitstag im Kaufhaus überstehen. Aber so sieht er das nicht. Er will es nicht erkennen. Es wäre nicht gut für sein Ego, wenn er sich eingestehen müsste, dass er seine kleine Schwester braucht.«

Mein erster Impuls ist, ihr gut zuzureden. Doch Lorena hat vermutlich recht, und die Situation zu beschönigen wird ihr nicht helfen. Mal ganz abgesehen von der Tatsache, dass es kaum etwas gibt, das sie mehr nervt, als die Realität zugunsten einer unwahren Fantasie zu leugnen.

»Dann wirst du es allein schaffen«, sage ich. »Und wenn du Hilfe brauchst, werde ich da sein.«

Sie zieht kritisch die Augenbrauen zusammen. »Wirst du?«

»Ja.«

»Versprich es.«

Auf einmal sind wir wieder kleine Mädchen, die ein bisschen zu deutlich gespürt haben, dass die Männer in dieser Familie immer einen höheren Stellenwert genossen haben. Genauso wie früher halte ich ihr meinen kleinen Finger hin. Sie verhakt ihren mit meinem. Wir sehen uns tief in die Augen.

»Ich verspreche es.«

»Jetzt darfst du es nicht mehr brechen. Diese Schwüre sind bindend.«

Ich grinse. »Das weiß ich.«

»Gut.« Ihr Blick und ihr Finger lassen mich gleichzeitig los. »Dann wäre das ja geklärt.« Ihr Tonfall klingt so, als hätten wir gerade einen Businessdeal abgeschlossen. Oder wohl eher einen Blutschwur.

»Du wärst die Geschäftsführerin, die das Kaufhaus verdient hat.«

Wieder blinzelt Lorena hektisch. »Danke.« Sie sieht auf ihre Armbanduhr. Ich vermute, dass sie das nur tut, damit ich die ungeweinten Tränen nicht erkennen kann. »Ich muss gleich zur Uni aufbrechen und will vorher noch duschen. Ich würde dich jetzt also rauswerfen.«

»Das ist in Ordnung«, sage ich und erhebe mich. »Ich bin froh, dass du dich mir anvertraut hast. Und ich werde dir beweisen, dass du mir vertrauen kannst.«

Lorena lächelt matt. »Ich freue mich schon drauf.«

Ich wende mich von ihr ab und will schon die Wohnung verlassen, doch sie hält mich noch mal mit ihren Worten zurück.

»Wohnst du gern in Julis WG?«

Ich bleibe stehen, drehe mich aber noch nicht zu ihr um. »Es ist nicht schlecht. Aber ich stoße mich mindestens dreimal am Tag an dieser Ecke im Flur.«

»Ein schlechtes Omen, Liv zufolge«, meint Lorena.

Ich überlege nachzufragen, entscheide mich allerdings, was anderes zu sagen. »Und wenn man mal eine so tolle Mitbewohnerin hatte wie ich, ist es schwer, sich mit anderen zufriedenzugeben.«

Ihr entfährt ein belustigtes Schnauben. »Schleimerin«, murmelt sie in sich hinein. Ich drehe mich zu ihr um, gerade rechtzeitig, um das schelmische Glitzern in ihren Augen nicht zu verpassen. »Dann wird es wohl Zeit, dass du wieder einziehst.«

Wir könnten das jetzt lang und ausführlich ausdiskutieren. Aber das passt nicht zu uns.

»Wird es wohl«, sage ich grinsend. »Ich hole noch meine Sachen aus Julis WG.«

»Gut«, meint Lorena. »Und räum endlich dein Zimmer auf.«

Ich lache wieder, diesmal noch so viel gelöster als vor wenigen Minuten noch. »Alles, was du verlangst, große Königin.«

Sie zeigt mir den Mittelfinger, als ich die Wohnung verlasse, aber ich weiß, dass es in Lorenas harscher Sprache gleichbedeutend mit einer Liebeserklärung ist.

30. Kapitel

MATT

»Heute würde ich gern noch ein bisschen ausführlicher über Ihre Kindheit reden, wenn das für Sie okay ist«, meint Frau Fellner, sobald ich mich auf den Sessel gesetzt habe, der mir ein bisschen weniger unbequem vorkommt als beim letzten Mal.

»Das ist okay«, erwidere ich sofort.

»Könnten Sie mir Ihre familiäre Situation beschreiben?«

»Meine Eltern sind noch verheiratet. Meiner Familie gehören die Jordan-Hotels. Mein Vater ist der Geschäftsführer. Meine Mutter arbeitet nicht. Ich habe einen Zwillingsbruder und eine große Schwester«, fasse ich zusammen und sehe sie dann abwartend an.

»Wie war Ihre Beziehung zu Ihren Eltern in Ihrer Kindheit?«

»Sie haben es immer sehr unterstützt, dass ich schwimme.« Ich muss mich räuspern, weil mein Hals bei der Erwähnung meines verlorenen Traums immer rau wird. Aber er ist ein bisschen weniger rau als sonst. Dass ich mich wieder ins Wasser getraut habe, hat etwas verändert. »Meine Mutter hat mich zum Training und zu Wettbewerben gefahren. Das war selbstverständlich für sie. Und es war mir auch sehr wichtig, dass sie mich bestärkt hat.«

»Hat Ihr Vater das auch getan?«

»Auf jeden Fall«, sage ich sofort. »Er ist oft zum Training gekommen, um zu kontrollieren, dass ich mich verbessere.«

»Bei ihrer Mutter haben sie das Wort *bestärken* benutzt. Bei ihrem Vater das Wort *kontrollieren*. War das ein Zufall oder beschreibt das die Verhaltensweisen Ihrer Eltern?«

Ich stocke eine Sekunde. Ich habe meinen Vater sofort vor Augen, wie er in seinem schicken Anzug am Beckenrand steht und auf mich herabblickt, wenn ich nach einer Bahn auftauche. Er hat selten gelächelt. Er ist mit seinem Stolz umgegangen, als wäre es eine seltene Ressource, die nur begrenzt zur Verfügung steht.

»Es war kein Zufall«, gebe ich also zu. »Gute Leistungen waren meinem Vater schon immer wichtig.«

»Nur bezogen aufs Schwimmen?«

»Nein. Ich soll die Hotels übernehmen. Da erwartet er auch viel von mir.«

Frau Fellner schreibt etwas auf, dann wendet sie sich wieder mir zu. »Was macht das gerade mit Ihnen?«

»Wie meinen Sie das?«

»Sobald wir das Kontrollbedürfnis Ihres Vaters angesprochen haben, haben Sie angefangen, die Hände zu wringen.«

Erst jetzt bemerke ich, dass ich meine Finger übereinander reibe, und halte abrupt inne. Ich klemme sie zwischen meine Oberschenkel, damit ich das nicht noch mal tun kann. Wieder macht sich Frau Fellner Notizen. Ich wünschte, ich könnte sie lesen, um zu erfahren, was sie schon alles über mich herausgefunden hat. Obwohl – wenn ich so darüber nachdenke, will ich das eigentlich gar nicht erfahren.

»Aber so schlimm war es nicht. Mein Leben vor dem Unfall war sehr unbeschwert«, sage ich schnell, als müsste ich mich für irgendwas rechtfertigen. Ich habe nur keine Ahnung, wofür.

»Wie war Ihr Leben vor dem Unfall denn? Sind wirklich nie Dinge passiert, die Sie belastet haben?«

Ich will schon mit Ja antworten, doch dann schlucke ich das Wort doch wieder runter. Denn ich sehe Izzy vor mir, wie sie in einem Krankenhausbett liegt. Ich habe immer noch ein sehr klares Bild von ihr. Ich glaube aber, dass nicht alles, woran ich mich erinnere, wirklich so gewesen ist. Meine Erinnerungen sind durch die Linse eines Kindes entstanden. Und deswegen ist Izzy immer an unzählige Schläuche und Geräte angeschlossen, wenn ich an früher denke. Heute weiß ich, dass kein Mensch, egal, wie krank er ist, so viele Zugänge gelegt bekommt.

»Meine Schwester hatte Leukämie, als ich noch ein Kind war«, sage ich also.

»Das muss eine harte Zeit gewesen sein.«

Ich will es runterspielen, doch die Erinnerungen, die in mir aufsteigen, hindern mich daran. Ich höre das verzweifelte Weinen meiner Mutter. Immer habe ich versucht sie zu trösten, bin gescheitert und habe mich danach klein und nutzlos gefühlt. Mein Vater hat unzerstörbar gewirkt, aber auch das hat mich beunruhigt. Manchmal hätte ich ihn gern geschüttelt und angefleht, mir endlich seine ehrlichen Gefühle zu zeigen, damit ich wissen konnte, dass ihm das alles nicht egal war. Isaac war sehr still. An ihn kann ich mich am wenigsten erinnern. Er scheint immer mit dem Hintergrund verschmolzen und einfach verschwunden zu sein.

»War es«, gebe ich zu. »Damals hat meine Freundschaft mit Stella begonnen.« Sie sehe ich sehr klar. Als wir noch klein waren, hat sie ihre Haare so wild getragen, wie sie es auch jetzt wieder tut. Die Sommersprossen waren schon da, aber noch nicht so zahlreich. Sie hat sie über die Jahre gesammelt. Sie war ständig zu Besuch im Krankenhaus. Ihre ganze Familie. Ihre Mutter hat dafür gesorgt, dass wir essen, wenn unsere Mutter keinen Kopf dafür hatte, uns etwas zu kochen. Joachim und Richard Kronenberger haben meinem Vater bei seinen Geschäften unter die Arme gegriffen. Lorena, August und Johann haben uns abgelenkt. Aber Stella war die Person, an der ich mich festgeklammert habe, als würde ich sonst in einem Ozean ertrinken, den nur ich sehen kann. »Sie war für mich da«, sage ich, obwohl das nicht ausreicht, um zu beschreiben, was sie damals für mich getan hat.

Ich räuspere mich. »Meine Schwester ist wieder gesund geworden.« Ich betone es so, als würde das gute Ende das Leiden auslöschen, das davor passiert ist. Das tut es jedoch nicht. Und Frau Fellner scheint das Gleiche zu denken.

»Trotzdem hat diese Erfahrung etwas in Ihnen ausgelöst.«

Ich nicke.

»Und Stella hat Ihnen geholfen?«

Ich nicke wieder. Frau Fellner macht sich Notizen.

»Seitdem waren Sie enge Freunde?«

»Ja, genau. Unsere Familien sind eng miteinander verbunden. Schon, seitdem ich denken kann. Izzys Krankheit hat uns alle noch mal enger aneinandergeschweißt. Und wir sind alle lange Zeit auf dieselbe Schule gegangen, bis ich aufs Sportgymnasium gewechselt bin.«

»War es schwer für Sie, von Ihren Freunden getrennt zu sein?«

»Auf jeden Fall.« Ich erinnere mich daran, dass ich mehrere Nächte geweint habe, weil ich die Vorstellung, Isaac und unsere Freunde nicht mehr jeden Tag sehen zu können, nicht ertragen habe. Aber das spreche ich nicht aus. »Eigentlich wollte ich aufs selbe Gymnasium gehen wie die anderen auch. Aber mein Vater wollte, dass ich aufs Sportgymnasium gehe, weil ich dann häufiger trainieren konnte. Und es war ja auch die richtige Entscheidung. Hätte ich weniger trainiert, wäre ich niemals so gut geworden.«

Letztendlich hat es keine Rolle gespielt. All die Stunden, die ich im Wasser verbracht habe, kommen mir manchmal wie vergeudete Lebenszeit vor, weil sie nirgendwohin geführt haben. Sie haben mich nicht bis Olympia gebracht.

»Hat Ihr Vater manchmal Druck auf Sie ausgeübt?«

Ich kann mich an keine Zeit erinnern, an der er das nicht getan hat. »Ich habe das Schwimmen geliebt«, antworte ich und bin mir selbst nicht ganz sicher, warum ich ihn verteidige. Niemand hat ihn angeklagt.

»Das stelle ich nicht in Frage«, erwidert Frau Fellner auf diese ruhige Weise, die mich noch ein bisschen unruhiger macht. Dass sich meine Hände wieder befreit haben und ich sie wringe, bemerke ich erst, als ich ihrem Blick folge, der auf sie gerichtet ist. Diesmal setze ich mich auf sie, damit sie meine innere Unruhe nicht schon wieder verraten können.

Frau Fellner sagt nichts. Sie schweigt einen Moment und betrachtet mich einfach. Und genau diese abwartende Haltung bringt mich dann doch wieder zum Reden.

»Er hat Druck ausgeübt.« Ich seufze. »Er hat immer Druck ausgeübt und tut es immer noch. Das Training konnte sehr hart sein. Ich bin dreimal am Tag zum Schwimmen gegangen, das war für ihn aber auch keine Entschuldigung für mittelmäßige Noten. Manchmal war es sehr viel auf einmal. Ich hatte das Gefühl, keine Schwäche zeigen zu dürfen. Wenn es mir schlecht ging, musste ich es verstecken. Denn hätte er meine Schwäche gesehen, hätte er gewusst, dass ich nicht gut genug bin.« Ich habe keine Ahnung, wo diese ganzen Sätze auf einmal herkamen. Ich habe sie noch nie zuvor gedacht. Davon bin ich überzeugt. Sie sind neu für mich. Und trotzdem weiß ich, dass sie wahr sind und ich sie vorher nur nicht einsehen konnte.

»Denken Sie immer noch, dass Sie keine Schwäche zeigen dürfen?«

»Ja«, antworte ich, ohne zu zögern.

»Weiß Ihr Vater von Ihren Panikattacken?«

»Nein. Nur mein Bruder und seine Freundin Juli.«

»Auch Stella haben Sie davon nicht erzählt?«

Ich schüttle den Kopf.

»Haben Sie das Gefühl, dass Sie auch vor ihr nicht schwach sein dürfen?«

»Nein«, sage ich. »Ihr habe ich immer gezeigt, wer ich bin. Sie hat mich nie verurteilt.«

»Warum haben Sie das nicht mit ihr geteilt?«

Obwohl ich es weiß, werde ich es nicht laut aussprechen. Wieder mit Stella verbunden zu sein, hat so vieles so viel leichter gemacht. Ich fühle mich leichter. Jedes Mal, wenn sie mir sagt, dass sie mich liebt, glaube ich kurz, dass diese Worte sogar dazu in der Lage sind, meine Schulter und alles andere, was in mir kaputtgegangen ist, zu heilen. Ich will unsere Leichtigkeit nicht belasten. Und ich will sie nicht belasten. Sie würde sich schuldig fühlen.

Ich schlucke schwer. Da ist der Kloß wieder. Und obwohl er in meinem Hals verborgen liegt, scheint Frau Fellner ihn erkennen zu können.

»Haben Sie wieder einen Kloß im Hals?«, fragt sie mich.

Ich nicke.

»Können Sie heute sagen, woraus der Kloß in Ihrem Hals besteht?«

Ich will verneinen, doch irgendeine Stimme tief in meinem Inneren gibt mir die Antwort.

Schuld.

Der Kloß in meinem Hals besteht aus Schuld. Und als ich versuche, etwas zu sagen, wird er noch ein bisschen größer, bis keine Worte und fast keine Luft mehr durch meinen Hals passen.

Ich atme ein paar Mal sehr tief durch, um das Kitzeln in meinem Nacken wieder loszuwerden.

»Nein«, sage ich, weil ich nur eine Lüge am Kloß vorbeigebracht habe, aber nicht die Wahrheit. Sie ist einfach zu groß.

Frau Fellners Augenbrauen wandern kurz nach oben, als hätte sie mich durchschaut, aber sie spricht mich nicht darauf an.

»Unsere Zeit ist schon fast rum, aber ich würde gern wieder meine Gedanken mit Ihnen teilen.«

Ich bedeute ihr, fortzufahren.

»Sie trennen Ihr Leben sehr klar in zwei Zeiten. Vor dem Unfall und danach. Davor war alles gut. Danach war alles schlecht. Aber Sie haben ein verklärtes Bild von der Vergangenheit, was es Ihnen erschwert, mit der Gegenwart umzugehen. Auch vor dem Unfall war Ihr Leben nicht ohne Probleme. Ihre Schwester war sehr krank. Ihr Vater hat Sie unter Druck gesetzt. Das hat Sie auch belastet.«

Ich will ihr widersprechen, aber mir kommt kein Ton über die Lippen, weil ich auch mal einen ähnlichen Gedanken hatte, mich nur nicht getraut habe, ihn so zu Ende zu denken, wie Frau Fellner es gerade getan hat.

»Und natürlich kann ich nach zwei Sitzungen noch keine großen Schlüsse ziehen. Aber es kommt mir so vor, als hätte die Beziehung zu Stella es Ihnen ermöglicht, viele dieser Probleme zu vergessen.«

»Sie sagen das, als wäre das was Schlechtes«, fahre ich dazwischen, bevor ich mich stoppen kann.

»Trost von anderen Menschen zu erhalten, ist natürlich nichts Schlechtes«, meint sie. »Aber es ist gefährlich, wenn eine andere Person dafür verantwortlich ist, einem Trost und Selbstwert zu geben. Man kann sich in eine Beziehung flüchten, anstatt sich mit den eigenen Problemen auseinanderzusetzen. Da man geliebt wird, kann man den Rest ignorieren. Davon werden Probleme allerdings nicht gelöst.«

Mein Herz rauscht in meinen Ohren, als wollte es verhindern, dass ich all das höre. Ich bin glücklich mit Stella, die letzten Tage waren wunderschön. Kann sie mir das nicht lassen?

»Ihnen gefällt nicht, was ich gesagt habe, oder?«, fragt sie.

»Alles gut«, entgegne ich, obwohl meine Worte nicht wirklich zu ihrer Frage passen. Mit etwas steifen Beinen erhebe ich mich vom Sessel.

»Wollen wir direkt einen neuen Termin ausmachen?«

»Ich schreibe Ihnen lieber eine Mail«, erwidere ich, verabschiede mich hektisch und verlasse ihre Praxis mit zügigen Schritten. Wieder fühle ich mich benebelt, sobald ich auf die Straße trete.

Ich blinzle ins blendende Sonnenlicht und atme mehrmals tief durch. Ich schiebe alles, was sie gesagt hat, in den dunklen Teil meines Gehirns, wo ich selten hingucke.

Dorthin habe ich auch meine Wut verbannt. Stella und ich haben nicht darüber geredet, wie ich mich gefühlt habe, als sie gegangen ist, und vermutlich sollten wir das tun, damit die Wut endlich verstummen kann.

Aber gerade bin ich einfach nur glücklich mit Stella, und das will ich mir nicht nehmen lassen. Selbst dann nicht, wenn ich tief in mir drin doch weiß, dass ich etwas ändern muss.

31. Kapitel

STELLA

Ich grinse übers ganze Gesicht, als ich durch die Glastüren ins Kaufhaus trete. Draußen war es ein bisschen zu heiß für meinen Geschmack, und hier drin ist es ein bisschen kalt. Der Schweiß in meinem Nacken scheint unter der Klimaanlage sofort zu gefrieren, und ich schaudere leicht. Trotzdem bleibt das Lächeln.

Irgendwie ist gerade alles gut.

Gestern habe ich die erste Nacht seit Jahren in meinem Zimmer in Lorenas und meiner Wohnung verbracht. Und heute hat sie mir sogar, ohne dass ich sie darum bitten musste, einen Kaffee gemacht. Die Tasse stand schon dampfend in der Küche, als ich aufgestanden bin. Wenn das kein Friedensangebot ist, weiß ich auch nicht.

Während ich den Kaffee getrunken habe, hat mich Benny angerufen. Er darf nach Hause kommen, und wenn er morgen ankommt, werden wir uns mit unseren Eltern hinsetzen und gemeinsam nach einer Lösung suchen.

Und weil gerade alles so gut läuft, traue ich mich sogar zu hoffen, dass unsere Eltern uns diesmal zuhören werden.

Um meinen Tag perfekt zu machen, werde ich mich gleich mit Matt zum Mittagessen treffen.

Ich laufe noch ein bisschen beschwingter, als ich den Mitarbeitertrakt erreiche.

Mir ist bewusst, dass wir noch über vieles reden müssen. Luc hat es mir erst vor wenigen Tagen am Telefon gesagt, als ich ihm erzählt habe, dass wir wieder zusammen sind. Und Lorena sagt es mir mit jedem kritischen Blick, den sie in meine Richtung wirft.

Und wir werden reden.

Aber kurz – nur für diesen herrlichen Moment – möchte ich es mir gönnen, einfach nur glücklich zu sein. Ich habe dieses warme Gefühl schon so lange nicht mehr in meiner Brust beherbergt. Wenigstens für eine Weile will ich mich ihm hingeben. Selbst wenn mir eigentlich klar ist, dass es nicht von Dauer sein kann, wenn ich mich gewissen Dingen nicht stelle.

Ich erreiche den Vorraum zum Büro meines Vaters und finde Matts Schreibtisch verwaist vor. Mich überkommt das Bedürfnis, die Unterlippe nach vorne zu schieben wie ein schmollendes Kind, aber ich unterdrücke es.

Ich laufe um den Schreibtisch herum und entdecke einen Post-it auf seiner Tastatur.

Ich bin noch in einem Meeting mit deinem Vater. Wenn du ab und an auf dein Handy gucken würdest, wüsstest du das bereits. Aber keine Sorge, ich werde dich nicht zu lange warten lassen. Ich liebe dich. Matt

Ich strecke dem Zettel die Zunge raus, als könnte Matt als Urheber dieser Worte diese Geste sehen. Ich werfe einen Blick auf mein Handy. Tatsächlich leuchtet eine Nachricht von ihm auf, in der er mir mitteilt, dass ich ein bisschen später kommen kann.

Grinsend schüttle ich den Kopf und stecke das Stück Papier zusammen mit meinem Handy zurück in meine Hosentasche.

Irgendwie ist es romantisch, wenn man für eine andere Person so vorhersehbar ist. Er kennt sich in den verwinkelten Gängen meines Kopfes fast genauso gut aus wie ich selbst, fast so, als wären wir diese Wege bereits viele Male zusammen abgelaufen, Hand in Hand.

Ich lasse mich auf seinen Schreibtischstuhl fallen und drehe mich langsam, während ich mich im Raum umsehe. Büroräume sind ja schon langweilig, aber es gibt wohl kaum etwas Unspektakuläreres als das Zimmer davor.

Die Tür zum Refugium meines Vaters ist leicht angelehnt. Er ist mit Matt in einem Meeting. Er ist nicht hier.

Sofort beginnt es in meinen Handflächen zu kribbeln.

Ich habe das Notizbuch mit meinen Gedanken zu Augusts Unfall schon längere Zeit nicht mehr in die Hand genommen. Meine stümperhaften Ermittlungen haben mich nicht weitergebracht. Sobald Matt und ich uns versöhnt hatten, ist mein Wille, mehr zu erfahren, aber auch irgendwie in den Hintergrund geraten.

Mein schlechtes Gewissen fühlt sich von einer Sekunde auf die andere mehrere Tonnen schwer an. Es legt sich auf meine Schultern wie ein Mantel, den ich niemals in der Lage sein werde, abzulegen.

Habe ich das schlechte Gewissen, weil ich meinen großen Bruder hinten angestellt habe, sobald ich das Glück für wenige Sekunden auf der Zungenspitze schmecken konnte?

Oder – frage ich mich, als ich mich auf einmal im verwaisten Büro meines Vaters wiederfinde – rührt mein schlechtes Gewissen doch daher, dass ich schon zum zweiten Mal in kürzester Zeit in diesem Raum stehe, obwohl es mir nicht zusteht, auf der Suche nach Hinweisen, die vermutlich gar nicht existieren?

Matt hat mich schon einmal hier gefunden. Will ich es wirklich riskieren, diesmal nicht nur von ihm, sondern auch von meinem Vater auf frischer Tat ertappt zu werden?

Alles ist gerade wundervoll. Will ich das riskieren?

Aber schulde ich es August nicht, alles versucht zu haben?

Meine Selbstsucht ist groß, aber nicht so groß, dass sie diese Frage hinter sich verbergen kann. Also mache ich einen Schritt auf den Schrank mit den Aktenordnern zu.

Ich gehe in die Hocke. Lucs Stimme hallt durch meinen Kopf – wie eigentlich in allen Situationen, in denen ich mich wie der unfähigste Mensch auf der Welt verhalte. Natürlich würde mein Vater Erpressungszahlungen oder andere illegale Tätigkeiten nicht schriftlich festhalten. Aber wenn er etwas mit all dem zu tun hat, gibt es vielleicht doch Hinweise. Irgendwas. Nur eine Zeile, die nicht zum Rest passt.

Mir ist bewusst, wie schlecht meine Chancen stehen, etwas zu finden. Und wenn ich mal ausnahmsweise ganz ehrlich mit mir selbst wäre, würde ich vermutlich erkennen, dass ich das auch gar nicht will. Bleibt meine Suche erfolglos, kann ich mir wieder einreden, dass meine Eltern eben einfach nur gute Eltern sind, die sich um ihre Kinder sorgen und nicht um das Image, das an dem ihnen heiligen Nachnamen haftet wie eine Krankheit, gegen die keine Medizin hilft.

Ich ziehe die Aktenordner heraus, auf denen fein säuberlich die Jahreszahl geschrieben steht, die auch in Augusts Grabstein graviert wurde. Diese Zahlen sind die Kombination zu dem Safe, in dem all meine schmerzhaftesten Erinnerungen untergebracht sind. Sie können ihn öffnen und alles wieder zum Vorschein bringen.

Trotzdem zwinge ich mich, die Akten aufzuklappen und die Seiten umzuschlagen.

Es kommt mir so vor, als würde ich direkt auf Augusts Tod zusteuern, während ich von Monat zu Monat blättere. Als würden zwischen diesen Kontoauszügen ein Foto seines letzten Moments oder seine niedergeschriebenen letzten Worte auf mich warten.

Meine Finger zittern ein bisschen, als ich die Tage vor seinem Unfall erreiche. Ich luge noch einmal über meine Schulter, um sicherzugehen, dass Matt und mein Vater noch nicht zurück sind. Ich lausche und versuche neben meinem wild schlagenden Herz noch etwas anderes wahrzunehmen. Doch keine Schritte oder Gesprächsfetzen dringen an meine Ohren. Noch bin ich allein. Noch habe ich Zeit, weiterzulesen.

Vielleicht hat ein Teil von mir sich gewünscht, dass sie bereits um die Ecke kämen und ich die Akten zur Seite legen müsste, ohne am alles entscheidenden Tag angekommen zu sein.

Meine Hände zittern und schwitzen zugleich.

Ich blättere die nächste Seite um, und noch bevor meine Augen an diesem einen bestimmten Wort hängen bleiben, wird mir kalt. Wusste mein Körper alles schon? Hat er es geahnt? Wie Körper gewisse Dinge immer auf fast übernatürliche Weise zu spüren scheinen, weil sie Gefahr anders wahrnehmen können als unsere verknoteten Köpfe, die uns eher im Weg stehen, statt uns zuverlässig zu leiten.

Hat mein Körper etwas gespürt, wenn Matts neben ihm lag? Hat er das Geheimnis in seinen verkrampften Muskelsträngen erkannt?

Eine Woche nach dem Unfall haben meine Eltern eine große Summe Geld überwiesen. An Matthew Jordan steht dort in viel zu schlichten Buchstaben, die nicht zu ihrem verräterischen Tonfall passen wollen.

Es gibt viele Gründe dafür, will mich eine Stimme in meinem Hinterkopf sofort ermahnen. Matt hat nichts damit zu tun. Das kann er gar nicht.

Ich glaube, es ist meine Liebe zu Matt, die zu mir spricht.

Aber da sind noch andere Stimmen. Und die sind nicht leiser.

Er hat was damit zu tun, sagt mein Misstrauen.

Er war verletzt. Vermutlich haben deine Eltern ihm mit dem Geld helfen wollen, erwidert die Liebe.

Seine Eltern sind mindestens genauso reich. Wieso braucht er ihr Geld? Und hätten sie dann nicht auch Isaac den gleichen Beitrag überwiesen, widerspricht das Misstrauen.

Ich bin mir nicht ganz sicher, ob mein Herz oder das Chaos in meinem Kopf lauter ist. Aber ich bin mir sicher, dass, würde jetzt jemand neben mir stehen, diese Person alles hören könnte, was in mir vorgeht.

Ich sehe mir auch noch die Seiten davor und dahinter an. Isaac hat nie Geld von meinen Eltern erhalten. Nur Matt. Wieso nur

Matt? Wieso sollten sie nur ihm helfen wollen und nicht Isaac? Er war auch verletzt. Er wurde auch operiert und lag lange im Krankenhaus. Er saß auch im Flugzeug, als August starb.

Der Aktenordner fällt mir aus der Hand und landet mit einem lauten Knall auf dem Boden.

Was ist kurz vorm Absturz passiert?

Mir wird eiskalt. Was hat Matt getan?

»Stella?«

Kurz denke ich, ich habe mir seine kleinlaute Stimme nur eingebildet. Doch dann wiederholt er meinen Namen und bringt mich so dazu, mich zu ihm umzudrehen.

Das letzte Mal, als er mich hier erwischt hat, hat er geschrien. Wut lag in jeder steilen Falte in seinem Gesicht.

Nun ist da keine Wut. Aber etwas anderes, was mir viel mehr Angst macht, als harsche Worte es jemals könnten.

Ich lasse den Aktenordner einfach auf dem Boden liegen und fixiere ihn. Seit wir wieder miteinander geschlafen haben, hat er mich jedes Mal fest in den Arm geschlossen und innig geküsst, sobald er mich gesehen hat. Heute macht er keine Anstalten, sich mir auch nur zu nähern.

Vielleicht hat er auch in meinem Gesicht etwas entdeckt, das ihm mehr Furcht einjagt als Wut.

Ich glaube, es ist Verzweiflung.

»Wo ist mein Vater?«, frage ich steif.

»Noch im Meeting. Ich sollte ihm Unterlagen holen.«

Ich nicke abgehackt.

Er fragt mich nicht, was ich hier getan habe. Vermutlich stellt er die Frage nicht, weil er die Antwort gar nicht hören will. Ich werde sie ihm trotzdem geben.

»Ich habe die Aktenordner durchgesehen«, beginne ich. Meine Stimmbänder zittern genauso stark wie meine Hände, die ich zu Fäusten balle, um sie daran zu hindern. Mit meinen Stimmbändern kann ich leider nicht das Gleiche tun. »Meine Eltern haben dir Geld überwiesen. Eine Woche nach dem Unfall.«

»Ich habe es ihnen zurücküberwiesen. Ich wollte es nicht«, sagt er schnell. Zu schnell. Da er ruckartig wieder verstummt, scheint er das auch erkannt zu haben.

»Wieso haben sie dir das Geld überwiesen?«

»Sie …« Er setzt an, doch ich lasse ihn nicht aussprechen. Ich bin mir sicher, dass nur eine Lüge über seine Lippen kommen würde. Und ich könnte es nicht ertragen, jetzt eine zu hören, während die Trümmer meines vorhin noch so glücklichen Lächelns zwischen uns auf dem Boden liegen.

»Weißt du mehr über die Umstände von Augusts Unfall?«

Er entgegnet nichts. Aber das muss er auch nicht. Sein Gesicht erzählt eine ausführliche Geschichte. Voller Schuld und Reue und Geheimnisse, die zu groß sein müssten, um sie für so lange Zeit in seinem Mund zu verschließen. Vor allem, wenn er diesen immer wieder dazu benutzt hat, um mich zu küssen und mir zu sagen, wie sehr er mich liebt.

Wenn Lippen Lügen berührt haben, können sie jemals wieder süß schmecken? Kann man wieder ein geflüstertes Wort glauben, das sie von sich geben?

Gerade bin ich mir sicher, dass ich auf beides nur mit Nein antworten kann.

»Du wusstest, dass ich nach der Wahrheit gesucht habe«, kriege ich irgendwie hervor. »Du wusstest, dass ich sie erfahren wollte. Du wusstest, dass ich sie *brauche*. Aber du hast sie nicht mit mir geteilt.«

»Ich wollte dich nicht verletzen.«

Seine Worte klingen wie ein Schuldeingeständnis. Anscheinend auch in seinen Ohren, denn er verstummt schon wieder so abrupt, dass er die letzten Buchstaben seines Satzes verschluckt.

»Ach ja? Was hätte mich denn so verletzt? Dass der Tod meines Bruders doch kein Unfall war?«

»Es war ein Unfall«, erwidert Matt auf einmal heftig und mit einem Nachdruck, zu dem er wenige Sekunden zuvor noch nicht in der Lage gewesen ist.

»Wirklich? Wie kann ich dir glauben?«

Matt macht einen Schritt auf mich zu und will nach meiner Hand greifen. Doch ich weiche instinktiv vor ihm zurück. Der Aktenordner knirscht unter meinen Schuhen.

»Wenn ich nicht gleich zurückkomme, wird dein Vater nach mir suchen und uns hier finden.«

»Das ist mir scheißegal.«

»Dann lass uns nicht in seinem Büro reden.«

Ich nicke nur, und Matt verlässt vor mir den Raum. Ich kann das Zittern, das seinen Körper erschüttert, deutlich erkennen. Ein Teil von mir will ihn trösten. Ein anderer will ihn noch stärker zittern sehen. Und weil diese beiden Teile stetig miteinander ringen, mache ich letztendlich gar nichts, laufe schweigend hinter ihm her und folge ihm in ein leeres Büro. Er schließt die Tür hinter uns. Ich wünschte, er hätte es nicht getan. Auf einmal habe ich das Gefühl, in einem geschlossenen Raum nicht mehr atmen zu können, wenn er auch dort ist. Seine Lügen und die Wahrheit, die ich nicht kenne, atmen uns die Luft weg, bis wir ersticken und nur noch sie am Leben sind.

Matt deutet auf einen verstaubten Stuhl, doch ich komme seiner Aufforderung nicht nach. Er sieht kurz zu einem anderen Stuhl, doch auch er macht keine Anstalten, sich zu setzen. Und so stehen wir einen unendlich langen Moment einfach bewegungslos da und starren einander an, während das, was sich wieder zwischen uns entwickelt hat, langsam verwelkt wie eine Blume, die nicht gegossen wird.

»Okay«, kriegt er irgendwann über die Lippen. »Ich werde dir die Wahrheit erzählen.«

32. Kapitel

STELLA

Achtzehn Stunden vor dem Unfall

»Was soll das heißen, ihr macht ein Männerwochenende?«, schnauzte ich ihn ungehalten an.

»Dass wir ein Männerwochenende machen«, entgegnete mein großer Bruder gelassen und machte mich damit noch ein bisschen wütender.

»Das ist patriarchalischer Mist«, meinte ich und ließ mich demonstrativ auf sein Sofa fallen, obwohl er mich offensichtlich loswerden wollte.

Er stieß ein Seufzen aus. »Mach nicht so eine große Sache draus.«

Ich hasste es, wenn er diesen Tonfall anschlug. So redete er vermutlich auch mit Geschäftspartnern, die nicht taten, was er wollte. Dieser Tonfall beinhaltete seine Arroganz, seine Überheblichkeit, all seine schlechten Eigenschaften. Ich liebte meinen Bruder. Aber manchmal konnte man ihm deutlich ansehen, dass er sich für etwas Besseres hielt.

»Ich mache eine große Sache draus?«, entfuhr es mir. Ich verschränkte die Arme vor der Brust. »Wir wollten das Wochenende zusammen verbringen. Und du lädst Lorena und mich einfach aus. Das ist nicht fair.«

»Wir passen nicht alle in das Flugzeug«, erwiderte er unge-

rührt. Er stellte sich vor mich und sah genervt auf mich herunter. Würde er mich gleich an den Armen packen und zur Tür zerren? Eigentlich passte das nicht zu ihm. Aber gerade wirkte er mindestens genauso angepisst, wie ich mich fühlte.

»Gut, dass unsere Familien genug Geld haben, um uns die Bezahlung anderer Transportmittel zu ermöglichen.«

August verdrehte die Augen. »Lorena und Isaac sind nicht mehr zusammen. Denkst du nicht, dass ihnen so kurz nach der Trennung ein bisschen Abstand guttun würde?«

»Das sagst du natürlich, weil dir das Wohlergehen der beiden so wichtig ist, und nicht, weil du keine Frauen dabeihaben willst.« Dass er mit diesem Punkt vielleicht ein kleines bisschen recht hatte, überging ich. Lorena war kein Mensch für große Gefühlsausbrüche. Sie schluchzte in der Nacht nicht so laut, dass ich es in meinem Zimmer hören konnte. Ihre Augen waren morgens, wenn sie zum Frühstück kam, nicht zugequollen. Ihre Unterlippe zitterte nicht, wenn die Sprache auf Isaac kam. Trotzdem konnte sie vor mir nicht verstecken, dass es ihr furchtbar ging. Ihre Gefühle mochte sie hinter ihrem Make-up, ihren schönen Outfits und ihrem strategisch eingesetzten Lächeln verstecken. Dieses erreichte ihre Augen allerdings nicht mehr. Und manchmal ging ihr Blick auf eine Weise in die Ferne, als wollte sie die Realität nicht mehr erkennen.

Sie liebte Isaac immer noch, und Lorena war treu. Es würde ihr schwerfallen, diese Liebe loszulassen. Ich hatte keine Ahnung, wie lange es dauern würde, bis ihr das gelang.

Obwohl sie litt, mied sie Isaac nicht. Es musste sie schmerzen, ihn zu sehen, aber sie würde sich niemals die Blöße geben, sich ihm nicht zu stellen. So zu tun, als ginge es ihr gut, obwohl er sie verlassen hatte, war das, an das sie sich nun klammerte. Und ich würde ihr diesen Halt ganz sicher nicht wegnehmen oder absprechen. Wie sie mit ihrem Herzschmerz umging, war ihre Sache. Und weder ich noch August würden Entscheidungen treffen, die wir für sie am besten hielten.

»Lorena ist genauso angepisst wie ich«, sagte ich. Sie hatte sich aufgeregt, als August nur eine Nachricht geschickt hatte, um uns auszuladen. Aber als ich hergekommen war, war sie zu Hause geblieben. War sie vielleicht doch erleichtert, nicht mitkommen und an diesem Wochenende niemandem beweisen zu müssen, wie gut es ihr ging?

»Bist du dir sicher?«, hakte August nach, als hätte er meine Gedanken gehört.

Ich ignorierte seine Frage. Selbst wenn Lorena insgeheim erleichtert war, würde ich meinen Bruder ganz sicher nicht vom Haken lassen. »Du machst das nicht aus Rücksicht auf Lorena«, sagte ich und stand auf. Ich wusste, dass er seine Meinung nicht ändern würde. Das hatte ich schon auf dem Weg hierher gewusst. Trotzdem wollte ich mit ihm streiten.

»Du machst das, weil du keine Lust hast, dass wir mitkommen. Und das ist verletzend. Ich verbringe gern Zeit mit dir, aber du offenbar nicht mit mir.«

»Das stimmt nicht, Ella, und das weißt du auch.«

Er versuchte mich mit meinem Spitznamen zu erweichen. Gerade funktionierte das nicht.

»Ich mag es nicht, manipuliert zu werden«, fuhr ich ihn an, und er leugnete nicht, was er da gerade versucht hatte. »August, manchmal bist du ein überhebliches Arschloch, das sich der Privilegien, die es schon seit frühster Kindheit in den Arsch geblasen bekommt, nicht bewusst ist – gar nicht bewusst sein will.«

»Ella«, setzte er jetzt versöhnlicher an, doch ich wollte es nicht hören.

»Hab ein schönes Wochenende. Ich hoffe, dein Flugzeug stürzt ab.«

August grinste leicht. »Ist das so ein Ausdruck wie Hals und Beinbruch*?«*

Ich zeigte ihm nur noch den Mittelfinger, während ich durch seine Tür trat und sie hinter mir mit Schwung wieder zuknallte.

Ich hoffe, dein Flugzeug stürzt ab – das sind die letzten Worte, die er jemals von mir gehört hat.

Mir ist übel, während ich Matt anstarre, der noch immer mit den Worten und vermutlich noch mit so viel mehr kämpft.

Ich hoffe, dein Flugzeug stürzt ab – ich bin nicht abergläubisch. Ich weiß, dass das Flugzeug nicht wegen dieses Satzes aus der Luft gefallen ist. Aber es ist unmöglich, ihm keine Bedeutung zuzuschreiben. Hat August ihn im Kopf gehabt, während er sich dem Boden in ungebremster Geschwindigkeit genähert hat? War es vielleicht sogar das Letzte, woran er gedacht hat? Sein Tod ist tragisch, eigentlich gibt es keine Steigerung. Die Vorstellung, er könnte als Letztes an unseren lächerlichen Streit gedacht haben, macht ihn allerdings noch tragischer. Und raubt mir die Luft zum Atmen.

»Und?«, frage ich ungehalten, um mich auch von meinen eigenen Gedanken abzulenken. »Erzählst du es mir heute noch?«

Matt schluckt schwer.

»Meine Eltern haben dir Geld gegeben, weil du etwas wusstest und es für dich behalten solltest, oder?«, frage ich, weil er einfach nicht aufhört zu schweigen.

»Ich habe es zurückgegeben.«

»Das sagtest du bereits«, erwidere ich kühl.

»Sie wollten einen Skandal verhindern.«

»Natürlich wollten sie das.« Die Bitterkeit in meiner Stimme schmecke ich auch auf meiner Zunge. »Den Journalisten haben sie auch bezahlt?«

Matt muss nicht nachhaken, wen ich meine, er nickt einfach. Das bedeutet, dass er noch mehr weiß, als ich befürchtet hatte.

»Hast du ihnen geholfen, alles zu vertuschen?«

Er nickt nur. Vielleicht ist es besser so. Ich glaube nicht, dass ich es ertragen hätte, wenn er mit Worten seine Schuld eingestanden hätte.

»Haben sie noch mehr Leute bezahlt?«

»Den Gerichtsmediziner«, kriegt er hervor.

Mir wird eiskalt. Es fühlt sich an, als würde das Blut in meinen Adern gefrieren und mich von innen heraus erstarren lassen.

»Das heißt, es war kein Unfall. Das heißt, Benny hatte recht. Irgendwas ist passiert, was …« Ich rede immer schneller, bis sich meine Worte überschlagen, weil sie übereinander stolpern.

»Es ist nicht so, wie du jetzt denkst.«

»Ach ja?«, fahre ich ihn an. »Was denke ich denn?«

»Es war ein Unfall.« Für einen kurzen Moment ist seine Stimme fest und bestimmt. Sie lässt keine Zweifel daran, dass das, was er gerade gesagt hat, die Wahrheit ist. Trotzdem kann ich sie nicht glauben, denn die Worte kommen aus seinem Mund. Werde ich jemals wieder etwas glauben, was aus seinem Mund kommt?

»Und warum mussten sie sich dann von so vielen Menschen das Schweigen erkaufen?«

Matt fixiert eine Stelle an der Mauer hinter meinem Kopf. Noch einmal atmet er tief ein und aus. Dann spricht er es endlich aus.

»August war betrunken.«

»Was?«, frage ich, weil es mir so vorkommt, als wäre ich unter Wasser und könnte nichts verstehen.

»August war betrunken.«

Es ist grausam von mir, ihn dazu zu bringen, es ein zweites Mal zu sagen. Aber ich konnte nicht anders.

»Er war betrunken?« Ich flüstere nur, obwohl das gar nicht mehr nötig ist. Es ist nicht länger ein Geheimnis. Matt hat es in die Freiheit entlassen.

Irgendwas in meinem Inneren zerschellt. Vielleicht das Bild, das ich von meinem großen Bruder hatte. Die Illusion, die sich um den Goldjungen August Kronenberger gerankt hat, der auch ich erlegen bin, obwohl ich immer dachte, ich könnte das Trugbild durchblicken.

Ich sehe August vor mir. In unterschiedlichen Outfits, an verschiedenen Orten. Aber immer mit einer Flasche oder einem Glas in der Hand. Immer einen Trinkspruch auf den Lippen.

Immer ein leichtsinniges Funkeln in den Augen. Er hat selten gelallt. Er ist selten getorkelt. Er hat selten die Kontrolle verloren. Zumindest hat er uns alle das glauben lassen. Und vermutlich auch sich selbst.

Gerade wollte ich mich noch nicht setzen, doch jetzt sacke ich auf dem Stuhl zusammen, weil mir keine andere Wahl bleibt.

»Er hatte ein Alkoholproblem«, presse ich hervor. »Es war direkt vor meiner Nase, und ich habe es nie gesehen.«

»Wir haben es alle nicht gesehen«, sagt Matt, vermutlich, weil er denkt, dass es das besser macht. Doch das tut es nicht. Nur weil auch alle anderen übersehen haben, was vor sich geht, entschuldigt das nicht, dass ich meinen Bruder nicht richtig erkennen konnte.

Ich fühle mich seltsam. Ein bisschen so, als hätte ich meinen Körper verlassen. Aber auch ein bisschen so, als hätte mich mein Körper für immer eingesperrt. Ich spüre schwere Schuld, aber ich spüre auch so was wie Enttäuschung. Ein bisschen so wie nach einem Film, der am Anfang viel Spannung aufgebaut hat, die dann am Ende aber auf nichts hinausgelaufen und einfach verpufft ist.

Ich dachte, ich könnte jemanden für Augusts Tod verantwortlich machen. Ich dachte, irgendjemand wäre schuld. Ich habe auf eine große Auflösung gewartet. Und jetzt erfahre ich … was eigentlich? Dass wir alle die Schuldigen waren, weil wir die Augen vor dem verschlossen haben, was unmittelbar vor uns war? Dass August ein Problem hatte, das man hätte lösen können, wenn es uns bewusst gewesen wäre? Dass der Schuldige kein Mann mit Skimaske ist, der nachts den Motor des Flugzeugs sabotiert hat, sondern seine Familie … und auch er selbst.

Ein stechender Schmerz schlägt in meine Brust ein und breitet sich in Wellenbewegungen in meinem ganzen Körper aus. Damals, als ich erfahren habe, dass er gestorben ist, habe ich diesen Schmerz schon einmal gespürt. Jetzt ist er wieder da. Als hätte ich erneut erfahren, dass er tot ist.

»Stella.« Matt hat sich mir genähert, ohne dass ich es gemerkt habe, und legt beruhigend eine Hand auf meine Schulter. Aber es kann mich nicht beruhigen. Ganz im Gegenteil. Der Körperkontakt zu ihm ist mir auf einmal unangenehm. Ich springe so hektisch auf, dass ich den Stuhl umkippe. Mit einem lauten Knall landet er auf dem Boden. Ich weiche noch weiter vor Matt zurück, damit er nicht auf die Idee kommen kann, mich noch einmal berühren zu wollen.

»Du wusstest, dass ich die Wahrheit suche, und du hast sie mir vorenthalten.«

»Ich wollte dir Schmerz ersparen«, sagt er.

»Oder dir selbst?«, gebe ich zurück.

Matt lässt den Kopf sinken. »Ich werde mir niemals vergeben, dass ich an diesem Tag zu spät bemerkt habe, dass er betrunken war. Und dass ich auch die Wochen und Monate zuvor nicht gesehen habe, dass sein Alkoholkonsum außer Kontrolle geraten ist. Ich wollte nicht, dass du das auch fühlen musst.«

Ich schüttle vehement den Kopf, als könnte ich so verhindern, dass die Worte bei mir ankommen. »Das ist Bullshit. Du wolltest dich selbst schützen, nicht mich.« Tränen kriechen meinen Hals hinauf und machen es mir unmöglich zu schlucken. »Es ist nicht deine Aufgabe, dich über meine Wünsche hinwegzusetzen und dann zu behaupten, du würdest es nur tun, weil du weißt, was das Beste für mich ist. Du kannst nicht für andere Menschen entscheiden, was sie ertragen können und was nicht! Ich muss hier raus«, kriege ich hervor. Matt lasse ich keine Zeit, noch einmal zu reagieren. Ich kehre ihm den Rücken zu und verschwinde. Ich tue also das, was ich schon immer am besten konnte.

33. Kapitel

MATT

Vierzig Minuten vor dem Unfall

»Stella war angepisst«, sagte ich, während ich aus Isaacs Auto stieg.

»Kann ich mir vorstellen«, entgegnete mein Bruder. »Lorena und Stella hätten ruhig mitkommen können. Wir sind nicht mehr zusammen, aber ich hoffe doch, dass wir immer Freunde bleiben werden.«

Ich war mir nicht sicher, ob das so leicht werden würde. Isaac hatte mit Lorena Schluss gemacht, weil er sie nicht mehr liebte. Lorena liebte ihn noch. Würde sie es wirklich ertragen, ihn genauso häufig zu sehen wie bisher?

Wir steuerten gemeinsam auf das Häuschen des Flugplatzes zu. Dort wollten wir uns mit August treffen, um mit einem kleinen Motorflugzeug zu einem Ferienhaus der Kronenbergers in Österreich zu fliegen. Wir hätten auch das Auto nehmen können, aber August wollte uns wohl zeigen, was er für ein toller Pilot war, und diese Freude wollten wir ihm nicht nehmen.

»Ich verstehe nicht, warum er sie ausgeladen hat«, sagte Isaac. »Ich habe ihn nicht darum gebeten, aber er schiebt mich als Grund vor.«

Das hatte mich auch irritiert. August war eigentlich ein sehr direkter Mensch. Wieso erfand er eine Ausrede, anstatt einfach die Wahrheit zu sagen?

»Ihr sucht August, oder?«, fragte uns ein Mann, der ungefähr in unserem Alter war, als wir das Häuschen betraten. Er kam mir bekannt vor, aber ich konnte ihn nicht ganz einordnen, deswegen betrachtete ich ihn wohl einen Moment länger, als höflich war. Er saß auf einem Stuhl. Sein rechtes Bein wippte hektisch auf und ab. Eine nervöse Ausstrahlung ging von ihm aus. Vielleicht stand heute sein erster Flug oder ein schwieriges Flugmanöver an.

»Richtig«, erwiderte ich.

»Er ist schon draußen. Ihr werdet ihn nicht übersehen.«

»Danke dir«, sagte Isaac, und wir verließen die Hütte wieder.

Das Gras war noch feucht vom Tau. Die nasse Kälte berührte meine Knöchel, und ich schauderte leicht. Dieser Morgen hatte eine angespannte Atmosphäre, die ich auch in meinen Muskeln spüren konnte.

»August«, rief Isaac, als er unseren Freund entdeckte, und beschleunigte seine Schritte.

Sobald er ihn erreichte, nahm August ihn in eine Bärenumarmung, die die beiden leicht ins Taumeln brachte. Isaacs Lachen schallte über den ganzen Platz.

Auch mich umarmte August fest. Sein warmer Atem roch ein bisschen abgestanden. Er hielt mich einen Moment länger als sonst.

»Wir fragen uns, warum du Stella und Lorena ausgeladen hast.«

August ließ mich los und wandte sich Isaac zu. »Ich wollte ein Männerwochenende«, sagte er schulterzuckend.

»Wieso hast du den Ausflug dann an einem Wochenende geplant, an dem Johann keine Zeit hat? Ihn wolltest du auch nicht dabeihaben«, meinte Isaac.

August seufzte. »Okay, ihr habt mich durchschaut. Ich wollte mit euch über etwas reden. Über etwas Persönliches. Und es sollten nicht gleich so viele Leute dabei sein.«

Isaac und ich wechselten einen Blick.

»Okay«, sagte ich schließlich schlicht. »Und ich gehe davon aus, *du wirst nicht hier mit uns darüber reden, sondern erst, wenn wir angekommen sind.«*

»Und schon ein paar Bier getrunken haben, genau.« August grinste.

»In Ordnung«, meinte Isaac schulterzuckend. »Dann lasst uns aufbrechen.«

Wir stiegen in den Flieger und beobachteten August dabei, wie er sich für den Flug bereit machte. Es sah ein wenig ungelenk aus, aber ich dachte mir nichts dabei.

Wir stiegen hinauf in die Lüfte. Mein Magen wurde flau und schien in meinem Körper hinabzuwandern, bis er nicht weiter wandern konnte. Ich war schon ein paar Mal mit August geflogen. Und jedes Mal fühlte ich mich unwohl. Heute war es aber noch ein bisschen schlimmer.

Ich atmete noch einmal Augusts Atem ein, während unter uns Wälder und Dörfer davonzogen. Und dann bemerkte ich es. Den leicht bitteren Geruch. Eine Gänsehaut überzog meine Arme.

Er roch nach Alkohol.

Es war nicht so deutlich, als hätte er sich gerade eine Flasche Wodka reingezogen. Aber ich konnte es doch wahrnehmen. War er verkatert oder hatte er heute Morgen schon getrunken?

Panik kroch meinen Hals hinauf. Isaac und August unterhielten sich ganz entspannt. Ich musterte meinen besten Freund. Er lallte nicht. Aber das tat er auch nicht, wenn er sturzbetrunken und wieder mal kurz davor war, etwas sehr Leichtsinniges zu tun.

Mein Kopf spuckte hundert verschiedene Situationen aus. Immer hatte August ein Glas in der Hand. Immer trank er mehr, als gut für ihn sein konnte. Immer endete es mit einer Aktion, die er nur gut überstand, weil er Glück hatte. Glück. Immer wieder Glück.

Er landete in einer Vitrine im Kaufhaus Kronenberger, nachdem er mit der Matratze die Treppen runtergerutscht war. Keine Verletzung.

Er sprang von einem Balkon im ersten Stock in den Pool und verfehlte nur knapp die Kante.

Er lief in einer Bar von Tisch zu Tisch, weil ihm bewusst war, dass seine Eltern für jeden entstandenen Schaden aufkommen würden.

Doch war Glück nicht irgendwann aufgebraucht?

»Gibt es vorher schon eine Möglichkeit zu landen?«, fragte ich und zwang mich, dabei ruhig zu sprechen.

»Wieso?«, fragte August über das Dröhnen des Motors hinweg, das mich von einem Moment auf den anderen an das wütende Rauschen des Meeres erinnerte.

»Ich würde gern schon vorher landen.« Ich klang ruhig, dabei tobte in mir ein Sturm.

»Sei nicht albern«, meinte August nur und überging mich.

Eine Weile flogen wir schweigend, und ich versuchte mich zu beruhigen, indem ich langsamer atmete. Ich übertrieb. Ich sollte mich nicht so anstellen. Alles war in Ordnung. Ich bildete mir alles nur ein.

Und selbst wenn es nicht so war. Ich konnte August schlecht konfrontieren, während er das Flugzeug flog, in dem wir alle saßen. Ich durfte ihn nicht ablenken. Einfach atmen. Einfach atmen.

Auf einmal senkte sich das Flugzeug herab.

»Was machst du da?«, fragte ich alarmiert.

August grinste breit. »Ich fliege ein Manöver.«

Am liebsten hätte ich es ihm ausgeredet, aber mein Herz saß auf einmal in meinem Hals und machte Sprechen unmöglich.

Das Flugzeug senkte sich noch weiter hinab und steuerte auf ein Tal zu. Immer tiefer und tiefer. Und mein Magen fand irgendwie einen Weg, noch tiefer in meinem Körper zu wandern. Mir wurde übel.

»Ist das nicht ein bisschen tief?«

»Ich weiß, was ich tue«, entgegnete August nur.

»Mir kommt es auch ein bisschen tief vor«, sagte nun auch Isaac, der den ganzen Flug über sehr entspannt gewirkt hatte.

»Leute, ich weiß …« Ein Rucken ging durch das Flugzeug. Der Gurt schnitt in meinen Oberkörper. Ich hörte, wie Isaacs Kopf gegen die Seite prallte. Alarmiert sah ich mich um. Seine Augen waren geschlossen. Er war ohnmächtig geworden. Mein Herz hämmerte verzweifelt in meiner Brust. Blut lief über die Wange meines Bruders.

Ich wandte mich August zu. Die Panik, die in meinem Nacken saß, fand ich nun auch in seinen Augen.

Ich blickte nach vorne. Grün kam uns entgegen. Viel zu schnell. Und dann folgte der Aufprall.

Erst als ich einige Tage später im Krankenhaus lag und diesen Moment immer wieder in meinem Kopf abspielte, realisierte ich, dass das Grün nicht auf uns zukam, sondern wir auf das Grün. Und dass es ein Wald gewesen war. Ich kann mich bis heute an das Geräusch erinnern, das entstand, als Hunderte Äste über die Außenseite des Flugzeugs kratzten. Ich erinnere mich an die Schreie, doch ich habe keine Ahnung, welche von August und welche von mir stammten.

Ich kann mich daran erinnern, wie ein zweiter Aufprall kam. Diesmal nicht in die Bäume, sondern den Boden. Ich erinnere mich an den Schmerz. Den Rauch in meiner Nase. Tränen in meinen Augen, die mir die Sicht versperrten. Ich erinnere mich daran, dass ich nicht sofort ohnmächtig wurde, sondern dass es einen Moment dauerte. Vermutlich bis der Blutverlust groß genug war.

Und ich erinnere mich an Augusts Anblick. Wie sein gebrochener Körper neben meinem lag. Seine Augen offen, aber nicht mehr fähig zu sehen. Ich wusste in diesem Moment nicht viel. Aber ich wusste, dass ich mit gebrochenen Knochen neben meinem toten besten Freund lag. Und bevor ich das Bewusstsein verlor, ging ich davon aus, dass dies das Letzte sein würde, was ich jemals wissen würde.

Irgendwie habe ich es nach dem Gespräch mit Stella nach Hause geschafft. Wieder fühlt sich mein Körper gebrochen an, wenn auch auf eine andere Weise. Vielleicht hatte ich damals in diesem endlos langen Moment im Wald tatsächlich recht. Dass mein bester Freund tot ist, scheint das Letzte zu sein, was ich wirklich mit Sicherheit wusste.

Ein Schluchzer zerstört die Stille, die in meiner Wohnung geherrscht hat. Es fühlt sich an, als würde eine Hand in meine Brust greifen und die Schluchzer herausreißen. Jeder einzelne tut weh, aber ich kann sie auch nicht aufhalten.

Ich sinke in mich zusammen. Ich schaffe es nicht mehr ins Bad. Ich übergebe mich auf den Boden in meinem Wohnzimmer und bin so kraftlos, dass ich daneben zusammenbreche.

Wieder warte ich auf die erlösende Ohnmacht. Und wieder lässt sie mich warten und geht somit sicher, dass ich Erinnerungen erhalte, die mich mein ganzes Leben lang verfolgen werden.

34. Kapitel

STELLA

Zwei Stunden nach dem Unfall

Lorena saß sehr gerade auf unserem Sofa. Nur sie war in der Lage trotz Herzschmerz so elegant auszusehen. Sie weigerte sich einfach, traurig zu sein. Und wenn es eine Person auf dieser Welt gab, die dazu in der Lage war, ihre Gefühle zu befehligen wie Soldaten, dann war es meine Cousine und beste Freundin Lorena Kronenberger.

»Wir brauchen sie nicht«, sagte ich feierlich und hielt ihr mein Sektglas entgegen, in dem gefrorene Beeren schwammen. Lorena stieß mit mir an.

»Sag das Matt nicht.« Sie trank einen beherzten Schluck.

Ich verdrehte die Augen und durchstöberte weiter die Netflix-Mediathek auf der Suche nach einem blutigen Horrorfilm. Die konnte ich zwar nicht leiden, aber Lorena brauchte gerade das Gegenteil von einer Rom-Com, und das bedeutete nun mal abgerissene Körperteile und spritzendes Blut.

Ich wusste, dass es nicht Matts Idee gewesen war, uns auszuladen, deswegen hatte ich ihm auch nicht so eine Szene gemacht wie August. Als er sich bei mir verabschiedet hatte, hatte ich ihm nur ein bisschen die kalte Schulter gezeigt, bis ich mich doch zu einem Abschiedskuss breitschlagen ließ.

Mein Handy, das auf dem Couchtisch lag, leuchtete auf und

vibrierte. Meine Mama rief an. Ich ignorierte ihren Anruf und las mir weiter die Beschreibungen der Filme durch. Ich wollte Lorena das geben, was sie brauchte, aber ich wollte auch nicht den Rest meines Lebens schlecht schlafen. Einen Film zu finden, der diese beiden Bedingungen erfüllte, war gar nicht so leicht.

Meine Mutter rief nur wenige Minuten später erneut an. Und dann begann auch Lorenas Handy zu klingeln.

»Mein Vater ruft an«, sagte sie irritiert. »Vielleicht sollten wir doch rangehen.«

Ich nickte, wir griffen nach unseren Handys und nahmen die Anrufe fast zeitgleich an. Ich verließ das Zimmer, während ich hörte, dass Lorena meinen Onkel begrüßte.

»Hey, Mama. Gerade ist es schlecht. Ich versuche Lorena aufzumuntern, damit sie den verräterischsten aller Jordans vergessen kann.«

Ein Schluchzen drang aus dem Hörer. Ich verstummte und blieb wie festgefroren stehen. »Mama, was ist los?«

Sie antwortete nicht. Ein Rascheln war zu hören, dann erklang die Stimme meines Vaters, die so viel weniger fest war, als ich es gewohnt war.

»Es gab einen Unfall«, sagte er. »Das Flugzeug ist abgestürzt.«

Irgendwas in meinem Inneren gefror. »Du meinst …«

»Ja«, sagte er nur. »Wir sind schon fast beim Krankenhaus. Aber deine Tante und Onkel fahren jetzt bei euch vorbei und holen euch ab.«

»Aber … ein Unfall … Ich verstehe nicht … Sind sie …« Ich konnte die Frage nicht zu Ende formulieren, aber mein Vater hatte mich trotzdem verstanden.

»Wir wissen noch nichts. Im Krankenhaus erfahren wir mehr.«

Ich wollte trotzdem noch viele weitere Fragen stellen. Ich konnte nicht einfach auflegen, ohne zu wissen, was geschehen war.

Doch dann klingelte es an der Tür.

»Sie sind da«, brachte ich hervor.

»Gut.« Mehr sagte mein Vater nicht mehr, bevor er auflegte.

Langsam ließ ich das Handy sinken und drehte mich noch langsamer zum Wohnzimmer um. Lorena stand ebenfalls wie gelähmt an der Stelle. Wir starrten uns an.

Nach der Trennung hatte sie nicht eine Träne vergossen. Jetzt füllten sich ihre Augen.

Es klingelte erneut an der Tür, und endlich kamen wir in Bewegung. Irgendwie schafften wir es, unsere Wohnung zu verlassen und ins Auto ihrer Eltern zu steigen.

All die Fragen, die ich gerade noch hatte aussprechen wollen, kamen mir nicht mehr über die Lippen, während mein Onkel viel zu schnell durch den Münchner Verkehr fuhr. Meine Tante beschwerte sich sonst immer darüber. Heute tat sie es nicht.

Wir schwiegen alle. Lorena ergriff wortlos meine Hand und drückte sie so fest, dass es schmerzte. Ich erwiderte den Druck.

Während der Fahrt zum Krankenhaus fühlte ich mich wie in Watte gepackt. Geräusche drangen nur gedämpft an meine Ohren. Ich spürte kaum etwas. Ich glaubte, es war die Ungewissheit, die mich einhüllte.

Doch sobald ich vor meinen Eltern stand und das verweinte Gesicht meiner Mutter sah, brachte die Gewissheit alles zurück.

Ich hörte jeden piependen Monitor auf dem Stockwerk, ich vernahm jedes Schluchzen jedes Menschen, der hier jemanden verloren hatte. Ich spürte genau, wo Lorenas Fingernägel sich in meine Haut gebohrt hatten.

»Was ist passiert?«, fragte mein Onkel, als er seinen Bruder erreichte.

»Das Flugzeug ist abgestürzt.« Mein Vater war ein Fels in der Brandung. Und irgendwie schaffte er es auch an diesem Tag, an dem schlimmsten seines und unserer aller Leben, dieser Fels zu sein. Aber er wirkte erschöpft. Als wäre die Brandung zu oft gegen ihn geschlagen und als überlegte er, beim nächsten Aufprall endlich aufzugeben. Einfach, weil er es nicht länger ertragen konnte, immer stark zu sein. »Sie haben nicht alle überlebt.«

Mein Blut gefror. Ein Leben ohne Matt lief vor meinem inneren Auge ab. Er würde nie wieder eine MM starten, und ich würde mich nie wieder über ihn lustig machen. Er würde mich nie wieder küssen, und ich würde nie wieder lächeln, weil er mich auf diese fast schon alberne Weise glücklich machte. Wir würden nie wieder zusammen sein. Ich würde nicht mit ihm alt werden, dabei hatte ich das doch geplant.

»Isaac und Matt werden noch operiert. August ist … hat es nicht überlebt.«

Eine Welle Erleichterung spülte über mich hinweg. Doch darauf folgte eine noch viel höhere aus Reue, die drohte, mich zu ertränken.

Mein großer Bruder war tot, und ich fühlte Erleichterung …

Dass ich auf die Knie gefallen war, bemerkte ich erst, als sich Lorena neben mich hockte und in die Arme schloss.

Ich hörte so viele Menschen weinen, dass ich mir gar nicht sicher war, ob ich es auch tat. Die Geräuschkulisse aus tiefer Trauer war alles, was ich wahrnahm.

Und ich brauchte eine lange Zeit, bis ich wieder in der Lage war, aufzustehen. Doch sobald ich es geschafft hatte, war der Drang, davonzurennen, so groß, dass ich mich über ein Jahr lang nicht gegen ihn wehren konnte.

Ich hämmere so heftig an der Tür zum Haus meiner Eltern, dass ich schon fast damit rechne, es so zum Einstürzen zu bringen.

Bevor ich das herausfinden kann, reißt meine Mutter sie auf.

»Stella, was ist nur in dich gefahren?«

»Ihr habt es vertuscht«, presse ich hervor, da stehe ich immer noch auf der Schwelle. »Ihr habt Leute bezahlt, damit niemand die Wahrheit erfährt.«

Alle Farbe weicht aus dem Gesicht meiner Mutter. Sie wirft einen besorgten Blick auf die Straße, der in mir den Wunsch weckt, nur noch lauter zu schreien, damit mich wirklich jeder hören kann. Doch bevor ich meinen Schmerz mit der ganzen

Welt teilen kann, packt sie mich am Ärmel und zieht mich unsanft ins Haus hinein. So laut hat meine Mutter wohl in ihrem ganzen Leben noch keine Tür zugeschlagen.

»Stella«, setzt sie ruhig, aber auch drängend an. »Ich habe keine Ahnung, wovon du redest.«

Mir entfährt ein Lachen. Ein schrilles, das wohl noch stundenlang in meinen Ohren nachklingen wird. Aber wenigstens weine ich nicht mehr.

»Deswegen hast du auch diese Angst im Gesicht stehen«, sage ich trocken. »Weil du nicht weißt, wovon ich rede.«

»Stella, wir haben immer nur das getan, was am besten für euch ist.«

»Den Satz habt ihr euch schon so oft eingeredet, dass ihr ihn inzwischen wohl auch selbst glaubt, oder? Traurig, eigentlich.«

Meine Mutter verkrampft sich. »Ich habe noch einiges zu tun. Morgen kommt Benny zurück, und ich muss sein Bett neu beziehen.«

»Willst du jetzt wirklich das Thema wechseln?«

Meine Mutter starrt mich aus riesigen Augen an. Ich habe sie noch nie angeschrien.

»Ich werde jetzt deinen Vater anrufen. Er sollte hier sein.«

Nun weicht sie mir nicht mehr nur mit Worten aus, sondern mit ihrem ganzen Körper. Sie wendet mir den Rücken zu und verschwindet im Wohnzimmer.

»Kannst du nicht einmal ein Gespräch ohne seine Aufsicht führen?«, rufe ich ihr hinterher, doch noch schaffe ich es nicht, ihr zu folgen.

Mein Blick hat wieder die Bilder von August gefunden. Der Schrein wirkt heute noch unechter. Als würden sie einer falschen Gottheit huldigen. Ich will alles niederreißen. Die Rahmen zu Boden werfen und darauf herumtreten, bis das Glas splittert und das Holz bricht. Ich kann es nicht ertragen, ihn länger zu betrachten, wegsehen tue ich trotzdem nicht.

Das war nicht August. Das war niemals August. Das war die

Version, die sie sehen wollten, und deswegen war es das Einzige, was sie wahrgenommen haben.

Ich dachte immer, ich hätte ihn wirklich gekannt. Doch das war auch eine Lüge.

Wir alle kannten nur Bruchstücke von einem Menschen, den wir doch so geliebt haben. Und er muss das gewusst haben. Dass niemand ihn wirklich kannte. Dass jeder etwas anderes in ihm sehen wollte. Hat er sich so kaputtgemacht, weil er diesem perfekten Bild, das diese Fotos vorgaukeln, einfach nicht entsprechen konnte? Haben wir, seine Familie, die ihn doch eigentlich so akzeptieren sollten, wie er war, ihn zerstört?

Ich bekomme keine Luft mehr. Ich starre ihm in die Augen, wie wir es früher als Kinder gemacht haben, als wir herausfinden wollten, wer es länger schafft, nicht zu blinzeln. Er hat gewonnen. Immer. Er hat immer in allem gewonnen.

Ich muss den billigen Abklatsch meines Bruders lange angesehen haben, denn erst die Ankunft meines Vaters kann mich aus der Starre reißen.

Der Schlüssel klickt im Schloss, und dann tritt er auch schon in seinen Hausgang. Ich habe nicht mitbekommen, was meine Mutter am Telefon zu ihm gesagt hat. Aber es muss genug gewesen sein, denn sobald wir einander ansehen, erkenne ich, dass seine ihm sonst so treu ergebene Beherrschung droht, ihm durch die Finger zu rinnen.

»Stella«, beginnt er getragen. Wieso wiederholen meine Eltern immer wieder meinen Namen? Denken sie, dass das reichen wird, um mich zu beschwichtigen?

Ich muss sie enttäuschen. Gerade fühle ich mich, als gäbe es kein Mittel auf der Welt, das das Chaos in meinem Inneren jemals zum Schweigen bringen könnte.

»Ihr habt es vertuscht«, kriege ich hervor. »Benny hatte recht. Er wusste, dass es mehr mit dem Unfall auf sich hat. Doch ihr habt ihm eingeredet, er sei verrückt, und habt ihn fortgeschickt.« Meine Stimme zittert. »Wie konntet ihr nur?«

Mein Vater mustert mich noch einen Moment. Dann geht ein tiefer Atemzug durch seinen Körper, und ein unsichtbarer Marionettenspieler scheint an seinen Fäden zu ziehen und ihn wieder in seine Ausgangshaltung zu bringen. Seine Züge glätten sich, seine Schultern gehen zurück, und alle Wahrheit verlässt seinen Körper, bis dieser bereit ist, jede Lüge, die mein Vater erzählen will, glaubhaft rüberzubringen.

»Wir sollten zu deiner Mutter ins Wohnzimmer gehen.«

Er wartet nicht ab, ob ich ihm folge. Er wendet sich einfach ab und verschwindet genauso wie meine Mutter vor ihm aus meinem Blickfeld.

Unglauben macht sich in mir breit, obwohl ich doch eigentlich mit keiner anderen Reaktion hätte rechnen sollen. Natürlich können meine Eltern nicht zugeben, was sie getan haben. Könnten sie Wahrheiten gut ertragen, hätten sie keinen Journalisten oder Gerichtsmediziner mit Geld bestochen.

Die Absurdität dieser Situation erreicht mich erst in diesem Moment. In meiner Familie löst man auf diese Weise Probleme. Kein Wunder, dass ich mich so verkorkst fühle. Was hätte auch sonst aus mir werden sollen?

Endlich schaffe ich es, ihnen zu folgen. Sie jetzt entspannt auf dem Sofa sitzen zu sehen, hätte meiner mühsam aufrechterhaltenen Selbstbeherrschung vermutlich den Rest gegeben. Doch das haben sie nicht gemacht. Sie stehen ungelenk im Raum herum, als wäre es gar nicht ihrer. Sie versuchen, sich nichts anmerken zu lassen, aber ihre Nervosität ist so greifbar, dass ich sie fast einatmen kann.

Das ist wohl der einzige Beweis, dass sie doch Menschen und keine Maschinen sind. Auch sie funktionieren nicht immer ohne Zwischenfälle. Vielleicht sollte ich darüber erleichtert sein. Aber für solche Emotionen fehlt mir in dieser Sekunde der Platz im Körper.

»Ihr habt die Details des Unfalls vertuscht«, sage ich und vergrabe meine Hände in meinen Hosentaschen, weil mich das

Zittern meiner Finger sonst aus dem Konzept bringt. »August hat …«

»Dein Bruder hatte Probleme«, unterbricht mich mein Vater scharf. Er hat hohe Summen Geld bezahlt, damit die Wahrheit verborgen bleibt. Und auch nach all der Zeit scheint er nicht in der Lage zu sein, sie laut ausgesprochen zu hören.

»Probleme?«, kriege ich hervor. »Er ist geflogen, mit seinen beiden besten Freunden im Flugzeug, obwohl er betrun…«

»Er hat Fehler gemacht. Niemand ist perfekt«, leiert mein Vater so automatisiert runter, als hätte er diese Sätze nachts vor dem Spiegel geübt.

Meine Eltern weigern sich, die Dinge beim Namen zu nennen. Hilft es ihnen, besser zu ertragen, was geschehen ist, wenn sie es Probleme nennen statt Alkoholismus, und Fehler statt fahrlässige Körperverletzung?

Tränen rinnen über meine Wangen.

»Wir wollten nicht, dass du und dein Bruder es erfahren müsst«, fährt mein Vater fort, als ich still bleibe. »Das Andenken an euren großen Bruder sollte von nichts überschattet werden.«

»Mach dir nichts vor. Euch ging es nicht um uns. Euch geht es nie um eure Kinder.«

»Das ist unfair.« Mein Vater wird lauter. Das bedeutet, dass ich einen wunden Punkt getroffen habe.

»Es geht euch nie um uns«, fahre ich unbeirrt fort. »Euch geht es nur um das Image des Kaufhauses.« Meine Wangen kleben von den Tränen, doch ich mache mir nicht die Mühe, sie wegzuwischen, obwohl ich weiß, dass meine Eltern mich nicht ernst nehmen, wenn ich emotional werde. All die Regeln, die mir seit frühster Kindheit beigebracht wurden, spielen in diesem Moment einfach keine Rolle mehr.

»Es ist nur ein scheiß Gebäude! Es ist nicht aus Fleisch und Blut. August hatte ein Alkoholproblem und ist betrunken geflogen. Dass ihr das nicht sehen wollt, macht es nicht weniger wahr.« Während ich es ausspreche, erkenne ich, dass meine

Eltern nicht die Einzigen sind, die es kaum ertragen können, die Wahrheit zu hören. Meine Knie geben fast unter mir nach. Aber nur fast. Ihre Kraft reicht noch. Um zu gehen.

»Ich kann das nicht mehr«, bringe ich noch hervor und weiß selbst nicht so genau, was ich damit eigentlich meine. Alles. Zu viel.

Ich drehe mich um und verlasse, ohne ein weiteres Wort zu verlieren, das Haus meiner Eltern. Ich habe keine Ahnung, was ich erreichen wollte, als ich hektisch zu ihnen aufgebrochen bin, aber ich weiß sehr sicher, dass ich gescheitert bin.

Halb blind von Tränen krame ich mein Handy aus meiner Hosentasche und finde irgendwie Lucs Namen.

»Stellabella?«

Seine sanfte Stimme bringt mich dazu, laut zu schluchzen. Ich brauche mehrere Minuten, um mich zu beruhigen. Die ganze Zeit bleibt Luc am anderen Ende der Leitung, redet beruhigend auf mich ein und wartet, bis ich wieder sprechen kann.

Irgendwann habe ich mich genug beruhigt, um einen ganzen Satz zu formulieren. »Ich muss hier weg.«

35. Kapitel

MATT

Eine Woche nach dem Unfall

Ich habe geträumt, dass ich vom Himmel gefallen bin. Ich bin geflogen wie Ikarus und genauso wie er gestürzt. Stella hat griechische Sagen immer geliebt, vielleicht dachte ich deswegen daran.

Langsam kehrte mein Bewusstsein zurück. Ich glaubte, August wäre tot. Aber das konnte nicht real sein. Kurz vorher hatte ich schließlich noch geglaubt, ich wäre Ikarus. Wo endete der Albtraum und wo begann die Wirklichkeit?

Als ich die Augen öffnete, musste ich erkennen, dass die Grenzen viel stärker verschwommen waren, als ich befürchtet hatte, und dass sich beides nicht mehr richtig voneinander trennen ließ.

Augusts Eltern saßen neben meinem Bett. Hellen weinte leise. Richard hielt sie im Arm.

Ich versuchte zu sprechen. Nur ein Schluchzen kam mir über die Lippen. Doch es war genug, um sie dazu zu bringen, aufzusehen.

»Alles ist gut.« Sofort redete Richard beruhigend auf mich ein, obwohl sein Gesichtsausdruck nahelegte, dass nichts mehr gut war und auch nie wieder sein würde. »Deine Eltern sind gerade bei Isaac. Wir wollten nicht, dass du allein bist.«

»August?« Das war das erste Wort, das ich meiner heiseren Kehle entringen konnte.

Hellens Schluchzen wurde sofort noch lauter.

»Er ist gestorben.« Richard schien mich trösten zu wollen. Die Hand, die er auf meinen Arm legte, zitterte jedoch.

Sein Zittern übertrug sich auf meinen ganzen Körper. Erst jetzt realisierte ich, dass ich nicht in meiner Wohnung in meinem Bett lag, sondern in einem Krankenhaus. Und das Piepen eines Monitors wurde immer schneller.

Die Erinnerungen kamen alle auf einmal zurück. Die Bäume, der Aufprall auf den Boden, Augusts tote Augen – das war nicht Inhalt eines Traumes gewesen, sondern die Wirklichkeit.

»Alles wird gut«, wiederholte Richard, obwohl er vermutlich selbst nicht mehr daran glaubte.

»Es ist meine Schuld«, presste ich hervor. »Er war betrunken. Ich hätte es früher merken müssen. Schon vor Wochen, bevor er ins Flugzeug gestiegen ist. Aber ich konnte nur an mich denken. An meine Karriere. An Olympia. Und jetzt ist er …«

»Schhhh.« Hellen sagte nichts, sondern machte nur ein Geräusch. Doch das half besser als der bedeutungslose Satz, den ihr Mann verwendet hatte. Ihre Augen waren tränenverhangen, aber ihr aufmunterndes Lächeln war ernst gemeint.

»Wir machen dir keine Vorwürfe«, sagte sie mit Nachdruck, und auch wenn es mir schwerfiel, musste ich einsehen, dass sie es auch so meinte.

»Ich hätte es vielleicht verhindern können«, beharrte ich.

Als ich mich aufsetzen wollte, fuhr ein stechender Schmerz in meine Schulter. Ich sah zur Seite. Mein Arm war eingegipst. Mein Herz sank.

Ich wusste, was eine solche Verletzung bedeuten konnte.

»Wir machen dir keine Vorwürfe«, beharrte Hellen. »Aber es ist wichtig, dass du die Details für dich behältst. Niemand soll erfahren, dass August betrunken war.«

In diesem Moment hätte ich alles getan, worum sie mich ge-

beten hätte. Denn dass sie mir keine Vorwürfe machten, änderte nichts an der Tatsache, die ich tief in meiner Brust spürte: Ich würde es mir niemals verzeihen können.

»Ich hole deine Eltern«, meinte Richard. »Du warst tagelang immer wieder kurz wach, aber nicht richtig ansprechbar. Sie machen sich schreckliche Sorgen.«

Er verließ den Raum. Hellen blieb.

Mein Blick wanderte durch das Zimmer, und erst als ich nicht fand, was ich suchte, erkannte ich, wonach ich überhaupt Ausschau gehalten hatte.

»Wo ist Stella?«

Hellens Augen füllten sich sofort mit noch mehr Tränen. Sie erinnerten mich an Gläser, die überliefen.

Sie konnte nicht sofort antworten, die Worte schienen sich nicht von ihrem Körper lösen zu wollen. Als ich nach langer Stille schließlich die Antwort erhielt, musste ich einsehen, dass wirklich nichts mehr gut werden würde. Und obwohl Augusts Eltern versucht hatten, mir etwas anderes einzureden, wusste ich doch, dass ich nichts anderes verdiente.

Das Piepen in meinem Kopf wird von einem Klopfen unterbrochen. Ich brauche einen Moment, um zu verstehen, dass ich mir das Geräusch nicht nur einbilde, sondern es tatsächlich höre. Einen weiteren Moment benötige ich, bis ich realisiere, dass jemand an meine Tür hämmert. Die Schläge sind energisch.

Irgendwie schaffe ich es, aufzustehen. Ich habe auf meinem Boden und nicht auf meinem Sofa gehockt. Das merke ich aber erst jetzt.

»Matt!«, dringt es energisch durch die Tür, als ich sie fast erreicht habe. Die Stimme meines Bruders klingt flehend. Ich fühle mich zu betäubt, um zu verstehen, wieso er so verzweifelt ist.

»Ja?«, frage ich, sobald ich ihm aufgemacht habe. Er ist nicht allein. Lorena steht neben ihm. Ihre Miene ist besorgt. So viel kann ich feststellen. Aber auch nicht viel mehr.

»*Ja?*«, äfft sie mich nach. »Komm mir nicht so. Wir haben uns so große Sorgen um dich gemacht. Isaac war schon kurz davor, die Tür einzutreten.«

Mir fällt keine Erwiderung ein, deswegen mache ich einfach einen Schritt zur Seite, damit sie meine Wohnung betreten können. Eigentlich wäre ich lieber allein. Andere Menschen können zwar meine Gedanken übertönen. Aber die Anwesenheit der beiden überfordert mich jetzt schon, dabei haben wir nur wenige Worte gewechselt.

»Was ist zwischen Stella und dir passiert?«, fragt Isaac, sobald er mein Wohnzimmer erreicht. Zum Glück hatte ich noch genug Kraft, mein Erbrochenes wegzuwischen. Sonst hätte ich den beiden jetzt etwas erklären müssen, das ich nicht aussprechen will.

»Nichts«, murmle ich in mich hinein. Meine Stimme ist verräterisch. Meine Energie reicht allerdings nicht aus, um den beiden etwas vorzuspielen.

»Es war doch alles gut zwischen euch, und jetzt rennt Stella hektisch durch unsere Wohnung, packt ihr Zeug und ist bereit, wieder abzuhauen«, sagt Lorena. »Ich bezweifle stark, dass dieser krasse Umschwung nichts mit dir zu tun hat.«

»Ich will nicht darüber reden«, kriege ich mühsam hervor.

Lorena lässt sich auf meine Couch fallen, verschränkt erst die Arme vor der Brust und überschlägt dann auch noch ihre Beine. »Den Satz habe ich heute schon mal gehört. Mehrmals. Ich kann ihn echt nicht mehr ertragen.« Sie schüttelt vehement den Kopf. »Ich will das alles nicht noch mal durchmachen. Mir ist bewusst, dass es mich eigentlich nichts angeht, was zwischen euch los ist. Aber wenn ihr es nicht allein auf die Reihe kriegt, eure Probleme wie erwachsene Menschen zu klären, muss ich wohl oder übel eingreifen.«

»Ich hätte es jetzt vielleicht nicht so drastisch formuliert«, setzt Isaac hinzu. »Aber an sich sehe ich das genauso wie Lorena.«

»Danke für deinen unsicheren Zuspruch, Isaac.« Sie wirft ihm einen Blick zu und verdreht die Augen. »Mir ist es scheißegal, dass du nicht darüber reden willst. Ich werde hier sitzen bleiben, bis du es tust. Und ich habe Semesterferien. Ich habe rein gar nichts zu tun und somit sehr viel Zeit.«

Das Kribbeln kehrt mit Nachdruck in meinen Nacken zurück. Ich reibe mir über die Haut, als würde das Kribbeln von Insekten ausgelöst, die ich mit einer Bewegung loswerden kann. Doch als ich die Hand wieder sinken lasse, muss ich einsehen, dass es niemals so leicht war und auch niemals sein wird.

Ich bin in einem Kreislauf gefangen, dem ich nicht entkommen kann. Seit dem Unfall verläuft alles immer gleich. Ich spüre Schmerzen in der Schulter, das Kribbeln kündigt eine weitere Panikattacke an, ich erinnere mich an alle Details des Unfalls und kann sie nicht auslöschen, egal, was ich auch versuche. Ich hatte gehofft, dass man sich an Verzweiflung gewöhnen würde wie an alles andere auch. Dass sie sich mit anhaltendem Gebrauch abnutzen würde, ihre scharfen Kanten stumpf würden wie ein Messer, doch irgendwas in mir scheint sie immer wieder nachzuschleifen, damit dieses Gefühl niemals nachlässt, sich niemals zurückzieht, damit es für immer bei mir bleibt.

»Lorena, bitte …«, beginne ich, wie so oft, ohne zu wissen, wo ich hinwill. Das gilt für diesen Satz. Das gilt jedoch auch für mein ganzes Leben. Eines Tages hatte ich noch eine klare Richtung. Ich wusste, wer ich sein wollte und wie meine Zukunft aussehen sollte. Ich war mir sicher. In so vielen Dingen. Bis ich einsehen musste, dass Sicherheit eine Illusion ist, die in jeder Sekunde zerbrechen kann.

»Nein, Matt. Ich werde nicht nachgeben. Ich habe dich nie zu irgendwas gedrängt. Aber es reicht. Ich mache mir schon so lange Sorgen um dich, dass ich mich gar nicht mehr daran erinnern kann, wie es mal war, es nicht zu tun. Und Stella will schon wieder verschwinden. Ich habe wirklich keine Lust, erneut zwei Jahre auf ihre Rückkehr zu warten.«

Erst jetzt sickert die Bedeutung ihrer Worte so richtig in mich ein. Stella packt wieder ihre Sachen. Stella will schon wieder verschwinden. Und ich habe keine Ahnung, wie lange sie diesmal fort sein wird. Oder ob sie jemals zurückkehren wird.

Ich versuche mir die Worte meiner Therapeutin ins Gedächtnis zu rufen. Ich habe die Verantwortung über mein eigenes Glück an eine andere Person abgegeben, als wäre es mir lästig geworden, diese Aufgabe selbst zu erfüllen. Doch obwohl ich ihr in den Sitzungen zuhöre, habe ich noch lange keine Ahnung, wie ich das ändern soll, weil ich nicht weiß, wie ich mich selbst glücklich machen kann. Mein Körper spricht eine Sprache, die ich nie gelernt habe. Nun redet mein eigener Körper auf mich ein, und ich weiß nicht, was ich erwidern soll.

Ich realisiere, dass ich mich gegen die Denkanstöße, die mir Frau Fellner gegeben hat, gewehrt habe. Ich wollte mich nicht mit der Tatsache auseinandersetzen, dass ich Stella zu meiner Sonne gemacht habe. Doch nun, da sie wieder droht, ihr Licht mit sich zu nehmen und mich im Dunkeln zurückzulassen, muss ich schon zum zweiten Mal in meinem Leben schmerzlich feststellen, dass ich nie gelernt habe, mein eigenes Licht zu sein.

Aber diese Dunkelheit habe ich schließlich verdient, oder nicht? Ich habe mich nur auf meine Karriere und mich selbst konzentriert und deswegen Dinge übersehen, die ich eigentlich klar und deutlich hätte sehen sollen. Ich hätte für August da sein müssen. Wäre ich ein besserer Freund gewesen, würde er vermutlich noch leben. Und wie soll ich mit diesem Wissen im Hinterkopf jemals glauben können, dass ich Sonnenschein auf meinem Gesicht verdient habe?

»Matt.« Isaac legt behutsam die Hand auf meine Schulter. Trotzdem zucke ich vor ihm zurück, als hätte er mich geschlagen. »Bitte rede mit uns. Du kannst uns alles sagen.«

»Kann ich nicht.« Es bricht heraus, bevor ich es wieder in mir verschließen kann. »Das kann ich nicht«, entfährt es mir erneut.

»Doch, das kannst du«, beharrt Lorena, dabei hat sie doch eigentlich gar keine Ahnung, wovon sie da gerade redet.

In meinem Inneren baut sich Druck auf, der immer weiter anschwillt und gegen den ich mich nicht wehren kann. Als Erstes presst er Tränen aus mir heraus, dann einen Schluchzer und schließlich Worte. »Ich habe euch angelogen. Euch alle.«

Lorena steht langsam auf und kommt auf mich zu. Ich weiche unwillkürlich vor ihr zurück. Isaac bewegt sich nicht. Aber seine glasigen Augen sind auf mich gerichtet. So entschlossen, dass ich glauben könnte, er würde sie niemals von mir nehmen. Eine Zeit lang wollte er das wirklich nicht. Bis er endlich eingesehen hat, dass er nicht den Rest seines Lebens damit verbringen kann, Rücksicht auf mich zu nehmen, statt auf sich selbst zu achten. Er hat die richtige Entscheidung getroffen, als er sich geweigert hat, den Vertrag zu unterschreiben, der ihn zum Geschäftsführer der Hotels gemacht hätte. Aber manchmal wünscht sich der selbstsüchtigste Teil von mir, der für so viel Leid verantwortlich ist, dass er sich selbst unglücklich gemacht hätte, nur damit ich mich nicht so allein fühlen muss.

»Wovon redest du?«, fragt Isaac alarmiert.

»Der Unfall.« Meine Stimme gehört nicht mehr mir. Sie spricht Dinge aus, von denen ich mir doch geschworen hatte, dass ich sie niemals in den Mund nehmen würde. »Ich hätte das alles verhindern können. Wäre ich nur aufmerksamer gewesen.«

Als Lorena diesmal auf mich zugeht, weiche ich nicht zurück. Sie legt ihre Hände auf meine Arme, und ich fühle mich tatsächlich ein bisschen besser, obwohl mir das gar nicht zusteht.

»Was hättest du verhindern können?« Isaac steht hinter Lorena. Ich bin mir nicht ganz sicher, ob es ihre Hände oder seine Worte sind, die die Wahrheit schließlich aus mir herausziehen. Doch schließlich entgleitet sie mir, gelangt in die Freiheit, und ich weiß, dass ich sie niemals werde zurücknehmen können.

»Augusts Unfall. Er ist an dem Tag betrunken gewesen. Wenn ich nur mehr auf ihn geachtet hätte und nicht nur auf mich selbst, wäre es mir rechtzeitig aufgefallen. August war unglücklich. Deshalb hat er so viel getrunken. Und ich habe es nicht gemerkt.«

Lorena lässt mich nicht los, aber ihre Hände beginnen zu zittern.

In Isaacs Augen sammeln sich Tränen.

Lorena kann auch nicht dagegen ankämpfen, obwohl sie doch eigentlich immer gegen sie gewinnt.

»Warte«, setzt mein Bruder an und wischt sich ein paar Tränen fort. »Du denkst wirklich, du wärst schuld?«

»Wenn ich es früher bemerkt hätte …«

Isaac lässt mich nicht aussprechen. »Matt, ich saß an dem Tag auch im Flugzeug und habe nichts gemerkt. Machst du mir deswegen Vorwürfe?«

»Natürlich nicht«, sage ich ganz automatisch.

»Eben. Wenn ich nicht daran schuld bin, wieso solltest du es sein?«

In meinem Inneren spüre ich einen Widerstand, gegen den Logik nur schwer ankommt. Ich habe mir diese Worte mit so viel Nachdruck über eine so lange Zeit eingeredet, dass sie sich in mir verfestigt haben. Sie sind Teil meiner Identität geworden, weil ich sie vielleicht auch glauben wollte. Sie waren die Erklärung für all das Leiden, das ich erfahren musste. Und lieber habe ich eine grausame Erklärung angenommen, als einzusehen, dass manches Leiden und mancher Verlust nicht selbst verschuldet sind und keine klaren Verursacher oder Gründe haben.

»Es ist nicht deine Schuld. Wir alle haben es nicht gesehen«, sagt nun Lorena. »Er war für alle der Goldjunge der Kronenbergers. Aber niemand hat sich gefragt, ob er das wirklich sein wollte. Wir auch nicht.«

Ich spüre, dass sie mit jedem Satz gegen meine versteinerte Schuld schlägt. Sie kann sie nicht vollständig zerstören, aber sie trägt einen Teil ab. Durch das, was sie sagt. Aber vor allem durch die Tatsache, dass sie noch hier steht und mich nicht allein lässt. Isaac und Lorena scheinen nicht zu denken, dass ich abgewandte Schultern verdient habe.

Wieder entfährt mir ein Schluchzer.

»Ich hätte es nicht geheim halten sollen. Das war falsch von mir.«

»Das war vermutlich nicht nur deine Entscheidung«, entgegnet Lorena. »Mein Onkel und meine Tante hatten damit sicherlich was zu tun.«

Ich nicke langsam.

»Das werfe ich dir auch nicht vor. Die beiden hatten gerade ihren Sohn verloren. Wie hättest du ihnen einen Wunsch abschlagen sollen?«

Es klingt so schlüssig, wenn es aus Lorenas Mund kommt. Ich schluchze wieder. Sie drückt mich aufs Sofa und setzt sich neben mich, Isaac auf die andere Seite.

»Aber Stella hat nach der Wahrheit gesucht, und ich habe sie ihr vorenthalten.«

Lorena verzieht das Gesicht. »Deswegen will sie wieder gehen.«

Ich nicke, weil sprechen auf einmal unmöglich ist.

Die beiden erwidern auch nichts. Isaac umarmt mich einfach, und ich lasse mich gegen ihn sinken, wie ich es früher manchmal getan habe, bevor sich alles geändert hat. Unser ganzes Leben lang war da zwischen uns nur Nähe, seit dem Unfall auf einmal so viel mehr Distanz. Aber diese Umarmung zeigt mir, dass wir sie vielleicht auch wieder überwinden können.

»Wir sind bei dir«, sagt Lorena immer wieder. »Wir werden dich niemals verlassen.«

Ich schluchze wieder, aber ich versuche schon gar nicht mehr, meinen Tränen Einhalt zu gebieten. Ich lasse sie einfach ungehindert fließen. Ich erlaube mir, schwach zu sein, ich erlaube mir, auseinanderzufallen. Denn ich weiß, dass ich keine Teile von mir verlieren werde, solange die beiden mich halten.

Sie sind noch hier. Und das reicht schon fast, um mir klarzumachen, dass ich es vielleicht gar nicht verdient habe, allein zu sein.

36. Kapitel

STELLA

Mein Rucksack droht mich umzuwerfen. Er kommt mir schwerer vor als heute Morgen noch. Ein paar extra Kilo sind wohl auf mein schlechtes Gewissen zurückzuführen. Aber egal, wie schwer mein Gepäck auch werden mag, ich werde meine Meinung nicht ändern. Der Flug nach Paris ist schon gebucht. Luc wird mich heute Abend dort abholen. Und dann werde ich so weiterleben, als hätte mich Julis Anruf nie erreicht und hierher zurückgeführt.

Bevor ich gehe, muss ich mich allerdings noch verabschieden. Vielleicht bin ich gerade im Inbegriff, all meine Fehler zu wiederholen, doch wenigstens einen will ich nicht erneut machen.

Heute vernebeln mir meine Gefühle nicht so stark die Sicht wie das letzte Mal, als ich hier war. Deswegen erinnere ich mich daran, dass ich einen Schlüssel habe, und benutze ihn, um die Tür zu meinem Elternhaus aufzuschließen. Meine Mutter kommt gerade die Treppe herunter und sieht mich aus verängstigten Augen an. Sie traut sich nicht, etwas zu mir zu sagen. Und als ich wortlos an ihr vorbeigehe und das erste Stockwerk ansteuere, versucht sie auch nicht, mich aufzuhalten. Ich bin nicht hier, um mit ihr zu sprechen. Und vermutlich werde ich das Land verlassen, ohne mich richtig von ihr zu verabschieden, einfach, weil mir keine Alternative einfällt.

Ich klopfe an die Zimmertür meines kleinen Bruders. Ich

stand schon einmal hier. Diese Unterhaltung wird wohl auch nicht viel besser laufen als die letzte. Trotzdem muss ich sie führen. Er wird es mir niemals verzeihen, wenn ich wieder gehe, ohne mich zu verabschieden. Vermutlich wird er es mir auch so nicht verzeihen.

»Herein«, dringt es durch die Tür, und ich trete ein.

Benny sitzt auf seinem Bett und hat ein Buch auf dem Schoß. Er sieht auf. Ein Lächeln legt sich auf sein Gesicht, das sofort verblasst, als er den Rucksack entdeckt, den ich vor der geschlossenen Tür abstelle.

»Du gehst«, stellt er heiser fest. »Schon wieder.«

»Ja«, sage ich. »Aber ich wollte mich noch verabschieden.«

Er schluckt schwer. »Das hast du ja hiermit getan.«

Meine Brust zieht sich zusammen. Vielleicht will mir mein Körper damit sagen, dass ich einen großen Fehler mache. Aber gleichzeitig fordern meine Beine, so schnell wie möglich davonzurennen. Worauf soll ich hören?

»Benny, ich …«

Er lässt das Buch sinken und verschränkt die Arme vor der Brust. »Ja, welche beschissene Erklärung hast du, um jetzt wieder abzuhauen?«

Die ehrliche Antwort ist, ich habe keine. Jede Erklärung, die ich ihm geben könnte, würde in seinen Ohren hohl klingen und in meinen auch. Aber ich kann auch nicht einfach schweigen. Das kommt mir auch falsch vor. Alles kommt mir falsch vor. Zu gehen. Zu bleiben.

»Wie war es in der Klinik?«, frage ich.

Benny schnaubt. »Wie Wellnessurlaub«, sagt er sarkastisch. Nur für einen Moment wird seine Miene weicher. »Mir geht's besser«, gibt er zu. »In Zukunft will ich allerdings zu Hause bleiben.«

»Ich werde mit Papa reden.«

Benny nickt nur. Ein Dankeschön habe ich nicht verdient, das wissen wir beide.

Ich hole sein Notizbuch hervor, weil mir nichts Besseres einfällt, und reiche es ihm. »Danke, dass du es mir gegeben hast.«

»Hast du was herausgefunden?« Kurz fällt die abwehrende Haltung von ihm ab. Er sieht mich so interessiert an, als hätte er vergessen, dass er doch eigentlich sauer auf mich ist.

»Nein«, sage ich ganz automatisch. »Es steckt wohl doch nicht mehr dahinter.«

Bennys Miene verhärtet sich sofort. Er nimmt das Notizbuch entgegen, presst es gegen seine Brust und sieht mich schon wieder nicht an. Ich bin mir nicht ganz sicher, ob er mir anmerken kann, dass ich lüge, oder ob er einfach von der Antwort enttäuscht ist.

»Hast du sonst noch was zu sagen?«, fragt er.

»Nein«, kriege ich hervor.

»Dann kannst du ja jetzt gehen. Ich will schließlich nicht, dass du deinen Flug verpasst.«

Ich nehme meinen Rucksack und wende mich der Tür zu.

Meine Hand schwebt über der Klinke, aber ich schaffe es einfach nicht, sie zu berühren. Ich starre sie an. Mein Arm gehorcht mir jedoch nicht mehr.

Und da trifft mich eine Erkenntnis. Ich habe Matt angeschrien und ihm gesagt, dass es ihm nicht zusteht, mir die Wahrheit zu verschweigen. Auch wenn er denkt, dass er mich damit schützt.

Ich war so schrecklich wütend auf ihn. Hier in Bennys Kinderzimmer verraucht diese Wut. Denn ich will gerade das Gleiche tun wie er. Aber wenn es Matt nicht zusteht, die Entscheidung, was ich ertragen kann und was nicht, für mich zu treffen, steht es mir auch nicht zu, das für Benny zu tun.

Ich setze meinen Rucksack wieder ab und wende mich meinem Bruder zu. »Ich habe dich gerade angelogen.«

Er sieht mich fragend an.

»Ich habe was herausgefunden.«

Er setzt sich aufrechter hin. Anstatt eine Nachfrage zu stellen, bedeutet er mir, mich neben ihn auf sein Bett zu setzen. Ich komme seiner stummen Aufforderung nach.

Ich suche nach den richtigen Worten. Benny hetzt mich nicht. Er lässt mir Zeit.

»Es war ein Unfall«, beginne ich schließlich. »Aber August hat ihn selbst verursacht.«

Benny sagt immer noch nichts. Ich nehme seine Hand in meine, und er wehrt sich nicht dagegen.

»Er war betrunken, als er geflogen ist. Unsere Eltern haben das vertuscht.«

Es ist sehr lange still zwischen uns. Ich kann mein Herz rasen hören, und ich bin davon überzeugt, dass ich nur ein bisschen die Ohren spitzen müsste, um auch Bennys wahrzunehmen.

»Irgendwie habe ich …« Er stockt. »Irgendwie habe ich mit … mehr gerechnet.«

Mir entfährt ein Lachen, das fast von unterdrückten Tränen ertränkt wird. »Ich verstehe, was du meinst. Es war eben doch nicht die Mafia oder eine große Verschwörung.«

Die ersten stummen Tränen rinnen über Bennys Gesicht, das mich heute besonders stark an August erinnert. Aber das bringt mich nicht dazu, mich abzuwenden, sondern ihn nur noch genauer zu betrachten. Wir alle sind Teile von August. Und solange wir nicht verlernen, aufmerksam zu sein, werden wir sein Andenken auch niemals übersehen. »Ich habe irgendwie gedacht …« Benny räuspert sich. »Ich habe irgendwie gedacht, dass es leichter zu ertragen wäre, dass er nicht mehr da ist, wenn sein Tod unter anderen Umständen passiert wäre.« Er weint noch ein bisschen mehr. »Albern, oder?«

»Nein, gar nicht albern«, erwidere ich mit Nachdruck. »Ich glaube, wir haben uns beide mit der Suche nach der Wahrheit beschäftigt, um uns nicht mit unseren Gefühlen beschäftigen zu müssen. Deswegen bin ich auch gereist.«

Benny hält immer noch meine Hand und greift jetzt auch noch nach der anderen.

»Wieso bist du gegangen?« Diesmal liegt kein Vorwurf in der Frage, sondern nur ehrliches Interesse. Und deswegen ist es auf einmal auch gar nicht mehr so schwer zu antworten.

»Ich konnte unsere Eltern nicht ertragen. Von Anfang an haben sie sich Gedanken darüber gemacht, wie der Unfall wirken könnte. Es hat sich so angefühlt, als würde sie der Tod gar nicht beschäftigen. Natürlich weiß ich jetzt, dass es nicht so simpel ist. Unsere Eltern trauern noch immer um ihn.«

»Trotzdem sollten sie ihre Prioritätensetzung dringend überdenken.«

Wir beide lachen zittrig und verweint auf.

»Das stimmt.« Ich streiche Benny eine rötliche Strähne aus dem Gesicht. »Ich wollte schon immer reisen, habe es vorher aber immer aufgeschoben. Und dann war das Bedürfnis, aufzubrechen, einfach übermächtig. Ich bin in ein Flugzeug gestiegen, und als ich tausend Kilometer von zu Hause entfernt war, kam es mir so vor, als hätte ich ein Paralleluniversum betreten.«

»Ein Paralleluniversum?«

»Ein Paralleluniversum«, bestätige ich. »Ein Paralleluniversum, in dem August noch am Leben sein könnte. Solange ich nicht in München war, konnte ich mich der Illusion hingeben, dass er noch lebt. In München hätte ich es einsehen müssen. Aber nicht in meinem Paralleluniversum. Also bin ich nicht zurückgekommen, weil ich noch nicht bereit war, ihn für tot zu erklären.«

In anderen Ländern war die Abwesenheit meines großen Bruders weniger potent, weniger gereift, weniger spürbar. Sie haftete nicht an bekannten Orten, die wir zusammen besucht hatten. Erinnerungsfetzen haben mir nicht hinter jeder Ecke aufgelauert. Wie hier.

»Wenn Juli mich nicht angerufen hätte, wäre ich wohl ewig weitergereist«, gebe ich zu.

»Das verstehe ich.«

Überrascht sehe ich meinen kleinen Bruder an.

»Wenn ich die Möglichkeit gehabt hätte, Augusts Tod eine Zeit lang nicht wahrhaben zu müssen, hätte ich sie auch ergriffen.«

Er sagt zwar nicht, dass er mir meine Flucht verzeiht. Aber er sagt etwas, das nah drankommt, und das ist alles, was ich brauche.

»Hier konnte ich seinem Tod nicht entgehen«, meint Benny. »Der Schrein unten im Eingangsbereich …«

»Sie hätten andere Bilder wählen sollen.« Ich lächle schwach. »Jemand anderes hat bessere Bilder ausgewählt.«

Benny sieht mich fragend an.

»Ich habe noch was herausgefunden. August hatte einen Freund namens Joschka. Sie waren verliebt.«

Benny weint wieder ein bisschen vehementer. »War er glücklich mit ihm?«

»Ich denke schon.«

»Gut«, sagt Benny nur.

Wir schweigen einen Moment, aber die Stille in seinem Raum ist nicht mehr so aufgeladen wie bei meiner Ankunft. Gerade reden wir zwar nicht, aber unsere ehrlichen Worte haben aus der schweren Stille eine leichte gemacht.

»Was wirst du jetzt tun?«, fragt Benny nach einer Weile. Ich kann ihm anhören, dass er diesen Satz immer wieder von einer Seite seines Kopfes zur anderen gerollt hat, bis er sich schließlich getraut hat, ihn auszusprechen.

»Ich werde mich mit dir und unseren Eltern an einen Tisch setzen und eine Lösung für deine Therapie finden, mit der alle leben können. Und diesmal werde ich nicht so leicht einknicken, wenn Papa mich böse anguckt.«

»Mal sehen, ob es dir gelingen wird.«

Ich werfe ihm einen strengen Blick zu, den er mit einem kleinen Grinsen beantwortet.

»Und was wirst du dann tun?«

»Ich werde diesen Rucksack wieder auspacken.«

Bennys Lächeln traut sich, ein bisschen breiter zu werden.

»Du wirst nicht wieder gehen?«

»Ich liebe die Arbeit als Reisejournalistin, und ich werde wieder reisen«, beginne ich. »Aber ich werde nicht mehr flüchten. Und nicht so lange wegbleiben.«

»Damit kann ich leben«, meint Benny, nachdem er einen Moment über meine Worte nachgedacht hat.

»Das freut mich.«

Benny seufzt. »Gehen wir direkt runter?«

»Wir können noch ein bisschen hier sitzen bleiben, wenn du willst.«

»Das will ich.«

Ich erwidere sein vorsichtiges Lächeln. »Dann machen wir das.«

37. Kapitel

MATT

Ich atme tief ein. Der Geruch nach Chlor setzt sich in meiner Nase fest, doch ich versuche nicht, ihn wieder loszuwerden. Ich atme noch tiefer ein.

Erinnerungen wollen auf mich einprasseln, aber ich lasse sie an mir abperlen wie Wassertropfen. Ich laufe zügig auf das Becken zu. Ich sehe nur die Schritte, die mich ins Wasser führen werden. Den Rest blende ich aus.

Dieses Wasser ist anders als das im Pool im Hotel. Denn in diesem Wasser habe ich trainiert. In diesem Wasser habe ich davon geträumt, bei Olympia zu schwimmen. Dieses Wasser scheint all meine Ziele gespeichert zu haben.

Doch ich werde nicht langsamer und springe ins Wasser. Ich mache die erste Bewegung. Meine Schulter schmerzt. Also drehe ich mich auf den Rücken und hefte den Blick an die Decke der Halle. Meine Arme lasse ich neben meinem Körper schweben. Ich bewege nur meine Beine. Ich werde immer schneller, und irgendwann fühlt es sich kurz so an wie früher. Damals dachte ich, dass ich nicht durch Wasser schwimme, sondern durch die Luft fliege.

Ich bin nicht mehr so schnell, aber dieser Gedanke tut nicht mehr so weh wie vor ein paar Wochen noch. Meine Sinne sind geschärft. Ich spüre meinen Körper sehr bewusst. Meine Muskeln spannen sich an. Sie erinnern sich an alles. Sie können nicht alles tun, was sie damals konnten. Trotzdem genieße ich diesen Moment.

Ich schwimme so viele Bahnen, bis sich mein Kopf ein bisschen dreht. Dann steuere ich auf den Beckenrand zu und steige langsam hinaus.

»Wurde aber auch Zeit.«

Ich schiebe die Brille von meinen Augen und schaue in die meiner ehemaligen Trainerin. Sie sieht zufrieden aus. Zumindest so zufrieden, wie ihre steinerne Miene eben aussehen kann.

»Ich bin nicht so schnell wie früher«, sage ich ganz automatisch. »Und ich kann meine Arme kaum benutzen.«

»Aber du warst im Wasser«, erwidert sie. »Du wirst kein Profi mehr sein. Das bedeutet jedoch noch lange nicht, dass du Schwimmen nicht mehr lieben kannst.«

Ich spüre einen Kloß im Hals. Er besteht allerdings nicht nur aus Schuld, sondern auch aus vielen positiven Emotionen. Ich habe meine Angst überwunden, und das Kribbeln in meinem Nacken ist so leicht, dass man es fast als sanft bezeichnen kann. Mir ist bewusst, dass dieser Tag nicht reicht, um alles loszulassen, was mich schwer macht. Die Panikattacken werden bestimmt wiederkommen. Ich werde aber lernen, mit ihnen umzugehen, auch mit Hilfe der Therapie. Und ich werde mich nicht mehr abwenden, wenn es hart wird, sondern mich meinem Leben stellen.

»Du meintest, du hast einen Schüler, der einen Ansprechpartner gebrauchen könnte«, sage ich also.

Die Lippen meiner Trainerin formen ein Lächeln, das ich sonst nur in ihrem Gesicht gesehen habe, wenn ich meine eigenen Rekorde gebrochen habe. Ist dieser Moment vielleicht genauso viel wert wie eine besonders schnell geschwommene Bahn? Muss ich meine Erfolge vielleicht nicht mehr nur mit einem Timer messen, sondern auch mit anderen Maßstäben, die ich vorher nie bedacht habe?

»Den habe ich. Er könnte sehr erfolgreich werden, wenn er jemanden hätte, an den er sich wenden kann.«

Ich spüre einen kleinen Stich in meiner Brust. Ich werde nie bei Olympia antreten. Dieser Junge vielleicht schon. Ein Teil von mir glaubt, dass er es nicht ertragen kann, jemand anderem dabei zuzusehen, wie er meinen Traum lebt. Doch es ist nur ein kleiner Teil. Der Rest von mir glaubt, dass es okay ist, wenn manche Dinge im ersten Moment wehtun, solange man sich davon nicht abhalten lässt.

Ich hole tief Luft, und der Stich löst sich langsam auf, bis nur noch ein kaum merkliches Pochen zurückbleibt.

»Dann werde ich ihm helfen.«

***

Meine Schwimmtasche fühlt sich leicht an, als ich sie aus meinem Auto hole und zu meiner Wohnung laufe. Seit dem Unfall schien sie mehrere Tonnen zu wiegen. Alles, was sie beschwert hat, habe ich heute wohl in der Schwimmhalle zurückgelassen.

Ich erreiche meine Tür und habe wieder diese Vorahnung, die immer das Gleiche bedeutet.

Heute zögere ich nicht, sondern betrete direkt meine Wohnung. Der behutsame Duft ihres Lavendelshampoos hängt in der Luft. Ich lasse die Tasche von meiner gesunden Schulter gleiten und laufe den Gang entlang. Sie hockt auf dem Sofa, die Beine an den Körper gezogen und die Arme darum geschlungen. Ihre Locken stehen wild von ihrem Kopf ab. Ein paar hängen ihr ins Gesicht. Sofort zucken meine Finger, weil sie diese hinter ihre Ohren schieben wollen.

»Hey«, flüstert sie.

»Hey«, gebe ich zurück.

»Du riechst nach Schwimmbad«, stellt sie fest.

»Ich war in der Schwimmhalle.«

Unser letzter Streit hängt wie ein wolkenverhangener Himmel über uns. Aber sie lächelt, und kurz geht die Sonne auf.

»Das freut mich.«

»Mich auch.«

Dann schweigen wir wieder. Die Wolken ziehen sich ein bisschen enger zusammen. Stellas Lächeln kann vieles in mir auslösen. Doch auch ihre Lippen können nicht mit einer Biegung der Mundwinkel erreichen, dass geschriene Worte und verletzte Gefühle einfach ihre Wirkung verlieren. Und vielleicht ist das sogar was Gutes. Denn wir können nicht so weitermachen wie zuvor. Wir müssen auch die harten Gespräche miteinander führen, wenn wir einander nicht für immer verlieren wollen, und wir können uns nicht jedes Mal, wenn es schwierig wird, einfach in die Arme des anderen flüchten, wo es warm und behaglich ist.

»Lorena hat erzählt, dass du wieder gehen willst«, bekomme ich irgendwie an der Angst vorbei, die meinen ganzen Körper zusammenzupressen scheint.

»Ich wollte. Aber ich werde nicht mehr weglaufen«, entgegnet Stella. Auf einmal kann ich wieder besser atmen. Auch Stella holt tief Luft. »Ich verstehe, warum du mir nicht vom wahren Unfallhergang erzählt hast.«

Ich spüre deutlich, wie dringend ich diese Worte hören wollte.

»Ich habe mit Benny geredet und wollte es ihm auch nicht sagen, und da habe ich dich verstanden. Ich hätte fast das Gleiche getan.«

»Hast du aber nicht?«, frage ich.

»Ich habe ihm die Wahrheit erzählt. Und von Joschka.« Wenn ich jetzt ihre ruhige Stimme höre, könnte ich fast vergessen, dass sie sie das letzte Mal, als wir uns gesehen haben, wütend erhoben hatte. Aber nur fast. »Ich habe auch mit Joschka geredet. Er ist noch nicht bereit, die ganze Familie kennenzulernen. Nur Benny würde er gern treffen. Ich habe versprochen, ihn zu begleiten.«

Ich lächle schwach. »Ich glaube, es wird beiden guttun.«

»Das glaube ich auch.«

Dann schweigen wir wieder. Ich stehe immer noch im Eingang zu meinem Wohnzimmer und mache keine Anstalten, mich ihr zu nähern. Und sie fordert mich nicht auf, näher zu kommen. Vielleicht ist es für uns beide gerade leichter, wenn ein bisschen

Sicherheitsabstand zwischen uns liegt. Mir ist nicht ganz klar, wovor er uns beschützen soll. Dass wir wieder verletzende Worte austauschen. Oder dass wir uns ineinander flüchten, statt uns einander zu stellen.

»Du hast mir immer noch nicht davon erzählt«, sage ich unvermittelt.

Irritiert zieht sie die Augenbrauen zusammen, und als sich Falten in ihre Stirn bohren, erkenne ich, wie offensichtlich sie Augusts Schwester ist. Auch ihr Gesicht hat die Fähigkeit, Gebirgsketten entstehen zu lassen. Auch durch ihre Adern scheint Chaos zu fließen, und auch in ihr schlummert der Hang zu Leichtsinnigkeit.

»Wovon?«, fragt sie zeitlich verzögert, als müssten ihre Worte eine große Distanz zurücklegen, bis sie mich erreichen können.

»Von unserem Abschied. Ich dachte immer, du wärst einfach gegangen. Aber du meintest, du hättest dich verabschiedet.«

Stella lächelt schwach, obwohl das so gar nicht zu ihrem sonst so strahlenden Gesicht passen will. »Es war nach der Beerdigung«, beginnt sie getragen zu erzählen, und ihre bedacht ausgesprochenen Worte scheinen eine Brücke zurück zu dem sterilen Krankenzimmer zu bauen, in dem ich zu viel Zeit meines Lebens verbringen musste. »Ich hatte noch das schwarze Kleid an, das mir meine Mutter rausgesucht hatte. Ich wusste nicht, wer von uns ein deprimierenderes Kleidungsstück trug.«

Mir entfährt ein kleines Lachen, das viel zu schnell in dem Vakuum zwischen uns verhallt.

»Du warst immer mal wieder wach. Aber nie lange. Als ich ins Zimmer kam, hast du geschlafen. Doch sobald ich mich auf den Stuhl neben deinem Bett gesetzt habe, hast du die Augen geöffnet. Es kam mir so vor, als hättest du gemerkt, dass ich da bin.«

Das habe ich bestimmt auch, denke ich, behalte den Gedanken aber für mich.

»Ich habe deine Hand genommen und dir gesagt, dass ich es nicht schaffe, hierzubleiben. Ich habe gesagt, dass ich es nicht ertragen kann, meinem Vater dabei zuzusehen, wie er Pressestatements schreibt, statt sich mit liebevollen Worten an seine Frau und Kinder zu wenden. Ich habe gesagt, dass es mir leidtut, aber dass mir keine andere Lösung einfällt.«

Dass ich angefangen habe zu weinen, merke ich erst, als ich meine Hand an mein Gesicht hebe und meine Fingerspitzen feucht werden.

»Du hast mich die ganze Zeit nur angeguckt und den Druck meiner Hand erwidert. Schließlich hast du genickt und mir gesagt, dass du das verstehen kannst. Damals habe ich das als Absolution gesehen, alles machen zu können, was ich brauche. Heute bin ich mir sicher, dass du das nur gesagt hast, weil du davon ausgegangen bist, dass du mitkommen würdest. In dem Moment hast du, glaube ich, einfach vergessen, dass du noch in einem Krankenhausbett liegst.«

Ich kann mich immer noch nicht an das Gespräch erinnern. Stellas Worte holen es nicht zurück. Aber ich spüre eine Vertrautheit, während sie erzählt. Als hätte ich die Dinge, die sie beschreibt, vielleicht in einem anderen Leben erlebt.

»Ich verstehe, warum du gegangen bist«, sage ich schließlich. »Aber ich habe es dir nie vergeben.«

»Ich weiß«, erwidert sie mit dem traurigsten Lächeln auf den Lippen, das ich jemals gesehen habe. Es lässt mein Herz so kalt werden, dass ich kurz glaube, es gibt keine liebevolle Geste auf der Welt, die stark genug ist, um es wieder aufzuwärmen. Mein Körper will sich sofort auf Stella zubewegen, damit sie mich in den Arm nehmen und mein Inneres wieder auftauen kann. Ich bleibe trotzdem stehen. Denn Frau Fellner hat recht. Ich habe mich immer in Stella geflüchtet, wenn es mir schlecht ging, anstatt zu lernen, selbst mit meinen verletzten Gefühlen umzugehen. Damals, als wir vor dem Krankenhauszimmer meiner großen Schwester saßen, habe ich mich an ihr festgehalten und sie danach nie wieder richtig losgelassen, ohne dass wir es gemerkt haben.

»Es tut mir so unendlich leid.« Stellas Stimme ist schwer von den Tränen, die noch nicht über ihre Wangen rinnen. »Eine Entschuldigung klingt irgendwie so leer. Sie kann gar nicht ausdrücken, was ich fühle, wenn ich daran denke, dass ich dich damals zurückgelassen habe.«

»Ich glaube dir«, erwidere ich. »Aber es wird trotzdem dauern, bis ich dir vergeben kann.«

Sie nickt.

»Ich dachte lange, dass es mir nicht zusteht, überhaupt sauer auf dich zu sein. Ich habe mir die Schuld an Augusts Tod gegeben. Dass ich die Wahrheit vor allen versteckt habe, war für mich nur ein weiterer Beweis, dass ich ein schlechter Mensch bin.«

»Das darfst du nicht glauben«, sagt sie mit Nachdruck. »Ich glaube es nicht.«

Wieder ist die Versuchung, mir einfach von ihr versichern zu lassen, dass alles gut werden wird, fast zu groß, um ihr nicht nachzugeben. Doch ich wehre mich. Es darf mir nicht mehr reichen, beruhigende Worte aus ihrem Mund zu hören. Ich muss lernen, sie mir auch selbst zu geben. Ich darf nicht nur glauben, dass ich keine Schuld trage, weil sie es mir versichert, sondern weil ich es auch selbst glaube.

»Mein ganzes Leben lang warst du mein Licht«, setze ich an. »Wenn ich dunkel war, war das in Ordnung, denn du warst hell.«

Stella weint nun auch. Ich wusste nicht, dass Tränen so schön aussehen können.

»Aber du solltest nicht mein Licht für mich sein, ich sollte mein eigenes sein.«

Sie nickt langsam. Ich bin mir nicht sicher, ob meine Worte für irgendjemanden außer mir Sinn ergeben. Aber ich erkenne, dass es darum auch gar nicht geht.

»Ich will trotzdem nicht, dass du wieder gehst.«

Sie nickt erneut. Diesmal schneller, als würde sie mich jetzt ein bisschen besser verstehen als vor wenigen Sekunden noch.

»Ich habe mich vor mir selbst immer in dich geflüchtet. Aber ich kann dir nicht immer die Verantwortung für mein Glück übertragen. Wir waren zu abhängig voneinander. Das dürfen wir nicht mehr sein.«

»Du hast recht.«

»Und wir müssen uns irgendwie selbst vergeben für das, was wir einander angetan haben. Wir dürfen uns aber auch nicht einfach verzeihen, nur weil es leichter ist, als wütend zu sein.«

»Du hast recht.«

»Unsere Liebe allein reicht nicht, um unsere Beziehung zu retten. Es wird harte Arbeit.« Ich atme tief durch. »Aber ich bin bereit, sie zu investieren. Du auch?«

Stella nickt so heftig, dass ich schon Angst habe, dass sie sich einen Muskel in ihrem Nacken zerrt. »Wo ist der Werkzeugkasten?«

Ich lache auf und gehe endlich auf sie zu. Mit zögerlichen Schritten und mit einer gewissen Vorsicht, die mich ermahnt, nicht in gleiche Muster zu verfallen, obwohl sie nach all der Zeit doch so perfekt zu mir zu passen scheinen. Ich setze mich vor ihr aufs Sofa. Ich ziehe sie nicht direkt an mich, sondern halte ihr nur meine Hand hin. Sie ergreift sie sofort und verschränkt ihre Finger mit meinen.

»Ich bin in Therapie, weil ich Panikattacken habe«, gestehe ich. »Und ich will mich nun voll und ganz darauf einlassen.«

Sie fährt mit ihren Fingern so bewusst über meinen Handrücken, als würden meine leicht hervortretenden Venen Buchstaben formen, die sie entziffern kann.

»Ich bin stolz auf dich, dass du in Therapie gehst«, sagt sie. »Das sollte ich vielleicht auch mal versuchen.«

»Definitiv.«

»Das hast du mit ein bisschen zu viel Nachdruck gesagt«, zieht sie mich auf. »Du hast recht mit jedem Wort, das du gesagt hast. Irgendwie muss ich einen Weg finden, mir für meine Versuche, meine Traurigkeit zu töten, zu vergeben.«

»Den Satz solltest du in dein Notizbuch schreiben. Es ist bestimmt schon ganz vereinsamt, weil es so lange von keinem Stift mehr berührt wurde.«

»Mache ich«, verspricht Stella. »Wenn ich Geschichten geschrieben habe, kam immer so viel von mir selbst zum Vorschein. Deswegen habe ich mich, glaube ich, so lange nicht mehr getraut, es zu tun.«

»Du solltest dich wieder trauen.«

Sie betrachtet unsere Hände und lächelt sie an, als hätten sie etwas Schönes gesagt und nicht ich.

»Wie geht es jetzt weiter?«, fragt sie mit leicht brüchiger Stimme.

»Ich werde mit meinen Eltern reden und ihnen sagen, dass ich in diesem Jahr keinen Vertrag unterschreiben werde, der mich zum Geschäftsführer der Hotels macht.«

Stella sieht sofort auf und in mein Gesicht. »Willst du das Unternehmen irgendwann übernehmen?«

»Ja«, sage ich ohne Zögern, weil ich das ohne Zweifel weiß. »Ich liebe die Hotels.«

»Du kennst sie ja auch besser als alle anderen.« Stella klingt so liebevoll, dass ich mich wieder ermahnen muss, sie nicht einfach an mich zu ziehen und zu küssen. Irgendwann werde ich es wieder tun. Aber erst, wenn wir beide wieder dazu bereit sind.

»Ich brauche nur mehr Zeit«, meine ich. »Ich will zu mir kommen, bevor ich diese Verantwortung übernehme.«

»Das ist eine sehr weise Entscheidung.«

»So bin ich eben.«

Sie lächelt noch ein bisschen breiter. »Das ist deine neue MM. Dich um deine eigene Gesundheit kümmern.«

Ich lächle auch. Die Vorstellung gefällt mir. Wenn es eine Matthew Mission ist, kann ich es schaffen, wie ich schon so viele zuvor gemeistert habe.

»Was wirst du tun?«, frage ich. »Willst du dein Studium abschließen?«

»Vielleicht irgendwann. Zuerst will ich wieder als Reisejournalistin arbeiten. Nur nicht mehr aus den falschen Gründen. Ich will nicht mehr vor meiner Heimat fliehen, sondern ganz bewusst an andere Orte reisen.«

»Das klingt auch weise.«

»Dabei passt diese Eigenschaft doch gar nicht zu mir.«

Stella hat immer geglaubt, dass meine ruhigen Überlegungen ihrer wilden Begeisterung überlegen sind. Sie hat nie gesehen, wie viel Kraft in ihrer Kreativität und ihren großen Ideen steckt. Aber es ist nicht mehr an mir, ihr das zu zeigen. Sie soll es selbst herausfinden.

»Wir werden also unsere eigenen Wege gehen und hoffen, dass sie irgendwann wieder zusammenführen?«, fragt sie, nachdem sie ein paar Mal den Mund geöffnet hatte, ohne sich zu trauen, die Worte auch in die Welt zu entlassen.

»Wir hoffen nicht«, erwidere ich. »Wir bauen die Wege selbst und gehen sicher, dass sie wieder zusammenführen.«

Sie drückt meine Hand noch ein bisschen fester. »Bist du dir wirklich so sicher, dass wir das schaffen werden, oder tust du nur so?«

Ich küsse sie nicht, aber ich lege meine andere Hand an ihre Wange. Heute weiß ich, dass sich ihre Sommersprossen von ihrer Haut abheben. Sie buchstabieren in Brailleschrift jede Liebeserklärung, die ich ihr jemals zugeflüstert habe.

»Ich bin mir sicher«, sage ich und erkenne, als ich die Worte ausspreche, wie ehrlich ich sie meine. »Wir gehören zusammen. Daran habe ich nie gezweifelt. Wir müssen nur lernen, als Erstes zu uns selbst zu gehören.«

»Aber ich verliere doch immer alles. Auch mich selbst.« Stella will scherzen. Eine richtige Angst scheint jedoch durch ihren gespielt lockeren Tonfall durch.

Ich nehme auch ihre zweite Hand in meine. »Dass wir lernen müssen, unabhängig zu sein, heißt nicht, dass wir uns nie helfen dürfen.«

»Gott sei Dank«, sagt sie und lacht. Ich lache auch.

»Ist es okay, wenn ich mich gegen dich lehne?«, fragt sie fast schüchtern.

Ich nicke, und sie legt ihren Kopf an meine Schulter.

»Ich habe heute mit meinen Eltern geredet«, flüstert sie. »Benny darf hier in Therapie gehen.«

»Das freut mich.«

»Und wir haben über August geredet.«

»Willst du mir davon erzählen?«

Ich kann Stellas Gesicht nicht sehen, aber ich glaube, sie lächelt. »Gerade nicht. Gerade will ich einfach nur bei dir sein.«

Ich lege einen Arm um sie und lausche ihrem Atem. Und so sitzen wir nebeneinander. Es sind nur ein paar Minuten. Doch es fühlt sich an wie ein ganzes Leben. Ein ganzes Leben, von dem ich weiß, dass ich es mit ihr verbringen werde.

Epilog

STELLA

Ruhe. Sie umgibt mich von allen Seiten. Ich kann sie nicht mehr nur hören, sondern auch sehen, riechen und schmecken. Ruhe ist blau wie ein Bergsee, in dem sich der Himmel spiegelt. Ruhe schmeckt wie eine Tasse Kaffee aus dem Campingkocher und riecht nach meinen frisch gewaschenen Haaren.

Luc hat die Rückbank aus Rocky ausgebaut und eine Matratze reingelegt. Da sitze ich nun und betrachte einfach die Natur. Nichts abgesehen von meinem eigenen Atem ist zu hören.

Für das Wochenende bin ich allein in die Berge gefahren. Am Montag werde ich wieder zu Luc stoßen, weil ein Auftrag auf uns wartet. Aber diese Tage habe ich nur für mich gebraucht. Ich lerne allein zu sein. Ich lerne es, die Stille und die Gedanken, die in ihr auf mich warten, zu ertragen. Ich flüchte mich nicht mehr in Ablenkungen oder in andere Menschen. Meistens zumindest. Nicht immer gelingt es mir. Doch heute widerstehe ich dem Impuls, zu meinem Handy zu greifen, um Luc oder Matt anzurufen oder mir irgendein Video anzugucken, nur um mich selbst zu übertönen.

Ich halte es aus, mich selbst zu hören. Auch wenn im Alleinsein immer meine Trauer auf mich wartet.

Ganz bewusst atme ich ein und aus. Den Schmerz auszuhalten, ist nicht leicht. Aber wenn ich durch ihn hindurchgegangen bin, anstatt vor ihm davonzulaufen, fühle ich nicht mehr nur den

Verlust, sondern auch einfach die Präsenz meines Bruders. Ich fürchte mich nicht mehr nur vor den Erinnerungen. Ich freue mich auf sie.

Ich gehe ans Handy, wenn Benny oder Lorena mich anrufen, und manchmal sogar, wenn meine Eltern mit mir reden wollen. Es wird noch lange angespannt zwischen uns sein. Aber nicht für immer. Und darauf kommt es wohl an.

Ich hole mein Notizbuch hervor. Noch ist keine ganze Geschichte entstanden. Bisher habe ich nur Fragmente hineingeschrieben, vermutlich weil ich mich auch selbst noch fragmentiert fühle. Wenn ich mich wieder zusammensetze, wird vielleicht auch aus diesen kurzen Sätzen, Anekdoten und unzusammenhängenden Gedanken irgendwann eine richtige Geschichte.

In zwei Wochen fahre ich nach Hause. Ich kehre immer wieder zurück, anstatt Monate am Stück zu reisen. Matt wird mich am Flughafen abholen. Das hat er mir schon versprochen.

Wenn ich fort bin, vermisse ich ihn, und ich weiß, dass es ihm genauso geht, aber ich lerne auch die schönen Seiten dieses Gefühls kennenzulernen.

Wir wachsen wieder zusammen. Allerdings tun wir es langsam. Manchmal will ich wie früher alles außer ihn vergessen. Doch das lassen wir einander nicht mehr durchgehen.

Früher wusste ich oft nicht, was genau ich fühle. Ich konnte mich selbst nicht entziffern, als wäre ich in einer unleserlichen Schrift geschrieben. Ich bin mir nicht ganz sicher, ob ich lerne, sie besser zu lesen, oder ob die Schrift weniger krakelig wird. Aber ich verstehe mich besser. Gerade fühle ich Langeweile und genieße sie sogar.

Ich bin in diesem Moment vollkommen allein. Und doch nie einsam. Mit einer bestimmten Geste schlage ich mein Notizbuch auf, nehme einen Stift in die Hand und setze ihn auf die Seite, die nur darauf wartet, von mir beschrieben zu werden. Dann schreibe ich ein Wort und erkenne, wie viel ich noch zu sagen habe.

Danksagung

Stellas und Matts Geschichte habe ich schon seit mehreren Jahren im Kopf, und ich dachte deswegen, es würde mir sehr leichtfallen, sie auch niederzuschreiben. Das war nicht so. Aber viele Menschen haben mir geholfen, dieses Buch zu beenden und am Ende auch zufrieden damit zu sein.

Als Erstes gilt mein Dank meiner Agentin Luisa, die immer ein offenes Ohr für mich hat.

Ich danke meiner Ansprechpartnerin Ann-Kathrin und meiner Lektorin Cathérine. Mit eurer Hilfe ist die Geschichte zu dem geworden, was sie jetzt ist.

Das Gleiche gilt für meine wunderbaren Testleserinnen, die mir so sehr geholfen haben! Thorina, Laura, Franny, Marie, Marlene, Saskia, Jenny und Jana – ohne euer Feedback würde meinen Bücher so viel fehlen. Vielen Dank für eure Zeit und euren Einsatz!

Und mein größter Dank geht an meine Freunde, denen ich dieses Buch auch gewidmet habe. Ich hätte dieses Buch niemals fertiggestellt, wenn ihr nicht da gewesen wärt. Ihr habt mich aufgebaut, als es mir schlecht ging. Ihr habt mir immer zugehört und habt mir gezeigt, wie wertvoll Freundschaften sein können. Danke!